哈佛必知的
英国名家随笔
English Essays

【美】查尔斯·艾略特(Charles W. Eliot)◎主编

刘旭彩◎译

中华工商联合出版社

图书在版编目（CIP）数据

哈佛必知的英国名家随笔/（美）查尔斯·艾略特著；刘旭彩译. --北京：中华工商联合出版社，2018.8
ISBN 978-7-5158-2237-2

Ⅰ. ①哈… Ⅱ. ①查… ②刘… Ⅲ. ①随笔—作品集—英国 Ⅳ. ①I561.6

中国版本图书馆 CIP 数据核字（2018）第 164582 号

哈佛必知的英国名家随笔 English Essays

作　　者：（美）查尔斯·艾略特（Charles W. Eliot）
译　　者：刘旭彩
出 品 人：徐　潜
策划编辑：魏鸿鸣
责任编辑：林　立　崔红亮
封面设计：周　源
责任审读：魏鸿鸣
责任印制：迈致红
渠道总监：姜　越　郑　奕
营销企划：张　朋　徐　涛
营销推广：张俊飞
出版发行：中华工商联合出版社有限责任公司
印　　刷：北京毅峰迅捷印刷有限公司
版　　次：2018 年 9 月第 1 版
印　　次：2018 年 9 月第 1 次印刷
开　　本：710mm×1020mm　1/16
字　　数：250 千字
印　　张：20.75
书　　号：ISBN 978-7-5158-2237-2
定　　价：78.00 元

服务热线：010－58301130
销售热线：010－58302813
地址邮编：北京市西城区西环广场 A 座
　　　　　19－20 层，100044
http://www.chgslcbs.cn
E-mail：cicap1202@sina.com（营销中心）
E-mail：gslzbs@sina.com（总编室）

向经典致敬

《哈佛经典》代前言

　　这里向各位书友推介的是被中国现代新文化运动先驱者的胡适先生称为"奇书"的《哈佛经典》。这是一套集文史哲和宗教、文化于一体的大型丛书，共 50 册。这次出版，我们选择了其中的《名家（前言）序言》《名家讲座》《英美名家随笔》《文学与哲学名家随笔》《美国历史文献》，这些经典散文堪称是经人类历史大浪淘沙而留存下来的文化真金，每一篇都闪烁着人类理性和智慧的光辉。有人说，先有哈佛后有美国。因为在建校 370 多年的历史中，哈佛培养出 7 位美国总统，40 多位诺贝尔奖得主，政界、商界、科技、文艺领域的精英不计其数。但有一点，他们都是铭记着"与柏拉图为友、与亚里士多德为友、更与真理为友"的校训成长、成功的。正像《哈佛经典》的主编，该校第二任校长查尔斯·艾略特所言："我选编《哈佛经典》，旨在为认真、执着的读者提供文学养分，他们将可以从中大致了解从古代直至十九世纪以来观察、记录、发明以及想象的进程，作为一个二十世纪的文化人，他不仅理所当然地要有开明的理念或思维方法，而且还必须拥有一座人类从荒蛮发展为文明进程中所积累起来的、有文字记载关于发现、经历，以及思索的宝藏。"这些文字是真正的人类思想的富矿，是取之不尽用之不竭的智慧宝藏，具有永恒的文化魅力。

从文献价值上看，它从最古老的宗教典籍到西方和东方历史文献都有着独到的选择，既关注到不同文明的起源，又绵延达三个世纪之久，尤其是对美国现代文明的展示，有着深刻的寓意。

从思想传播上看，《哈佛经典》所关注到的，其地域的广度、历史的纵深、文化的代表性都体现了人类在当时特定历史条件下所能达到的思想巅峰，并用那些伟大的作品揭示出当时人类进步和文明的实际高度。

从艺术修养的价值来看，《哈佛经典》涵盖了历史、哲学、宗教论著和诗歌、传记、戏剧散文等文学样式，甚至随笔和讲演录也是超一流的，它们都是那个时代精品中的精品。

《哈佛经典》第19卷《浮士德》中有这样一句名言，"理论是苍白的，只有生命之树常青"。让我们摒弃说教，快一点地走进《哈佛经典》，尽情地享受大师给我们带来的智慧的快乐，真理的快乐。

目 录

本·琼斯

本·琼斯（1573—1635），英国继莎士比亚之后，伊丽莎白统治时期的著名作家，曾创立"风尚喜剧"。詹姆斯一世在位期间，他居于英国文学界领袖之位，有许多年轻作家以成为"本琼斯之子"为荣。琼斯创作了各种形式的戏剧和大量的抒情诗歌，其中有些诗歌堪称精品佳作。他的一些散文随笔是在他死后才面世的，收录在一本很普通的书中，这本书中还有他阅读时的笔记和译作，以及关于人和书籍见解的独到论述。这本普通的书没有鲜明的结构排法，但处处透着他积极的一面。以下是琼斯关于莎士比亚和培根的论说，也正是对这两位巨匠的评述而使其闻名，因为与同时代知识分子相比，也许琼斯更贴近这些巨匠们。

论莎士比亚

我们的同胞，莎士比亚

印象中戏剧家们都很尊敬莎士比亚，因为无论他创作什么戏剧作品，从不勾勾抹抹进行修改。而我一旦反驳"要是他修改了上千遍呢"，就会被认为是恶毒之言。要不是后人无知，我不会告诉他们这些的，他们专对能挑莎氏缺点的朋友大加赞赏；而坦率地说，我热爱莎氏，把他视为偶像，崇拜至极。

他的确是端人正士，生性无拘无束，思想开放，想象丰富，创新大胆，表现力温和。他的才华一发而不可收，有时还得让他收敛一点儿。就像奥古斯都一提到哈特利乌斯就会说"我们本应该压制他"。莎氏能驾驭自己的智慧，当然智慧的法则也一向如此。很多时候，他陷入这种状态，令人忍俊不禁，正像他曾借剧中人凯撒之口讲：一人对凯撒说，"凯撒，你冤枉我"。凯撒说"凯撒从不做错事，只做正义的事业"，以及诸如此类的荒唐事。但是，瑕不掩瑜，他身上的值得赞美之处远远超过应被原谅之处。

论培根

弗朗西斯·培根，维鲁兰男爵

一般情况下，即使一个人非常优秀，也不应被当作唯一的偶像来追随；追随者会步其尊崇者的后尘，但却无法超越；此外，那些简单的模仿，也反映不了实质。然而，与我同时代的作家中，恰巧有一位文笔庄重严肃的崇高论说家，他的语言庄严，近乎苛刻，完全不苟言笑。他的论说，语言精悍，说理有力，鞭辟入里，涵义饱满，从容典雅。即使他的论说不受欢迎也不失自己的风度。他的听众会敛声屏气，只是目不转睛地看着他。他掌控着论说的进度，令他的法官们对他的忠诚既艴然不悦而又令人叹服。他的论说引人入胜，以至于令听者意犹未尽。

有关作家目录。——据说西塞罗是罗马人中能与他们帝国媲美的唯一智者。在他们的那个世纪（大约上一个世纪）帝国的天才有很多：托马斯·莫尔爵士、老怀亚特、亨利萨里伯爵、查洛纳、史密斯、爱略特伯爵、加德纳主教。他们为同时代的人所钦佩，更多是因为他们擅于雄辩。伊丽莎白女王时代之初，尼古拉斯·培根爵士是非凡而孤独的。菲利普·西德尼爵士和胡克先生（在不同的问题上）为机智和语言的大师，在他们身上可以看到所有的活力和判断力量在进行交锋。埃塞克斯伯爵的语言，崇高且尊贵；沃尔特·罗利爵士，无论是判断还是风格，不容藐视；亨利·萨维尔爵士，严肃而真正精通文学；埃德温·桑兹，二者兼备；财政大臣埃杰顿勋爵，是一位严肃而伟大的演说家，在他被激怒时尤为明显。运途多舛，博学而有能力的后继者培根，卓尔不群，超凡出众，擅长科学，善于言辞，可以与无礼的希腊或傲慢的罗马时代相媲美。总之，在他看来，所有能驾驭语言或有助研究的天才都在他那个年代。现在世风日下，智者衰老，口齿不灵。因此，培根可谓登峰造极，已经成为我们语言的典范。

有关科学进步。——我注意到科学它是任何一个明智爱国者都会去关注的学科，在国家事务中，公民的教育与学识便是重要的关注点。在学校，它们是国家的神学院。没有什么比我们称之为文学进步的共和国的那部分更值得一个政治家研究。培根见证了尤利乌斯·凯撒在内战的白热化时期，撰写了著作——《类比》，并把书献给了塔利。这促使后来被封为圣奥本斯子爵的培根把他的著作命名为《新工具》，当时大部分人对事物认知肤浅，并不理解《新工具》中极力宣扬的一种新的认识方法；而且该著作驳斥了以往经院哲学给人们带来的偏见和错误。贺拉斯称之为"一本能让这位著名作家名垂千史"的著作。

我对一个人的好感从不会因他的地位或荣誉而增加。但却会因他独有的伟大而崇敬他。在我看来，凭他的著作足以使其成为一位名垂千史的伟人，一位最值得钦佩的人。我曾祈求上帝赐予逆境中的培根以力量，虽然他可能不需要伟大。当然，我也不能用语言来给他安慰，因为我知道"幸运最能显露恶德，而厄运最能显露美德"。

亚伯拉罕·考利

　　亚伯拉罕·考利（1618—1667），曾就读于威斯敏斯特学校，后来就读于剑桥大学的三一学院。1644 年，因拒绝在神圣联盟合约上签字，被大师和学者们驱逐出去。同年，亨丽埃塔·玛丽女王的首席执行官避地巴黎，与王室家族流亡了 12 年。复辟之后，成为医学博士并为英国皇家学会会员。去世后被安葬在"诗人角"。

　　在世时考利最受欢迎的作品都收录在爱情诗集《情妇》里，他的《品达颂》也被高度评价。考利是玄学派诗人，但因后来玄学派诗歌备受冷落，他的诗歌已无人问津，诗歌的冷淡巧思风格也再未受到青睐。相反，他的《论说文集》笔调清新自然，最表现他性格中令人愉快的一面。他的英语论说文风格清晰易懂，被誉为最早的散文大师之一，很少有作家在优雅和魅力上超越考利。他的《论农事》就是这方面的一个有趣的例子。他热情讴歌最古老的艺术，"我们可以谈论我们喜欢的事物，谈论百合花，凶猛的狮子，在金色或银色的田野里撒鹰；但是，如果家徽设计者尚有理性的话，那么耕地里的犁应当是最高尚、最古老的武器"。

论农事

很快你会在维吉尔的诗歌中发现，他的第一愿望是成为一位优秀的哲学家，第二是成为一位农夫。他好像比大多数有学问的不信上帝的人更懂得上帝在和他打交道，就像他和所罗门打交道一样。因为他首先祈求智慧，当然也祈求了其他他想要得到的东西。于是上帝让他居于最好的哲学家和最好的农夫之间，也让他成为最好的诗人，来装饰和沟通那两个才能。除了这点，上帝还让他成为一位富人，一位不曾渴望变得富有的人——

"哦，幸运极了，谁会知道他如此好运！"①

做个农夫，不过从城市退隐；做个哲学家，就是遁世隐居；或者更确切地说，从凡人的世界退避到上帝的世界。

但是，既然大自然否认大多数人的能力或欲望，而财富也只令极少数人有可能或有机会全部专注于哲学，而我们可以做的就是把人类事务做最好的结合，即乡村生活。正像科鲁迈拉所说，"毫无疑问这件事是最密切的，并作为与血液相对的智慧"。农业与哲学关系最为相近，或者说，在血缘上，仅次于哲学。瓦罗马库斯·特伦提乌斯·瓦罗说，工作原理如同恩纽斯所说的，与大地、水、空气和太阳等所有自然法则一样。在这个世界上，乡村生活的确能比任何一种职业、技艺或学科让人领悟更多的哲学内容。世上除此之外，西塞罗说，一个农夫的快乐，"对我来说，最简捷的做法，是智者的人生"，这都非常接近那些哲学家的观点。再没有其他类型的生活能为撰述赞词的人提供那么多的素材颂词；对个人而言是效用性；对所有人类来说是有用性，或者说必要性、纯真、快乐、古老、尊严。

---

① 改编自维吉尔的《农事诗》第 2 卷，458 行。

现在效用（我的意思显然是指它的收益），在我们的国家没有那么大，它来自城市的商品和贸易，王国许多最好的庄园和主要荣誉都源于此。在罗马，农夫可成为执政官和独裁者，但现在没有人会从耕犁的农夫成为贵族。究其原因，我想就像从一个邪恶的习俗演化为强大的法律。也就是说，像其他行业一样，有人愿意把孩子送去培养，但没人愿意去当农业学徒。因为那些很穷苦的人，当他们长大成人，没有钱来从事其他行业，所以只能耕种一些小块地。佃户除了刚好够维生以外，其余的租金都被吞噬：虽然他们是土地的所有者，但他们或者太骄傲，或者因缺乏那样的教育，太无知而不能提高土地的产值，而这种维生之道同任何其他的行业一样，是很容易而且会被肯定的。如果有两三千个年轻人，用七年或八年的时间，坚定地从事这个行业，他们可能了解整套技艺，然后可以精通这个行业。毫无疑问，经过适度的积累，我们应该看到他们的财富并不亚于国家许多议员拿的俸禄，或者城市商人在商品买卖中获的利。致富或者更富裕的方法很多，只要没有闪失，既不找借口，也不抱怨，就不可能贫穷。毫无疑问，一小块土地就能养活一小家人，生活中多余的东西（现在很多情况下指传统意义上的生活必需品）一定因行业和工业的过剩而得以弥补，或者被伟大的哲学家所蔑视。

谈到这种行业的必要性，显而易见的，这种行业无需其他行业而存在，但是其他行业都离不开这种行业。这就像是语言，没有它，人类社会的文明就不能被保存下来。而其他艺术，如语言修辞，只是服务并修饰语言而已。许多国家都存续下来，但是许多国家没有其他行业，只有这种行业仍然能存续下来：我承认虽然不是很体面，但它仍然存续着；而被积极从事的其他一切行业，也正因为需要农业提供的资源而对它有所关注。

接下来我要赞美这种生命的纯真。如果农夫继续从事这个行业，他们不应受到责备，因为凡人都受罪孽的诱惑。他们依靠在土地上勤劳的收获来生活，而其他人依靠计谋从他人那里攫取东西来生活；他们依靠母亲给的地产来生活，而其他人要依靠从同胞那儿骗来的财产来生活；他们像牛羊一样靠大自然的恩赐来生活，而其他人像狐狼一样要通过掠夺攫取来生活。这里没有任何冒犯大多数人之意，我敢断言，牛羊是非常有用的动物，而狐狼也并非有害的生物。农夫无疑是所有人中最安静的人,是对英联邦政府的干扰最不易情绪激动的人。他们喜欢自己的生活方式,并热爱和平。在我们后来的疯狂而悲惨的内战中,其他所有的行业,即便是最差的行业,也组织了部队,招募了一些伟大的指挥官,他们因自己所做的恶行而名噪一时、趾高气扬。然而,我们没有记住任何一位农夫的名字,他们既要承担自己国家二十年没落中的大部分债务,又要承受同胞们的诅咒。

如果清白无辜就会享受到巨大的快乐,那么我认为不带农夫到这里是人们的不当行为。在这里他们如此温顺,随叫随到,而不应在法院和城市里寻找他们;在那里他们是如此野蛮,追赶他们又是那么麻烦而危险。

在这里我们置身于广阔而高尚的自然场景中,在那里置身于可怜的政策转变中;在这里我们走在神圣而慷慨的光明之路上,在那里我们摸索在黑暗混乱的人类恶意迷宫中;在这里我们的感官尽情享受清晰事物与真实的味道,而在那里一切都是复杂的。在这里,在我看来,快乐看上去像一位美丽、忠实、谦逊的妻子;在那里,快乐是一个无礼、薄情、浓妆的妓女。在这里,没有伤害,物产廉价丰富;在那里,只有罪恶,生活奢侈豪华。

在更大的喜悦中,我只想举例说明所有行业中一个最自然和最善良的行业,一个农夫永久的良伴。当你环视他的周围,看到的只是他自己的行业、勤劳的结果和改良而产生的心满意足;总是看到收获的一些果实,同时又能看到另一些在萌芽,在成熟;看到他所有的田野和花园覆盖着自己行业美丽的生物;就像上帝一样,看到他所有的作品都是那么美好:

奥克尼郡这边和那边,
欢乐充满了农夫沉默的胸膛,①
一个喜悦的秘密震颤着他的心弦。

他的行业之古老肯定不会再有任何其他行业与之一争高下的。人类的三

① 这是对《埃涅阿斯纪》第 1 卷,第 500 行和 503 行的模仿。

个始祖是园丁、农夫和牧场主。如果有人加以反对，我希望他应该想一下，如果这第二始祖是个杀人犯，一旦他杀人，他便离开了这一行业，成为了建筑工人。我想正是因为这一原因，《便西拉智训》禁止我们憎恨农牧业，他说"因为上帝创造了它"。我们天生就是干这一行的，我们生来就被教导用造就我们身体的泥土去滋养我们的身体，而他们必须归还，并最后为他们的生计而支付。

看吧，所有那些伟大的人中最初的和原始的贵族，他们现在太骄傲了，不仅不耕种，甚至还会践踏。我们可以谈谈在金色或青铜色的田野里我们喜欢的百合花，跃立的狮子，展翅的雄鹰。如果家徽的设计者尚存理性的话，那么耕地里的犁应当是最高尚、最古老的武器。

所有这些因素都使我陷入对科鲁迈拉的怀疑和抱怨，应该如何把它传递给所有的艺术或科学。因为形而上学、物理、道德、数学、逻辑、修辞，等等，孰为艺术孰为科学的争端，不属于我们农夫好奇的范围。我承认，所有这些都是好而有用的能力，除了形而上学，我不知道它是什么或者什么也不是。但是即使跳马、击剑、舞蹈、装扮、烹饪、雕刻，或者类似虚荣的东西，都应该有公立学校和大师，但我们应该从未看到或听到有人负责教授这门如此愉快、如此高洁、如此有益、如此体面、如此不可或缺的行业。

对于一个严肃的人，他会觉得许多男女挤在一个房间里跑来跑去，几百个姿势和花样，没有目的，没有设计，只不过是一件徒劳的、非理性的、可笑的事情。因此，舞蹈最先被创造出来，以往只有在异教徒的宗教仪式上表演，其中包括在所有哑剧和疯狂状态下的舞蹈，疯狂状态下的舞蹈是崇拜的最高荣誉，昭告了神的启示。虽然到目前为止，我不敢反对这是良好教养的一部分。然而，只要孩子们能走路，我们绅士中有谁不为了孩子而请一个舞蹈大师？但是，又有哪一位父亲为他的儿子请一位家庭教师，及时教导他要对他将继承的那块土地进行改良呢？至少那是多余的，这是我们的教育方式中的一大缺陷。因此，我希望可以，当然不是在此时更希望看到它，在每个大学都成立个学院，专门研究农业，就像有医学院和法学院一样，不需要像其他学院那样有大量具有一定禀赋的大师和学者。除了牛津大学，因为像他们被称作大师或校长的只有一个人，工作会太多。我们组织四位教授来教这门学问的四部分就足够了：第一，开垦，以及相关的所有事情；其次，畜牧；第三，花园、果园、葡萄园和树林；第四，农村经济的所有部分，其中包括管理蜜蜂、猪、家禽、诱饵、池塘等，还有像瓦罗所说的饲养家畜，以及田野运动（这不仅应该看作是乐趣，也是居家过日子的一部分）和国内的保护，以及利用国外产业所带来的一切。这些教授不应该像教其他的艺术实践一样，只进行这类肤浅和华而不实的讲座，从维吉尔的田园诗，到普林尼，瓦罗或科鲁迈拉；而是在整个方法和研究过程中都指导学生，这整个过程可能要勤奋工作一年或两年。除了适度的饮食、住宿和学习花销，不断接续下来的学者更要保证有足够稳定的收益来维修房子，聘请教授。这些教授不应是炫耀文学批评的人，而要对他们所教的东西有扎实的知识和实践。这样的人应该非常勤奋，热心公益。按我的理解，如果哈特利布先生还活着，应该是那样的人。但是没有必要进一步论及我的这种设计思想，除非目前的年龄性情有可能把它付诸实施。我要进一步谈及的乡村生活应当来自于诗人，他们永远是农业最忠实和亲爱的朋友。诗歌诞生在牧羊人中：

缪斯还热爱自己的故乡；
那里有着神秘的魅力，什么都不可将其丑化。

事实是，没有比乡村更适合诗人工作了；一个人可能在拥挤的人群中跳舞，也可能在噪音和骚动中创作好的诗句。

城市里或许能种玉米，如同写诗一样；
我们在费力不讨好的旱田上徒劳地耕作；
在异化的土壤中我们徒劳地努力奋斗；
这不是一片植物会茁壮成长的土地。

在最糟糕的土壤里生长出来的，自然会是讽刺的刺草和荆棘。有些人靠伟人的赏金吃饭，用他们的恭维求赏。除了他们，几乎所有的诗人都要远离人世的罪恶和虚荣：

> ——并要在人类的罪恶
> 和虚荣面前抬起头①

之后过着退隐后逍遥自在的生活，而且对于他们不朽的诗没有过多的赞扬和装饰。赫西奥德是最早出现的数一数二的诗人。可能有人认为荷马先于他，但我宁愿相信他们是同时代的人。他是第一个畜牧行业的作家，科鲁迈拉曾说他对我们的事业贡献不小。我想，他不应只获得小小的荣耀，并不是说他的教诲不重要；他的伟大之处在于他的文笔庄重而简洁。他所说的话最敏锐之处在于他非常关心我们的目的，用神职人员的令人尊敬的晦涩表现出来。

赫西奥德说，"工作与时日，一半却比全部多"。这话源于这样的场合：他的兄弟帕撒斯通过贿赂一些伟大的人，并称呼他们为伟大的受贿者，因为他们从他那得到一半地产。他却说，这没关系，他们对他没有想象的那么多偏见。

> 通过一道由他们的感觉必须控制的强光，
> 神没有向不幸的人透露，
> 那一半地产超过整个地产。
> 不幸的是，他们还隐藏了，
> 树根和药草的碱液，最精华的部分。

我认为这是诚实的赫西奥德的本意。我们不能从荷马那期望太多关于我们的事情。他是个盲人，既不在乡村劳作也不享受劳作的乐趣，他那无助的贫穷最有可能在最富有的地方维持，他用好的战争故事和祖先的冒险去取悦

---

① 奥维德，《岁时记》第1卷，第300行。

希腊人，他的话题使他不能同我们进行交易。但我认为，他做了一个改变显示了他的一点友好。因为他的整个时间消耗在战争和航行中，尽管他让叫做英雄尤利西斯的人（或者叫阿喀琉斯）对我们不加尊重，但是他让他的父亲莱尔提斯做了园丁。儿子不在家，父亲便种植，甚至在给自己的地施粪肥的乐趣中寻求些安慰。你们看，他并没有轻视我们的农民，到目前为止他从不傲慢，他总是帮助养猪的欧迈俄斯，非常尊重神圣的猪群。他可能没为墨涅拉俄斯和阿伽门农做什么。忒奥克里托斯，一个远古时期的诗人，但他是我们当中的一员，他也只写了牧歌。他也称呼农夫为大力士，算是神圣的农夫对身为大力士的赫尔克里士的反应。这些民间的希腊人很理解我们职业的尊严。

在罗马人中，首先我们有真正神圣的维吉尔，他深受保护者米西奈斯和罗马帝国第一代皇帝奥古斯都的青睐。他可能是罗马的一个首领，但他宁可花费许多时间劳作，用他不朽的智慧赞美乡村的生活。尽管他以前写了整本的田园诗，但在他伟大的帝国诗篇中他从未放弃描述伊万德，他最好的一个王子，过着普通农民的家庭生活。他坐在枫树宝座上，睡在熊皮上；母牛和公牛在他的院子里哞哞叫；清晨小鸟在他的窗下叫他起床；当他去国外，只有两条狗像警卫一样跟着他。最后，当他把伊尼斯带到他的皇家别墅，他让其感到这是令人难忘的补足，甚至远比在埃斯库列尔，卢浮宫或我们的白厅伟大：

一这（我）是房屋主人
阿尔西德斯走到这住处：
哦，我的朋友，胆敢蔑视财富，这也是值得的，而你，
假设，不是神，不要来轻蔑这代理人。

这个不起眼的屋顶，这个质朴的法院，（他说）
迎接阿尔希德斯，戴着胜利的皇冠：
伟大的客人，没有轻蔑，他踏出的脚步；

而是效仿上帝，蔑视财富。

下一位人物的学说和事迹，我们将感激不尽，他就是世界上仅次于最伟大的诗人维吉尔，其亲爱的朋友贺拉斯。当奥古斯都希望米西奈斯劝他来家里同住，与他同席，并成为整个王国仅次于他的国务大臣，或者说与他联合，他说，"他可以帮助我们写信"。对于如此丰富、如此辉煌的麻烦，他不会抛弃他的萨宾或者提波听领地。我想，世界上再没有这样的一个例子，他应该有这样的节制和勇气拒绝这么伟大的报价，而大帝非常慷慨和善良的本性也不会因他拒绝而生气，仍保持同样的仁慈。在他现存的一部分最友好和不拘礼节的信件中，可以看到经常向他表达此意。如果让我谈论这位优秀作家有关这一主题的所有篇章，我得先翻译他一半的作品，我也会比他更真实地提到荷马。

> 比起克律西波斯和克朗托，他更清楚地更好地表达，
> 什么是美丽，什么是卑鄙，什么有用，什么是无用。①

但我也愿意对于这个特殊的主题说明三点：一是他的颂歌，二是他的讽刺作品，三是书信。我应避免获得所有其他诗人的支持，在他们所有的作品中，特别是在军事上都可见一斑。但我得为自己找个借口，以前很多大师都画过此人的美，我也要用不成熟的文笔来完成这一大胆事业。尤其是，我要敢于用拉丁语做诗句（考虑到另一种），并有信心把它们翻译好。我只能说，我很喜欢这件事，并应该掩饰许多缺点，而且我不会跟之前的那些人争辩，而是跟着他们鼓掌。

---

① 贺拉斯，《使徒书》，第1卷，第2行，第4行，克律西波斯和克朗托都是著名哲学家。

理查德·斯梯尔爵士

理查德·斯梯尔爵士（1672—1729），爱迪生《闲谈者》和《旁观者》的主要合作者。出生于都柏林，父亲是英国人，母亲是爱尔兰人。与爱迪生在学校结识，并同时进入牛津大学。斯梯尔中途辍学从戎，开始了笔墨生涯，期间撰写了《基督教徒的英雄》。1702 年开始写舞台剧。复辟时期的戏剧颜面尽失，他为恢复戏剧繁荣起了非常积极的作用。像爱迪生一样，他把政治与文学结合起来，并在 1715 年因为汉诺威党效力而受到奖励，被封为爵士。

让《旁观者》引以为豪的当属俱乐部，正是在接下来的随笔当中，斯梯尔首次勾勒出许多人物形象。爱迪生塑造了"旁观者"，还以斯梯尔为原形塑造了罗杰爵士。爱迪生和斯梯尔对于《旁观者》的成功各抒己见，但对斯梯尔而言，这荣誉应归功于《闲谈者》及源期刊论文。

斯梯尔热心、冲动、多愁善感、没有远见，偶尔意志薄弱的性格在其作品中可见一斑。其作品的优雅和完美都逊于爱迪生，却因更具即兴性和虚构性而见长。也许还没有一部篇幅相近的作品像下文的《旁观者俱乐部》那样为我们的文学画廊增加这么多形象鲜明、富有个性的人物画像。

旁观者俱乐部

但其他六人
还有许多人向旁边喊道。
——尤维纳利斯，《讽刺诗》，第7卷，第166行
至少有六个人表示他们赞同。

我们团体中的首要人物①，是伍斯特郡的一位绅士，名叫罗杰·德·科弗利爵士，他出身名门，世袭男爵之位。他的曾祖父是一位乡间舞蹈的创作者，舞蹈便以他的名字命名，闻名于世。但凡熟悉那个郡的人，都非常了解罗杰爵士的人品和才华。他是一位举止离奇怪诞的绅士，但他的怪诞多是出于好意；只有他认为世风不正时，他才会用自己的怪诞行为来表现出对世俗的抵触。不过，他古怪的性格并没有使他树敌，因为尽管他乖戾固执，却不会做出格的事情；而他那超逸绝尘的行为，却使他更容易也更善于赢得所有相识者的喜欢，并加惠于他们。他住在伦敦城里的索霍广场。据说，他在追求邻郡一位乖张貌美的寡妇时，感情上受到了挫折，所以至今孤身一人。在这令人不悦的事情发生之前，罗杰爵士是位风度翩翩的绅士。他经常与罗彻斯特伯爵和乔治·埃思卫奇爵士同餐共饮。初来伦敦时，还跟人家决斗过，因为恶棍道森轻蔑地叫他"小子"，他就在咖啡馆里将其一顿拳打脚踢。但是，自从他遭到那位寡妇的无礼拒绝后，惆怅迷惘了一年半之久。因为他生性乐观，最后精神振作起来。但他此后变得不着边幅，不再打扮。他还继续穿着遭到寡妇拒绝的那个年代的同款的外衣和紧身上衣——那个时代非常时髦的装扮。当心情愉快时，他会告诉我们，自他第一次穿上那种衣服以来，时而流行，时而过时，已经反反复复了十二次之多。据说，自从罗杰爵士忘掉那冷酷美

---

① 1711年3月1日发表于《旁观者》。

人之后，变得清心寡欲。以致众人多半说，他经常惹恼乞丐和吉普赛人。这让他的朋友们感到鄙夷和不屑，甚至拿他开玩笑。他今年五十六岁，活泼开朗，热情友好。无论在城里还是乡村，他总是待客周到，心肠慈善，他的举止总是让人感觉充满快乐，与其说人们尊敬他，不如说人们是爱戴他。他的佃户们生活富足了，他的仆人们心满意足了，所有的年轻女人都向他表达爱意，年轻男人乐于与他为伴。他去朋友家做客的时候，总是亲切地称呼仆人们的名字，与他们一路谈笑风生上楼见主人。有一处不可遗漏，罗杰爵士是他那个郡里必须出庭的治安官之一。在每季开审的法庭上他都表现得才思敏捷。三个月之前，他向人们解释《狩猎法》中的一段，赢得了人们的赞誉。

我们中下一位值得尊敬又有权威的绅士，是个单身汉，内殿法学协会的成员，一个刚直不阿、才华横溢、知识渊博的人。但他选择在那里攻读法学，并不是出于自愿，而是遵从了他那脾气古怪的父亲的意愿。他在那儿刻苦钻研国家的各种法律，又是所有读者中最熟悉戏剧舞台的。对于亚里士多德和朗吉弩斯的著作，他比利特尔顿和科克理解得更为深刻。每次送来的邮件中，都会有他父亲寄来的关于邻里乡亲提出的法律问题，多是婚帖、租约、合同之类的，他会摆出律师的姿态，一次全部对这些问题给予解答和处理。他本应该研究人与人之间因激情而辩论的时候，他却研究起激情本身来了。他对德莫斯梯尼和西塞罗的每一个演说的论点都谙熟于心，但对于我们法庭的案例却一概不知。虽然人们没把他当成傻瓜，但如果不是与他很亲近，则发现不了他的才华。这种特性使他既清微淡远，又和蔼可亲。他的思想大多适用于高谈阔论，因为它们很少出于庶务。从他所处的时代来说，对书籍的热忱显得有些过于认真了；可以说他是无书不谈，但令他满意的又寥寥无几。他通晓古人的风俗、礼貌、行为，以及他们的著作，这使他对自己身上发生的一切事情都能有准确敏感的认知。他是一位优秀的批评家，戏剧开演的时间就是他要正经开始工作的时候。五点刚到，他就穿过新客栈，越过罗素院，到威尔咖啡馆小坐一会，等待戏剧开场。人们走进罗斯酒馆畅饮时，他却经常走进理发店擦皮鞋，往假发上洒粉。他到戏院看戏，演员们都会热情地想取悦于他，观众也感到很幸运。

还有一位有名望的爵士，叫做安德鲁·弗利波特，是伦敦赫赫有名的富商。他坚持不懈，孜孜不倦，颇有主见，经验丰富。他经商理念崇高而又慷慨，正如每个富人都有着某种微妙的戏谑手法——倘若他不是富人的话，他的戏谑就不会记忆深刻。他把海洋称为不列颠的公地。他对商业的了解非常清楚透彻。他会对你说，用武力扩张领土愚蠢而残暴，因为真正的权力是应该通过技术和勤奋得到的。他常常争辩道，如果我们这个行业经营合理，我们就可以从一个国家获利；要是另一个行业经营合理，就可以从另一个国家获利。我曾听过他的论证，靠勤奋建立的事业，远比用武力建立的更持久，好逸恶劳比穷兵黩武更能给国家和人民带来毁灭。他喜欢几条有关节俭的格言，其中最喜欢的一条是"省一文等于挣一文"。

与一个见闻丰富的普通商人相处，要比与一个没有专长的学者相处愉快得多。安德鲁爵士善于表达，不矫揉造作，思路清晰，与一般人比起来更机智幽默，因此常能给人带来乐趣。他的财富都是自己辛勤工作的结果，因此他说，英格兰完全可以通过他那种吃苦耐劳、简单明了的方法，就能过得比其他人富裕。同时我可以这样说，从罗盘所指的各个方向驶往英国的船只上，肯定会载有一部分他的货物。

在俱乐部里，紧挨着安德鲁爵士坐着森特理上尉。他富有勇气和智慧，却比任何人都谦逊。他值得别人尊敬，却不善于在那些本该了解他的人面前表现自己。几年前，他身为上尉，数次冲锋陷阵、围攻守城，表现神勇，立下赫赫战功。但是，他这样只会一味打仗而不懂阿谀奉承的人，很难得到与自身能力相称的职位。后来因为他有自己的一小份产业，又是罗杰爵士之后的继承人，所以他离开了战场，结束了军旅生活。我经常可以听到他的慨叹：在那样一个看重功劳的职业里，谦恭自律者还是无法战胜厚颜无耻者。但他谈论此事时，并没有表现出愤慨，只是坦诚地面对和承认，他之所以放弃军人生涯，主要还是自身的原因。他那种待人诚恳、规矩至上的态度，变成了他能够排挤他人、赢得上司青睐的阻碍。不过，尽管他受到了将军们不明事理、奖惩不清的待遇，在谈论时他还是表现出了对他们的谅解。因为他说："那些想要提拔我的人，需要越过重重阻碍才能施恩于我，其艰难程度不亚于我求偿于他。"因此，他得出这样的结论，如果想扬名立万，通过立下战功出人头地，就不要过于谦虚，要适当地肯定自己，并排除那些觊觎者的干扰。他还说，要维护自己应该享有的权利，不要唯唯诺诺，那是市井小人的胆怯，就像在该冲锋陷阵的时候却犹豫不前便是临阵逃脱一样。这位绅士在谈论自己和谈论别人时都保持着这样一种坦诚并贯穿始终。曾经的军旅生涯给他留下了许多惊险的经历，在回忆那些经历的时候，他表现得十分平易近人。虽然他也曾习惯于对部下发号施令，但从不盛气凌人；虽然他也曾习惯于对上司的命令言听计从，但他从不趋炎附势。

我们这个团体好像都不是富有幽默感的人①，不解风流韵事，不懂及时行乐。现在，我要介绍一位我们中间风流倜傥的人物——威尔·霍尼克姆。从他的年纪来看，这位绅士已经是垂暮之年的老者，但他一直注重修身养性，而且日子过得称心如意，所以身上并未有太多时光留下的烙印，额头的皱纹并不明显，头脑也十分清醒。他个子适中，身材匀称，面貌端正，看起来十分体面。对于如何用言辞来取悦女人，他深谙于心，应对自如。他对穿着一向讲究，对穿衣风格了如指掌，就像他了解女人一样。与别人交谈时，他面露笑容，有时会从容地笑出声来。他对风尚时局十分熟悉，可以讲得头头是道：我们的妻子和女儿们盘卷这样的发式，佩戴那样的帽子，是来自于法国国王的哪一位情妇；还可以告诉你，谁用哪一种衬裙掩盖了自己的缺点，谁为了显露自己的脚部而使那年的裙长缩短。总之，他谈论的话题和关心的事情都是女性世界的。如果他那样年纪的人向你询问某位牧师在某一场合讲了些什么，他会告诉说，当蒙莫斯恩公爵在宫廷里跳舞的时候，把某位女士迷得神魂颠倒，而又有哪位女士在海德公园看到他带兵经过的时候，也一见钟情。在讲这些重要的人物关系时，他也会得到含情脉脉的眼神，或是某位美人，即某某勋爵的母亲用扇子轻轻击打他一下。如果你谈到一个年轻的下议院议员在下议院里说了一件令人提神的话题，他就开始说："他的血管里流淌着优质的血液，汤姆·米勒尔生的他；那个流氓在那事上骗了我；那个小伙

---

① 异想天开的人物。

子的母亲像狗一样使用我，甚于我追求的任何女人。"他的这种谈话方式让性格较为严肃的我们气氛活跃起来。而且我发现，这伙人都说他是有良好教养的翩翩君子，只有我缄默不语。总结一下他的性格，如果他不关注女人那些事情的话，他确实是一个诚实高尚的人。

下面要谈到的这位先生，我不确定是否该把他算作我们这个团体中的一员，因为他难得来到我们中间。但他每次到来，都会给我们带来不少快乐。他是一位知识渊博、品德高尚、豁达开朗又富有教养的教士，不幸的是他的身体十分虚弱，甚至难以承担更高的职位带给他的重任。因为这样，他在教士中的地位有些像律师中的私人顾问。他心地善良、正直宽厚、有不少追随者，正像夸夸其谈、哗众取宠会影响许多人一样。他很少主动谈及他的演讲题目，但是我们交往已久，在一起的时候他会体察到我们对他就某个神学问题发表见解的热切想法。每一个问题他都会引经据典、滔滔不绝地发表高见，仿佛他已经是一个看破红尘，一个迫切希望所有祝愿都实现的人，一个年老多病、希望早日能够去见上帝的人。这些就是我平凡的伙伴们。

塞缪尔·约翰逊

　　塞缪尔·约翰逊（1709—1784），英国18世纪中叶以后的文坛领袖，利奇菲尔德小书铺业主之子。因贫困没有拿到学位后离开了牛津，回家乡开私塾教书，但并不成功。1737年，他去伦敦靠写作谋生。经过多年的努力，他终于成为文坛领袖，国王乔治三世给了他每年三百镑的津贴，这使得他后来的生活无忧无虑。约翰逊尝试各种文学形式。他的诗歌作品主要为《伦敦》（对朱维纳尔的模仿之作）与《人生希望多空幻》（一个庄严的和令人印象深刻的说教诗）。1744年，他创作了悲剧《艾琳》，但未成功。1755年的《英语大辞典》开创了英文词典学的新阶段。1750年到1752年，他发表了《漫步者》，几乎完全是写有关自己的事情。这个期刊被看作是《旁观者》最成功的模仿，但现代读者认为其很庄重。在1758年到1760年之间他出版了一个类似的刊物《懒人》。1759年，约翰逊的母亲去世时，为了支付她的治疗费和葬礼费用，他一周内写了他的说教式传奇《拉塞拉斯》，这是在那个时期他最受欢迎的作品，并被翻译成多国语言。1765年，约翰逊主编了八卷《莎士比亚集》，这是一项在许多方面都难以完成的任务，但在模糊的段落解释上，显示了约翰逊强大的常识和清晰有力的表达能力。

　　人们普遍认为，约翰逊的作品没有一部能比得上最伟大的英国传记报道——博斯韦尔的《约翰逊的一生》，但为数位英国诗人诗集的序言而做的《诗人传》，是他最永久的宝贵的作品，虽然受当时的标准限制，但充满了令人钦佩的尖锐批评。《爱迪生的一生》是《传记》中最富有同情心的一部，表现了约翰逊的创作内容、创作风格和创作想法。

爱迪生的一生

约瑟夫·爱迪生（1672—1719），1672 年 5 月 1 日出生在米尔斯顿，并在同一天洗礼受名，他的父亲——兰斯洛特·爱迪生，当时在威尔特郡的阿姆博罗斯伯里当牧师，身体似乎很弱，很早便去世了。根据其父的遗愿，在理当接受虔诚的宗教家庭教育后，爱迪生先后在阿姆博罗斯伯里纳什先生和索尔兹伯里的泰勒先生的门下读书。

不给文学史上杰出的流派和大师命名是一种历史上的欺诈行为，否则爱迪生诚实的名声会被损害性地削弱：因此我会追溯他的教育全过程。1683 年在爱迪生刚刚 12 岁时，他的父亲成为利奇菲尔德的教长，举家搬进新府。我想，家里人可能把他安置在肖先生那里不长一段时间，肖先生（已故彼得·肖博士的父亲）后来成为立斯菲尔德学校的校长。有关这段时期的事情，他的许多传记里没有记载，我所知道的仅仅来自我儿时看到什罗普郡的安得烈·科比特写的《禁止外出》中的一个故事，他也是从他叔叔皮戈特先生那儿听来的。

《禁止外出》的实际情况是一种野蛮许可，在上世纪末的许多学校都执行：当定期的假期临近，向往自由的男孩子变得越来越暴躁。有些男孩在定期休假前几天，就占领学校，他们挡住了门，从窗户处表达他们对校长的蔑视。很难想像，在这种场合，校长会笑对孩子们的行为。然而，传统上可以接受的行为是，校长经常会拼命挣扎，动用武力，或者惊动驻军。当皮戈特还是个学生时，立斯菲尔德学校的校长就被禁止外出。正如他所说，整个过程都是由爱迪生策划和执行的。

要判断这个故事的真伪，我曾问过爱迪生被送到夏特鲁斯的时间，但是，因为他不是那种享受创始人恩惠的人，所以没有他入学的相关记载。在他从索尔兹伯里，或者立斯菲尔德转到夏特鲁斯学校后，在埃利斯博士的门下从事青少年研究，与理查·斯梯尔爵士关系密切，就此他们的合作被有效地记录下来。

这一令人难忘的友谊应归功于斯梯尔。爱上那些无所畏惧的人很容易，而爱迪生也没有把斯梯尔当作竞争对手。但是斯梯尔自己也承认，他生活在一个习惯服从天才爱迪生主宰的世界里，一提到这些，他总是充满崇敬，心生谄媚。

自重的爱迪生不可能总是对此无动于衷，他对他的崇拜者有一点反应；但他的反驳不存在危险，他的笑话既不据理反抗也不招致怨恨。

但幽默嘲讽并不是最糟糕的。斯梯尔因轻率的慷慨，以及虚荣的挥霍，在一些紧要关头总会生活拮据；在拮据的时候，他向朋友借一百英镑，可他根本没打算还钱；而爱迪生似乎对这一百英镑另有安排，对其延期不还心生不悦，并通过强制执行要求还借款。斯梯尔深感其债权人的顽固，但只是情绪悲伤而不是怒形于色。

1687年爱迪生进入了牛津大学的女王学院。1689年，在那里，偶然研读一些拉丁诗句使他获得了兰开斯特博士的赞助，后来成为女王学院院长，并由女王学院推荐当选为莫德林学院的一位德米——拿津贴的学生。德米是由团体提名的那些在别处也被称作奖学金的获得者，为享受创始人捐助的年轻人，按顺序填补空缺奖学金名额。

在这里，爱迪生继续从事诗歌和文学批评创作，并且因他的拉丁文习作而第一次成为杰出人物，并被授予特别赞誉。但他没有把自己局限于对任何古代作者的模仿；相反，他勤奋好学，熟读不同时期的作品，博采众长，自成一体。

他的拉丁语作品似乎富含他的喜好，因为他汇编了《英国的缪斯》第二卷，因行事方便，这里插入了他所有的拉丁语作品，并把有关和平的诗歌放在首位。后来他将该集本赠予布瓦洛。正如蒂克尔所说，自此成为英国诗歌天才的观点。没有谁能比布瓦洛对现代拉丁语的不屑一顾，所以，布瓦洛对爱迪生的尊敬也许是出于礼貌而非赞许。

他的三首拉丁语诗歌也许是他不敢贸然用自己的语言所创作的主题：矮人和鹤的战斗，气压计，一只绿色保龄球。当主题无关紧要又微乎其微时，一种死语言不为人所熟悉，提供了极大的便利。由于罗马音节铿锵壮丽，作家隐匿了读者和自己的思想的贫乏和创新的不足。

22岁的爱迪生第一次通过一些细节把他在英语诗歌方面的能力展示给德莱顿，后来发表了有关蜜蜂的《第四农事诗》的一大部分译文。此后德莱顿曾评论道："我以后的蜂群不能再进入蜂房了。"

与此同时，他给德莱顿的《维吉尔》附上了内容提要，还为《农事诗》写了短评，称其幼稚肤浅，不能拨云睹日，更缺学者的学识和评论家的洞察力。

他的下一首诗包含了重要英语诗人的特点，是献给亨利·萨谢弗雷尔的——那时，如果说他不是个诗人，也是一位写诗的作家。因为这都体现在他刊登在《杂集》中维吉尔的《农事诗》的一小部分译本，以及《英国的缪斯》中有关玛丽女王的拉丁颂词上。这些诗表现了对友谊的赞美，但在某些方面，因派系恶毒，友谊随之弱化了。

这首诗是对斯宾塞富有自信和判别力性格的描述，爱迪生从未读过斯宾塞的作品，对他的批评判断的影响是很小的。有必要告知读者，爱迪生由康格里夫引荐给当时的财政大臣蒙塔古。爱迪生当时正在学做朝臣，并增补蒙塔古为继考利和德莱顿之后的诗人。

受蒙塔古先生的影响，在蒂克尔看来，因为与其自然谦虚相一致，爱迪生偏离了他最初要担任圣职的设想。蒙塔古称那些没有自由教育而从事公务的人为腐败之人，并宣称，尽管他代表着教会的敌人，但他从未因为制止爱迪生信教而对教会进行诋毁。

1695年后不久，爱迪生为威廉国王献诗一首，用押韵的形式介绍了萨默斯勋爵。威廉国王没有文学雅兴，只研究战争，但是大臣们的性情与国王不同，经大臣们不经意间地推荐，爱迪生获得了诗歌方面的慷慨资助，并深受萨默斯和蒙塔古的垂爱。

1697年，爱迪生的有关里斯维克和平的拉丁语诗作问世，以此献给蒙塔古，后来被史密斯称作是"自《埃涅伊德》以来最好的拉丁语诗歌"。无须太严格地考查赞美之词，但其文体富有活力而优雅简洁是不容置疑的。

1699 年没有公职的爱迪生获得每年三百英镑的生活津贴，可供他旅行使用。可能是为了学习法语，他在布卢瓦呆了一年，然后又继续在意大利旅行，他用诗人的眼光审视了意大利。

当爱迪生悠闲地旅行时，他并不是百无聊赖。因为他不仅收集了他所旅行国家的观察资料，还抽空写了《关于勋章的对话》和四幕悲剧《卡托》。至少是因蒂克尔的关系，他也许只是为收集材料，最终制订了计划。

不管他在意大利从事了什么活动，在那里，他写了《致哈利法克斯勋爵的一封信》，并被视为最庄严雅致的一封信。但是大约两年后，他匆忙回国。正像斯威夫特所说，因为他不再享受生活津贴，开始饱受贫困之苦，被迫成为一个云游乡绅的家庭教师。

在他的返途中，爱迪生出版了他的《游记》，送给了萨默斯勋爵。尽管他在外国游历时间很短，但他的言论都附以快速的评论，主要包括对该国的现状和罗马诗人所描述的进行比较。这些他都做了有准备的收集。要是知道，之前有个意大利作家已经进行了两次这样的收集，那么他就可以免去很多麻烦。

爱迪生书里最有趣的篇幅，就是他对圣马力诺共和国许多地区的描述。书中许多部分可能是在家里写成的，这不足以指责。然而，他语言的典雅，散文和诗句的风格迥异均获益于读者。曾一度被忽视的书，在当时却很受公众的喜爱，以致于在再版之前，书价已经上升到五倍。

1702 年，已经沦落到困境的爱迪生卑贱地回到了英国，他发现其赞助人已被逐出了权力舞台。因此这段时间，他可以完全休闲下来修心养性，所修养的心性足以令人相信他没有虚度光阴。

但他并没有被长期忽视或被认为无用之才。1704 年，布莱汉姆的一场大胜仗使全国充满胜利的喜悦和信心。戈尔多芬勋爵向哈利法克斯勋爵诉苦：缺少一个与这个主题相关的庆祝方式，希望他能推荐一位大诗人来做这项工作。哈利法克斯说他无意鼓励天才，也不会用公共资金白白养肥一个不成器的人，更无意找到或者雇佣那些只表面上尊重国家的人。对此，戈尔多芬这样答复，应及时纠正这样的辱骂，如果能找到胜任此项任务的人，定会重金礼聘。于是哈利法克斯提名爱迪生，但是要求给他一个司库的职位。戈尔多芬通过波义耳先生发出邀请，后来由卡尔顿勋爵邀请。爱迪生承担了这项工作，当上了司库，类似于天使的角色，但是马上获得接替洛克先生成为上诉委员的奖赏。

第二年，爱迪生与哈利法克斯勋爵在汉诺威度过，再过一年，他先成为查尔斯爵士的副国务秘书，并在几个月后又为桑德兰伯爵效劳。

大约在这段时间里，意大利歌剧的流行趋势使爱迪生有意尝试用我们自己的语言创作音乐戏剧的效果。因此他创作了歌剧《罗莎蒙德》。该剧在舞台上演出，要么被唏嘘，要么被忽视，但是他相信，读者会更加公正地对待他，于是他出版了该剧本，并题词送给马尔伯勒公爵夫人——一位在诗歌或文学上没有才能却又自命不凡的女人。因此，他的奉献精神是奴性的荒谬的实例，仅次于约书亚·巴尼斯把希腊的阿那克里翁献给公爵。

他的名声也因《温柔的丈夫》在某种程度上有所提升，这是一部斯梯尔奉献给他的戏剧，应该承认，许多场次的成功演出要归功于斯梯尔。后来爱迪生补充了这部剧的序言。

当沃顿侯爵被任命为爱尔兰总督时，爱迪生给他做秘书，并被任命为伯明翰塔的记录员，每年三百英镑的薪水。这个职务只不过是名义上的，工资也因膳宿而增加。

因为兴趣和派系斗争，爱迪生不容许他有自己特殊的性情或者发表个人见解。沃顿和爱迪生两人性格相左，很难再走到一起。沃顿对宗教不虔诚，挥霍无度，厚颜无耻，不考虑行为的正确与错误。而正像爱迪生所说的，他恰恰与之相反，但作为党派的代理人，他们又联合起来，至于他们如何调整自己的一些情绪便不得而知。

然而，千万不能太过于谴责爱迪生。没有必要拒绝一个坏男人的津贴，因为这种接受并不意味着认同他的罪行，下属官员也没有义务审查他的所作所为，只要他没有沦为邪恶的工具。可以合理假设爱迪生尽其所能抵消罪行和中尉的破坏性影响，至少因为他的干预，中尉还做了一些善事，避免了一些恶事发生。

当爱迪生就职时，他为自己定了一个准则，如斯威夫特所记录的，那就是从不因出于礼貌而给他的朋友经常汇款。他说："因为我可能有一百个朋友，如果我付给每人两个金币，我因让出权利而失去两百个金币，而我也不会得到两个以上的朋友。因此，善意的给予与邪恶的承受是不成比例的。"

爱迪生在爱尔兰的时候，斯梯尔没有与他沟通自己的设计，就开始出版《闲谈者》，但这事很快被暴露，因为爱迪生给他撰写了有关维吉尔的评论，暴露了自己的身份。任何人写文学或普通的生活都不是件容易的事，因为不能与自己熟悉的那些人亲切地交谈，与熟悉他的研究、他喜欢的话题、他特有的概念，以及他的习惯用语的人相识。

如果斯梯尔秘密写点什么，那么他很不幸运，一个月就会被发现。他的第一份《闲谈者》是在 1709 年 4 月 22 日出版的，爱迪生的撰稿是在 5 月 26 日发表的。蒂克尔认为，未经爱迪生的同意，《闲谈者》就创办了。这无疑是真实的，但是他的工作并没有因为他在毕业典礼上的不自觉而受到影响，也没有因为他的缺席而受到影响。因为他继续帮助直到 12 月 23 日。报纸在 1 月 2 日停办，爱迪生没有因任何签名而使他的作品出名。直到报纸被收集成卷，我才知道他的名字被保密的。

大约二个月后，继《闲谈者》之后，又出版了《旁观者》，里面刊登了一系列类似的随笔，文笔稳重，更有计划性，每日出版。这样可以向作家们证明自己材料的丰富和创作的才能，他们的成绩也表明了他们的信心。然而在发行过程中，他们发现需要许多辅助工作。创办一份报纸是可怕的劳动：要主动送出许多报纸，也要收到许多报纸。

爱迪生热衷于党派，但斯梯尔当时几乎没有别的爱好。《旁观者》在早期的期刊中，表现出其作者的政治原则，但不久做出决定，只讨论如文学、道德和熟悉的生活等一般性的话题以寻求大众的认可，并没有对派系间斗争产生多样性的情感。他们坚持这种做法，很少有偏差。一次，斯梯尔的热情爆发，歌颂马尔伯勒，当时弗利特伍德博士在序言前加上一些说教，充满了辉格党的观点，女王可能读到了这些观点，于是在《旁观者》中重印了此文章。

教授更细致的礼仪，低级的职责，规范日常会话，纠正那些比犯罪更荒谬的堕落，排除那些不满。因为如果它们产生不了持久的效果，会随时留下烦恼，这都是卡萨在他的《礼节》和卡斯蒂廖内伯爵的《朝臣》中第一次尝试的。然而，这是两本在意大利颂扬纯洁和优雅的书，现在很少有人阅读了。之所以被忽视，只是因为它们引起了作者们希望的改革，而现在又不再需要。几乎所有欧洲国家都急于获得该报的译文，可以充分证明《旁观者》对其所创作时代的用处。

这种知识被法国人继续下去，也许会被改进。拉布吕耶尔的《时代的规范》当然因描写生动，观察公正而值得大加称赞，尽管像布瓦洛所说，写作没有关联性。

在《闲谈者》和《旁观者》之前，如果指望剧作家的话，英国缺少平凡生活的大师。没有任何作家曾改革被忽视的野蛮或者文明的无礼；或指示何时说话，或是何时沉默；如何拒绝或如何遵守。我们有很多书教导我们更重要的职责，并解决哲学或政治观点；但礼仪评判官还希望，有人应调查日常会话的音轨，使它不再长满荆棘和毛刺，它们戏弄过路人，虽然它们不伤害他。

出于此目的，没有什么比短文的经常出版更适当了，我们阅读短文不是学习而是娱乐。如果话题微小，论述同样也很短。忙者可以有时间阅读，闲者也会耐心读下去。

这种表达廉价和简单知识的方式开始于内战，当时提高和固定人们的偏见是任何一方的利益。那时出现了《宫廷新闻周刊》《乡村新闻周刊》《公民社会周刊》。据说，一旦有题目受欢迎，就会被对手偷走，如果他不接受他朋友的观点，他就是用这种伎俩向不接受他的人表达他的观点。那些悲伤的日子里动乱局势几乎没给任何人留下闲暇时间去珍藏偶尔写出的作品，那么多的作品都被忽视了，以致于一个完整的集子都找不到。

《水星》由莱斯特兰奇的《观察家》所替代，《观察家》被莱斯莉的《彩排》所替代，也许是别人的作品来延续；但迄今用这种方便的方式，也没传达什么给人们，只有与教会或国家有关的争议；教会了许多人讨论，却不能教这些人来判断。

有人建议，在复辟后不久就创立英国皇家学会，把公众的注意力从不满情绪中转移出来。《闲谈者》和《旁观者》有这种相同的趋势，它们发行时，两大党派正大声地、不安地、暴力地发表各自认为合理的声明，也许他们都没有任何鲜明的观点鼓动民众。对于那些政治竞争激烈的思想，两家提供了更加冷静更无恶意的思考。爱迪生说，在以后的工作中，它们都对那个时期的谈话有显著影响，并且教那些嬉戏和快乐的人们把体面和快乐结合起来，产生了一种它们永远不能完全丧失的影响；同时，它们继续成为一流书籍，把优雅的知识传授给男男女女。

像《家》一样，《闲谈者》和《旁观者》以得体、礼貌的语言调整了其未解决的日常交际用语；像《拉布吕耶尔》一样，展现了时代特征和风尚。这些文章中所介绍的人物不仅是理想的，而且他们在不同场景都很有名气、很显眼。在《闲谈者》中，斯梯尔在他最后的文章里谈过此事；在《旁观者》中，巴杰尔在《德奥弗拉斯特》的序言中提过此事；这是爱迪生推荐的一本书，如果他没写的话，他也被怀疑修改了这本书。在那些有时被粉饰，有时被夸大的人物中，很多原创人物现在还部分被人熟知，部分已被人遗忘。

但要说他们联合两个或三个著名作家的计划，就是只能给他们一小部分应有的赞誉，再加上他们的文学与批评，有时却远高于他们的前辈，用非常公正的辩论和有尊严的语言，教授最重要的责任和崇高的真理。

所有这些主题都随优雅的小说和精致的寓言而愉快地发生变化，用文体的不同变化和编写的快乐来阐明。

据巴杰尔记载，在《旁观者》虚构和展示的人物中，爱迪生最喜欢的是德·克维里·罗杰爵士，他已经形成了一个非常微妙的、与众不同的而使他不知遭受侵犯的想法。当斯梯尔单纯地让罗杰去接在神庙的一个女孩，并带她去一家酒馆，爱迪生引起了朋友的愤怒，以致于他不得不通过答应暂时容忍罗杰爵士的到来去安抚他的朋友。

塞万提斯让他的英雄走进坟墓的原因是"堂吉诃德只为我而生，而我也只为他而生"，让这爱迪生以过分激烈的表达宣布，他要杀死罗杰爵士，理由是，他们为彼此而生，任何人都会冤枉他。

爱迪生是否补充了他原来的描写很值得怀疑。他描写的骑士想象力有些扭曲，但他很少使用这种歪曲描写。罗杰爵士行为的不合常理与其说是由于一些压倒性的思想带来的永恒的压力，偏离因循守旧生活的心理影响，倒不如说是习惯性的乡村生活习气和孤独的庄严自然生成的疏忽的影响。

心理的天气变化多端，初期疯狂的云卷云舒，时而出现的理性的云朵也没有使它黯然失色，它需要非常精密的呈现，爱迪生似乎已经被阻止继续从事自己的设计。

乡绅罗杰爵士，似乎是一个托利党人，表达温和点，算是一位土地利益的拥护者。这与安得鲁·弗里波特爵士相反——一位新人，一位富有的商人，热心于金钱利益的辉格党人。他们意见相左，可能最初想要的更多的结果比实际产生的结果要多，因为当时决心把党派从报纸里排除。安得鲁爵士做得很少，少到似乎只是取悦爱迪生，因为爱迪生当时把他开除出俱乐部，于是改变了观点。在无情的真正的商业精神下，斯梯尔令他宣布，他将不会为无所事事的人建立一个医院，但最后他买了土地，定居在乡下，没有建制造厂，而是建了一家医院，为十二个老农夫，为商人们不认识的人，他通常认为他一点也不仁慈。

在这些如此优雅，如此有教育意义，如此广泛阅读的随笔中，被普遍认可和大量销售是很自然的事。我有一次听说，销售可以通过税收产品来计算，最近的一次发售数目每周多达 20 英镑，因此，21 英镑的话，平均每天 3 英镑 10 先令：一份报纸半便士，每天将卖 1680 份报纸。

这个销售量不是很大，然而，如果相信斯威夫特，可能是越来越少。因为他认为，《旁观者》没完没了地谈及女性让他嗤之以鼻，在休刊之前就已经使读者厌倦了。

第二年（1713 年），《卡托》登上舞台的那一年，是爱迪生名望的一个重要的转折点。据说，卡托去世时，他本来计划在他旅行的时候写一部悲剧，几年来，他已经完成了前四幕，这部剧有可能令人大加赞赏。蒲柏看过这出剧，西伯也看过。他说，当他拿回剧本，斯梯尔告诉他，无论他的朋友在写作中展现什么精神，他都怀疑，他是否会有足够的勇气让它遭受英国观众的非议。

然而，那些假装认为自由处于危险中的人同样假装认为可以保护舞台剧的那个时期已经到来，爱迪生以英国的守卫神的名义被不断地要求，用完成他的剧作来展示他的勇气和热情。

他似乎对继续工作表现出莫名其妙的不情愿，也许是出于他希望被否认的请求，休斯先生期望加上第五幕。休斯认为他是严肃地进行补充，几天后，带来了一些场景供他审核。但同时他自己也补充，后来他只写完了半幕，简洁但不规则，与前面的部分也不相称，就像勉强完成的任务，匆忙下了结论。

是否出于作者任何改变的意图而使《卡托》公之于众还尚被怀疑，因为丹尼斯指控他由于准备批评的错误立场，按自己的喜好增加偏见；指控他在《旁观者》中，与诗性正义的既定规则相矛盾，毒害城镇居民，因为他塑造的具有他所有美德的英雄，在一个暴君面前倒下。事实是肯定的，我们必须猜测动机。

我相信爱迪生倾向于封锁所有途径对抗所有危险。当蒲柏给他写一个很适合这出剧的序言时，里面有这样一些话，"英国人的出现，是值得的"。意思是，只有英国人，站起来，提升自己，认同公共美德。爱迪生很害怕，唯恐他被误以为是叛乱的发起人，界定了和英国人和参加者的界限。

现在，大量的乌云扑天而来，伟大而重要的一天到来了，爱迪生要承受戏剧危险的那一天。然而，危险可以尽可能降低。第一个夜晚，正像斯梯尔所说，要保证把观众聚集起来。蒲柏说这是第一次尝试支持《哀伤的母亲》。现在，更有效地为《卡托》而实践。

危险很快就过去了。那时，全国都在派系之争。辉格党人鼓掌赞成每个提到讽刺托利党人的自由话语；托利党人回应每一次鼓掌，表示感觉不到讽刺。博林布鲁克的故事是众所周知的。他让布斯到他包厢，并给了他五十金币，去捍卫自由的事业，反对永久的独裁者。蒲柏说，当辉格党人用好的句子加以补充时，他们设计了第二件礼物。

就这样对派系赞美的模仿是对戏剧的一种支持。戏剧一夜又一夜地演出着，持续了一段时间，我想是观众所允许的更长时间。正像波特太太很久以后所述：在整个演出期间作者怀着不安的、不能满足的关切，在幕后踱步。

当这出剧被印刷出来时，贴出了这样一则通告，如果把它奉献给女王，她会感到高兴。蒂克尔说，因为爱迪生迫不得已在剧里到处都设计了溢美之词，一方面出于责任，另一方面出于他的荣誉，没有任何奉献地把这出剧搬上舞台。

人类的幸福总是会减少的，没有乌云就不会有成功的光芒。《卡托》刚一呈现给读者，丹尼斯就满怀极度恶意进行攻击，并且带有愤怒的批评暴力。虽然他们对于所谓的自由有着同样的热情，丹尼斯也许在脾气上比爱迪生更加暴烈。尽管揶揄辉格党人令人在一出成功的戏剧前坐立不安，但会急切地告诉朋友和敌人，他们把赞美寄托于不值得赞美的对象。世界因教诲而太固执，随着科尼尔的《希德》遭受责难，丹尼斯的谴责无法表现他的愤怒，而《卡托》继续受到称赞。

蒲柏现在有机会通过丑化爱迪生的宿敌来寻求爱迪生的友谊，好像不用为自己复仇，就能发泄全部的不满。因此他发表了《疯狂约翰·丹尼斯的故事》，一场反对使戏剧发挥全部作用的演出，因此发现了与其捍卫诗人不如令批评家烦恼的更多欲望。

对这个世界已不再陌生的爱迪生，可能看到了蒲柏友谊的自私，于是他决定，应该承担对自己过分殷勤的后果。他通过斯梯尔告知丹尼斯，说他对侮辱很抱歉。无论他何时认为答复他的评论合适，他就以一种没有什么可以反对的方式去行事。

该剧最大的弱点是爱情的场景，据蒲柏说，已经在原计划上添加了随后的评论，与舞台的流行做法相符合。这样的权威很难拒绝，然而，爱情是如此紧密地与不容易被认为外在的和偶然的整个行动混合在一起。如果去掉爱情，还剩下什么？这四幕又是怎样构成这第一稿的？

剧本出版时，才子们似乎非常骄傲地用赞美之词表示他们的到场。最好的是出自一个无名之辈，当得知作者是杰弗里斯们，赞美之词可能会失去他们的赞美之意。

《卡托》还有其他荣誉。一位牛津学者因它为一出党派剧而加以指责，但在苏威尔博士有利的审查中得到捍卫，萨尔维尼把它翻译成意大利语，在佛罗伦萨上演；并由圣奥梅尔的拉丁耶稣会把它翻译成拉丁语，由他们的学生出演。这个版本的一册送给了爱迪生先生：希望可以用来比较戏剧独白的版本和布兰德的版本。

法国诗人德尚根据同一主题写了一出悲剧，带有对英国戏剧的批评被翻译成英语，但译者和评论家都已被人遗忘。

丹尼斯毫无回报地生活着，因此他的评论也无人问津；爱迪生熟知文学的策略，不会让他的敌人通过吸引公众对批评的注意而成为重要人物，这种批评，尽管有时是不温和的，但也是不可争辩的。

当《卡托》还在舞台上上演，斯梯尔出版了另一个日报——《卫报》。对此爱迪生给予了很大的帮助，是偶尔还是以前的约定就不得而知了。

《卫报》的特点是过于狭隘和严肃，它可能足以恰当地确认生活的职责和礼仪，但是好像不包括文学的猜测，并在一定程度上因欢乐和滑稽模仿而违反规则。利泽德的《卫报》如何对付高大男人或小男人的俱乐部？如何应付蚂蚁的巢穴或斯特拉达的开场白？

这份报纸不值一提，但是该报纸有很多投稿者，而且它也是《旁观者》的续刊，文章同样优雅，文体同样多样化。直到一份托利党报纸的一些不幸火花燃毁了斯梯尔的政治观点，使他的智慧立即激发成派别。他很快因中立的话题而炙手可热，并放弃《卫报》而去写英国人。

爱迪生的文章以在《旁观者》中以克里欧的名义写的《书信》之一为标志。在《卫报》中，以一只手为标志。无论是否像蒂克尔那样假装认为，他不愿意侵占别人的赞扬；或者像斯梯尔，极有可能暗示，他不可能没有不满地把他自己的任何知识传授给别人。我听说他的亲和力不能满足名望的氛围，但是他如饥似渴地抓住了自己的利润比例。

报纸中许多文章都真正滑稽有力，人物鉴别缜密，从礼乐角度对自然的或意外的偏差进行准确观察。但人们猜测，直到爱迪生去世后，斯梯尔宣称他是《鼓手》的作者，才知道他曾在舞台上尝试喜剧。然而，凭借任何直接的证词，斯梯尔都不知道这是真的。因为当爱迪生把剧本交到他的手中，只告诉他，这是公司里的一位绅士之作。得承认这点，当它被冷淡地接受时，他可能不太愿意声称这点。蒂克尔在他的文集中省去了这点，但是斯梯尔的证词，以及任何请求人的沉默无语，决定了公众认为这是出自爱迪生之笔，现在把它与其他诗歌印在一起。斯梯尔把《鼓手》带到剧场，后来给了出版社，稿件卖了五十畿尼。

对斯梯尔的观点，可能又加了些戏剧本身提供的证明。爱迪生已经描述过其中的人物，爱迪生也已促进了发展的趋势。如果不被接受，那么就会提出质疑，难道我们不是每天都看见对戏剧赞美的反复无常？

这时，爱迪生根本不是一个公共事务的冷漠旁观者。因为根据不同的情况需要，1707 年，他写了《目前的战争状态》和《加强的必要性》，相关的临时主题无论写得多么审慎，都没有展现其特殊的才能，没有引起注意，并自然地被它自己的份量所忽视。不能不提到几篇命名为《辉格党审查人》的文章，里面运用了放荡的恶意和幽默讽刺的各种力量。刚出版和刚过期的报纸中，斯威夫特欢欣鼓舞地评论道，现在死者们都倒下了。他可能为那些他不可能杀死的人的死去而欢喜。因为个人的恶意过去了，每一个党派的每一个读者，以及曾经激怒整个国家的文章仅仅因才智喷涌而被阅读，一定想要更多的辉格党人。因为爱迪生的天才没有机会更有力地被发挥出来，他的权力的优势也没在某方面更为明显地出现。他为了揭露《法国通商条约》而作的《计数关税的审判》也没有挨过所产生的问题。

不久，有人试图让《旁观者》复活，其实一点儿也不利于文学。此时正值一个新的家族要继承王位，国内充满焦虑和混乱。因时代的动荡或读者的满足感，停止出版，但经过 80 份的实验，也就是后来被收录成的第八卷，也许比之前的任何一卷更有价值。爱迪生创作了四分之一，其他的投稿者就是被称作"他的合伙人的人"。《旁观者》暂时停刊的那段时间已经过去，尽管里面并没有减少爱迪生幽默的力量，但似乎增加了严肃性，他把宗教融入他的喜剧文章中的比例要大于以前的作品。

从《旁观者》的重新发行开始，一周仅出版三次，报纸中没有添加判别标志。对于爱迪生来说，蒂克尔已经 23 岁了。

《旁观者》有许多投稿者。斯梯尔的疏忽，让他总是匆匆忙忙，当轮到他提供报纸时，斯梯尔过分要求书信，其中爱迪生的材料很多，但很少使用；于是便依赖于速写和建议，以及他现在评论并完成的以前的研究成果：这些有蒂克尔称作的随笔，有关才智、想象的乐趣，以及对弥尔顿的批评。

当汉诺威家族拥有王位，合理地期望爱迪生的热情会得到适当的回报。乔治国王到来之前，他是摄政秘书。部门要求他给汉诺威发送通知说女王去世了，王位空缺。这样做对任何人都不会有困难的，但是对于爱迪生来说，如此重大的事件不堪重负，正费心选择表达的词语。不能等待评论细节的上院议员们，叫来了索思韦尔先生，上议院的一位秘书，并命令他发送消息。索思韦尔轻而易举地公布了消息，用这类事情的通用风格，并评价自己做了对爱迪生来说太难做的事情。

爱迪生更适合《旗帜世袭报》，一份一周出版两次的报纸，从 1715 年 12 月 23 日起到第二年年中。这份报纸的职责是捍卫现行政府，有时进行辩论，有时充满欢乐。在辩论中他有许多势均力敌的人，但他的幽默是奇异且无人能及的。偏执本身必须对保守党猎狐者感到高兴。

然而，有些既不文雅，又不体面的举动，如《伪装者》期刊，其嘲笑的对象是他的贫穷。弥尔顿用这种滥用的模式来对付国王查尔斯二世。

"——雅克比。
很多贵族公子是被钱包这个皇上流放的。"

奥尔德米克森很高兴提到伦敦的某议员，他比流亡的王子更有钱，但是可能来自弥尔顿的野蛮或奥尔德米克森的吝啬，不符合爱迪生的品味。

斯梯尔认为《伪装者》的幽默在如此嘈杂的时代太美好太温柔，据报道说，部长们本应该用小号时，却使用鲁特琴。

今年（1716 年），经过一个很长时间的、焦虑的求爱，他娶了老年贵妇沃维克伯爵夫人，也许其行为非常类似罗杰爵士对他不屑的寡妇：恐怕她经常通过玩弄他的激情来聊以自慰。据说他们初次相识是因为他给她的儿子做家庭教师。汤森说："在他第一次被推荐到这个家庭时，他就计划要得到那位女士。"我不知道他什么时间被推荐到这个家庭，在这个家庭里他生活了多长时间，以什么方式生活。起初他的向前发展肯定是胆怯的，但随着他的声望和影响力的增加他变得更大胆；直到最后夫人被劝说嫁给他，就像土耳其的公主被嫁娶。据报道说，苏丹宣布，"女儿，我赐给你这个人做你的奴隶"。如果可以相信不矛盾的报道，这段婚姻没有让他幸福，婚姻既没有发现他们平等，也没使他们平等。她总是想起自己的阶层，认为自己有权力，并用很少的礼节来对待她儿子的家庭教师。据说，在他们结婚之前或之后，罗创作了歌谣《绝望的牧羊人》，就是有关这难忘的一对的。可以肯定的是，爱迪生对这场野心勃勃的爱情没有留下令人鼓舞的事情。

一年后（1717 年），爱迪生位迁最高职，成为国务秘书。获得这份工作可能由于他的长期实践和他的职位的一路荣升。公正地说，他应该最胜任此职，但是期望往往令人失望：人们普遍承认，他与他位居的职责不相配。在下议院，他不能说话，所以对政府的国防是无用的；而在职位上，他无时不在思考更好的表述，而不能发布一条命令。他获得了官位，但却失去了信用；凭经验，他发现了自己的无能，被迫恳请免职，并得到了一笔每年 115 英镑的生活津贴。他的朋友们掩饰了这种放弃，朋友和敌人都知道真正的原因，解释说身体健康状况不佳，有必要休息和安养。

爱迪生现在回归自己的本行，并开始为他未来的生活进行文学计划。他决意写一出有关苏格拉底之死的悲剧故事。正像蒂克尔所评论的，这个故事的基础是浅薄的，我不知道如何将爱情附加在这个故事上，而且既没有情感上的价值，也没有语言上的优雅。

他从事一个更崇高的工作，为基督教进行辩护，其中一部分是在他死后出版的，他设计了新的诗歌版的赞美诗。

蒲柏把这些虔诚的作品归咎于一个自私的动机，因为爱迪生深得汤森的信任，后来汤森因为不喜欢爱迪生而与其吵了起来，并说，当爱迪生卸任国务秘书一职时，就打算接受命令，去获得主教这一职位，因为我一直以为在他心中他就是个牧师。

蒲柏应该想到汤森的这种值得回忆的推测是一个证据，但事实上到目前为止，我所发现的唯一证据是，他从古老的对抗行为中保留了一些恶毒。汤森佯装不知但猜到了，其他人都不怀疑它；蒲柏可能深思熟虑过，曾经在桑德兰政府部门当过国务秘书的人，知道比捍卫宗教或翻译赞美诗更接近主教的道路。

与此相关，他曾一度想编写一本英语字典，而且他认为蒂洛森博士是最高权威的作家。正像洛克所说，以前是由皮革销售公司的职员洛克先生送给我一本由爱迪生编著的蒂洛森作品选读集，洛克先生因好奇心和喜爱文学而著名。这书来得太晚没什么用途，所以我略微翻看了它，记得不太清楚，我认为文章都太短了。

然而，爱迪生没有在和平的研究中结束他的生命，在他弥留之际，再次陷入一场政治争端。

非常凑巧的是，1718—1719 年间，在爱迪生和斯梯尔这样的老朋友之间有一场激烈的公开辩论。借用荷马的话来说，有人可能会问，是什么力量或什么原因使他们有分歧？他们争辩的话题至关重要。桑德兰伯爵提出一个被称作《贵族法案》的行动：贵族的数量应该是固定的，国王应阻止任何新贵族的产生，除非有一个旧家族灭绝。对此，上议院自然会同意。而国王，众所周知，不熟悉自己的君权，几乎对王位的财产漠不关心，已被说服同意这项法案。唯一的困难是在下议院，议员们不可能赞成把他们和他们的子孙永远排除在贵族之外。因此，法案遭到罗伯特·沃波尔爵士等其他人的强烈反对，而且沃波尔爵士的演讲被发表。

上议院可能认为他们的尊严被不当的进步所削减，特别是由于立即吸收了十二位新的贵族，而在过去的统治中产生多数的托利党成员。这是一项非常暴力的权威的法案，但肯定是合法的，决不可与蔑视国家相比对。这以后的一段时间，辉格党教义教唆由人民选出来的三年任期的下议院议员，自己选择七年任期。但是，无论上议院表现出什么倾向，人民都不希望增加他们的力量。正像斯梯尔在给牛津伯爵的一封信中说到的，法案的趋势是产生贵族阶级，因为有限的上议院大多数议员，都是专制而又不可抗拒的。

为了防止这个古代就建立起来的帝国的瓦解，斯梯尔的创作很容易支持他的政治热情，就是通过他的一本小册子《平民》竭力警告民众。为此，爱迪生发表了一个以《老辉格党》为标题的回复，里面没有发现斯梯尔那时是有名的下议院的支持者。斯梯尔用第二个《平民》进行了答复，无论是出于无知或出于礼貌，把自己局限在这一问题中，没有对他的对手提出任何个人警告。迄今没有什么反对友谊、法律或礼仪礼貌的行为，但是争论者没有为彼此长期保留他们的仁慈。《老辉格党》回复《平民》，没能避免一些蔑视，"小迪克，你的职业就是撰写小册子"。然而，迪克没有对自己的朋友失去尊敬，而是心满意足地引用《卡托》中的一些句子，立即作为检讨和责备。在会议期间，法案被搁置，在下次会议之前，爱迪生就去世了，而该法案以 265 比 177 的票被否决了。

读者们一定会感到遗憾的是，这两位杰出的朋友，经过过去这么多年的信任和喜爱、利益的统一、意见的整合、研究的友谊，最终在激烈的反对中分道扬镳。正如卢肯所表述的，这样的争论使内战更多。为什么派系间斗争找不到其他的支持者？众所周知，在人类社会的不确定性之间，我们注定要计入友谊的不稳定性。

除了从文学百科全书中略知一点外，我对这一争端知之甚少。《老辉格党》没有被编进爱迪生的作品中，也没有被蒂克尔在他的一生中提及。为什么传记作者做出省略？这无疑道出了真正的原因，它的事实太近了，而那些已在激烈的竞争渐渐冷却。

符合时代的需要，吝惜人物的需要，是传记的一大障碍。历史的形成来自永久的遗迹和记录，但是生活传记只能来源于个人的知识，它每天都在变少，而且在很短的时间内就会永远消失。已知的东西很少能马上告知，当它可能会被告知，它不再是已知的。心灵微妙的特征，性格的细致区别，以及行为的细微特点，很快就消失，无论对它们可能会进行多么好的描述，任性、固执、嬉闹和愚蠢都应该被默默地遗忘，这肯定比肆意的欢乐和不合时宜的察觉更好。痛苦应给予一个寡妇、一个女儿、一位兄弟或朋友。因为这些叙述的过程把我带到我的同时代人中间，所以我开始感觉自己走在火还没有熄灭的文化遗址，来到了与其说什么都正确，不如说什么都是虚假的时代。

这种有意义的生命终点即将到来——爱迪生已经有一段时间被急促的呼吸所压迫，现在因水肿而加重，他发现危险正在逼近，他准备死亡的到来，正符合自己的认知和职业。

如同所描述的那样，在弥留之际，他通过沃里克伯爵给盖伊先生送信，希望见到他：盖伊以前有一段时间没有拜访他了，听从召唤，并发现自己受到盛情接待。这次被恳求见面的目的后来被发现了，爱迪生告诉他说，他伤害过盖伊，但是如果他恢复健康，他会报复他。他没有解释是什么伤害，盖伊也不知道，假定是一些为他设计的升迁，但因为爱迪生的干预，升迁就被阻止了。

沃里克勋爵是生活极无规律的年轻人，也许没有什么主见。他不是很尊敬的爱迪生曾力劝改化他，但是他的论点和劝告没有效果。然而，还有一个实验需要实施：当爱迪生发现他的生命接近尾声，他要求把这位年轻的勋爵叫来。当勋爵非常亲切地期望听到他最后的命令，爱迪生告诉他：我派人把你叫来，你可以看到一个基督徒如何死去。我不知道这样可怕的一个场景会带给勋爵什么影响。同样，他也很快就死了。

在蒂克尔送他朋友的挽歌中有这样的句子：

他教我们如何生活；哦！知识的代价，

太高，教会我们如何去死。

这里，正像他告诉杨博士那样，他暗指了这一感人的会面。

爱迪生跟蒂克尔先生说明他作品出版的事宜，并在他临死的时候，把作品给他的朋友克拉格先生。1719 年 6 月 17 日，他在荷兰屋去世，身后只留下一个女儿。

他的美德足可以证明，对党派的不满并不意味着任何犯罪的指控。他不是死后才被颂扬的人。因为其优点是公认的，斯威夫特曾经说过，他的当选没有竞争，如果向国王毛遂自荐，他也不会被拒绝的。

他对政党的热情并没有熄灭他对对手优点的赞赏：当他在爱尔兰当秘书时，他拒绝中断与斯威夫特的交往。

对于他的习惯或行为举止，人们最常提到他的胆怯和闷闷不乐的沉默，他朋友把这点温和地称作是谦逊。斯梯尔亲切地提到明显的羞怯，"那是一件斗篷，一件隐藏和遮盖优点的斗篷"；并且告诉我们，"他的能力只被谦逊所掩盖，这使人们所见的美德倍增，并把信任和尊敬给了所有被隐藏的事物"。切斯特菲尔德肯定地说："爱迪生是他见过的最胆小、最笨拙的人。"爱迪生在交谈中提到过自己的缺点，常常说自己，在知识财富方面，"他能吸引一千英镑的费用，尽管他口袋里连一枚金币都没有"。

他需要现金付现款，并经常因缺钱受阻而苦恼。他经常被一种不适当和不优美的胆怯所压迫，一切证词都可以证明，但是切斯特菲尔德的描述无疑是夸张的。那个人不应该是在生活和对话艺术上很外行的人，他没有财产或联盟，凭借他的才能和灵活成为国务秘书。他47岁就去世，不仅长期在智慧和文学方面有很高的成就，而且在政府最重要的部门位居高职。

他生活的时代有理由哀叹他的固执沉默，斯梯尔说："因为他出众的幽默才能，那种幽默是如此完美，以致于我经常反思，在这个世界上只有与他共度一个晚上之后，我才有兴致与亲密的熟人特伦斯和卡图卢斯交谈，他们也天性机智，因此其他任何人所具有的更细腻且令人愉悦的幽默都会增强。"这是对朋友的喜爱。让我们听听他对手的评价，蒲柏说："爱迪生的谈话有我在其他人那里没发现的迷人之处，当然，这只有在熟悉时会有，在陌生人面前，他一向用僵硬的沉默保持尊严。"

这种谦虚是与他美德的高调相一致的，在现代的智慧里他要求成为第一名，斯梯尔随声附和，常常贬低德莱顿，为此蒲柏和康格里夫反对他们并进行辩护。没有理由怀疑他承受蒲柏的诗歌声望所带来的痛苦，也不是没有理由怀疑，因为一些虚伪的行为，他竭力阻挠，蒲柏不是他不知不觉中伤害的唯一的人，尽管可能是他唯一害怕的人。

他自己的权力大到足以让他满足有意识的卓越。在他非常广泛的学识中，他确实没有留下证明。他似乎对科学知之甚少，除了拉丁语和法语，他好像读书很少，但是在拉丁诗人中，他的《奖牌的对话》表明，他曾非常勤奋而熟练地研读了很多著作。他自己心灵的富足让他无需后天的情趣，他的智慧总是可以让他见机行事。他用批判的眼光审视人类生活的重要书卷，从战略深度到假装的表面洞察人的内心。

他容易传达他的想法。斯梯尔说："这对这个作家很特别。一旦他下定决心，或者计划要写作他所设计的内容，他就在一个房间里来回走动，尽可能自由和轻松地口述出来，就像有人这样写出来一样，并把他口述的内容加以语法和连贯性处理。"蒲柏很少怀疑自己的记忆力，并宣称，爱迪生写得很流畅，但在修改上就缓慢而谨慎。《旁观者》中的很多文章写得非常快，写完后会立即送到报社，这似乎是为了证明他的优势但却没有太多的修改时间。

蒲柏说："在出版前，他为了取悦他的朋友而有所改变，但之后不会再进行润色。我相信，我所反对的《卡托》里，没有一个词能够让人忍受。"

《卡托》的最后一行是蒲柏的，原本是这样写的：

哦！是该结束卡托的生命了。

蒲柏可能反对这六行结尾句。在第一联，"从这里"一词不恰当，第二行摘自德莱顿的《维吉尔》。下一联第一行包括在第二行中，因此是无用的，在第三行中，因不和产生冲突。

蒲柏对爱迪生结婚前熟悉的一天做了一个详细的描述：他让巴杰尔和他在房间里，也许是菲利普。他的主要同伴有斯梯尔、巴杰尔、菲利普、卡蕾、戴夫南特和布雷特上校。他总是和其中的一个或其他的人共进早餐。整个早晨他都在学习，然后在一个小酒馆吃饭，之后去巴顿咖啡屋。

巴顿曾经是沃里克伯爵夫人的仆人，在爱迪生的赞助下，他在罗素大街南侧，离科芬花园不远的地方开了家咖啡屋。那里，是当时的才子经常聚会的地方。据说，当爱迪生让伯爵夫人惹恼后，他就撤离巴顿家的集会。

从咖啡屋出来，他又去了一家酒馆，在那里他经常坐到很晚，喝很多酒。在酒瓶里，不满寻求安慰，怯懦寻求勇气，害羞寻求信心。很有可能，爱迪生第一次从清醒时屈从的胆怯中获得解放，并由此而喝得过量。他感到来自于自己的压抑远远超过他人的存在，他希望释放他说话的才能，他从酒神巴克斯那里寻求救助，谁能够保护自己免受他的辅助者的奴役？

在这些朋友中，爱迪生展示了他口头技能的高雅，这可能很容易地如蒲柏所描述的那样。曼德维尔有一次与那些人在一起度过了一个晚上，他宣称爱迪生是一个戴假发的牧师，他的性格对他影响很小。对于陌生人他很矜持，不会被像曼德维尔那样的性格所怂恿去追求非凡的自由。

六十年的干预现在阻止我们对爱迪生熟悉的礼节细致了解。斯梯尔曾经答应康格里夫和公众对他的性格给予一个完整的描述，但作者的承诺就像情人的誓言。斯梯尔认为，他的设计没有更多东西，或者是焦虑的，以致于到最后令他感到厌恶，他的朋友都在蒂克尔的掌握中。

斯威夫特回忆了爱迪生性格的一个模糊的印象：他发现有人确实错了，通过默许来奉承他的意见，这使他陷入更深的荒谬，这就是他的做法，这个恶作剧的技巧受到斯特拉的钦佩。斯威夫特好像也很赞成她的钦佩。

他的作品会提供一些信息。从他对世界的各种各样的描绘中可以看出。尽管他很腼腆，但他和许多不同阶层的人进行交谈，用非常勤奋的观察调查他们的行为方式，用敏锐的思维标注着不同生活方式的影响。只要他存在，他所受的谴责都是危险的；他敏于辨明错误与荒谬，并不是不愿意揭露它。斯梯尔说，在他的作品中，有很多是在旁敲侧击这个时代一些最有才华的人。他的快乐是比憎恨更刺激的快乐，他发现愚蠢而不是犯罪。

如果从爱迪生的作品对他的道德品格做出任何判断的话，只会发现他很纯洁美好。人类知识的确不如爱迪生的知识广泛，但这表明，写作和生活是截然不同的。许多称赞美德的人，不仅仅是赞美它，认为爱迪生的职业和实践没有很大的差异是合情合理的。因为，在他大部分生命所经历的派系之争的暴风雨中，尽管他的立场让他很突出，他的活动使他强大，他的朋友概括出的性格从未与他的敌人发生矛盾：敌人中有些人的兴趣或观点与他相统一，另一些人发动反对暴力对付他，虽然他可能会失去爱，但他保留着尊敬。

蒂克尔公正地评论，爱迪生把机智运用到美德和宗教的一面：他不仅正确使用自己的才智，而且还把它教给别人。从他的时代起，已经普遍服从于理性和真理的事业。他已经消除了这种长期以来的欢乐与恶习结合的偏见，消除了礼节的从容与道义的散漫结合的偏见。他恢复了对自己的尊严和美德，教育天真不再羞愧。这是文学性的升华，高于所有的希腊名声和罗马名声。天才不能从净化知识中获得快乐，笑声同猥亵、机智和放荡分离中不能获得快乐，教授一系列的作家用优雅和欢乐带来善良的帮助中不能获得快乐，而且如果我用更糟糕的表达方式，让许多人变得正直不能获得更多的快乐。

在爱迪生的生活中，后来有一段时间，绝大部分读者认为他最擅长诗歌和批评。他的名声部分可能归因于他的财富的增长。正如斯威夫特评论说，他成了一名政治家，并且看见诗人等待他的晨起朝见，难怪赞美都汇集在他身上。同样，可能更多地归因于他个人的性格：如果他要王冠，他就可能得到王冠，这样的他不可能得不到桂冠的。

但时间很快结束了虚假而意外的名声，爱迪生要经历只有他的天才才能保护的未来。兴趣的仁爱一度令抬得太高的名声处于危险中，唯恐下个时代，会以批判的复仇方式，同样将名声淹没。一个伟大的作家最近称呼他为冷漠的诗人，糟糕的批评家。

首先要考虑的是他的诗歌。必须承认，诗歌里没有充满情趣光环的快乐词语，也没有赋予词语以生命情绪的活力，诗中很少有热情、气势或狂喜；几乎很少有宏伟庄严，也并不是经常有辉煌优雅。他公正地思辩，但很微弱地思索。这是他的性格，毫无疑问，许多单一的篇章也许是例外。

然而，如果他很少达到卓越，他很少会陷入沉闷，而且很少被卷入到荒谬之中，相信他的能力不会被疏忽。在他大部分的文章中，都有沉着冷静、深思熟虑与小心谨慎，有时一点也不快乐，但很少有冒犯之事。

这种诗似乎是写给德莱顿、萨默斯和国王的。他的"塞西莉亚颂歌"一直被蒲柏模仿，里面有着类似德莱顿充满活力的东西。在他的《英国诗人的描述》中，他常提到一个可怜的东西，但不是比他平常的性格差。他曾经以

沃勒这一人物形象很不明智地说，

> 你的诗可以展现克伦威尔的无辜，
> 因此向诞生他的风暴雨致意，
> 哦！让你的缪斯不要很快变老，
> 但看到伟大的拿骚在英王的宝座下，
> 他的胜利如何在你的篇章里闪耀！——

这是怎么说呢？能赞扬克伦威尔是威廉国王的合适诗人呢？然而，爱迪生从来没有出版这首诗。

"一封来自意大利的信"一直倍受称赞，但从来没有人称赞过它的优点。该诗比他的任何其他诗歌更正确是因为较少出现劳动，更优雅是因为鲜有装饰的野心。然而，里面有一个值得注意的断续的隐喻：

> 因那个名字而充满热情——
> 在我挣扎的缪斯里我抑制痛苦，
> 渴望进入一个更高贵的家族。

"控制女神"不是很微妙的想法，但是为什么她必须被控制？因为她渴望发起一项行动？这一行动却从来没有用缰绳控制；她要进入哪里？进入一个高贵的家族。在第一行，她是一匹马；第二行她是一艘船；诗人关心的是不让他的马或船歌唱。

第二首诗是远近闻名的战役，沃顿博士把公报称为押韵，善意的批评不常使用的严肃。在承认严肃指责之前，让我们考虑一下，战争是诗歌中一种常见的主题，那么试问谁用更多的公正和力量描述过它。我们自己的许多作家尝试用他们的力量创作今年的胜利，但是爱迪生的诗被公认为是最佳创作。他的诗是不被学问的灰尘蒙住双眼的人的作品，他的意象不是仅仅从书本里借来的。他赋予他的英雄并非个人实力和强健体格上的优势，而是慎重的无畏，激情的平静命令，在危险关头内心揣度的能力。虚构的排斥和轻视是合理的、有男子气概的。

人们注意到，蒲柏模仿了最后一行：

> 马尔堡的功绩出现了神圣的光明——
> 颂扬自己，他们吹嘘自己真正的魅力，
> 那些真实描绘他们的人，最会对他们大加称赞。

蒲柏考虑到了这些，但是，不知道如何使用不是他自己的东西；一旦他借用了，也就毁掉了他的思想。

> 用心唱出的悲哀将抚慰我的鬼魂：
> 他画得最好的也是他们感觉最好的。

军事功勋可以描绘出来，也许悲哀也可以，但他们肯定不会被用心唱着并画出来：不容易用歌曲绘画，或者用颜色唱歌。

在"战役"中，没有哪段比天使的明喻更易被提到，据说在《闲谈者》中是曾进入人的心灵的最崇高的思想之一，因此是值得认真考虑的。让我们首先问问这是否是一个明喻，诗意的明喻是在一般性质不同的事物之间发现两个动作之间的相似之处，或者是在某个相似的效果中找到不同作用导致的终止原因；但是提到从一个像的原因导致另一个像的后果，或者是一个像的力量导致一个像的性能，就不是明喻，而是一个范例。说泰晤士河水灌溉了田地，就像波河灌溉了田地，这就不是明喻。或者，赫克拉山在冰岛喷出火焰，就像埃特纳山在西西里岛喷出火焰，这也不是明喻。当贺拉斯提及品达（希腊抒情诗人），他抒发诗句的暴力和速度，就像涨满雨水的河流从大山上奔腾而泄；或者他自己，天才的他在寻找诗意的修饰时思绪纵横驰骋，就像蜜蜂在采集蜂蜜。在上述任何一例中，他都创作了明喻，头脑通常容易被不相像的东西留下相似的深刻印象，如同智力和身体一样。但是如果品达被描述为荷马的创作力旺盛和壮观般地写作，或者贺拉斯告诉过他像伊索克拉底润色他的演说一样用心地检查并完成他自己的诗歌，而不是表现出几乎相同的外观，他本可以给相同的肖像画以不同的名称。在目前分析的这首诗中，当英国人通过一次次的进攻和坚定的决心终于占领一个坚固的关口时，他们固执的勇气，爆发的活力，被描绘成被永不停息、撞击荷兰堤防的大海。这是一个明喻。但是当爱迪生赞扬马尔堡人的美时，告诉我们阿喀琉斯也一样由各种魅力构成，这里就不是明喻，仅仅是一个例证。明喻可比作聚在一点的线，当距离很远的线接近时，就非常的优秀；另一个表述也可以被看作是一个范例：两条平行线运行在一起，永不分离，从不相交。

诗中马尔堡如此像一个天使，以至于双方的行动几乎是相同的，并用相同的方式行事。马尔堡教导战斗愤怒，天使指挥风暴；马尔堡思想平静不为所动，天使平静而安详；马尔堡在东道主岩石攻击下无动于衷地站在那里，天使在旋风中冷静驾驶。有关马尔堡的诗句是公正而高贵的，但是这个明喻几乎又一次赋予相同的意象。

尽管不是明喻，也许这一思想远离庸俗的概念，需要努力研究或灵巧地应用。马登博士，一个爱尔兰应该尊敬的名字，曾给了我他的见解。他说，如果我已让十个小学生描写布伦海姆战役，其中八人写天使，应该不让我感到吃惊。

尽管很少提及歌剧《罗莎蒙德》，但它是爱迪生第一部作品中的一部分，主题是精心挑选的，故事是令人愉悦的，而且赞美马尔堡。为情景提供了一个机会。也许是，每个人都必须天资卓越，天才能带来好运。思想有时强大，有时温柔；诗律简单而欢快。毫无疑问，在短短的诗句中有某些优势，不会诱惑加上咒骂的绰号。对话似乎通常好于歌曲。两个喜剧人物特拉斯蒂爵士和格莱德兰，虽然没有什么价值，但为诗人所用。我认为特拉斯蒂爵士描述的罗莎蒙德之死是非常荒唐的。整个剧轻快而优雅，按情节发展，结尾皆大欢喜。如果爱迪生向诗歌较轻松的部分偏重，可能会有更出色的表现。

悲剧《卡托》，在选择其他诗人的作品上与所遵循的规则相反，这无疑是展现爱迪生天才的最高贵的作品。被如此广泛阅读的作品，很难说出任何新东西。有关公众长久思考的东西，通常能达到正确的思考。在《卡托》中，人们已作出公正的决定，在对话上与其说它是一出戏剧，不如说是一首诗；与其说是自然情感的表现，或者是人生的某种状态，不如说是优雅的语言表达的感情。这里，没什么能令人兴奋或情绪缓和；这里，没有幻想的恐怖和狂野的焦虑这种神奇力量。没人关注事件是如何发生的，也没人因这些事件而悲伤欢乐。我们不关注其动因，我们不考虑他们在做什么，或者他们在忍受什么痛苦，我们只希望知道他们在说什么。卡托是无需我们关注之人，是诸神眷顾之人，是不经意间留给他们照顾之人。至于其他人，诸神和人类都不关注，因为他们中间没有一个人无论是情感，还是自尊可以强烈吸引人。但是他们成为情绪和表达的工具，以致于剧中每一个场景都给读者留下了深刻的印象。

当爱迪生把《卡托》给蒲柏看时，他建议作者不要有任何戏剧表现，印刷出来，因为这出剧读起来比听起来更好。爱迪生宣称自己有相同的观点，但是敦促朋友们不断地在舞台上表演。演出取得了出乎意料的成功，它的成功向我们介绍或证实雄辩家式对话的使用，不影响优雅，以及冷漠的哲学。

然而普遍的称赞或许能平息别人的指责，对于丹尼斯一贯的不喜欢，让其经受住了考验。但是他的不喜欢不仅仅是任性的，他发现也指出了许多缺点，他甚至是非常愤怒地指出来，但是他是非常尖锐地发现这些的，应该从遗忘中拯救他的批评，尽管最后，它仍会努力从压抑的工作中获得平静的生活。

为什么丹尼斯不在意观众的意见，他说出了自己的理由：

"尊重是给予一般的掌声的，当它出现时，那是自然的，自发的掌声；但是当掌声是假装的、人为的，就不应给予关注。在所有的悲剧中，他的记忆中有巨大的和暴力的运动，很少有人能忍受，绝大部分是可耻的。当知道他有判断力，觉得他是天才的诗人写了一个悲剧，诗人相信自己的优点，鄙视使用阴谋。人们冷冷地面对这样的悲剧表演，没有任何暴力的期望或虚幻的想象，或者立于不败之地的偏爱；这样的观众很容易得到诗歌自然产生的印象，通过他们自己的理性判断和自己的判断能力来评断，理性和判断是平静而祥和的，不是天生形成去改变宗教信仰，去控制和欺压别人的想象。但是当知道自己既不是天才也没有判断力地写了一出悲剧，他开始求助于一方，他努力从事他所缺少的才能组成的行业，通过诗歌技巧来弥补他诗歌艺术的不足。这样的作家谦卑地满足于在户外让情节充满激情，因为他无法把它带到舞台上。那一方面的人，激情和偏见，都是喧闹和混乱的事情，更多的错误导致更多的吵闹和混乱：他们作威作福，欺压缺少判断力的人们的想象力，有时拥有它的人又太过分，像激烈的、无耻的洪流，在他们面前承担下所有的反对。"

于是他谴责对诗性正义的忽视，这是他最喜欢的原则之一。

"这肯定是每一位悲剧诗人的职责，通过扬善惩恶的精确分布，模仿神的旨意，并反复灌输着某一特定的信仰。在世界的舞台上，这的确是真的，恶人有时成功，而无辜者受苦。但是这是世界的统治者所允许的，从他的无限正义属性中可以看出，未来会有补偿，来证明人类灵魂的不朽，以及未来的奖励和惩罚的确定性。但悲剧诗人不会比阅读或陈述存在更长久。他们实体的整个范围被这些人所限制。因此，在阅读或陈述时，根据他们的优点或缺点，他们必须受到惩罚或奖励。如果不这样做，没有诗性正义公正的分配，没有特定的上帝指导性的演讲，也没有神的旨意的模仿。然而，这出悲剧的作者不仅在他的主要人物的命运上违背了这点，而且每一个地方，贯穿全剧，使善受苦，恶习逞能：不仅卡托被凯撒征服，而且西法克斯的背叛和背信弃义也压倒朱巴诚实的简单和轻信；波尔蒂乌斯狡猾的巧妙和伪装战胜了马库斯慷慨的坦率和开朗。"

看到善有善报，恶有恶报是多么快乐呀！然而，因为现实生活中罪恶滔天，所以诗人当然是自由地给它在舞台以明目张胆的表现。因为，如果诗歌模仿现实，那么如何用真实的形式表现现实的方法来表现法律遭到破坏？舞台有时候能够满足我们的愿望，但是如果舞台真实地反映生活，有时也应该展示些我们所期望的。

丹尼斯反对那些不自然的或是合理的人物，但当男女英雄们不是我们生活中看到的人时，很难找到对他们的行为进行评判的标准。然而，考虑他所说的卡托接到他儿子的死讯的描述的方式还是很有用的。

在第四幕，也不是卡托的悲痛。实际上，有人在这一幕记下比第三幕更多有关他的儿子和露西亚的情况。卡托收到他儿子死的消息，不仅眼不落泪，而且略带满意；在同一页，他为国家的灾难而洒热泪，下一页为他朋友的危险担忧而洒热泪。现在，既然热爱国家就是热爱同胞，就像我在另一个场合所说明的，我要问一下这些问题：在我们的同胞中，我们最热爱谁，是那些我们认识的人，还是那些我们不认识的人呢？在那些我们认识的人中，我们最珍惜谁，是我们的朋友还是我们的敌人？在我们的朋友中，谁是我们最亲爱的，我们的那些亲属，还是那些非亲非故的人呢？在我们的亲属中，我们对谁最温柔，那些离我们最近的亲人，还是远方的亲人？在我们的近亲中，谁又是最亲近的，或者说是我们最亲爱的人，我们的子孙后代还是其他人？我们的子孙后代，这是最肯定的。自然地，或者换句话说，上帝明智地为人类的生存下去而设计。现在，该剧没有遵循这一原则，那一个人得到儿子的死讯，眼不落泪，同时又为国家的灾难而哭泣，那么所说的话语是讨厌的做作还是痛苦的矛盾？那是用普通的英语能表达的吗？得知为了国家的利益而死的，他的名字又是我们所亲爱的人的消息而不落泪，还是得知，为了国家的利益而死，他的名字不是我们所亲爱的人的消息而热泪盈眶？

但是，当丹尼斯攻击行动的可能性和计划的合理性的时候，这一强大的攻击者是不可抵抗的。每一个挑剔的读者一定会评论，带有英国舞台上没有先例的顾虑，爱迪生已经把该剧设定在一天中的一个时间，一个严格的统一的地方。场景没有变化，戏剧的整个事件都发生在尤蒂卡卡托的房子的大厅里。因此更多的是在大厅里发生的，而任何其他地方都更适合，这种不适当给丹尼斯提供了许多欢乐的暗示和胜利的机会。文章很长，但是这样的专题文章不常见，异议巧妙地形成并大力敦促，那些喜欢评论的人不会觉得乏味的。

波尔蒂乌斯一出发，森普罗纽斯就开始内心独白，西法克斯立即进入，然后两个政客立即出场。他们把脑袋凑在一起，手里拿着他们的鼻烟盒，贝斯先生拥有它，并且与他们联盟。但是，在这智慧的情景当中，西法克斯似乎给森普罗纽斯一个及时的提醒：

"西法：这是真的吗？森普罗纽斯，你们参议院

被召集在了一起。上帝呀！你必须谨慎，

卡托有着锐利的眼睛。"

事实上，在统治者的市政厅的会议上要阴谋反对他，要表现得更加谨慎。无论在他的眼里，他们有什么样的看法，我想他们是听不到的，或者他们永远不会以这么愚蠢的这么近的距离来谈论此事。

"上帝呀！你必须谨慎。"

哦。是的，非常谨慎：因为如果卡托偷听到你，因为你是政客而将你逐出，凯撒也不会接受你；不，凯撒永远也不会接受你。

当第二幕卡托把参议员引出大厅，假装因为他们的争论而认识了朱巴。对于我，他似乎做了一件既不合理也不文明的事情。朱巴当然愿意在宫殿的一些私人房间里更好地了解辩论的结果。但是因为荒诞诗人被驱逐出去，让位给另一个人。也就是，给朱巴一个机会，请求玛西亚的父亲。在同一幕里，朱巴和西法克斯的争吵和愤怒，西法克斯对罗马人和卡托的谩骂，在她父亲的大厅里他给朱巴的建议，用力抢走玛西亚，对他残忍的拒绝和吵闹的愤怒，当卡托几乎看不见，也许是听不见时，至少他的一些警卫或佣人必须要听得见，这是一件不可能的事情，几乎是不可能的。

但是叛逆不是在这个大厅里进行的唯一的事情：还有爱和哲学轮流在这

里上演，没有任何方式的必要性和可能性，及时地、定期地，没有打断对方，好像他们之间有一个三人联盟，一个共同的协议，每个人都应该及时有序地相继给另一个人让位、让步。"

我们现在来到第三幕。在这一幕，森普罗纽斯带着兵变的领袖来到统治者的大厅，但是卡托一走，在他面前表现得像一个无与伦比的无赖的森普罗纽斯发现自己像一个异乎寻常的傻瓜，是阴谋的共犯。

"森普：知道恶棍吧，当这种微不足道的奴隶吧，

犯有叛国罪，如果情节成功，

他们被忽略丢掉了；但是如果失败，

他们肯定死得像只狗，就像你也要死一样。

在这里，把这些派系的怪物，拖出来，

突然死亡。"

这是真的，事实上，第二个领袖说，这里除了朋友，没有别人。但是在这样的时刻可能吗？一伙无赖参与企图暗杀一个占领小镇的统治者吗？中午在他的房子里，在他们被发现并被打败之后，他们身边除了朋友没有别人吗？森普罗纽斯的这些话是简单的吗？

"在这里，把这些派系的怪物，拖出来

突然死亡——"

已发出命令，守卫就在门口，那些守卫都在耳边开枪？看呐，森普罗纽斯明显是发现了。那么他是如何通过，而不是被其余的守卫给绞死了？在统治者的大厅他仍然安然无恙，那里反政府的阴谋继续进行，这是一天中的第三次，和他的老战友西法克斯，在警卫们把头领带走的同时，谁进来了？这是一条打败森普罗纽斯的重大消息，虽然他这么快得到情报是很难想象的。现在，读者可能会有一个非常特殊的场景：没有丰富的精神，没有一个很大

的热情，但是有智慧足以弥补所有的缺陷。

> "森普。我的朋友，我们的第一个计划，已经证明是失败的；
> 不过仍然有后戏：
> 我的部队在增加，他们的努米底亚战马，
> 呼呼地吸着风，不久就冲过沙漠：
> 只有森普罗纽斯能带领我们作战，
> 我们冲破大门，马库斯派守卫驻守的地方，
> 砍出一条阻止我们前进的通道；
> 有一天会把我们带到凯撒的营地。
> 森普。混乱！我一半的目标都已经失败了；
> 玛西亚，迷人的玛西亚留下的。"

哦！尽管他告诉我们他一半的目标都已经失败了，但他没有告诉我们他也成功了一半。那他说这话是什么意思呢？

> "玛西亚，迷人的玛西亚留下的。"

他现在在她的房子里，从这出戏一开始，我们就既没有看见她，也没有听说过她在哪里。但是现在让我们听听西法克斯所说：

> "那么什么阻碍你找到她，
> 催她离开男人的力量？"

但是老西法克斯说找到她是什么意思？他们说的好像她是一只寒冷的早晨的兔子，很难找到她。

> "森普：如何得到许可进入？"

哦！似乎在那时找到了她。

"但如何进来的？因为
没有入口，只有朱巴和她的兄弟。"

但是，除了嘲笑，为什么接近朱巴？因为他作为情人既不被父亲，也不被女儿所拥有和接纳。哦！就让他过去吧。西法克斯立即让森普罗纽斯不再痛苦，作为努米底亚人，诡计多端，会有进入的策略，我相信不是那样的：

"西法：你应该有朱巴的衣服，和朱巴的警卫，
门会打开，当努米底亚的王子
在他们面前出现。"

看来在卡托的房子里，森普罗纽斯一整天被误认为是朱巴，在那里他们都很出名，借助朱巴的衣服和他的警卫；好像在凡尔赛宫，一个法国元帅在白天被误认为巴伐利亚公爵，因为穿着他的衣服和服装。但西法克斯如何假装帮助森普罗纽斯得到年轻朱巴的衣服？他以他的双重身份，作为上将和他的衣柜的管家吗？但为什么是朱巴的警卫？因为一些警卫的魔鬼已经让朱巴有所准备。哦！尽管这是一个强大的政治阴谋，然而，我想没有他，他们也可能做到。因为，自从西法克斯给森普罗纽斯建议：

"催她离开男人的力量。"

在我看来，最简捷最有可能接近这位女士的方法是撕掉而不是戴上不恰当的伪装，去绕过两个或三个奴隶。但好像森普罗纽斯有另外的看法。他向天空颂扬老西法克斯的发明：

"森普：天堂！多好的一个想法呀！"

现在我吸引读者，如果我没有食言。难道我没告诉他，我会在他面前展示一个非常明智的场景？

现在展现在读者面前的是第四幕的一场，通过地点的统一这一不明智的惯例，这可能表现作者已经变得荒谬。我不记得亚里士多德曾经说过，任何事情都明确地与地点的统一相关。这是真实的，暗示他已说过的他为合唱所定的规则，因为，合唱是悲剧中的一个必要组成部分，开场之后，立即就到舞台上来，并一直保持到灾难发生。他的行动如此坚定，以至于对于作者来说，在希腊的舞台上，不可能打破统一。我认为，如果现代悲剧诗人在不破坏事件发展的可能下，能保持地点的统一，对他来说那最好不过了。正如我们上面已经注意到的，因为通过保持统一，他给这一展示增添了优雅、干净、清新。但是由于没有明确规则，我们没有强迫一定要保持统一，不像希腊诗人有合唱，我们没有合唱，如果统一不能被保存下来，没有让事件的很大一部分不合理和荒谬，也许有时可怕，那当然最好打破统一。

现在好人森普罗纽斯走来，他穿着滑稽，着努米底亚长裙，带着努米底亚护卫。请读者注意听，因为这些智慧的语言很宝贵：

"森普：小鹿被安顿了下来，我暗中跟踪了她。"

现在我真想知道为什么说这只鹿被安顿了下来，因为戏剧开始了，我们没有听到一句有关她离港的话。如果我们认为他和露西亚的交谈开始了这一幕，我们有理由相信，他们几乎没有在街上谈论过这样的事情。然而，为了取悦森普罗纽斯，让我们假设一次，那只鹿被安顿下来：

"小鹿被安顿了下来，我暗中跟踪了她。"

如果他在田野里见过她，什么场合他跟踪她，他后面跟着那么多努米底亚狗，只要他叫一声，就可能攻击她的臀部。如果他没有在野外看到她，他怎么可能跟踪她？如果他在街上看见过她，为什么他不在街上攻击她，因为她最终会被沿街带走。现在，不是考虑他的生意，考虑他目前的危险，不是想方设法与他的情人穿过她哥哥马库斯守卫的南大门，那里她当然要给他设个障碍，罗马词汇是"baggage"，与此相反的是，森普罗纽斯正用怪念头自娱自乐：

> "森普：年轻的努米底亚人将怎样咆哮着看到
> 他丢失情妇！如果我的灵魂能高兴，
> 无法享受如此明亮的奖励，
> 对于那个年轻的快乐的野蛮人来说是一种折磨。
> 但是，听！什么声音？我希望那是他的死，
> 这是朱巴的自我！只有一种办法！
> 他必须被杀，通过他的警卫，
> 杀出一条通道。"

祈祷，那些看守他的人是做什么的？现在我认为，朱巴的警卫已经成为森普罗纽斯的工具，并已悬挂在他的鞋跟上。

但是，现在我们来总结一下所有的荒谬的言行。森普罗纽斯在正午出发，穿着朱巴的衣服，和朱巴的警卫们去卡托的宫殿，为了假扮朱巴，在他们两个都熟知的地方：他在那里碰上朱巴，决定用他自己的警卫谋杀他。当警卫表现出有点局促不安的时，他威胁他们说：

> "哈！懦夫，你们颤抖！
> 或者像个男人，或者你在蔚蓝的天上！"

但警卫仍然焦躁不安，森普罗纽斯自己攻击朱巴，而每个警卫都代表着旁观者先生的打哈欠的手势，令人生畏，被森普罗纽斯的威胁吓坏了。朱巴杀死了森普罗纽斯，并把军队变成自己的俘虏，带着他们胜利返回去见卡托。现在我想知道，是否贝斯先生的悲剧的任何部分都充斥着如此的荒谬呢？

听到剑的撞击声，露西亚和玛西亚赶来。问题是，听到统治者的大厅里的刀剑声，为什么没有男人赶来？统治者本人在哪里？他的警卫在哪里？他的仆人在哪里？就是这样的尝试，统治者本人离战争之地如此之近，足以向整个驻军报警；然而，将近一个半小时后，森普罗纽斯被杀，我们发现那些世界上最有可能被警报的人没有出现，刀剑声让两位可怜的本最应该远离那里的女人出现在场。当露西亚和玛西亚赶到时，露西亚出现了一个歇斯底里的贵妇人所有的症状：

> "卢克。当然是剑的撞击声！我不安的心
> 如此沮丧，淹没在悲伤中，
> 它恐惧地跳动，每一个声音都让它疼痛！"

她的脑海当中立即有奇妙的想法：

> "哦！玛西亚啊，你的兄弟，为了我的缘故——
> 一想到这些，我都吓死了。"

她想不可能有割喉，但一定是为了她。如果这是悲剧，我真想知道什么是喜剧。哦！就此，她们检查了森普罗纽斯的尸体，玛西亚出于习惯被迷惑了，把他误认为朱巴，因为她说：

> "脸被衣服蒙上了。"

现在，一个人怎么能战斗？倒下时脸被自己的衣服蒙上？我想，是有点难以猜想。此外，在杀死他之前，知道他是森普罗纽斯，他知道这不是他的衣裳，他知道这是他的脸，因此，他的脸是被蒙上的。一看到这个被蒙上脸的男人，玛西亚就叫嚷起来。对这个期望中的死者充满激情，并开始做他的葬礼演说。当朱巴进来听时，我想踮着脚尖：我不能想象任何人可以用任何

其他的姿势进来听。我真想知道事情的经过,那段时间,他谁也没派,甚至一个熄烛人也没派,以带走森普罗纽斯的死尸。哦!让我们认为他在聆听。让他了解这事之后,起初,他说些玛西亚对森普罗纽斯所说的话。但最后他发现真是大惊小怪,他自己是快乐的人,他不再偷听,贪婪地拦截着幸福,这是为一个不能因这事而更好的人设计的。但是我必须问一个问题:朱巴是如何来这里听的?整个这出剧谁以前都没听过?或者,当爱情和背叛在像大厅这样一个公共场合经常被谈论,为什么他是唯一听这出悲剧的人?恐怕出于荒谬,作者被迫只能介绍玛西亚这悲惨的错误,毕竟,这远低于悲剧的尊严,任何事情都是诡计的效果或结果。

让我们来到第五幕的场景。卡托首次出现在现场,坐在那里一副沉思状,他的手里拿着柏拉图的《论不朽的灵魂》,他旁边的桌子上有一把出鞘的剑。现在,让我们想象一下有这样的场景展现在我们的面前。这个地方,实际上就是一个长的大厅。让我们假定,任何人应该把自己置于这个姿势,在我们的大厅之中。他应独自出现,一副阴沉的姿态,在他旁边的桌子上有一把出鞘的剑;在他的手里拿着最近由伯纳德·林托特翻译的柏拉图的《论不朽的灵魂》。我希望读者考虑一下,是否有这样一个人会通过他们看见他成为一个伟大的爱国者,一个伟大的哲学家,或者一位将军,或认为自己是所有有些古怪的人,是否属于这个家庭的人会认为这样的人设计了他们的身体或者自己呢?

总之,卡托应该以上述姿势,在这个大厅中坐足够长的时间,读柏拉图的《论不朽的灵魂》,这是一个长达两个小时的演讲,他应该建议那是私人的场合,他应该对他儿子闯入而感到生气。然后,他应该借口离开大厅去睡觉,在自己的卧室给自己一个致命伤,然后又被送回大厅断气,纯粹是为了表现他良好的教养,告诉拯救他的朋友的麻烦,这一切对我来说似乎是难以置信的,不可思议的,不可能的。

这是丹尼斯的责难。正如德莱顿所说,也许是在他的玩笑中有太多的恶作剧,但如果他的笑话是粗糙的,他的论点就是有力的。然而,我们的爱应该是令人满意的而不是被教导的,《卡托》被阅读,评论家被忽略。

因为意识到这些行为中荒唐的行为，他后来攻击卡托的情绪，但是后来，他靠小小的吹毛求疵和极小的异议来消遣自己。

在爱迪生的小诗中，没有什么特别之处值得一提，没有必要雇用或是需要一个评论家来评论。在他写给科内尔的诗中，王子和神的平行出现，就相当于内勒总是快乐的，但太令人熟悉不足以被引用。

他的翻译，据我比较，缺乏学者的准确性。他明白作者的意图，这是不容置疑的，但他的版本不为别人所了解，因为太随便地改写成说明性的内容。然而，在大多数情况下，译文流畅而简单，译者的第一优点是什么，可能是让那些不知道原文的人满意地阅读。

他的诗歌精炼而纯洁，思想的产物太明智，不易犯错误，但没有足够的活力达到卓越的程度。他有时也有惊人的诗句或一个闪亮的段落。但总的来说，他温暖而不热情，表现出的熟练多于力量，然而他是我们中最早的正确性典范之一。

他贬低从德莱顿那里学来的诗歌的韵律，而不是使之更文雅。他的诗歌押韵往往是不和谐的，在他的田园诗里他承认他用的是断续的诗句。他既使用三联体也使用亚历山大诗行，在他的翻译中使用三联体比其他作品要更频繁。他似乎从未过多关注诗歌纯粹的结构，但他的《罗莎蒙德》诗句非常流畅，《卡托》的诗句过于流畅。

爱迪生现在被认为是一个评论家，一个当今的一代人几乎不愿意承认的名字。人们谴责他的批评为尝试性的或实验性的，而不是科学性的，并认为他是通过趣味而不是通过原则来评论的。

对于那些通过别人的劳动变得聪明的人来说，加上一点他们自己的东西，而忽略了大师，这是很常见的。爱迪生被那些可能从来没看到他的缺点的人所鄙视，但他提供他们光亮。当他认为现在有必要写作时，他就写作，这一点还没有被证实；他的教诲是如此之好，以致于让读者慢慢变得正派。现在在普通的谈话中流传的一般知识，在他的时代很少被发现。自称不学习的男人并不因无知而羞耻；在女性世界，与书打交道的人只有被责难。他的目的是通过未知的、无嫌疑的表达激发对懒散人和富有人对文学的好奇心。因此，他用最迷人的方式呈现知识，不是高尚的和严肃的，而是方便的和熟悉的。当他展示他们的缺陷时，他也告诉他们，他们可以轻易地改正。他的尝试成功了，探索精神被唤醒了，理解力得以扩大了。对知识优雅的模仿令人兴奋，并从他那个时代到我们自己这个时期，生活逐渐提高，交谈得到净化和扩大。

几年前，德莱顿毫不吝啬地批评他的《序言》，尽管他有时屈尊被人所熟悉，但是对那些刚入门学习，并发现不容易理解他们的大师的人来说，普遍认为他的态度太学究气。他的言论常被套上框架，与其说被那些仅仅阅读讨论的人，不如说被那些学习写作的人。

现在很缺像爱迪生这样的导师，他的言论是肤浅的，可能很容易理解、有充分的根据，可以为更多的成就做准备。如果他用系统的壮观和科学的严肃把《失乐园》呈现给公众，批评也许会受到赞赏，而这首诗仍然被忽视了；但通过温柔的花言巧语，他使弥尔顿受到普遍地喜爱，每个阶层的读者都很满意。

他现在降低身份，减少专题讲座；对切维切斯美的严肃的展示，让自己受到瓦格斯塔夫的嘲笑。瓦格斯塔夫赋予大拇指汤姆一个类似傲慢的性格，并貌视丹尼斯，丹尼斯认为他的批评是最基础的，切维切斯高兴，应该高兴，因为它是自然的，并且评论道，"有一种背离自然的道路，通过夸夸其谈或夸张，其高于自然，扩大图像以致超过它们的实际体积；通过装模作样，其摒弃自然，追寻不适合的事物；通过愚蠢行为，降低自然至模糊和缩小，遮蔽它的出现，并削弱其影响"。在《切维切斯》里，没有太多的大话或矫揉造作；但有冷酷和毫无生气的痴愚。这个故事不可能以一种能在头脑中产生更少印象的方式被讲述。

在当前人类深刻的观察者感到，比起爱迪生，他们的优越过于安全之前，让他们考虑一下他对《奥维德》的评论，里面可能会发现他的批评非常微妙和精炼；再让他们读读他的类似有关《才智》《想象的乐趣》的随笔，可以看出，他认为艺术基于自然，从人的头脑中固有的气质、技巧和优雅中获得创作的原理，而他的侮辱者就不会轻易得到这些。

作为生活和风俗的描写者，必须允许他站在也许是第一流之首。正如斯梯尔指出的，他的幽默是独一无二的，是如此快乐地扩散，给家庭场景和日常事情带来新奇的乐趣。他从不超越自然的谦逊，也不会因违背真理而增加欢乐或惊奇。他的人物既不因歪曲而使人分心，也不因恼怒而令人吃惊。他以如此逼真的方式复制了生活，以至于几乎不能说他是在创作，但他的作品有很本真的气息，很难相信它们仅仅是想象的产物。

作为一名智慧的教师，他可以自信地被追随。他的宗教里既没有热情也没有迷信，他既不无力地轻信，也不肆意地怀疑；他的道德既没危险的松懈，也没有不切实际的严格。所有幻想的魅力，所有论点的说服力，都用来向读者推荐他真正的兴趣，取悦他是作者的关注。真理有时作为一个视觉幻象呈现，有时作为半隐半现的寓言出现，有时会以华丽的长袍吸引关注，有时在理性的信心中前行。她着一千件衣服，每件都令人满意。

一千礼服，一千丰厚。

他的散文是中间风格的典范，对严肃的问题不正规拘谨，对轻松场合不卑躬屈膝，单纯而无顾虑，精确而无雕琢，总是性情温和而朴实无华，安逸随和，不华丽、不尖刻。爱迪生从来没有偏离自己的轨道而抢夺典雅，他不求雄心勃勃的饰品，不求危险的创新。他的作品总是明亮的，但从未在意想不到的光辉中燃烧。

避免所有的生硬和严重程度的用语是他主要的努力方向，因此有时他的过渡和连接是冗长的，有时他突然使用太多对话式语言；但如果他的语言已经不那么地道，可能会失去了其真正的英式英语味道。他想尝试的，他就去完成；他从不软弱，也不希望精力过于充沛；他既不急速，也从不停滞；他的句子既没有研究的幅度，也不影响简洁，他的期刊尽管避免圆滑，是健谈和易懂的。无论谁想要达到创作的一种英式风格，熟悉但不粗糙，优雅但不卖弄，他必须得日日夜夜好好研读爱迪生的书卷。

戴维·休谟

戴维·休谟（1711—1776），出生于爱丁堡，受过法律方面的训练。他早期对哲学表现出很大的兴趣，因潜心致力于研究以至于损害了健康。他多次去法国旅游，与德阿朗贝尔、杜尔哥和卢梭关系甚密，并为卢梭在伦敦找到了一份养老金和一个临时的避难所。

休谟因其哲学著作而闻名于世，并继承了洛克的经验主义哲学及绝对怀疑论。他也著有八卷《英国史》，以及大量有关哲学、经济、种族及美学方面的论注和随笔。《论审美趣味的标准》这篇文章是他清晰的思考和令人钦佩的文体风格的典范。正如莱斯利·史蒂芬所说："他是英国18世纪最敏锐的思想家，也是思想倾向方面最合格的翻译家。"

论审美趣味的标准

世间盛行各种各样的审美趣味和对问题的各种各样的看法，这是人皆关注、显而易见的事实。见识极其狭隘的人在他交往的小圈子能发现审美趣味的不同，即使那个小圈子里的人受到完全同等的教育，持有一致的偏见，他们的审美趣味也会不同。而那些能够扩大视野去研究遥远的国度和远古人民的人，更是对这方面的千奇百异的对立矛盾惊讶不已。一旦他人与我们自己的趣味和鉴赏力相去甚远，便斥之为"缺乏修养"，但很快就发现别人也同样为此对我们嗤之以鼻。最后，就连傲慢自大、目空一切的人也会震惊地看到，各方面都是同样自以为是，在各种情绪的纷纭竞争中，也因相信自己一定正确而开始良心不安了。

虽说观察者不经意间就会注意到这种审美趣味上显而易见的差异，但是只要细细思量就会发现，实际的差异和表面的差异相去甚远。人们对各种类型的美和丑的感受互有歧义，但一般议论往往相同。每种语言里都有些表示谴责和赞赏的术语，用同一语言的人们必然会一致地应用它们。人们用优美、恰当、简明和生动表达众口夸赞的事物，用虚夸、造作、冷漠或浮艳表达一致谴责的事物。但一遇到具体例子，批评家们就不再众口一词，人们发现他们极尽所能对此持不同说法。在科学和理论问题上，情况则恰恰相反。在那些领域里，人们往往对一般的结论表现出差异性，而对具体的结论表现出一致性；实际的差异和表面的差异不是很大。把术语说清楚之后通常就没有什么争议了，论辩双方会惊奇地发现，他们一直为此争吵不休的事物最终在他们的判断下达成了一致。

那些发现道德基于感性而不是理性的人倾向于在感性中理解伦理，并坚持认为，在所有的有关得体的行为和举止问题上，人们之间的这种差异确实远远大于乍看时的样子。毋庸置疑，不同国家和不同时代的作家一致赞赏公正、人性、宽宏大量、谨慎、诚实，而谴责与之相反的品质。然而我们发现，即使其作品主要是为了满足人们想象的诗人和其他作家，从荷马到费内隆，也反复灌输同样的道德戒律，并赞赏和谴责同样的美与恶。这种伟大的一致性通常归因于纯粹理性的影响，在所有这些情况下，这种影响让所有的人都保持着相似的感受，并且防止了抽象的科学所招致的那些争议。至于这种真实的一致性，这个解释可以说是基本令人满意，但是我们也必须承认，在道德上看似和谐的某些部分可能是因为源于语言的本质。"美德"一词，每一种语言都意味着赞美，就像"恶习"都意味着谴责；有最明显和严重的不当行为的人会对这一术语加以谴责，对此的接受程度还是很理解的，或者给予热烈的掌声，在习语的要求上不以为然。荷马所表达的普遍戒律从未被反驳，但显而易见的是，当他刻画礼貌行为的特点时，用阿喀琉斯代表英雄主义，尤利西斯代表谨慎，他在前者身上混加比费内伦认为的更大程度的凶猛，在后者身上混加更大程度的狡猾和欺诈。希腊诗人笔下圣人尤利西斯似乎喜欢谎言和虚构，常常没有任何优势甚至没有必要就使用它们；但是在法国的史诗作者笔下，尤利西斯的儿子更为谨慎些，宁愿把自己暴露在最迫在眉睫的危险之中，也不愿背离真理和诚实。

《古兰经》的崇拜者和追随者坚持认为，在那些疯狂而荒谬的行为中点缀着优秀的道德戒律。但阿拉伯词语对应的英文：公平、公正、节制、温柔、慈善，应该是这种语言经常使用的，必须很好地使用。它也会证明最大的无知，不是道德，而是语言，除了那些掌声和赞扬，还曾提到过它们的绰号。但是，我们是否知道，假装的先知就真的达到正义的道德情操了吗？让我们关注他的叙述，而且我们很快会发现，他对这样的背叛、无情、残酷、报复、偏执等行为给予了赞美，这与文明的社会根本不相容。似乎没有一个稳定的权利规则值得关注。只要对真正相信其有用的人有益或有害，上述每个行为都会受到谴责或赞扬。

在伦理上表达真正的普遍戒律的价值确实很小。那些提出道德美德的人，真正做到的也只不过是道德本身所隐含的内容。那些发明了"慈善"这个词，并很好地使用它的人，比任何应该在他的作品中插入这样格言的伪装的立法者或先知都更清晰且更有效地对这一戒律进行言传身教——"做慈善"。

对我们来说，想找到一种"审美趣味的标准"，一种足以使人们各种感受协调一致的规律，是很自然的。至少，我们希望可以做出一个定论，肯定一种感受，否定另一种感受。

在我们有这样的企图时，有一派哲学破灭了所有成功的希望，断言是根本不可能获得审美趣味的标准。据那些哲学家说，判断和感受截然不同。所有的感受都是正确的，因为感受纯粹以自己为准，只要一个人意识到有所反应，那就是真实存在的。但是所有理智的绝并不都是正确的，因为它们参照了超越自己的东西、智慧，并以实际情况为准，显然它们并不总是都符合标准。不同的人对同一事物有千百种不同意见，其中只有一种，也只能有一种，是正确而真实的；唯一的困难是找到并且确定这种正确意见。相反，同一事物引起的千百种不同感受都是正确的，感受并不真实体现任何事物的内在属性，它只标志事物与人的心灵（器官或功能）间的一种一致状态或联系。如果这种一致状态的确不存在，那么任何感受都不会存在。美本身不是客观存在于任何事物中的内在属性，它只存在于鉴赏者的心里，不同的心灵感受到不同的美。有人可能感受为丑，而另一些人却认为美，每个人都应当承认自己的感受，而不是企图去对他人的感受加以纠正。寻找真正的美或丑，就和企图查明真正的甜或苦一样，纯粹是徒劳的探索。根据不同的感官，同一事物可能是甜的，也可能是苦的。有句谚语正确地告诉我们：对口味的争论是毫无结果的。把这个道理从对饮食的"口味"引申到对精神事物的"趣味"是很自然的，甚至是非常必要的。这样，我们就会发现，尽管在多数情况下常识与哲学，尤其对持怀疑态度的人有分歧，至少在这个问题上，二者的结论是一致的。

虽然上述道理，通过一句谚语，似乎已经得到了常识性的认可，但此外还有一种常识却肯定与之截然对立，至少是可以修改和约束它的。无论谁坚持说奥基尔比和弥尔顿，或者班扬和爱迪生在天才和优雅方面完全平等，人们一定会认为他是在大放厥词，就像他把摩尔山说成是和特内里费岛一样高，池沼说成和海洋一样广。尽管可能会有一些人更喜欢前两位作家，但他们的这种趣味也不会得到关注；我们将毫不迟疑地宣称这些伪批评家的感受是荒谬可笑的。虽然我们承认在这种场合下，我们把"趣味天生平等"的原则忘得一干二净，但我们得承认，在某些情况下，物体接近于平等，这似乎是一种奢侈的悖论，或者更确切地说是一种明显的荒谬，因为在这种情况下，其中的差距大相径庭。

很明显，任何写作规律都不是靠经验推断而制订出来的，也不能是对理性的抽象结论的理解，这点只需比较一下习俗和观念的永恒不变的关系。写作规律的基础和所有的实践科学——经验是一样的，它们是根据在不同国家不同时代都能给人以快感的作品总结出来的普遍性看法。谎言和虚构，夸张、暗喻和对术语的本质意义的滥用和曲解缔造了诗歌，甚至雄辩的美。要想制止这种奔放的想像力，将所有表现手法都归纳为几何真理和精确性，那将与批评法相悖，因为根据普遍的经验，这样产生的作品是最枯燥的，而且令人生厌的。尽管诗歌永远不能服从精确的真理，但它同时必须受到艺术规律的制约，这些规律是要靠作家的天才和观察力来发现的。如果有些作家写作心不在焉，不规言矩步，也能给人带来快感，那么决不是因为他们违背写作原则和规律而给人快感，相反，他们一定在其他方面符合公正批评的优点，这些优点足以压倒谴责，因此比起那些缺点所引起的厌恶，更使读者感到满意。作家阿里奥斯多常荒谬而凭空地编造故事，把严肃风格和喜剧风格混在一起，而且故事布局不衔接，叙述时常被打断，但是却很讨人喜欢。他因清晰的语言表达，合乎逻辑而富有变幻的情节发展，善于描写感情，特别是欢笑和恋爱的感情而使他魅力无穷；然而，他的缺点可能会使我们的满足感消失，却不能完全将它抵销。那么我们的快感果真来源于上文所述那些部分缺点吗？这对一般的批评是没有异议的。这只能说明那些认为其写作缺点应该永远受到谴责的具体批评条例不能成立，是建立在错误的基础上的。如果给人快感没有错误，那么产生快感的方式就永远是如此出乎意料和不可理解的。

尽管所有的艺术规律都是建立在经验的基础上，在观察人类本性的共同情感的基础上，但我们绝不能认为，在任何情况下人类的情感都能与这些规律达成一致。有些思想中更细腻的情感是非常温柔而微妙的，需要在许多有利条件的结合之下才能根据普遍既定的原则自由发挥，精确无误。那些更细致的情感，天性温柔而脆弱，需要许多有利环境的共同作用，使它们根据自己的普遍原则和既定原则，发挥其功能和准确性。它们就像机器里的小弹簧，哪怕最小的内部障碍或最小的外部障碍都会干扰它们的运动，并使整个机器的运转陷入混乱。当我们做这种自然的实验时，借助任何美或丑的力量时，我们必须谨慎地选择适当的时间和地点，并把幻想带到合适的情境和状态上，即一种完美的心灵宁静，一种思想的高度集中，一种对客体应有的关注；如果有一种这样的情况不具备，我们的实验都将是错误的，我们将无法判断天主教和宇宙的美——真正普遍意义上的美。自然在形式和感受之间所建立的关系至少会因此变得更加模糊，需要更大的准确性才能发现和认识。我们要想确定它的影响，不能只根据个别的美所产生的效果，主要还应该根据对那些作品持久的欣赏，毕竟它们是在所有的社会风气和时尚的反复无常变化中，所有的无知和嫉妒的错误中留存下来的。

同一个荷马，两千年前在雅典和罗马受人欢迎，现在仍然在巴黎和伦敦受到推崇。所有的气候变化、政府、宗教和语言的变化，都无法掩盖他的荣耀。权威或偏见可能会令一个糟糕的诗人或演说家红极一时，但他的名声不会永远长久。当他的作品被后人或外国读者审视时，其魅力就消失了，其错误也就原形毕露。相反，对一个真正的天才来说，他的作品越是能经得起时间的考验，越能广泛传播，越能受到衷心的赞美。羡慕和嫉妒在一个狭窄的圈子里往往会占突出地位，甚至熟悉他的人也会因为他的表现而减少对他创作的欣赏。但是，一旦这些障碍被移除，那些自然被用来激发快感的美，立刻就会显示出它们的能量；只要世界永存，它们在读者中的威信就将永垂不朽。

这样看来，在各种各样的审美趣味中，有一些普遍的褒贬原则的影响在心灵感受所起的作用，经过仔细地探索最终都能找到。根据人类内心结构的原始条件，某些特殊形式或品质应该能引起快感，其他一些则引起反感。如果在某个特殊场合没有能造成预期的效果，那就是因为感官本身有毛病或缺陷。发烧的人不会坚持自己舌头还能品尝食物的味道；得黄疸病的人，也不会假装对颜色作出判断。在每一个生物中，都有健全和失调的两种状态，而前者本身就可以为我们提供一种真正的趣味和情感的标准。在感官健全的状态下，如果人们的感受有一种完整或相对的一致性，那么我们就可以从中得出一个完美的概念。就像在阳光下的物体，在健康人的眼中，以其真实的颜色来表现，即使色彩只是一种感官的幻觉。

内脏器官有许多不断发生的毛病，可以阻止或削弱那些普遍原则的影响，这取决于我们对美或丑的看法。虽然通过人类精神的结构，有些物体能自然地给人以快乐，但如果说每一个人都会同样地感受到这种快乐，这不是意料之中的。要么给物体投上虚假的光，要么阻碍我们的想象感受，或者觉察到真实的光亮，这些特定的事件和情境都会发生。

为什么许多人感觉不到美呢？一个显而易见的原因就是没有敏感的想象力，这正是传递这些更美好和细致的情感的必要条件。每个人都佯装有这种敏感：每一个人都在谈论它，并且会将每种趣味或感受都归纳到它的标准之下。但是，既然本文旨在讨论审美趣味的感受和一定程度的理解之间的关系，因此，我们应该给出"趣味"一个迄今为止比别的作家所做的更准确的定义，这也是再正常不过的。我们不探究太深刻的哲学来源，我们将会以《堂·吉诃德》中的一个著名故事为证。

这是有充分理由的：一次桑丘对那位大鼻子的乡绅说，"我会品酒，这是我们家族世代相传的本领。有一次我的两个亲戚被人叫去品尝一大桶酒，据说是上等的陈年好酒。一个人尝了以后，咂了咂嘴，经过一番仔细考虑说：酒是好酒，可惜他尝出里面有一股皮革味。另一个人同样品了一下，也说酒是好酒，但他能很容易地辨识出一股铁味。你想象不到他俩因此受到别人多少嘲笑。但是谁笑到最后呢？等到把桶倒干了之后，发现桶底原来有一把旧钥匙，上面拴着一根皮带"。

这个故事告诉我们一个道理，食物的口味和精神的趣味是非常相似的。可以肯定的是，美丑比起甘苦来，不是物体的内在品质，而是完全属于内在或外在的感情。我们必须承认，在事物中有一定的品质，这些品质是由自然所赋予而产生了上述这些特定的感觉。这些品质所占比重很小，或者可能会相互混淆。通常我们的趣味感受不到过于微小的品质，或者在混乱的状态下辨别出每种个别的味道。如果器官细致到可以感知到世间任何味道，口味敏感，无论我们是用字面的饮食原意，还是隐喻的方式来使用这些术语。在这里，美的一般规律就起作用了，因为它们是从确定的范例和观察一些集中突出体现快感和反感的对象里得出来的。在一篇完整的文章中，如果同样的品质所占比重又很小时，某些人感官的愉悦或不安未受到影响，我们就不会说这人趣味敏感。要产生这些一般规律或创作的公认典范，就像找到那把拴皮带的钥匙一样，这就证明了桑丘的亲戚们的判断，也使那些对他们嗤笑的"品尝家"感到困惑不已。尽管酒桶从未被倒干，一位亲属的口味仍然是敏感的，而另一种同样是迟钝糊涂的。但事实证明，要让所有看热闹的人都服气前者比后者高明，那就要困难得多。虽然我们没有使写作的美条理化，没有把它归纳成普遍规律；虽然我们还没有任何被认可的美的典范，但是高低不同的趣味仍然存在。一个人的鉴赏能力比另一个人的强，这是一个普遍真理。但是，要让这个不好的评论家缄口不言并不容易，因为他总是坚持自己的观点，拒绝接受他对手的判断。但当我们向他展示一种艺术的原理时，当我们用例子来说明这个原理的时候，也就是用一些根据自己的趣味他也承认能够用这条原理发生作用的时候，然后当我们证明同样的原理适用于当前的情况时，他没有察觉或感受到当前讨论的对象的影响。总的来说，他必须得承认问题在于他自己，因为他缺少的是那种使他在任何作品、任何言论中都能对美和丑感到敏感的能力。

　　大家公认，每种感官或能力的完善使人准确感觉到最细小的物体，不允许任何东西逃脱它的注意和观察。眼睛能感觉到的物体越小，器官越精致，其制作和组成就越复杂。强烈的调味品试不出好的味道，而一种混合的小食材才能品出好的味道，因为我们对每一部分都很敏感，尽管它是那样的微量并与其他的部分混淆。对美和丑的快速而敏锐的感知必须是我们的心理趣味的完善。一个人也不能对自己感到满意，因为他怀疑话语中他无法观察到的任何优点或缺点。在这种情况下，人的完美与感官，或者感觉的完美就达到了统一。在许多场合，一个非常微妙的味觉给他和他的朋友带来巨大的不便。但是，一种微妙的智慧或美感必定是一种良好的品质，因为它是人类敏感的本性中所有最美好和最纯洁的快乐的源泉。在这一结论中，全人类的情感都得到了认同。只要你能确定一个美好的趣味，肯定会得到赞许，确定它的最好方法是诉诸于那些由国家和时代达成一致和日积月累建立起的模式和原则。

　　尽管人和人之间在微妙之处有一种自然而然的迥然不同，但是没有什么比一个特定的艺术实践，以及对一个特定种类的美进行频繁地研究和思考更能增加和改善这种天赋。当某类客体初次被呈现在眼前或想象中，伴随而来的感受是模糊和混淆。在很大程度上，心灵是不能讲述相关的优点或缺点的。这种趣味不能感知作品的优点，更不会区分每个优点的特性，并确定其性质和程度。如果一般地思想把整个看作是美或丑，这能预期最大限度，甚至对于这种判断，一个生手易于表达犹豫，以及有所保留。但允许某人在这些客体中获得经验，他的感觉会变得更加准确和美好：他不仅觉察到每一部分的美和丑，而且标记出每一种品质的区别，并赋予它适当的赞扬或责备。一个清晰明显的感受使人参与客体的整个观察过程，他发现了每一部分认同或不满的程度和种类都是自然而然产生的。他看出似乎以前悬浮在客体上面的云雾已消散：在这种作用下，感官精益求精，每种作品的优点不能产生危险或错误。总之，任何工作付诸实践而产生的相同的谈吐和敏捷，在判断它的过程中，也会用同样的方法获得。

因此，对于美的识别的实践是如此有益，以致于在对任何重要工作给出判断之前，每一单个作品都比我们以前的一次研读要好，从不同的角度关注与思考进行评判，是必不可少的。在初次读到任何一篇文章时，会有一种震颤或匆忙的思想，并混淆了真正的美感。各部分之间的关系不清楚；真实的人物风格毫无区别。几种优点和缺点似乎都包裹在一种混乱之中，并且在想象中表现得很模糊。更不用说，有一种美，因为它华丽肤浅而首先给人快感，但读者发现与其理性或激情的公正表达不相容，很快就会失去审美趣味，然后就不屑地拒绝，至少给予一个较低的评价。

没有经常对优点的种类和程度进行对比，估测其相互的比例，就继续思考任何美的顺序，这种实践是可行的。一个没有机会比较不同美的人，他是完全没有资格对呈现在他面前的任何客体发表言论的。单单通过比较，我们就能修正赞赏或指责的词语，并学会如何分配每个词汇应有的程度。最粗糙的局部修改有一种色彩的光泽和精确的模仿，这是某种程度上的美，而且会影响到一个最令人钦佩的农民或印第安人的心灵。最粗俗的民谣并不完全缺乏和谐或自然；除了深谙至美的人，谁都不会宣称它们的构思严格或叙述无趣；最卑微的美给深谙至美的人以痛苦，因此被称为畸形，因为我们所熟悉的大部分完整客体应该已经达到了完美的顶峰，并享有最高的赞誉。一个习惯于阅读、审视和衡量被不同的时代和国家加以欣赏的作品的人，只能用他的观点对所展示的作品的价值进行评价，对这些天才的作品进行适当地分级。

但是为了使批评家能够更充分地完成这一任务，他必须使自己排除杂念，保持心无旁骛，只能思考他正在研究的作品。我们可以看到，为了对心灵产生应有的影响，必须从一定的角度来研究每一件艺术作品，而不能被那些本身或真实或想象的情况与作品所需不相符的人来鉴赏。一个演说家对一群特定的观众发表演说，必须考虑观众特定的才华、兴趣、意见、激情和偏见，否则他控制他们的决定并激起他们的情感的希望就会落空。他们甚至本应该考虑一些反对他的意见，无论多么不合情理，他绝不能忽略这个缺点；但是他进入主题之前，必须努力赢得他们的感情，并获得他们的好感。为了对这篇演说有一个真实评判，研读这篇演说的不同时代、不同国家的评论家，对所有这些情况必须做到心中有数，必须从观众的角度设身处地考虑。同样地，当向公众发表任何作品时，尽管我本应该与作者有一种友谊或敌意，我必须撇开这一情况，考虑到我自己是一个一般意义上的人，如果可能的话，忘记我个人的存在，以及我的特殊情况。一个受偏见影响的人，不符合这种条件，但固执地保持自己的自然立场，不把自己置于表现所设想的那种境地。如果作品需要面向不同时代、不同国家的人，他对他们独有的观点和偏见不加考虑。但是，作品里充满了他自己的时代和国家的风俗，轻率地谴责那些说话有计划的人眼里似乎令人钦佩的东西。如果作品是为公众完成，他从未充分提高他的理解，作为竞争对手或评论员忘记了自己与作者有一种友谊或敌意。通过这种方式，他的情绪是反常的，同样的美和丑也没有对他产生同样的影响，好像他把适当的暴力施加给他的想象力，并暂时忘了自己。到目前为止，他的审美趣味明显偏离了真正的标准，结果失去了所有的信用和权威。

众所周知，在所有提出的有关理解的问题中，偏见对公正的判断具有破坏性，歪曲了所有智力能力的作用：它既不与好的趣味相背离，也不会对我们美的情操起很大的破坏作用。在这两种情况下，检验它的影响都很有意义的。而在这方面或者其他方面，如果理性不是趣味的一个重要组成部分，至少是后一种能力的必要条件。在所有崇高的天才作品中，都存在着相互的关系和对应的部分。他的思想也不够宽广，无法理解所有的这些部分，并将它们与彼此进行比较，他便无法感知整体的连贯性和一致性。每一件艺术作品也有一定的要为之考虑的目标或目的，因为它或多或少适合达到这一目的，被认为或多或少是完美的。通过激情和想象力的各种手段，雄辩的目的是说服，历史的目的是教训，诗歌的目的是怡情。在我们看来，当我们研读任何作品时，我们必须不断地实施这一目的，而且我们必须能够判断把使用的方法运用到各种目的上会产生什么效果。此外，每一种创作，即使是最富有诗意的，也只不过是一连串的命题和推论，并不总是真正地最公正、最精确的，但仍然是似是而非的，无论被想象的色彩怎样掩饰。悲剧和史诗当中的人物，必须是通过推理、思考、总结和表演表现出来，并且符合他们的性格和环境；没有判断、趣味和虚构，诗人永远不能指望在如此精巧的作品中获得成功。更不用说，这种有助于理性改进的同样才能的卓越，同样概念的清晰，同样区分的正确性，同样忧虑的鲜明性，对于真正的趣味实践都至关重要，而且是其必然伴随的。一个通情理的，在任何艺术上都有经验的人，不去判断它的美；而与一个没有良好的理解力只有趣味的人相遇也不足为奇。

因此，虽然趣味的原则是有普遍意义的，完全（或基本上）可以说是人同此心，心同此理；但真正有资格对任何艺术作品进行评判或将自己的感受确立为审美标准的人还是很少的。内心感官很少发展到完美状态，使上述的一般原则可以充分发挥作用，并且产生与那些原则相对应的感觉。它们不是在本来有缺陷的情况下起作用，就是一时被某种疾病所损害，因而只能激发一种可能错误的感受。如果批评家不敏感时，他就不会有任何区别力，只会受到那些比较粗陋显著的品质影响：没注意也忽略了更细微的笔触。在没有实践训练的情况下，他的结论是令人困惑和迟疑的；在没有比较的情况下，最轻佻的美女，其实应该算作缺陷的"美"是他崇拜的对象。他在偏见的影响下，所有的自然情感都被扭曲了；在判段力不强的情况下，他就没有资格去辨别最优秀的最高的设计和推理的美。大多数人总不免要有某些或其他的几种缺点，因此，即使是在最文雅的时代，能对高级艺术作出正确评判的人也是罕见的。只有强烈的感受与敏锐的情感相结合，通过实践训练加以改进，通过比较而进一步完善，最后消除所有偏见，只有这样的人才配得上批评家这个重要的称号。无论在哪里找到这些批评家，如果他们有共同的评判标准，那就是审美趣味和美的真正标准。

但是到哪里去找这样的批评家呢？他们有什么显著的特征呢？如何把他们同冒牌者区别开来？这些问题是令人尴尬的，在创作这篇文章的过程中，我们一直在努力摆脱困惑，但似乎又让我们回到了同样的不确定之中。

如果我们把事情考虑得很清楚，就会发现这些都是事实的问题，而不是感受的问题。某一特殊人物是否具有良好的判断力和敏锐的想象力，是否不受偏见的影响，常常会成为争论的焦点，难免为此谈论一番。但是，这样一个人物是非常重要的而且值得尊敬的，全人类都认同的。一旦出现这些疑问，人们所能做的不过是采取处理一切理性争端的办法：他们必须拿出能提出的最有力的论据；他们必须承认，一个真实而有决定性的标准的确存在，即真实的客观存在；他们必须与别人一样对这个标准有不同的看法。如果我们已经证明，人的趣味并不相同，有高有低；证明通过公众舆论的承认，有些人，不论多么难以找到他们，在普遍感受上比别人更有优先权和权威，那就足以满足我们现在对本文要说明的问题了。

实际上，即使发现具体的审美趣味标准有一定难度，也不像它所表现出来的那样大。尽管在猜测中，我们很可能会坦率承认科学有一个明确的是非标准，而感受没有这样的是非标准，但在实践中发现前者的问题比后者更难以确定。抽象哲学的理论，深奥的神学体系，在某个时代盛行。在接下来的一段时间里，这些都将过时了。一旦发现它们已是荒谬的，人们就会用其他的理论和体系取而代之，然后又让位给新的理论和体系。没有什么比这些虚假的科学论断更容易受到机会和风气的革命影响；雄辩和诗歌的美的情况则完全不一样。激情和自然的恰当表达，在一小段时间之后，就能赢得公众持久的赞赏。亚里士多德和柏拉图、伊壁鸠鲁和笛卡尔相继出现，推陈出新。但台伦斯和维吉尔则能永远无可争议地占据人类的心灵。西塞罗的抽象哲学早已失去了它的声望，但他雄辩的言辞仍然值得我们钦佩。

虽然审美趣味敏感的人很罕见，但是人们很容易在社会上把他们辨识出来，因为他们见解高明、能力卓越。他们对任何天才作品的赞赏都因他们所获得的推崇而盛行起来，并使其在大众中占主导地位。许多人，如果只依靠自己，有一种模糊而令人怀疑的美，但是一旦有人指点，哪怕是轻微一点，他们都能欣赏。一个人对真正的诗人或演说家的崇拜，会带动更多的人对他们的崇拜与追随。虽然一时会有各种偏见，但他们从未联合起来推出一个对手和真正的天才竞争，但最终会屈服于自然的力量和正当的感受。因此，尽管一个文明的国家很容易一时选错受人尊敬的哲学家，但他们从未长期选错过所喜爱的某一篇脍炙人口的史诗或某一个悲剧作家。尽管我们努力确定审美趣味的一个标准，调和人类不一致的理解力，但是仍有两个差异的来源，虽说不能混淆了美与丑的所有界限，却可以在影响我们赞赏和指责的程度上起着产生差异的作用。一个是具体人的不同气质，另一个是我们这一时代和国家的具体习俗与观念。在人类的本性中，审美趣味的普遍原则是一致的，人在判断上的不同之处在于，通常会有一些鉴别力上的缺陷或曲解，产生的原因要么是偏见，要么是缺乏实践，或者是缺乏敏感，最后还有一个正当理由肯定一种趣味，否定另一种趣味。但如果内部结构或外部环境中存在这样一种多样性，而双方又都是完全无可指摘的，并且没有给对方一个优先选择的余地，在这种情况下，判断的多样性是不可避免的，最终我们只能是徒劳地寻求一种共同标准来调和相反的感受。

充满激情的年轻人更容易受到那些多情的、温柔的形象的感染，而年岁稍长的人则比较喜欢在对修身处世和克制情欲等智慧和哲学的思考中寻求快乐。二十岁时，奥维德可能是最受欢迎的作家；四十岁时，是贺拉斯；也许五十岁就是塔西佗了。在这种情况下，要我们从自己的天性中剥离出来，进入他人的感受之中，只能是徒劳了。选择我们最喜欢的作家就如同选择朋友，气质和性格要相一致。欢笑、激情、感受或思考等因素，无论哪个在我们的气质中最重要，它都会让我们与我们最喜欢的作家产生一种特殊的共鸣。

甲喜欢崇高；乙喜欢温柔；丙喜欢开玩笑；丁对丑很敏感，勤于改正；戊追求美，为了一个崇高或动人的形象可以宽恕二十种荒谬和缺陷；已的耳朵利于听取简明洗练的语言；庚喜欢丰富、华丽、和谐的表达；辛喜欢简单；壬喜欢点缀；也有人喜欢喜剧、悲剧、讽刺诗和颂歌。每个人都认为自己喜好的体裁高于其他的写作形式。这显然是一个批评家的错误，因为他只赞赏一个体裁或写作风格，而谴责所有其他的东西。但是硬要我们放弃那种适合我们的特定气质和性格的偏好，也是几乎不可能的。这样的偏好是无辜的，是不可避免的，而且永远不能合理地成为争议的对象，因为根本没有解决这类分歧的任何共同标准。

出于同样原因，在阅读过程中，比起那些喜欢不同风俗习惯的描述和人物来说，我们总是更喜爱那些类似我们时代和国家的描述和人物。我们要甘于接受古代礼仪的淳朴，看见公主们自己从泉水里取水，国王和英雄们也在自己烹制食物，这些也着实会让我们费些力气。我们一般认为，这种描写行为不是作家的过错，也不是作品中的残缺，但是阅读时，我们也并没有被他们所深深感动。因此，喜剧从一个时代或一个国家转移到另一时代或一个国家，没那么容易。法国人或英国人对台伦斯的《安德罗斯的妇人》或马吉阿维利的《克丽蒂亚》不是很欣赏，因为在那两个剧本里，全剧的主人公那位美丽的女士从来没有出现在观众面前，但却总是躲在幕后，这与古希腊人和现代意大利人的气质相配。善于学习和思考的人可以体谅这些风俗的特殊性，但是，普通的观众永远也无法摆脱他们一贯的想法和感受，而去欣赏那些与他们完全不一样的场景。

但是这里需要反思，这也许对研究古代和现代学习的著名争论方面很有用：那里我们经常发现一方使在古代看似的荒谬免于古代风俗的束缚，而另一方则拒绝承认这个借口，或者至少承认这只是对作者的道歉，而不是对其作品的道歉。在我看来，这个问题的适当界限很少在争辩的双方之间得到解决。一旦如上述提到的习俗的任何无伤大雅的特点被展示出来，它们当然必须得到承认。因它们而震惊的人，给予这些虚假的精美和优雅以明证。诗人的《纪念碑比黄铜更耐用》，一定像普通砖或粘土一样落到地面，人们对于风俗习惯的不断革命是不留余地的，并只承认适合时下流行的事物。难道因为祖先的翎颌和鲸骨圆环，我们就一定要抛弃我们祖先的形象吗？但是如果道德和风俗的观念从一个时代到另一个时代都在变化，邪恶的风俗被描述，而没有被标记上指责和非难的正确特征，这就必须被允许去破坏这首诗，并且成为真正的丑？我不能，我也不合适有这样的感受。但因为诗人那个时代的风俗，我可以原谅他，但我永远不能欣赏他的作品。由几个古代诗人有时甚至是荷马和古希腊的悲剧作家刻画的人物，显而易见地缺乏人性和礼仪，这大大削弱了他们崇高巨作的价值，使现代作家比他们更胜一筹。我们对于这样粗糙的英雄命运和情怀不感兴趣，我们也不喜欢看到如此混淆的罪恶与美德的界限。因为作家的偏见，无论我们可以给作家什么样的纵容，我们都无法说服自己理解他的感受，或者对于我们清楚地发现有过失的人物产生感情。

道德原则的情况与任何推测性的观点是不一样的，这些都在不断地变迁与变革。儿子从父亲那儿接受一个不同的系统，在这一点上，几乎没有人敢吹嘘这个特性的稳定性和统一性。在任何时代或国家的高雅著作中可能看到任何思考的错误，而且这些错误对这些作品的价值几乎没有影响。但需要有一种思想或想象力的一定转变，使我们接受当时流行的所有观点，欣赏源于它们的感受或结论。但是要改变我们对风俗的判断需要极大的努力，并激发赞赏或责备，爱或恨的感受，这与那些从长期习惯中所熟悉的思想不同。如果一个人根据他的判断，对道德标准操行端正很有自信，他无疑是有嫉妒心的，但为了贴合任何作家，暂时不会曲解他内心的情感。

在所有思考的错误中，有些认为宗教是天才作品中最可以被原谅的错误，但是也不允许对任何人，甚至是个人，以其神学原则的粗劣或文雅的态度来评判他们的文明或智慧。在日常生活中指引着人们的同样准确的感觉，在宗教事务中是没有被在意的，而这些事情本应完全置于人类理性的认知之上。为此，所有的神学异教系统的荒谬必须被每一个评论家所忽视，他们会假装从古代诗歌中形成正确的观念。同样地，我们的子孙后代也必须同他们的祖先有相同的嗜好。任何一个宗教的原则都不可以归咎为任何诗人的错误，而它们仅仅是原则，并没有那么强烈地占据了他的心灵，以致使他处于偏执或迷信的归责原则下。如果这一切发生，它们会混淆道德情操，并改变恶习与美德的自然界限。因此根据上述原则，它们是永恒的污点，也不足以证明这个时代的偏见和错误观点。

对罗马天主教来说，要激起对其他所有崇拜的暴力仇恨，并将所有的无宗教信仰者，伊斯兰教徒，异教徒作为神的愤怒和复仇的对象，这是至关重要的。这种情感虽然在现实中是非常容易被谴责的，但却被那个宗教团体的狂热者看作是种美德，并在他们的悲剧和史诗中代表一种神圣的英雄主义。这种偏见已经使法国两部非常好的悲剧《波里厄克特》和《阿达莉》面目全非，对于特殊的崇拜方式狂热的热情引起了所有浮华的想象，形成了英雄的主要特征。"这是什么？"崇高的贞德对乔萨拜特说，当发现她在同巴阿尔神父马当交谈时，"大卫的女儿同这个叛徒说话了？恐怕大地也应该开放并倾吐火焰吞噬了你呢，或者恐怕这些神圣的墙会倒塌把你撞碎，难道你不害怕？他的目的是什么？为什么上帝的敌人来这里毒化了我们呼吸的空气？"在巴黎大剧院，这种情绪获得热烈的掌声；但在伦敦，观众会非常满意地听到阿喀琉斯告诉阿伽门农，在他的额头上有一只狗，在他的心中有一只鹿，或者如果朱诺不安静，朱庇特用惨败的声音威胁她。

当宗教原则上升到迷信，进入自己的每一个感受里，再高雅的作品中都是污点，无论与宗教联系有多远。对于诗人，这没有借口，其国家的风俗——很多宗教仪式和纪念活动使生活负荷，生活中没有哪一部分免于这种束缚。彼特拉克把他的情妇"劳拉"比作"基督耶稣"，这永远是非常可笑的；快乐的浪荡子薄迦丘，因为全能的神和女士们帮助他防守敌人，他非常认真地感谢他们，这也不是不可笑的。

塞缪尔·泰勒·柯勒律治

塞缪尔·泰勒·柯勒律治（1772—1834），德文郡一位牧师的第十个孩子，当代英国才子中最杰出的成员之一。

他一生致力于文学与哲学，但由于自身意志的薄弱，以及缺乏实践，使他和他的家庭不得不依靠朋友和资助者们的帮助。在诗歌领域，他确立了其主要浪漫派诗人地位，自己的佳作也一直站在前沿领域。但是他总习惯于做一些伟大的计划，然后再将它们在付诸实施之前遗弃；而且对于自己的资助者们，不管他们身份有多特殊，他也从来不履行自己的诺言。

他主要的散文作品则是涉及到哲学及美学方面。他是将康德哲学思想引入英国的第一人，也是文学批评的领军人物。很可能从来没有一个莎士比亚的翻译者能将其剧作中的人物诠释出这么多极富穿透力而又令人印象深刻的启发，而在他现有的散文中也展现出了对哲学的深刻见解以及对艺术基本原则的运用。

论诗歌或艺术

人通过发音进行交流，更为重要地，通过耳朵记忆进行交流；自然是通过眼神和表面的印象进行交流，通过眼睛，自然赋予了声音、气味等以意义，以及记忆的条件或被记忆的能力。现在，总体用来表示绘画、雕塑、建筑和音乐的艺术，是人与自然之间的仲裁者和协调者。因此，就是这些人性化的自然的力量将人类的思想和激情注入到他沉思的对象上；颜色、形式、运动和声音是艺术结合起来的元素，艺术以一种道德观念的形式把它们统一起来。

写作是首要的艺术。说它首要是因为，如果我们考虑从实现它的不同方式中概括出来的目的，这些在文明的较低程度上仍然能看得见进展的步骤为：首先，有单纯的手势；之后念珠或贝壳；接着画面语言；还有象形文字，及最后的字母。这些都由人转化成自然，有形地取代声音的组成。

所谓的野蛮部落的音乐，虽然耳朵保证其为音乐，但在理解上配不上"艺术"这一名称。其最低的状态仅仅是由激情本身需要的声音而表达的激情，最高状态是在缺少引发原因的状况下达到这些声音的自发再现，因此达到对比的乐趣——例如，在安全和胜利的歌曲中，通过各种战争的呐喊来表达。诗歌也是纯粹的人类艺术，因为所有的材料都来自心灵，所有的诗歌创作产物又都为心灵服务。但它是前一种状态的典范，诗歌中，结合力量的激情本身就模仿了秩序，而秩序产生了一种愉快的激情，因此它通过使自己的感觉成为反映的对象而提升了思想。同样地，当诗歌唤起那些与最初激情相伴的情景和声音时，诗歌使他们产生了一种兴趣，不是让他们自己，而是通过激情，然后再通过使所有不同的图像都作用于人类灵魂的力量平静下来的方式，缓和激情。这样，诗歌是艺术的准备，因为它本身就利用自然的形式去唤起、表达和修饰心灵的思想和感受。

然而，诗歌只能通过有声言语的介入起作用，有声言语是人类特有的，在所有的语言中，它由对比区别人与自然的普通短语组成。这是单词"残忍的"原始力量，即使"无声的""哑巴的"不能表达声音的缺失，但能表达有声言语的缺失。

一旦人的心灵只有通过有声言语的外在形象被清楚地表达，艺术很快就开始。但请注意，我特别强调这一短语"人的心灵"——意思是，排除所有人和所有其他有知觉动物的共性结果，从而把自己的心灵限制在由动物的印象与心灵的反射能力的一致性所产生的结果；因此，不是被呈现的事物，而是被事物重新呈现的事物，将是快乐的源泉。在这个意义上，对一个宗教观察者来说，自然本身就是上帝的艺术；出于同样的原因，艺术本身可能被定义为一种思想和事物之间的中间品质，或者像我之前说的，那是人类独有的与自然的统一与和谐。它是思想中富有文采的语言，通过把所有的想法或观点统一起来而有别于自然的。如果我们能看到在整体和部分中呈现的思想，那么自然本身会给我们一件艺术作品的印象；当一件艺术作品充分传达思想，由它在统一中所持有的不同部分比例协调，那么这件艺术作品就正合适。

因此，如果"无声的"一词不被作为是声音的反义词，而是有声言语的反义词，那么总的来说，对绘画的古老定义实际上是对美术的真实和最好的定义。也就是说，无言的诗歌当然是诗歌。由于所有的语言都是通过辨别本来意义相近词的过程来逐渐完善自己，所以我希望用"诗歌"这个词来作为通用的术语，并区分出诗歌的种类，而不是用通常的"无言的诗歌"来写诗；而在共同形成美术的所有其他种类中，还保持这种共同的定义——也就是，像诗歌一样，表达源于人类心灵的智力目的、思想、观念和情绪——不是像诗歌那样，通过有声言语完成；而是像自然或神圣的艺术，通过形式、颜色、大小、比例或声音，无声地或音乐般地来表达。

噢！可以说，但谁曾想过不同方面？我们都知道艺术是自然的模仿者。而且，毫无疑问，如果所有人都认为"模仿"和"自然"意思一样的话，我希望传达的事实是贫瘠的真理。但是一般说来，它在奉承人类，认为事实如此。首先，说说模仿。蜡像不是模仿，而是一个密封的复制，其本身是一个模仿。但是，进一步说，为了形成一个哲学概念，必须寻求同类例子，就像冰里的热，看不见的光，等等，而出于实用的目的，我们必须有一定的参考。从哲学上说，我们都知道，在所有的模仿中，两个元素必须共存，不仅共存，而且必须被视为共存，那也就足够了。这两个构成要素似是而非，大同小异，在所有真正的艺术创作中，必须有这些异类的统一。艺术家可以坚持他喜欢的观点，只要预期的效果是明显的——差异中有相似，相似中有差异，求同存异。如果没有检查出任何的差异，就有相似的性质，其结果是令人厌恶的，错觉越完整，效果越令人讨厌。为什么像男性和女性的蜡像人物这种对自然模仿如此令人讨厌？因为找不到我们预期的动作和生命，我们被虚假所震惊：以前诱使我们感兴趣的每一个细节，与真理的距离更明显。从你一开始就假定现实，对欺骗感到失望和厌恶，而对于一部作品的真实模仿，你应该始于一个公认的总差异，然后每次与自然的接触给你一个近似真理的乐趣。这一切的根本原则无疑是虚假的恐怖，人们心中固有的对真理的爱。希腊悲剧舞蹈基于这些原则。在希腊戏剧表演最喜欢的部分，我能在想象中深深地同情希腊人，这时我想起在意大利观看霍拉提和库里亚提伴随着奇马罗沙音乐跳着最精美的战斗舞蹈时所感到的乐趣。

其次，有关自然。我们必须模仿自然！是的，但模仿自然界中的什么——所有的一切？不，大自然中美好的事物。那么，什么是美好的事物？什么是美？从抽象意义上来说，它是多方面的统一，是不同体的结合；从具体意义上来说，它是美观与重要的结合。在死的有机物中，它取决于形态的规律性，所有变化成三角形的初级和最低的物种，像在晶体中，建筑中的物种，等等；在活的有机物中，不是单纯的产生形式感的规律形式；除了本身，它也屈从于任何事物。如果可能存在于一个不愉快的事物中，其中组成部分的比例构成一个整体；它不像令人愉快的事物那样在关联中产生，但有时存在于关联的破裂。正如人们所说，它并没有与不同的个体和国家相区别，也没有与善良、合适或有用的思想相关联。美是一种直观的感觉，美本身就是一种能激发快乐的东西，没有兴趣，远离兴趣，甚至与兴趣相悖。

如果艺术家复制纯粹的自然，自然本性，那将是多么无意义的竞争啊！如果他从一个给定的形式进行，这应该是回答美的概念，如同西普里亚尼图画中的事物，他的作品是多么空虚，多么不现实！相信我，你必须掌握实质，以及自然本性，在更高的意义和人的灵魂之间预设一种纽带。

计划与执行有一定的共同性，自然的智慧与人的智慧却不同；思想和产品是一体的，或是同时指定的，但没有任何反射行为，因此也没有道德责任。人有思考、自由和选择，因此，他是可见的创作的领袖。在意识之前所有可能的元素、步骤和智力过程，都在呈现的自然界物体中，就像在镜中，因此对智能行为就能全面发展；人的思想是分散在整个自然意象的智慧的焦点。

所以现在，要把这些汇总和合适的意象安置到人类心灵的界限，就要从它们自身形式上引出，并添加到自身的形式，形成它们近似的道德思考，使外部内化，内部外化，使自然思想化，思想自然化——这就是美术中天才的秘密。我可以补充说明，天才必须作用于感觉，身体只是成为思想的一个努力——它的本质是精神吗？

在每一件艺术作品中，都有内部和外部的一致，意识对无意识是如此之深以至于在其内部出现，就像比较刻在墓碑上的纯粹的字母和构成的坟墓的图像本身。将两者合二为一的人就是天才，为此，他必须同时参与其中。因此，天才本身就有一个无意识的活动。这是对这个规则真正的阐述，即艺术家为了充分作用给自然，首先要从大自然中带走自己。为什么这样？因为如果他仅以单纯痛苦的复制开始，他只会产生面具，不会形成有呼吸的生命。为了生成自由和法律的协调，在规定中服从退化，遵守冲动下的规定，这是他与自然同化，并且让他了解自然的过程，他必须根据智力的严格法则从自己的头脑里创造形式。他只是因季节原因而没有参与，与大自然有着同样本质的他自己的精神，在他接近那无穷无尽的作品之前，可能会在其主要基础下学习其无声的语言。是的，不是为了获得冰冷的概念——无生命的技术规则——而是逼真的、有生命的观念，这应包含自己的证据，确信它们本质上是自然产生的原因——他的意识是两者的焦点和镜像——为此，艺术家一段时间放弃了外在的真实，完全同情它的内在和实际，以回报于它。因为我们所有看到的、听到的、感觉到的、触摸到的物质必须是自己，而且必须是我们本身，因此在沉闷的信念之间，在理由上别无选择（感谢上帝！几乎不可能），我们周围的一切不过是一个幻象，或者说是同我们生活中的一样，并且知道就是相似，当我们以自己为谈论的对象时，根据柏拉图的观点，甚至就像我们自己要学习的只是回忆，这是唯一有效的回答，我有幸遇到，蒲柏使用下面的话语献祭：

"花花公子笑着打败伯克利！"

艺术家必须模仿事物内部的东西，通过形式和图形活动的东西，就连符号对我们来说也是话语——自然精神，就像我们无意识地模仿那些我们爱的人，那么他只能希望创作真正自然的作品，效仿真正描写人性的作品。将形式组合而成的想法其本身不能称为形式，它高于形式，是其本质，是个体中的一般性，或者个性本身——这是内在力量的影射和解释。

如果我们移除令人不安的意外力量，每一件生存的事物都有自我展示的时刻，每一件事情的每一阶段也是如此。这是一种理想艺术的事业，无论是在童年时期、青年时期，还是成年时期，无论是男人还是女人，都是如此。因此，一个好的肖像是个人的抽象；它不是真实的比较，而是回忆的样子。这就解释了为什么一个很好的肖像的相似并不总是被认可，因为有些人从来不抽象，尤其是其中被认为是主体的近亲和朋友，结果是恒定的压力和由于他们的真实存在作用于他们的思想检验。而且，每一件只有活着的事物，也有可能有与生活有关的位置，正如自然本身所证明的那样，如果不在那里，谁会预言它存在于结晶的金属或吸入的植物中。

雕塑不可缺少的的魅力是效果的统一。但是绘画在于远离自然的材料，其范围因此更大。光与影分为外部和内部，甚至所有的偶然因素也如此，而雕塑是局限于后者。在这里我可以观察到，被选为艺术作品的主体，无论是雕塑还是绘画，都应是那些在艺术的范围内能够被表达和传递的东西。此外，它们应该凭借其真实、美丽，或者崇高影响到观众，因此它们可以按判断、感觉或原因来解决。它们所产生的印象的特性可能来自于颜色和形式，或者来自于比例和适当，或者来自于道德情感的兴奋，或者可能是所有这些的结合。像这样结合所有效果来源的作品必定有尊严的偏好。

仿古可能太排外，而且可能对现代雕塑产生有害的影响：第一，通常来说，因为这样的一种模仿不能有保持注意力集中在外部的一种倾向，而是注意力内部的思想；第二，因为它使艺术家对那些总是不完美的东西感到满足，也就是，身体形态，进而把他的思想表达的观点局限在威武雄壮的想法上；第三，因为它会让人努力把两个不相关的事物结合在一起，也就是说，在仿古形式上的现代情怀；第四，因为它用一种语言表达，可以说是博学的、死的语言，音调是陌生的，让普通观众冷漠而不为所动；最后，因为它必然导致对思想和情感更深刻的兴趣的意象，以及更崇高的尊严的忽视，因为母亲般、姐妹般和兄弟般的爱、虔诚、奉献，这些神圣成为人的本性——圣母、使徒、基督。艺术家在伟人的雕像上的原则应该是过去优点的说明，我不由想到，一个巧妙的现代服装的运用，在很多情况下，会产生各种有力的效果，而有人顽固地坚持希腊或罗马服装会妨碍这种效果。我相信，就是从发现希腊模式不适合几个重要的现代目的艺术家那里，我们看到在纪念碑或其他地方的古迹上那么多的寓言人物。可以说，绘画是一种新的艺术，不再被束缚，旧模式选择自己的主体，像鹰那样飞翔。在生命终结的象征表达上，一个新的领域似乎对现代雕塑开放，就像盖伊纪念碑，伍斯特大教堂里钱特里的孩子们，等等。

建筑表现出与在艺术作品中可能存在的自然的最大程度的差异。它涉及到设计的所有权力，也包括雕塑和绘画。它显示了人类的伟大，同时也教会他谦逊。

音乐使艺术更完整，在自然中有最少的类似物。它的第一个令人愉快之处是与耳朵的关系，这是一种关联的事物，可以用适度的智力唤起过去深深的情感。每种人类情感都比令人兴奋的原因更强大，我想，有一个证明是，人是被设计为一个更高的存在状态，总是有更多的、超乎直接表达的东西深深地隐含在音乐中。

关于美术的所有分支工作，我可能会说，关于艺术的所有分支工作，我可以说，能够产生新奇的乐趣当然必须允许其应有的位置和重量。乐趣包括两个相反的因素，即相同和多样。如果在变化中没有某个固定的关注对象，这种不停止的系列变化就会妨碍头脑观测的个体对象的差异，从而剩下的唯一事物便是继承，这将准确产生同样的效果。我们有过这样的经历：在一辆马车快速移动的过程中，我们感觉到树木、篱笆在固定的眼前通过；或者，在另一方面，当遇到一列游行的士兵或队伍在我们眼前通过时，我们目不转睛地紧盯着看特定的某个人。为了从头脑的使用中获得乐趣，必须存在统一的原则，以便在多重向心力中不会停止，也不感受离心力占主导地位的疲劳。

这种多重性的统一在其他地方成为美的原则，这同样是快乐的各种来源，事实上是包括二者的更高层面的术语。二者之间这种隐逸和区分的术语是什么？

记住，在形成过程和增添形状之间是有差别的，后者是死亡或对事物的监禁，前者是自我见证和自我影响范围的中介。艺术可以或应该是自然的缩略。现在自然的丰满是没有个性的，就像水是纯净的，但无味、无色。但这是最高的顶点，它不是全部。艺术的目的是整体从个人偏好出发，因此，自然的每一步尤其理想。因此，一个高潮可能达到一个统一的混乱的完美形式。

对于生命的概念而言，胜利或冲突是必要的，就像美德不仅在于恶习的缺失，也在于克服恶习。美也同样如此。要求服从和被征服的景象提高了强度和乐趣，这应该被艺术家要么直接用图形，要么出自图形表现出来。除此之外，还要以补充和对比的方式来表现。为此，在婴儿时期就观察其身心的表象特征，可见婴儿的可爱，少年时期的分离，青年时期的平衡斗争。从那时起，身体是首先漠不关心的，然后要求心灵的透明度不差于冷漠，最后，呈现出人的身体几乎是一个排泄的本质。

威廉·哈兹里特

威廉·哈兹里特（1778—1830），唯一神教派牧师之子。年少时立志学画去了巴黎，但是他逐渐意识到自己在艺术领域并无天赋，于是转向新闻学和文学，并且与华兹华斯、柯勒律治、兰姆和亨特，以及其他一些浪漫主义作家建立紧密联系。然而，他生性敏感、难以相处，经常和朋友们吵架。尽管他是拿破仑的崇拜者，也写过拿破仑的传记，但他在政治上是个极端的自由主义者，并且认为自己因观点不同而受到迫害。

在哈兹里特的多卷著作里，保留至今且有价值的大部分是他的文学批评和小品随笔。他清晰活泼的写作风格给他的文章增加了特殊的美感。他的文章极富魅力和奇思妙想，这种写作风格并没有因他过分敏感和自尊自大而黯然失色。

下面的文章在很高程度上展现出哈兹里特佳作的机敏和文雅，以及他创作独特氛围的能力。我们很难找到这样长度且传递这么多特点的随笔。这些随笔让19世纪前25年的英语文学锦上添花。

论想见之人

"像阴影这样离开。"

我想这是兰姆①提出的一个主题，也是我劝他对盖伊·福克斯进行的辩护。然而，他既不承担非常适合他的任务，也不去写超出幸福的鲁莽之事。我想，两者我必须都做。

"从来没有这么肯定我们欢天喜地创造，
　当它触摸我们恨的边缘。"②

与他相比，恐怕我只要做一件平凡的事情，但是我不情愿这想法完全消失了。此外，我可以在其发展过程中利用他的一些提示。有时我怀疑，比起解释我自己的想法，我更胜任报道别人的想法。我深入讨论悖论或神秘主义，与其说我喜欢，或者又似乎公平合理，倒不如说我就不愿步他人后尘。

关于开始问的问题，艾尔通③说："我想你要选择去看望的前两个人会是英国文学中最伟大的两位人物：艾萨克·牛顿爵士和洛克先生。"就这一问题，像往常一样，艾尔通没与相关人员磋商。看到兰姆脸上的表情，大家突然大笑起来，那是礼遇所压抑的不耐烦。"是的，最伟大的名字，"他匆忙地结结巴巴地说道，"但是他们不是人——不是人。""不是人，"看上去聪明又愚蠢的艾尔通说道，担心他的胜利为时尚早。兰姆答道，"那不是人物，你知道的。你的意思是我们现在拥有的，由洛克先生和艾萨克·牛顿爵士写的

---

① 论想见之人最初发表在 1826 年 1 月的《新月刊杂志》。文中会话应该是查尔斯·兰姆的《星期三》中的一个会话，发生在伦敦第 16 主教法院大楼。

② 蒲柏《道德论》第二卷，第 51 行。

③ 威廉姆·艾尔通，一位音乐家。

《论对人类的理解》和《论原则》。就个人而言，除了其内容，没有谁会对人类感兴趣。但是我们为什么想亲自见某人？是因为其个人有特别的、引人注目之处，超过我们从他们的作品中学到的，而且又很好奇想知道的。我敢说，洛克和牛顿很像科内尔给他们画的肖像，但谁给莎士比亚画像？"艾尔通反驳道，"那是！我想你更喜欢看见他和弥尔顿了？""不！"兰姆说，"都不是。在舞台上和书摊上，在卷首插画和壁炉架旁，见过太多的莎士比亚，我早已厌倦了永远的重复。至于弥尔顿的脸，我也不喜欢给我们留下的印象，太僵硬太清教徒式了，而在他的面部表情和清教徒饰带及礼服潜移默化的影响下，我害怕失去他诗歌的甘露。""我不想猜了，"艾尔通说，"如果你在整个英国文学范围内选择，你希望看到他活着时的习惯，他是谁？"兰姆于是又列出了托马斯·布朗爵士和菲利普·西德尼爵士的朋友富尔克·格雷维尔，作为两位知名人士，他应该感到极大的荣幸，在公寓楼上遇见穿睡衣和拖鞋的他们，并和他们友好问候。对此，艾尔通立即大笑起来。想象为兰姆是在嘲笑他，但没有人跟着他笑，他认为可能有什么说道，于是在一个异想天开的悬疑状态下等待一种解释。

于是兰姆（我还记得是二十年前的一段对话，真是时间如逝！）继续道，"我之所以选中这两个作家，是因为他们的作品是谜语，他们自己也是最神秘的人物。他们像古老的预言家，用模糊的提示和可疑的神谕来行事。我想问他们除了自己无人能理解其真意。还有约翰逊博士：我没有好奇心，对他没有奇怪的不确定性，他和鲍斯威尔一起让我非常想探究他思想中的秘密。我应该是想打扰其宁静（它在我的权力之内），他和像他那样的其他作家表达十分清楚，而我的朋友们表达含蓄、纠缠不清、不可置信。"

"或召来那位把《豪勇的坎巴思汗》的故事，
讲了一半的人。"[1]

---

[1] 弥尔顿的《沉思者》，109。

"当我看那朦胧而华丽的散文作品《瓮葬》，我似乎觉得自己在看向深渊，在深渊的最深处藏着珍珠和丰富的宝藏；或是像一个充满疑问、智慧枯竭的无法推断的庄严迷宫，我会借助作者的精神引导我通过迷宫。此外，谁都没有那份好奇心去看一个结过两次婚的人的面貌，希望人类像树那样繁衍下去！① 至于福禄克·格雷维尔，他只不过是他自己的《奥玛斯老国王的鬼魂所说的序言》中一个令人敬畏又引人注目的人物：他的作品充斥着上天的天启、犹太神秘哲学，值得这样一个幽灵去解开的神秘结；至于解开的一段或两段，我会忍受遇到一个如此可怕的批评家的冲击！""我担心，在这种情况下，"艾尔通说，"如果神秘的面纱一旦被揭开，可能也就失去了价值。"然后他转向我，低声说出一个友好的顾虑：如果兰姆继续欣赏这些难懂的作者，他永远不会成为一个受欢迎的作家。邓恩博士也是同一时期的作家，有一副非常有趣的面孔，其诗歌独特，意义十分"难以理解"，如同他同时代的所有作家一样，没有一处来自已故作家的个人引用。这一卷作品问世了，正当有人就版本的精致简约、画像美观进行阐述时，艾尔通手持诗作，大声说："看看这里是什么？"接着朗读了以下部分：

> "'这里有一太阳女神和月亮男神，
> 她给予了他最好的光芒，
> 或者每人都倾其所有，所以
> 他们之间彼此怀有情感。'"②

对此一直没人反对，直到兰姆抓住这个卷本，翻到优美的《致情妇》，劝她陪同他出国，并且面带表情声音颤抖地朗读：

> "'我们的第一个奇怪而致命的会面，

---

① 勃朗的《一个医生的宗教信仰》第二卷，第九章。
② 伊丽莎白夫人和帕乐坦伯爵颂歌。

继而产生所有的欲望，

通过我们长久饥渴的希望，通过忏悔，

我的话语具有男性的说服力，

深埋在你的身体里，而且通过

痛苦的记忆，密探和对手威胁我，

我平静地乞求。但因你父亲的愤怒，

因所有的想念及分离的痛苦，

我召唤你；你发誓

我们定会永远快乐。

但我没有发誓，我说服他们，因此——

你就不会有危险的爱情。

啊！公平的爱！爱情浮躁的愤怒，缓和下来，

我要成为真正的情妇，而不是假装的女仆；

我要走了，与你进行友善的道别，离开你！

你的爱在我的心里，是唯一值得呵护的。

渴望回来；啊！如果你死之前，

我的灵魂，会从其他地方飞向你。

你的（全能的）美丽不能平息

海洋的愤怒，你的爱既不会教他们去爱，

也不会驯服狂热的北风之神的严肃：你理解

他的阵阵颤抖多么粗暴，

他发誓爱美丽的奥莉希亚。

无论好与坏，这种疯狂足以证明

自愿的危险：以献媚为食，

不在场的情人是别人的情人，

无需掩饰，已不是一个男孩；也不用改变

你身体的习惯，不会在意；不要奇怪

你自己。大家从你的脸上会看到

一种羞涩、妩媚、被人知晓的优雅。

穿着华丽服饰的猿被称作猿，而

有阴晴圆缺的月亮，我们仍称之为月亮。

法国男人，多变的感情，

疾病缠身，时尚商店，

爱的加油器，最合适的一群

演员，在这个世界的舞台上，

很快就会知道你……啊！留在这里！

英国是唯一有价值的画廊，

为你漫步在期望里；直到从那时起，

我们最伟大的国王叫你到他面前。

当我离开时，我有幸福的梦，

让你的面容承认我们深藏的爱，

不要赞美，也不要非难我；不要祝福，也不要公开

毁谤爱的力量，也不用在午夜开始

在床上打你的保姆，大哭出来，哦，哦，

保姆，我的爱人被杀死，我看见他

独自走在白色的阿尔卑斯！我看见他，我，

攻击，战斗，被俘，被刺，流血，倒下，死去。

预言我有更好的机会，除了可怕的朱庇特

认为它足以让我拥有你的爱。'"

　　于是有人问兰姆，如果从窗口我们看不到乔叟过去常在那里散步的寺院小路，对他的名字进行投票，我很高兴地发现，除了谈论韵律的严苛，甚至反对正字法古雅的艾尔通，大家都普遍赞成乔叟。我很讨厌这肤浅的假想，执拗地使一切降低到平庸的水平，并且问道，"他认为是否值得？在中世纪和早期现代英国文学中第一次碰到缪斯对她仔细审视，看到她头顶围绕着幻想的景象，就像灵感的光芒或霎那的光辉。看她口齿不清地说着数字，因为这

些数字一出口，像奇迹一般，或者如哑巴说话？他也不是唯一的第一位纠正自己母语的人（现代人听起来也不完美），但他自己就是一个高尚有气概的人，站在时代的前沿，并努力开辟道路。此外，他还是一个令人愉快的幽默的人，他不但给我们传递了他那时代的生活方式，毫无疑问，还设计了许多稀奇古怪的叙事技巧，并塑造了像泰巴旅店主那样热情的同伴。他同彼特拉克的会面充满情趣，但我宁愿见到乔叟与《十日谈》的作者在一起，听他们在一起交换他们最好的故事——"乡绅的故事"与"猎鹰的故事"，"巴斯妇故事的序言"与"艾伯特修士的冒险"。看那神秘的高额头充满学识，然后面露快乐的释然，通俗易懂的语言，加上天才的礼节，多么美好呀！当然，这些伟大的复兴者头脑传达出的伟大的思想情感，这些种下文字牙齿的卡德摩斯们，一定在他们的容貌上标记了一个像他们的作品一样不同于现代人的印记，值得细读。"但丁，"我继续说，"是一位同他自己的乌戈利诺同样有趣的人，这人为了参透他的精神，他的面部特征会急切地吞噬他的好奇心，他也是我要见的唯一的意大利诗人。有一个阿里奥斯托精美的肖像画，不比提香的肖像画差；光，摩尔人，活泼，但不能揭示人物内心世界。该艺术家画的彼得·阿雷蒂尼的巨大的轮廓是唯一与那种具有与'强大的死人'对话效果的那类作品相似，这是真正的光谱，既可怕又富有妖术。"兰姆问我，是否想像看乔叟那样看斯宾塞，我毫不犹豫地回答，"不，因为他的美人们很理想化、不切实际、不可感知又没有人性，因此人们对此有较少的好奇心。他的诗是浪漫的精华，是一个围绕幻想的明亮天体的光环，引进个体可能会使这种魅力消失。没有什么音律能达到他诗歌流畅的节奏，只有展开翅膀的天使能同他所描述的优美的姿态一比高下。在我们看来，与其说他是一个普通的凡人，不如说是一个"生活在彩虹中，在受困的云朵中玩耍的生物"。或者如果他出现，我希望他是作为一个单纯的幻影，像他自己的一个庆典，那他应该毫无疑问地像一个梦或声音经过——

　　""——那是加冕的阿里昂：

他在潮湿的平原上玩耍。'"①

船长伯尼对哥伦布轻声低语些什么，马丁·伯尼暗示了流浪的犹太人，但后者被认为虚假而置之不理，前者重新出发前往新世界。

"我想，"雷诺兹太太说，"已经看到蒲柏与帕蒂·布朗特交谈，我已经看见戈德·史密斯。"大家都转身看雷诺兹太太，好像如果这样做，他们也可以看到戈德·史密斯。

在鲍斯威尔那儿，也没有他的任何记录。他和《伪装者》在苏格兰吗？许多年后，他又问："1745—1746 年约翰逊博士在哪儿？"据我们所知，他没有写任何东西，那两年在鲍像用"毫无光泽的眼睛"，和鲍斯威尔一起穿越苏格兰高地；然而好像他们非常熟悉他，或者在心目中与他不敢名状的利益相关。如果是这样的话，这将是我喜欢他的一个附加原因，我会看见他与英国年轻的女王坐在帐篷里，给所有真正的学科和合法政府的拥护者写宣言。

"我想，"艾尔通说，稍对兰姆转一下身，"你们湖畔派不喜欢蒲柏？""不喜欢蒲柏？我亲爱的先生，你一定错了——我能永远仔细研读他的作品，永远！""哎呀！当然，《人论》一定能成为一个杰作。""也许是的，但我很少读这本书。""哦！那是因为你佩服他的讽刺？""不，不是他的讽刺，而是他友好的书信和他的颂辞。""颂辞！我不知道他做过什么。"兰姆说，"里面凝聚了人类的智慧。每篇都称得上是一份文学遗产，是不朽佳作。"最好的是写给康勃利勋爵的：

> "鄙视沮丧的欢乐，谦卑的收入；
>
> 蔑视任何康勃利所蔑视的；
>
> 高世之德，为你的痛苦而快乐。"②

---

① 《仙后》第四卷，第十一章，23。
② 模仿贺拉斯，《书信》第一卷，第六章. 60—2。

曾经有过比这种更巧妙和含蓄的批评吗？然后，他的朋友曼斯菲尔德勋爵就是那高尚的典范（但是不值得），一提到上议院，他就补充说：

"引人注目的场景！几乎是另一个，

（更沉默、更遥远），国王和诗人所在；

那里穆雷（足以让他的国家长久自豪）

就是塔利或者海德！"①

他用什么样愤慨的奉承对博林布鲁克勋爵献殷勤

"'为什么他们责备，如果只有一个花环，

哦，学识渊博的圣约翰，装扮你的圣地？'"②

"或者，"兰姆继续说道，他的脸颊有轻微的兴奋，眼睛亮闪，求助于他早期的一些朋友：

"但是为什么后来发布呢？礼貌的格兰维尔，

知道沃尔什，会告诉我可以写；

好脾气的加斯因早期的赞美而发怒，

康格里夫喜爱，斯威夫特容忍我的叙事诗；

典雅的泰伯，萨默斯，谢菲尔德读过，

甚至戴着主教冠的罗切斯特也会点头；

圣约翰自己（以前伟大的德莱顿的朋友）

热烈欢迎又一位诗人。

我的研究是快乐的，如果这些被认可！

---

① 模仿贺拉斯，《书信》第一卷，第六章. 50—3。
② 《致讽刺》尾声，第二卷，138—9。

作者更快乐，如果这些被喜欢！

世人根据这些判断人类和书籍，

而不是根据伯内特、奥尔德米克森和库克们。"①

　　这里，他的发言完全令他失望，他扔下这本书，说道，"你以为我不想看见像这种人一样的朋友吗？"

　　"你对德莱顿说什么？""他太能过分炫耀自己，在那最卑贱的声誉殿堂，一家咖啡店，追求名气，在某种程度上使他的想法庸俗化。相反，蒲柏在诗歌艺术上达到了最高成就。他在世时赫赫有名，死后更是闻名于世。他迄今为止令人羡慕不已，几乎被认为是唯一的诗人和天才，有人曾因目睹其尊荣而引以为傲，因为他见过达到了蒲柏声望的境界。他深受朋友拥戴，享尽富贵荣华，激励有志青年。在他有生之年，经常宴请宾客，以文会友。死后世人关注，名垂青史。他翻译完荷马的史诗之后，如果你说不乐意加入欢迎他荣归故里的游行队伍，或看到他再次登上白厅台阶，在他应该从希腊返回时，给他阅读盖伊的诗句。""可是，"雷诺兹太太说，"我宁愿看到他与帕蒂·布朗特交谈，或者和玛丽·沃特利·蒙塔古夫人乘坐皇冠马车！"

　　正在房间的另一头沉浸在皮奎特游戏中的伊拉斯谟·菲利普斯低声问马丁·伯尼，"朱尼厄斯是不是一个适合死里复活的人？""是的，"兰姆说，"只要他愿意放下自己的面具。"

　　当提名菲尔丁为候选人时，我们已经在这驻足一会儿了，然而，只有一人同意这一建议。"理查德森怎么样？""当然可以，但是只能通过他店铺的玻璃门去看看他，他在努力创作他的一部小说（一部曾是一个作家和作品之间的最不寻常的对比的小说），也不用让他来到他的柜台后，恐怕他就要把你当成顾客，或者随他上楼；恐怕他要主动让你读他的第一份手稿《查尔斯·格兰迪森先生》，这本来是要写成 28 卷八开本的书，或者拿出他的女记者的信件，以此证明安德鲁斯是很卑贱的。"

---

　　① 《致讽刺》序言，135—146。

整个英国历史上大家都最不想见的政治家不止一人——一位是奥利弗·克伦威尔，其面容姣好、直率、粗糙、长满粉刺，诡计多端；一位是约翰·班扬，一个宗教狂，《天路历程》不朽的作者。好像如果他走进房间，梦境紧随而至，在他的金色云朵下，每个人都会点头示敬，"近球形的天堂"，像荷马史诗中一个奇怪而庄严的树冠。

　　在我们近现代所有人中，加里克的名字极受欢迎，他是被巴伦·菲尔德提名的。他目前取代一直被大家谈论的霍加斯和汉德尔，但要是他在悲剧和喜剧中，在正剧和闹剧中表演李尔、怀尔德尔、阿贝尔的吸毒者。那将是多么"悦目之事"啊！谁不愿意拿一年的收入，至少在他的生命的一年里，来看这些戏剧呢？此外，他也不可能单独行动，背诵也不是顺心的事情，他必须带着那样的一群人——能言善辩的巴里、奎恩、舒特、韦斯顿、克莱夫太太、普里查德太太。我听我父亲提到过，当他小的时候，他是那样地钟爱他们。这的确是一种死人的复活，艺术的复兴，更可取的是，这是我们对过去的卓越成就的过度崇拜与潜伏的怀疑的混合。虽然我们有了伯克的演讲，雷诺兹的肖像，戈德·史密斯的作品，与约翰逊的谈话，能表明那一时期人们的所作所为，并对加里克的优点加以普遍的见证。然而，因为那是我们前一时代，我们有我们的疑虑，他毕竟不比一个巴特利米集市的演员好多少，穿着猩红外套，戴着蕾丝的三角帽，扮演麦克白。对此，我想亲自见识一下。当然，据大家所说，如果有人曾被真正的表演热潮所感动，那是加里克。当他像大多数演员一样跟随着《哈姆雷特》里的鬼魂，他没有把剑掉下，但是一路上一直剑尖朝上，他完全具有这种思想，或者是那么焦急怕人片刻看不到他的角色。一次在一位勋爵家举办的精彩的晚宴上，加里克突然消失了，人们不能想象他发生了什么，直到他们被一个黑人男孩的令人抽搐的尖叫声和串串欢笑声吸引到窗口，小男孩正在狂喜地在地上打滚，他看到加里克在院子里模仿火鸡，他的大衣尾在后面竖起，看似羽毛震颤的愤怒和傲慢神态。我们在场的这伙人中，只有两人看过英国的罗修斯，他们似乎愿意像其他人一样与他们最喜欢的人叙旧。

　　正当我们活在这天马行空和充满幻想中时，突然被角落里的一个爱抱怨的人打断了。他宣称一个演员兼闹剧作家因忽视和排斥优秀的老戏剧家、莎士比亚同时代的人和竞争对手大吵大闹是一个耻辱。兰姆说当他提名《穆斯塔法》和《阿拉汗姆》的作者时，他预料到这种反对意见，并且不是反复无常，而是坚持让他代表这组人，先于狂野的、轻率的狂热者——克里斯托弗·马洛；先于圣安娜的教堂司事——有忧郁的紫杉树木和死亡的头的韦伯斯特；甚至优先于博蒙特和弗莱彻，而我们可能因他们合作作品赞扬了错误的作家而冒犯了他们。相反地，布鲁克勋爵自己站在那里，或者用考利的话说，"一个独一无二的巨大的物种"。有人暗示他是勋爵时，兰姆很是为之震惊，但是他说，一个幽灵也许会在经常称呼其头衔的时候而摒弃严格的礼仪。本·琼斯把我们的意见非常平等地划分。有些人担心因他不在场自己辩护而会背叛莎士比亚。"如果他很难相处，"兰姆压低嗓门说，"戈德温能和他一比。"最后，提到了他对霍索恩登的德拉蒙德的浪漫访问，因他的支持而改变了命运。

兰姆问我是否要提及有个人被绞死，会是谁呢？我回答，有尤金·阿兰姆。① 这个"令人羡慕的克莱顿"突然被当作废才的光辉榜样，完全不同于他的大部分同胞们。在场的一位北不列颠人非常认可这种选择，他宣称自己是那位博学多才的神童的后代，并说他有刻有家徽的金银餐具为事实凭证，上面有大写的"A.C."代表"令人羡慕的克莱顿!"亨特笑了，更确切地说，是对此狂笑，我应该想到他已知道这事很多年了。

最后一名主教法冠朝臣②，像知道有没有被施以了咒法的玄学家。我回答，近代只有六人应得这一称号——霍布斯、伯克利、巴特勒、哈特利、休姆、莱布尼兹，也许还有一个马萨诸塞州人乔纳森·爱德华兹。③ 至于能流利

---

① 见《纽盖特记事》1758. —H。

② 兰姆那时住在舰队街主教法庭。—H。

③ 培根没在这个列表中，我也不知道有没有他容身之处，给他和他的名声一席之地不容易。这位伟大而著名的人在他的一些作品中推荐把一瓶红葡萄酒倒在早上的地面上，并站在那里，呼吸芳香。所以他有时用他的天才的精细芳香精神使干燥贫瘠的思考之土肥沃。他的散文和他的《学术的进展》是广泛而深入观察的作品。虽然不包含积极的发现，但他是一种人类智力高贵的图表，而且是未来探索的指导者。—H。

地提到曾创造了这门科学的法国人，却在他们的任何作品中没有这样的头衔，在我曾提到过的作家中也确实找不到。（以文法的名义可能当选的霍恩·图克，现在还活着。）这些名字似乎都不能激起兴趣，而且我不祈求再见那些人，他们可能因他们研究的抽象性质而被认为最适合目前的精神状态和脱离实体的状态，而且甚至在这个活生生的舞台上，他们几乎被落光了常见的血肉之躯。当艾尔通面带不安与烦躁，就要向洛克先生和杜格尔·斯图尔特提出一些问题时，他被马丁·伯尼阻止了，"如果J——在这里，他无疑会支持那些深刻而可怕的社会主义者——托马斯·阿奎那和邓斯·司各脱。"我说这可能会对他很公平，因为他阅读过或想象他阅读过原著。但我不觉得我们有什么权利来号召这些作者亲自给自己一个交代，直到我们已经研究了他们的作品才会知晓。

这一时期，好像有关我们异想天开想法的一些谣言被人知道了，并扰乱了在他们神秘住处的愤怒的天才，这是从我们一直提及的几个候选人那得到的消息。格雷拒绝了我们的邀请，尽管他还没被问及；盖伊主动要来，带来博尔顿公爵夫人，原来的波莉；斯梯尔和爱迪生以哨兵队长、罗杰·克维里的身份留下名片；斯威夫特没说一句话进来后就坐，然后突然离开房间；人们看见奥特韦和查特顿在冥河对面徘徊，但不能凑到足够的钱来支付卡戎的船费；汤姆逊在船上睡着了，并且船被划了回来；彭斯派了一个卑劣的家伙，大麦约翰，他的一个曾把他带到了另一个世界的老朋友，并说在他有生之年，把他从隐居处拉出来表演，结果成了收税官，而他宁愿呆在那里。然而，他希望同代表握手，因为高烧而使伸出去的手在异常地抖动。

房间里挂满了著名画家的画像。当我们在讨论是否应该要求这些我们对其特点如此熟悉的无声的雄辩大师们作演讲时，似乎他们一下子便从镜框里悄悄地溜走了。有列奥纳多，留着雄伟的胡子，有一双警惕的眼睛，在他面前有一个阿基米德的半身像；他旁边拉斐尔优雅的头正转向弗娜芮纳；在他另一侧是卢克丽霞·波吉亚，有一缕冷静的金头发；米开朗基罗把圣彼得的模型放在他前面的桌子上；柯勒乔身边有一个天使；提香与焦尔焦内坐在一起，之间坐着他的情妇；圭多由自己的黎明女神陪伴着，从他那拿了一个骸子盒；克劳德手里拿着镜子；鲁本斯拍了拍一只美丽的黑豹的头（由萨梯牵着）；范戴克装扮作帕里斯王子出现；伦勃朗被藏在毛皮、金项链、珠宝里；约书亚爵士的眼睛仔细观看，握着他的手，以遮挡额头。没有人说话，当我们起身对他们表示敬意时，他们仍然表现出刚才那样的姿态。这不是活着的人真实的表现，我们用手势和哑语摆脱了幽灵。当他们消失在稀薄的空气中，门外一声巨响，我们发现是乔托、契马布埃、吉尔兰达尤，他们从欲望中死里复生，要看看他们杰出的继承人——

> "究竟是谁的名字，
> 在名利的永恒记录里为赞美而生活！"

看到他们死后，他们没有野心被世人所见，悲哀地退出了。"天哪！"兰姆说，"这些就是我想要与之交谈的家伙呀！在黑暗笼罩下，我想知道他们如何能看到作画的。"

"我们可不可以不对《好女人的传说》做什么评论？"G. J——询问道，"说出几个名字，说出几个名字，J——先生，"亨特用友好欢欣且喧闹的语气大喊道："尽可能多说出几个名字，毫无保留地、也不要有恐惧的折磨！"在这么多可爱的回忆中，J——感到很困惑，在从他烟斗中冒出一股烟的片刻沉思中把他选择的女士的名字忘记了，兰姆不耐烦地宣布是纽卡斯尔公爵夫人。一提到哈钦森夫人，就从当公爵夫人那天谈起。我们不关心优秀女性名单这个话题，因为房间里有一个优秀女人，漂亮、明智，可以是楷模，可以为她们中最好的人。"我最想见的就是尼农·德尔恩克劳斯，"那无与伦比的人说，这使我们立刻记起我们忘记向在海峡的另一边我们的朋友致敬：多变的主教伏尔泰、情感之父卢梭；蒙田、拉伯雷（智慧和才智的伟人）；莫里哀和听他在尼农的房子里朗读他的喜剧《伪君子》的那个围绕在他身边的杰出团队（那个主题已有）；拉辛、拉封丹、罗切福考尔德、圣埃夫勒蒙等。

"有一个人，"一个声音尖锐而不满地说，"比起所有这些人，我宁愿看到堂吉诃德！"

"来了，来了！"亨特说，"我认为我们还没说英雄，真的或假的。你说什么，兰姆先生？你要在你模糊的列表里增加亚力山大、尤利乌斯凯撒、帖木儿这样的名字，或者是成吉思汗吗？""对不起，"兰姆说，"有关活着的人物的话题，世界的策划者和打扰者，我有我自己的奇想，请允许我保留。""不，不！拿出你的知名人士！""你觉得盖伊·福克斯和以斯加略犹大吗？"亨特用一只眼睛注视着他，就像个野蛮的印第安人，但亲切而充满了欢乐。"你最充分的理由！"大家随声附和，艾尔通认为兰姆现在相当纠结。"为什么，我不能不认为，"他用沉思的表情反驳道，"盖伊·福克斯那个可怜的、激动不安的、草和破布做的年度稻草人，是一个被虐待的绅士。我看见他坐在那里，面黄肌瘦，被火柴和火药桶包围着，希望此时能把他送到天堂去英勇献身，但如果我再多说什么，还有那个叫戈德温的家伙会做出点有价值的东西。至于犹大，我的理由是不同的。我真想看看他的脸，正和耶稣基督把手放在同一道菜上，后来背叛了耶稣。我不知道这样的事情，我也没有见过任何给我一点提示的图片（甚至没有列奥纳多的非常好看的图片）。""兰姆先生，你已经充分证明了你的选择。"

"哦！永远正确，梅尼乌斯永远正确！"

"只有一个人我能想到这以后，"兰姆该随笔原稿中，这篇演讲是送给亨特的。继续说道，但没有提到曾表现出死亡样子的名字。"如果莎士比亚进入房间，我们都应该站起来迎接他，但如果那人进入房间，我们都应该趴倒，尽力去亲吻他的衣裳！"

在座的一个女士在话题一转时，似乎开始坐立不安，纷纷起身离去。黎明时分，月色朦胧，借此乔托、契马布埃和吉尔兰达尤一定见过他们画的最早的作品。我们分开再相遇，重新开始类似的主题。第二天晚上，之后的晚上，直到那天晚上蔓延到看不见黎明的欧洲。事实上，同样的事件结束了我们大会之后的小型的社交集会。但那之后再相见，我们的讨论没再重新开始过。

利·亨特

　　詹姆斯·亨利·利·亨特（1784—1859），西印度群岛上一位牧师之子。跟兰姆和柯勒律治一样，他在伦敦一家基督教医院接受教育，自幼开始作诗。早年对戏剧评论比较关注，1808年，与兄长合伙创办《观察家》报。在长达13年的时间里他一直致力于该报的发展，对新闻业产生了积极的影响，提高了媒体的基调，显示了很强的独立性与宽容性，并为自由主义积极而战。因以言论攻击摄政王储而入狱两年。他被政府起诉使他结交了许多杰出的朋友。多年后，前往意大利同雪莱和拜伦一起创建了一个新的杂志。雪莱就是在去里窝那拜见亨特返回的途中溺水身亡的。但该杂志很快停刊，亨特之后返回伦敦，从事各种各样期刊的写作和其他文学的研究，仍然过着捉襟见肘的贫穷生活，但他还是勇敢乐观地奋斗到75岁。

　　亨特的诗歌优美、充满幻想，但是除了一两部作品之外，鲜为人知。他的多数散文作品仅仅以新闻为基调，不过随着时间的推移他对新闻形式的写作兴趣逐渐减少。但是在他为人熟知的随笔中，多为短小佳作，作品充满精妙绝伦的乐观主义精神，仅以本书两篇作品为例。詹姆斯·罗素·洛厄尔说过："没人能比亨特更理解语言的精髓，他独具匠心，高情远致，如同鸽颈项部羽毛的光泽……他是抱朴含真的人，具有敏锐洞察力和稳健判断力的批评家，奠定其真正自由学者的基础，然而他却怀才不遇，作品无人问津。"

论夭折

有人问希腊哲学家何苦为丧子而哭泣？因为悲伤是徒劳的。他回答说，"我哭就是因为那个缘故。"他的回答表现了他的智慧。只有智者才可以争辩，认为我们的眼睛含有泪之泉，我们永远不需要对他们妥协，在某些场合不这么做也不明智，悲伤使他们从此不再有温暖的心情。最初的爆发可能是非常痛苦和势不可挡的，他们泪水涌到的土壤将会因为没有了他们而变得更糟。他们恢复了心灵的激动不安——是脸上的皱纹干透的那种干燥的痛苦，让我们承担最可怕的"肉体的地震"。

的确，悲伤如此巨大，以致于给他们一些普通的风力，就有被推翻的危险。这样，我们必须增强实力来抵抗，或者悄悄地低头，不形于色地做下去，为了让他们不考虑我们，就像旅行者对付沙漠的风。但如果我们觉得眼泪会减轻我们的悲痛之情，否认自己第一精神恢复是虚假的哲学。它总是告诉人们，因为他们不会帮助一件事，他们不会介意，这是一个虚假的安慰。真正的方法是，让他们应对不可避免的悲伤，并通过合理的屈服试图变得温柔，在本质上有那么温柔的悲伤，拒绝他们流泪不如假装英雄主义。只有在特殊情况下才有可能使沉溺于失去小孩子的悲伤之中多一点明智。但是，在一般情况下，家长应该被告之抑制他们的第一次流泪，同时也要压抑自己还有幸存孩子的微笑，或者沉迷于其他任何同情之中。这是对同样的亲切温柔的一种诉求，这是不会白费的。这种目的就是还清忧伤的更严酷的债券——从精神的打击到一个忧郁的想法。

正是这种眼泪的本质，无论泪如泉涌是多么强烈，最终要流进平静的水里。在我们生活的整个过程中，我们不能总是沉湎于痛苦去思考。战胜痛苦和死亡本身，把对它们的记忆变为快乐，在我们的想象中以平静的一面生存，就是这些品质的神性。此刻，我们正在我们至亲的坟墓对面写作。从窗口我们看到它周围的树木，教堂的塔尖。周围有绿色的田野，白云在上空飘浮，阳光时而被遮住，时而明媚。和煦的风吹奏出绚丽的夏天，但又使人想起遥远而危险的海洋，躺在坟墓里的那颗心有许多理由想起的海洋。然而，看到这场景不会使我们痛苦；那遥远之处，有一处使那地方魅力倍增的坟墓，它连接着我们的童年和成年的乐趣；它让我们感受到风中似乎有一种安静的温柔，对那风景有一种耐心的喜悦；它似乎使天与地，死亡与永生，坟墓的绿草与田野的绿草统一，给整个自然界的善良增添了更有母爱的一面。它本身没有阻碍快乐。幸福是通过她拥有的一切烦恼所传播的东西。传播幸福、享受幸福，不仅继承了她的愿望，还实现她的愿望，摆脱唯一的污染、恶毒、缺乏同情心的快乐不过是一个孩子在母亲的膝盖上玩耍。

记住孩子的天真和亲热，而不是死于老年的美德。孩子们还没有自发培养友谊，他们还没有选择善待我们，在我们逆境时也不会有意识地站在我们旁边。但他们能很好地和我们同甘共苦，我们之间良好影响不再与纷扰的世界混淆，因他们的死亡而引起的悲伤是唯一与记忆有关的悲伤。这种思想会使他们沉思，但他们不会永远都是痛苦的。它是自然的亲切的一部分，任何时候，痛苦不会像快乐一样幸存，更不知道它的原因是无辜的。微笑会由记忆反映出来，就像太阳进入天堂，月亮反射光照耀我们。

作家们喜欢自己与尘世的痛苦争吵（我们指的是同样意图的作家，当然没有暗示有关能力或其他的任何事情），如果他们与每一种痛苦都争吵，那就是被误解了。这将是无所事事和柔弱的。事实上，他们没有假装，人类可能不希望，如果可能的话，可以完全摆脱痛苦。因为，一直以来，它努力把痛苦变成快乐，或者至少由一个引发了另一个，使前者热情，后者心旷神怡。痛苦的最不受影响的尊严是这样做的，如果是明智的，就承认它。对待他人仁慈是最伟大的，他们也因自己的无私而感到快乐和幸福，这种感觉储存得越多越幸福。我们的意思并不是说这无私。事实上，我们并不会考虑那么复杂。但是如果无私被真正理解，当最无私的时候，也不能被称为痛苦。其间的痛苦被软化为乐趣，就像彩虹的暗色调融成亮色。然而，即使在最无私的精神——痛苦和快乐之间画一条比较粗糙的线条（比如，可能在痛苦和不健康之间画线条），如果它有助于一般的舒适，无法避免一般性的本质，我们就不应该为其吵架。既然我们被创造了出来，就有一定的痛苦，没有痛苦，就很难想象某些重大的失去平衡的乐趣。我们可以感受得到完全的快活，这是可能的，但是在我们的写作中痛苦的事情似乎是一个必要的成分，以便这些材料尽可能地成为很好的素材，虽然随着年龄的增长和经验的增加，我们的周边环境得到越来越好的改善。这样一来，我们便可以摆脱最糟糕的环境，虽然不是环境本身。

现在失去孩子的责任，更确切地说，使我们意识到偶尔的损失本身，似乎是倒在人性的杯中一种必不可少的苦酒。我们不能说每一个人必须失去一个孩子为了享受余生，或者每一个人的损失同样困扰着我们。总的来说，目前能做的或许是尽可能少提及婴儿的死亡。但如果根本没有发生过这事，我们应该把每一个小孩子看作被担保的男孩或女孩，它将很容易想到这种安全会危及一个可爱的关心和希望的世界。婴儿期的想法会与我们失去其连续性，女孩和男孩会是未来的男人和女人，在我们的想象中他们会迅速成长，也会马上成为男人和女人。另一方面，那些已经失去了婴儿的人，在某种程度上，不是永远没有孩子。在某种意义上，他们是唯一的，会一直怀念他或她，而且向他们的邻居灌输同样的想法。其他的孩子长大成人，并遭受死亡率的变化。单单这一孩子会流芳百世。死亡用他亲切的严厉带走了他，并祝福他青春永驻和纯真永恒。

这些是最讨人喜欢的，访问我们的幻想和希望的形状。他们总是面带标志性的微笑，最漂亮的等待想象力的页面。最后，这些都是天国。无论哪里，在所有可访问的帝国的每一个省，无论在地球或其他地方，这些就是必须填满它的温柔的精神。对这样的简单，或它的相似之处，他们必须来。这些必须是他们准备的信心和他们幻想的创造性。他们一定对"善与恶的知识"一无所知，失去了他们自我创造的麻烦的辨别，享受他们面前的花园，对于善良和无辜毫不羞愧。

论想象力的真实性

没有什么能比说这样那样的痛苦和快乐都是虚构的更不假思索的说话方式了，因此必须摆脱或就此低估它。这个词的通常意义是没有任何虚构的。《威克菲德的牧师》中摩西的逻辑是很好的论点："无论是，是……"无论什么触动我们，感动我们，的确就是触动我们、感动我们。我们承认这个事实，就像黑暗中的一只手。我们不妨说，使我们发笑的景物，或者使我们痛哭流泪的打击都是虚构的，就像其他让我们欢笑或哭泣的事物一样是虚构的，我们只能凭其影响判断事物。在我们认为自己非常熟悉的东西上，我们的感知不断欺骗我们，但我们对其结果的接收是一个不同的事情。无论我们是唯物主义者，还是非物质论者，无论事情是在我们周围或在我们内心，无论我们是否认为太阳是一种物质，或者只是神的思想的意象，一个想法，一个虚构的事物，我们都同意其温暖的概念。但另一方面，因为不同的气质对温暖的感受不同，所以我们称之为虚构的事物影响不同的人。我们要做的不是去否认它们的影响，因为我们感觉不同，或者我们根本没有感觉到，而是看看我们的邻居是否被感动。如果是，那么对于所有的意图和目的，都有一个感动的原因。但是我们没有看见它吗？没有，他们也不可能。他们只感觉得到它，他们是能感知事物的，这个词意味着感情富于想象的一个景象。但你的意思是，我们因为看见就可能会要求回报？一些光线与眼睛接触，他们给眼睛带来了感觉。总之，他们触动了它，这种触动留下的印象我们称之为景象。在效果上，无论多么神秘，这与任何其他的触动有多大的区别？被屠夫撞到的一头公牛和被中风击垮的一个男人，同样感到自己不得不倒下。一根秸秆的搔痒和一个喜剧的逗乐，一样牵动着嘴巴肌肉。一个心爱人的眼神会使组织兴奋，那老哲学家有权向从一场景象飞到另一个景象的光线和辐射粒子追偿教义。总之，接触本身是什么？为什么它会影响我们？我们深入研究它，没有一个比另一个更神秘的原因。

这个问题像道德成因一样与我们无关。我们可能会满足于根据水果知道土壤；但是如何提高和改善它们是一个更具吸引力的研究。如果我们不说引起我们内心这样或那样的快乐和痛苦的原因是虚构的，那么人们就会说原因本身是可移动的，那么它们会更接近事实。当一块石头绊倒了我们，我们不能就此争论它的存在，我们把它挪走。同样地，当我们遭受所谓的一个假想的痛苦时，我们的业务不是去细究这个事实。在那个或任何其他的知觉，是否有任何原因，或者是否一切都存在于所谓的效果中，对我们来说，效果是真实的，这就足够了。我们唯一的业务是去除那些总是伴随着最初想法的第二原因。例如，在精神错乱下试图说服病人，他没有看到他说的那些数字，这是毫无意义的。他可能会合理地要求我们，如果他能，我们怎么知道这件事，或者我们如何确信在宇宙的无限奇迹中，无论某些人是否患有疾病，某些现实在他们眼中不可能很明显。我们的业务是将他置于一种人类不会从他们的办公室和舒适的状态中分心，对想象有一定责任的健康状态。对他的问题最好的回答就是，这样的发病率对人类来说显然是一个健康的状态，就像手表处于紊乱或不完整的工作状态，看到这一完整性或舒适的状态的一般趋势的本质，我们自然会得出这样的结论：无论是否是本质，问题中的想象至少不同于持久的或普遍的描述。

　　我们不信奉形而上学。我们确实不熟悉那种艺术大师，并且永远不知道我们是否在使用正确的术语。关于这一话题我们所知道的一切，来自于一些思考和经验，而我们知之甚少以致令一个形而上学者浅笑。如果他是一个正直的人，他会友善行事。伪装者会从我们的忏悔中抓住机会，并且说我们一无所知。如此，我们的能力与其说是推理的，不如说是本能的；与其说是物质的，不如说是形而上学的；与其说因爱生情而能感知事物，不如说因为它知道得如此之多；与其说根据儿时的一定记忆，以及在思想绿地的漫步的预测来照亮一个古老的金色的世界，不如说厌倦自己，并因太宽泛和科学的探求而得出无法达到的结论。我们假装没有比世俗的和恶意的人看得远。然而那些看得更远的人未必看得清。我们不要盲目地看着天上的太阳。我们相信它就在那里，但是我们发现它的光线也在地球上，如有可能，我们将带领人类走出黑暗和寒冷，走进光明。痛苦可能仍然存在，必须如此，只要我们都是凡人。

"因为我们仍然必须哭泣，既然我们是人类。"

但是为了别人的利益，它应该是痛苦，因为这是高尚的行为；由他们，或者对他们所造成的痛苦是必然，不消除它是荒谬的。人类的痛苦是与快乐相对立的，对他们适当的痛苦伴之而来的是真正的人性，因为他们必然要享受某种温柔。因此痛苦的真正承载者会来找我们，尽管从他的麻烦中承担责任会削弱他的骄傲，但他不会怨恨我们分享他的负担。骄傲是牺牲他人的一种坏的乐趣。人类的伟大目标是为了有福同享。从本质上来说，如果它是一个注定不能成功的任务，那就是一个好的任务，至少要实现它自己快乐的命运。严格对待实际上是严厉的反转。正是缺少快乐的急躁导致我们妒忌别人；如果受难者知道如何使用它，这不耐烦本身就是在一般的向往中对享受平等的财富中的另一种冲动。

现在我们将讨论其他话题。健康是一切幸福的基础。小心这一基础，警告我们不要对其滥用寂寞的想象力；小心这一基础，尽可能让更多想象力运用它。读诗人们神奇的作品，想象力就会喷涌而至。如果你怀疑它们的存在，问问你自己是否一想到它们就感到高兴；你是否被感动到露出甜美的微笑，流下幸福的泪水。如果你是，无论他们存在或不存在，结果都一样。这不只是说，有人经过一个有钱人的公园，看见里面从来没有为主人的精神祈福的东西，此人比他富有。快乐的结果使他认识到他更富有。对他来说，土地实际上更肥沃：这里经常有美女来访。他有更多的仆人应召而来，全力给他帮助。知识、同情、想象，都是占卜棒，使他发现了宝藏。让一个画家走过这片土地，他不仅能够看到绿色和棕色等常见颜色，也能看到它们的组合和对比，以及可能会被再次组合和对比的一些模式。如果没有什么景观，他会把一些图形放在土地上，成群的牛羊或孤立的旁观者，或者金星白色的身体躺在她的紫罗兰和报春花中；让一个音乐家走过这片土地，在小鸟的鸣叫和流淌的瀑布中，他会听到"谨小慎微的差异"。在一位女士的窗口，在露天里，他会想像风吹出的小夜曲，里面流淌出悠扬的声音，或者猎人的号角，或猎犬的吠声，

"像铃铛那样在嘴里较量，
一个压着一个。"

或者凉亭里一个孤独的声音，为一个期盼的情人唱着歌；或者教堂里的风琴，像风的喷泉醒来。让诗人走过大地，他将提高和增加所有这些声音和意象。他将从天堂带来颜色，赋予声音一个神秘的意义。他将拥有森林居民的故事，他将通过各种方法转移人口，将情绪赋予所有的景象和声音，这将是人性的、浪漫的、超自然的，让自然界的万物把颂辞送到现场。

我们可以谈论自然的爱，如同莎士比亚所谈的另一种爱，它

"让你的眼睛看到可贵的事物。"

我们也可以说，在相似的原则下，它让你听到更珍贵的事物。这和想象力紧密相随，是我们感觉的两个净化器，以期拯救我们于共同关心的震耳欲聋的胡言乱语，使我们能听到所有天地间深情的声音。在他们光滑闪亮的舞蹈中流逝的星空球体，为我们歌唱。小溪流对我们谈论着孤独，鸟儿是大自然的动物精神，像一个粗心的女孩在空中欢唱。

"温柔的风，
煽动他们散发香味的翅膀，撷取
天然香料；在那里耳语他们偷走了
那些温暖的战利品。"——《失乐园》，第四卷。

诗人被称为创造者，因为他们用魔力的话语，给我们的视觉带来丰富的

意象和创造的美。如果读者高兴，他们便把它们放在那里，创造者实际上也是如此。但无论放在那里是否被发现，是否被发明或创造（发明只不过意味着找到了），他们在那里。如果他们触摸我们，他们存在的目的就像任何触动我们的其他事物。如果《李尔王》中的一段使我们流泪，它真的就像一只悲哀的手在触摸。如果阿那克里翁歌声的旋律使我们沉醉，我们的脉搏跳动就像我们喝了酒一样真实。我们不是用耳朵听声音，也不是用眼睛观看，但我们如此真实地听到和看到，我们因快乐而感动。在任何时间，看和听的优势，甚至测试不是在看和听，而是我们实现的想法和我们获得的快乐。因此，因为他们回家看我们，知识的对象是像真正看得见的自然宝藏中的一部分，他们是无限丰富的。一个乡村小丑之树和弥尔顿、斯宾塞之树之间，不同之处就是效率。一个教堂司事缓慢通过墓地和格雷的散步之间，有什么不同？船只建造者的百慕大和莎士比亚的伯慕斯之间的差异是什么？小岛

> "充满噪声，
>
> 声音，甜美的曲调，给人以快乐，没有危害。"

精灵和仙女之岛，在海边追赶潮汐；珊瑚骨骼海的女神之岛；在沙滩上跳舞，风中唱歌的精灵之岛；凯列班之岛，其自然的魅力，使之富有诗意；阿里尔之岛，她西洋樱草的钟声里，骑在蝙蝠上；米兰达之岛，当她看到费迪南如此辛苦地工作，乞求她，让她帮助；告诉她，

> "如果你要娶我，我是你的妻子；
>
> 如果不想，我到死也是你的女佣，追随你，
>
> 你可以拒绝我，但我要成为你的仆人，
>
> 不论你愿意与否。"

这些都是诗人让我们发现，哥伦布的世界和少数暴力问题。美国前些日子开始比我们富裕了，当洪堡特回来告诉我们它的华丽和巨大的植被，无数拍摄

的灯光，陶醉在南方夜晚的天空；硕大的星座，但丁似乎对此有如此显著的猜测（《炼狱篇》第22首）。墨西哥和秘鲁的天才，自然的温暖，从专制下释放，很快就会为它做一切，唤醒视力沉睡的财富，并唤起愉悦的音乐。

想象力丰富便可以创造一切。一个伟大的图书馆不仅包含书，还包含

"所有智慧之人灵魂智慧的汇集。"

——戴夫南特

月亮是荷马和莎士比亚的月亮，也是我们所看见的那个月亮。太阳睁着一只闪闪发光的眼睛从东方他的卧室里升起，像个新郎那样欢乐。最常见的事物变得像亚伦萌芽的杖。教皇召唤喀巴拉的神灵等候一绺头发，并且公正地给它一个星座的荣誉，因为他把它挂上，在后代的眼中永远闪闪发光。一片常见的草地对于挖沟人或花花公子是一件遗憾的事情，但从想象和关爱自然的应有的权利的帮助下，太阳照亮我们，空气抚慰我们，我们觉得我们就像在童年时代一样。青翠的草木、羊、榆树篱笆墙，所有这些，所有其他的景象、声音、联想可以赋予它的，都为愉快的思想提供了一个宝库。即使砖和砂浆在俄耳甫斯的竖琴伴奏下也是生动的。一座都市不再集房屋或行业为一体，它披上了所有的宏伟壮观：历史、文学；塔楼、河流；艺术、珠宝，以及外来的财富；意在兴奋的、明智的、学习的许多人类；白天烟雾笼罩下的巨大的、阴沉的尊严；夜晚的光芒在夜空四射；当风儿轻轻吹向某个安静的郊区，同时听到许多车辆的噪音。

查尔斯·兰姆

查尔斯·兰姆（1775—1834），出生于英国伦敦坦普尔，父亲为法学院执事索尔特的机要秘书。兰姆在一所基督教医院接受教育，在那里同 S. T. 柯勒律治建立了牢不可破的友谊。他离开学校不久，在东印度公司任职 33 年。他一生未婚，一直和姐姐玛丽生活在一起，由于姐姐的精神病经常周期性地发作，兰姆承担照顾姐姐的义务。他的朋友包括柯勒律治、华兹华斯、亨特、赫兹利特、骚赛等。从他出版的信函和作品里，可以了解他受欢迎的人格魅力。

兰姆写过几篇并不成熟的诗歌，在戏剧上也做过一些尝试，但并不成功。兰姆成名是源于他的随笔，他的随笔内容多种多样，情调亦庄亦谐、寓庄于谐；还有一些批判性的散文把感性和哀怨表现得淋漓尽致。他为复兴伊丽莎白时期的戏剧做了很多贡献。兰姆写了《论莎士比亚的悲剧》，这部作品常被认为是他文学评论的力作。文章的主要观点——"莎士比亚的戏剧和同时期的任何剧作家的作品相比，更不适合在舞台上表演"——当然是荒谬的；像他的朋友柯勒律治所指出的那样，兰姆的方法既不符合逻辑也没有哲理。他的评论是他个人情感的真实表达，真正意义上的"仅凭印象的"主观评论，这些作品就是兰姆本人及人性的写照，以纯粹的个人心境和体验开始，就是这样一种纯粹的文学——人自身的真实的反映——而不是科学的分析。兰姆的写作风格属于文学运动的一个分支，英语中再没有比这更令人愉快的写作了。

论莎士比亚的悲剧（舞台表现的适应性）

前几天转到修道院，我被一个人物受影响的态度深深震撼，不记得我以前见过这人，后来打听证实是著名的加里克先生的全身像。虽然我不会与一些优秀的天主教徒去很远的国度，就把演员们都划归在圣地之外，但我承认，把戏剧气氛和手势介绍到一个被隔离开的地方，使我们想起最悲伤的现实，我一点也不会感到颜面尽失。走得更近些，我发现刻在这个丑角人物下面的一段话：

> 用神的命令，描绘美好的自然，
> 用他炽热的手中那有魔力的铅笔，
> 一位莎士比亚站起来，于是，一个加里克出现，
> 把他的名声广泛传播到这个有生命的世界。
> 尽管已经死亡，但诗人绘出了多个人物，
> 演员的天赋使他们重新呼吸；
> 尽管他们像诗人自己夜晚安息，
> 不朽的加里克白天唤他们回来：
> 直到崇高力量的永恒。
> 将标志古老的时间终有一死，
> 莎士比亚和加里克像双星照耀，
> 一束神圣的光芒照耀地球。

企图在荒谬念头和无稽之谈中尝试任何一种批评，就是对我的读者理解能力的一种侮辱，但是我被这样一种好奇心驱使着，从此处被颂扬的演员时代到我们这个时代，用一种与诗人心智相投的理念，有幸以莎士比亚笔下任何一个伟大的人物使全城人们满意，然后如何因轮流赞美每位表演者已成为一种

潮流？人们如何莫名其妙地赶来把起源于诗歌形象与概念的力量和能朗读，或者背诵同一篇章的能力混淆？① 一位伟大的戏剧诗人所具有的，对于一个人的心灵与灵魂绝对的把握，与那些作用于眼睛和耳朵的低级技巧，通过观察几种像激情、悲伤、愤怒等常见的情感通常作用于手势和外貌的一般效果，能轻易达到什么联系？要了解一个伟大的心灵如奥赛罗或哈姆雷特内心活动方式和运动，例如，他们应该何时、为何被移动，以及移动多远；一种激情会达到什么程度；正好在拉紧或放松最优美之时充分发挥和加以控制；似乎需要达到程度极其不同的智力，这种智力被运用在对这些表情或手势方面的激情赤裸的模仿中，这些预示通常在最脆弱的心灵中最生动、有力，这些预示毕竟表示一些像我以前通常所说的情感：愤怒或悲伤，但是激情的动机和理由，不同于低级庸俗性质的热情。这种激情，眼睛（没有一个隐喻）会说话，或者肌肉发出清晰的声音，演员也没有从他脸上的表情或手势赋予更多的想法。但比较阅读理解时产生的较慢的恐惧，这是我们要在剧场中用眼睛和耳朵所吸收的印象的瞬时性质，我们往往不仅要沉浸在剧作家赋予演员的思考，甚至要用反常的方式在我们的头脑中确定他所表演的人物。常看戏剧的观众很难摆脱 K 先生本人和声音对哈姆雷特的想法的影响。实际上，提到麦克白夫人，我们就会想到 S 夫人。这种混淆类同于文盲，他们没有阅读的优势，必然会依赖于舞台上演员的表演以获得戏剧带来的快感，对他们来说没有思想的痛苦和困惑，他们根本不可能理解演员这种职业：错误就是那些有学问的人认为几乎不可能解脱的问题。

　　我绝不会如此忘恩负义去忘记很多年前第一次观看莎士比亚悲剧的演出时我所体会到的那种满意，其中两个伟大的演员表演主要角色。这似乎体现和实现了至今没有明显形象的观念，但是为了这种幼稚的快感，这个意义上的差异，我们真的要付出一生的时间吗？当新鲜感已经过去，吃了苦头之后，

---

　　① 据观察，我们在戏剧的朗诵上陷入这种混乱。我们从来没有梦想，当众朗读卢克莱修的绅士获得热烈的掌声，因此他是一个伟大的诗人和哲学家；我们也没发现书商汤姆·戴维斯被他亲密的朋友们列为可以与弥尔顿相媲美的行列，因为据记载，他是那个时代在英国背诵《失乐园》背得最好的人。

我们发现我们没有实现这个想法，只是实现和降低了一个以新鲜血液为标准的美景。我们已经放弃追求一个遥不可及的事物梦想。

这点作用于心灵该是多么的残酷！可以从那壮美的新鲜度来判定，让他们的自由思想受到如此限制并被置于危难边缘现状的程度，为此我们归咎于莎士比亚没有出演的戏剧，诉诸于在表演中的被愉快地遗漏的那些段落。听滔滔不绝地演讲这一习惯逐渐衰弱，这对精彩段落该是多大的打击。可能《亨利五世》的那些演讲里有，这些演讲在学校男孩中非常流行，从他们刚出生就能在《恩菲尔德演说者》等类似的书里找到。我承认自己还不能完全欣赏《哈姆雷特》中那著名的独白，开头是，"生存还是死亡"，我的理解是，从其生存的地方及戏剧的连续性原则，直到成为一个完美的逝者；而慷慨激昂的男孩和男人已经将该句处理和摆弄成说它是好是坏，或者是中立等如此非人性的撕扯。

这似乎是一个悖论，但我不禁认为莎士比亚的剧本比任何其他剧作家的剧本在舞台上表演更缺少计划性。它们杰出的理由之一是它们本该杰出，其中还有那么多理由，不是源于表演的天分，与眼睛、语调、手势也没有一点关系。

舞台艺术的荣耀就是饰演激情，以及激情的转变；激情越粗糙、越明显，表演者就越能控制住现场观众的视觉和听觉。为此，责骂的场景，两个人谈着谈着发了一阵脾气的场景，然后以一个令人惊讶的方式到怒气平息的场景，都一直是舞台上最受欢迎的。理由是显而易见的，因为这里的观众最容易被吸引，所以他们是唇枪舌剑中合适的法官，他们应该是围绕着这样的"知识职业拳击手"相成的合法的拳击场。这里讲话是模仿的直接对象。但在最好的戏剧中，特别是在莎士比亚的戏剧中，讲话的形式——无论是戏剧独白还是对话，都是唯一的媒介，而且通常是一个极其虚假的形式，这些都是非常明显的，因为读者和观众要拥有人物内心结构和活动的知识，否则会因缺少直觉的天赋而达不到那种写作形式。我们就按照用书信体所写的小说那样做，为了总体给我们形成的快乐的感觉，在《克拉丽莎》和其他的作品中，我们得忍受多少书信写作中的不得体的语法表述。

但是舞台表现的实践使一切成为有争议的演说。从巴雅泽喧闹的诽谤到女性的胆怯，每一个人物必须表演演说。《罗密欧与朱丽叶》中，这些恋人间甜美的爱情对白；奥赛罗或波斯蒂默斯与他们已婚妻子之间亲密和神圣甜蜜的婚礼谈话，所有那些在阅读时感受到的令人愉快的美味佳肴，就像我们读到伊甸园里的那些年轻人的风流韵事——

　　就像一对美丽的夫妇，

　　在幸福的婚姻联盟中所做的那样。

由于舞台表现的固有缺陷，这些东西如何被玷污，并且如何被暴露在一大群聚集在一起的人中而使他们的天性转变；例如，伊莫金对她的主人发表的演讲，慢吞吞地出自一个雇佣演员之口，虽然名义上是向拟人化的普修默表白，但她的求爱显然是针对观众，由他们来判断她的亲热和她爱情的回报。

哈姆雷特这一人物，从贝特顿时代就有很多受欢迎的表演者野心勃勃地想要让自己一演而出名的角色。角色的长度可能是原因之一。对于人物本身，我们要让他置身于戏中，因此我们要因他是否能戏剧性表现一个合适主题来加以评价。该剧本身格言和警句比比皆是，因此我们认为它是一个传播道德教育的适当载体。哈姆雷特自己，作为一个公众的教育者被拖出来给人群演讲，他得遭受什么样的痛苦？哈姆雷特的所为百分之九十九是他自己和他的道德感之间的相互影响，是他独自沉思的流露，他退到角落和宫殿的最隐蔽的地方去倾诉；或者说，独白正是他胸中迸发出来的冥想，为了读者的缘故变成话语，否则读者一定还不知道发生了什么。这些深刻的痛苦，这些光和噪声的憎恶沉思，这言语缺失敢于对充耳不闻的墙壁和房间表达的沉思，它们是怎么能通过一个比比划划的演员表达出来的？它们来到观众面前装腔作势地说出，使四百人立即成为他的知己呢？我说这不是因为演员的过错才这样做，他必须清晰地表达，他必须用眼神伴着话语，他必须通过眼睛、声调或手势，把它们暗示给他的听觉，否则他就失败了。在他出现在舞台的整个过程中，必须自始至终都要思考，因为他知道所有的观众一直都在评价着。

这就是扮演一个害羞的、疏忽的、过隐居生活的哈姆雷特的方式。

的确，没有其他的方式能像这种方式一样向大部分观众传达诸多思想和感受，否则观众永远不会在自己阅读作品时领悟这些。但我知道，用这种方式获得的知识可能是不可估量的，我不是说《哈姆雷特》不应该上演，而是《哈姆雷特》在多大程度上上演就是另一件事了。我听说过很多加里克表演这个角色的奇闻轶事，但因为我从未见过他，我必须表示怀疑，是否这样角色的表演属于他的艺术范畴。那些向我提起他的人，说到他的眼睛，说到他眼睛的魔力和他威严的声音：一个演员非常出色的生理特质，没有这些特质，他永远不会让观众理解这出剧的意义——但是它们如何表现哈姆雷特？它们与智力有什么关系呢？事实上，那些戏剧旨在表现的东西，就是要吸引观众的眼睛关注形式和手势，以便更好地听清演员所说的话：不在于人物是什么，而是他看起来如何；不是他说了什么，而是他如何说。没有什么可以阻碍我继续这么想，如果《哈姆雷特》这出剧由像班克斯或利洛这样的作家重写，保持故事的情节，但是完全忽略剧中所有的诗歌，莎士比亚所有的神来之笔，他惊人的智力，还有足够激情的对话，这是班克斯或利洛从来不会忘记加上的。我没有看到对于这种效果听众会作何反应，也没看演员自己代表莎士比亚表演，或者代表班克斯或利洛表演对我们来说有何不同。哈姆雷特仍然是一个年轻有为的王子，必须被优雅地扮演；他可能内心困惑，行动上犹豫不决，对奥菲莉亚看似残酷，他可能会看到一个幽灵，对他发问；当发现是他父亲的幽灵时，亲切地与之交谈。这一切，曾咨询观众的口味，用自然界中屈从的爬行物的贫瘠和朴实的语言来表达，不用为此事麻烦莎士比亚，我只看见演员尽其所能去尽情发挥。因为那些人并不比想象中的有多难写作和表演，这是一个很容易达到的技巧；它只不过是声音中上升或下降的一两个音符，带着明显预知的表情低声宣布它的临近，任何情感假冒的外观都那么具有传染性，所以就让这些话语成为它们所表达的吧，让神情和语调传递吧，让深厚的表演技能表现激情吧。

人们普遍认为，莎士比亚的戏剧非常自然，大家都能理解。实际上，它们扎根于自然，如此之深以致超出我们大部分人所能想到的。你会听到同样一群人说，《乔治·巴恩韦尔》是很自然的，《奥赛罗》是很自然的，而且它们都是非常深奥的，对于他们，它们是同一类的事物。他们坐在那里看一出戏，流着眼泪，因为一个优秀的年轻人被一个调皮的女人引诱犯了一个微不足道的小过失，一个叔叔实施了谋杀，① 所以就有了不合时宜的如此动人的结局；而另一出戏，因为一个嫉妒的黑人杀死了他无辜的白人妻子：有百分之九十九的人愿意看到同样的灾难发生在两个英雄身上的可能性，并认为绞刑应归咎于奥赛罗而不是巴恩韦尔。在奥赛罗心里，内心结构不可思议地揭露了其所有的优势和弱点，其英雄的信心和凡人的疑虑，来自爱之深处的恨之痛。他们看到的只是那些更廉价的观众，那些支付一些便士便能在莱斯特广场用望远镜观看到月球的内部结构和月球地形的观众。他们看到一些模糊的事物或其他东西，他们看到一个演员表演着一种悲伤愤怒的激情，比如，他们认为这是这种激情的常见的外部效应的复制品，或者至少是在剧院里传递着的这种情感的象征，因为通常就是这样的；悲剧的唯一价值在于激情源于伟大或英雄的本质。——普通的听众知道这点，或者通过演员的大声疾呼就可以有任何这样的观念；——让他们感到陌生的恐惧应该由暴风雨注入到他们的头脑中；我无法相信，也不明白这是怎么成为可能的。

我们谈谈莎士比亚对生活令人钦佩的观察，因为我们应该感觉到，莎士比亚获得了这些美德和知识的灵感，不应该只是询问那些就像围绕着我们身边一样围在他身边的卑微的群众演员，而是应该从他自己的思想，借用本·琼斯的作品中的一个词语——"人类的范围"中获得，或者说从部分中认识整体；有时候我们低估了他积极创造的人类心灵的固有才能，只有他把相应的美德拖延，才能响起一个完整而清晰的回音。

———————————————

① 如果这个注释有望入经理的眼睛，我会以两个画廊的名义恳求他们，这种对普通伦敦人的道德的侮辱应该停止，不要在假日里永远重复。为什么一遍又一遍地用乔治·巴恩韦尔令人作呕的布道而不是用娱乐形式，来对待这个著名且管理良好的城市的学徒？为什么在他们的远景的尽头，我们要放置绞刑架？如果我是叔叔，我不会像我的侄子那样在他眼前发生这种事情。在这样轻微的动机下叔叔进行谋杀，这确实是太微不足道了；主要归咎于像米尔伍德这样的人物；它把年轻人可能永远不会想到的东西放进他们的头脑里。考虑到他们生命的叔叔们，应该适当向张伯伦请愿加以反对。

再回到《哈姆雷特》。在那个精彩人物的明显性格中，最有趣（也最痛苦）的一个是，使他严厉对待波洛涅斯的闯入的那种精神痛苦，他与奥菲利娅见面时表现出的粗暴。一个精神失常者的这些特征（要不是后来我们看到他们深深的爱情与假装的无礼混在一起，致使她对他们之间断绝往来有所准备，后来就再也找不到他必须做的那么严肃事情的时机了。），正是他一种性格的体现，这与我们对哈姆雷特的钦佩相调和，对他处境的最耐心的考虑是必要的。这是我们后来理解的，通过他的完整性格加以说明，但是当时是苛刻的和不愉快的。然而，演员给观众有力的视觉冲击，这是演员必需做的。我从来没有看过这样性格的演员，他不夸张，尽可能地应变这些含糊的特点——性格当中暂时的畸形特征。他们让他对波洛尼厄斯表现出粗俗的嘲笑，完全丧失文雅，没有任何解释可以令人满意。他们使他蔑视一切，讨厌奥菲莉亚的父亲——其最严重的形式是最可恨的蔑视，但是因为它，他们赢得掌声：人们说这是自然的。也就是说，语言是轻蔑的，演员表示蔑视，并且他们可以判断：他们从不想问为什么那种嘲笑如此多。

至于奥菲利娅——我见过的所有哈姆雷特，都对她大喊大叫，好像她犯了很大的错，观众都非常满意，因为这个角色的话语是讽刺的，而且话语通过脸部和声音使讽刺的愤怒得到最有力的表达。但是那时，观众从未思考过是否哈姆雷特有可能对他深爱的女士表现出那样残酷的表情。事实是，在所有哈姆雷特和奥菲利娅之间存在的深切情感中，有一股额外的爱（如果我斗胆使用这一表达），在任何巨大心痛，尤其是在心灵上无法沟通之时，用一个临时异化的语言，承认沉溺于表达自己的悲伤，即使对其最亲爱的人；但它不是异化，这是一个纯粹的忧伤，所以它总是让自己被那个人的感受所充斥：这不是愤怒，但是悲伤是假设愤怒的样子——爱笨拙地伪造恨，就像当他们试图皱眉来强装甜蜜的笑脸，就像哈姆雷特被迫装出的这种严厉和激烈的厌恶，不是伪造的，而是绝对厌恶的真正面孔——不可调和的异化的真正面孔。据说他装疯卖傻，但是他到目前为止只能把这种假装的装疯卖傻当做他真正的分心使他离开；那是不完全的，不完美的；不是用那种证实的、实践的方法或是像德姆·奎科利所说，"就像一个卖淫的演员"。

我没有不尊重任何演员，但对我来说，莎士比亚的戏剧在表演中给予的快感对我来说根本不同于观众从其他作家那里获得的。因为他在本质上与其他作家是如此不同，所以我要说在区分所有等级表演的本质上存在一种东西。事实上，难道谁会漠不关心地提到《赌徒》和《麦克白》是很好的舞台表演？就像称赞 S 夫人的麦克白夫人那样称赞贝弗利夫人。柏尔维德拉、卡莉、伊莎贝拉，以及尤芙瑞霞，他们没有伊莫金那样深受喜爱，或者不如朱丽叶，或者苔丝狄蒙娜，或者剧中的女性表演者不像其他剧中的那样伟大，难道加里克表现不出众吗？难道他不想自己辛苦创作出来的拖长声音说话的每一部悲剧中的人物能出人头地吗？——希尔一家、墨菲一家和布朗一家的作品——作为同莎士比亚不可分开的随行者，他应该很荣幸永远留在我们的脑海中吗？一个相似的心灵！哦！谁能朗诵那暗示着莎士比亚将成为职业演员的动人的十四行诗：

> 哦，为了我你责备命运女神，
> 她是造致我不端行为的主犯。
> 她不曾想要改善我的生活，
> 让我随俗谋生，举止犹如草野贱民。
> 于是，我的名字被打下烙印；
> 我的天性几乎被征服，
> 如同染工之手被职业所玷污。——

或其他忏悔：

> 唉！这是真的，曾经常四处游荡，
> 成为一个众人耍戏的小丑，
> 轻贱自己的思想，廉价出售最贵重的东西。

谁能在莎士比亚的作品中阅读到这些嫉妒和自我警觉的实例？梦到他和其他之间的相同点，传统上讲这人仅是一位演员，让他的思想带有最低级演员的恶习——羡慕、嫉妒、痛苦地渴望热烈的掌声，这人在职业发展过程中甚至嫉妒挡他路的女性表演者；或者这人是有管理技巧、策略及手段的经理：任何相似之处应该是梦见他和莎士比亚之间，莎士比亚充分意识到自己的能力，高贵而谦虚，我们既不可模仿也不欣赏，因此他用自己的缺陷感表达自己：

> 希望自己如君般前程似锦，
>
> 拥有他的容颜，如他享有友谊，
>
> 渴望君之才能，向往君之见识。

我不愿否认加里克具有莎士比亚仰慕者的优点。他当然不是一个真正的羡慕其优点之人，因为一个真正的羡慕他优点的人，会承认他无与伦比的创造，就像泰特和西伯这样粗俗的垃圾，以及其他人，

> 他们敢用自己的黑暗冒犯他的光芒。

强加到莎士比亚的戏剧里吗？我相信这是不可能的，他可以对莎士比亚有适当的尊敬，并屈尊完成《理查三世》内插的场景，其中理查告诉他的妻子他爱上了另一个女人而令他的妻子伤心不已，并且说，"如果挺过这些，她就是不朽的。"但我不怀疑他把这个庸俗的东西像任何真正的部分一样作为重点的焦虑，至于表演，这和任何部分一样是计划好的。但是我们最近看到理查这一角色给表演他的演员带来了巨大的名气，它让我们懂得表演的秘密，从表演方面对莎士比亚进行通俗的判断。见证了 C 先生扮演角色的努力，观众没有一个人观点适当：理查是一个非常邪恶的人，把孩子们杀死在他们的床上，有点像是儿童书籍中的巨人和食人魔。此外，他非常精明，有着恶魔般的狡猾，因为你可以从他的眼睛看出这点。

但实际上，这是我们在阅读莎士比亚的理查时该有的印象吗？当我们做的就像在舞台上把它误认为是像屠夫一样的表现时，我们感觉恶心。把对他罪行的恐怖和我们所感觉的印象混合在一起，但是以他展示的丰富知识，他的智谋，他的机智，他轻松的心情，他广博的知识和对人物的洞察，又是如何限定的？如何进行的？他的诗歌部分，一点儿也没有在C先生表演方式上能感受得到的东西。只有他的罪行、他的行动是可见的，他们很突出很显眼。谋杀者站了出来，但崇高的天才，巨大能力的人——深刻、诙谐、多才多艺的理查在哪里？

　　事实上，莎士比亚的角色对他们的行动多是沉思者，而不是兴趣盎然和充满好奇心的人，当我们阅读他的作品时，其中任何一个罪犯——麦克白、理查，甚至伊阿古，我们都感觉不到他们犯下了那么多的罪行，如野心，有抱负的精神，促使他们跳过那些道德的栅栏的智力活动。巴恩韦尔是一个讨厌的凶手，他的脖子和绳索之间有一定的适应性；他是断头台的合法继承人，根本没有人会认为在一些缓解的情况下，能使他成为怜悯的对象。或者从更崇高的悲剧中举个例子，除了一个刺客还会是别的什么吗？我们想到的只是他所犯的罪，以及他应得的刑罚吗？这就是我们所认识的他。然而在莎士比亚喜剧的相应人物中，行动似乎相对来说对我们影响那么少，以至于虽然冲动，但所有变态的伟大中的内部信念是纯粹而真实的、唯一值得注意的，他们只是相对没有犯罪。但比较而言，当我们看到这些所代表的东西，他们的行动是一切，他们的冲动是无关紧要的。通过麦克白所发出的那些恐怖的意象，我们被提升到崇高的情感状态。他的游戏时间，直到有人叫他去谋杀邓肯的铃声敲响庄严的前奏——当我们不再在书中读到，当我们放弃拥有胜过看见的抽象的有利条件，来看看我们眼前实际上准备谋杀的那个有着人的身体形态的人。就像我们在K先生表演的角色里目睹的，如果表演是真实的、令人印象深刻的，对于行为痛苦的焦虑，自然渴望防止它；然而似乎不是犯罪的，太接近现实紧迫的外表，给人以摧毁所有喜悦的痛苦和不安，这喜悦是书中文字所表达的，这里行动从不用存在的痛苦感来给我们施加压力：如果它与所有的时间相关，过去的和必然的东西似乎属于历史。单就这个而言，崇高的形象就是在阅读时我们的思想提炼出来的。

因此，看看李尔的表演——看看一位一无所有的老人拄着一个拐杖在舞台上蹒跚着，在一个雨夜被女儿赶出家门，只有痛苦且令人厌恶。我们要带他去遮风避雨并且安慰他。这就是李尔的表演在我内心产生的情感。但是莎士比亚的李尔表演则不同，他们模仿他走进暴风雨那种可鄙的体制，比起舞台上的弥尔顿的撒旦，或者米开朗基罗画中一个可怖的人物，更能代表真实的恐怖元素。李尔的伟大不在于其身材尺寸，而在于知识：他的情感爆发是一座可怕的火山，它们是翻起的风暴，暴露出海底所有巨大的财富，这就是赤裸裸地展现他的思想。这种情况下，即使他自己忽略了它，考虑血和肉似乎太微不足道了。在舞台上，我们只看到其肉体的软弱和无力，愤怒得无能为力；当我们读它，我们看不到李尔，而我们自己是李尔——我们在他心目中，我们被阻碍女儿和风暴的恶意的伟大支撑着。他理性失常，日常生活失去条理，但发挥其力量，就像风在任意吹向人类的腐败和滥用。相貌如何能识别出其年龄的崇高与否？当他因纵容他孩子的不公正而责备她们，他提醒她们说"你们自己会老吗"？对此我们用什么样的手势恰当呢？声音或眼睛怎样表达此类事情？但戏剧超越了所有艺术，因为它的影响表明：它太困难、残酷，它必须有爱的场景和一个快乐的结局。这是不够的，考狄利娅是其中的一个女儿，她也必须最重情义。为了加里克和他的追随者，泰德把钩子放到利维坦的鼻孔里，表演者的场景更容易吸引周围强大的野兽。一个快乐的结局！好像李尔经历了活着的殉难——痛打他活生生的感情，在生活的舞台上这些苦难没有公正地考虑李尔唯一高雅的东西。如果他以后要是快乐地生活，如果他以后能够维持这个世界的负担，为什么要用这一切的搅乱和准备，用这一切不必要的同情折磨我们？好像再次得到他的镀金长袍和权杖那孩子般的快乐诱使他继续表演他滥用的地位——好像对于他的年龄和经历，没什么可以留下，唯有一死而已。

《李尔王》基本上是不可能在舞台上表演的。但在莎士比亚笔下有太多戏剧性的人物，尽管比李尔更听话和更切实可行（如果我可以这样说），但在某些情况下，他们性格的一些附属物不恰当地表现在我们身上。例如，《奥赛罗》，通过爱的力量，从某种她爱他优点的意义上，没有什么可以比读到一个最高贵家室的年轻的威尼斯女士更柔和，更能奉承我们本性中高贵的部分。放下对亲情、国家、肤色，以及与摩尔婚礼的考虑——（尽管摩尔人现在因其多种肤色而著称，从而获得白人女人的青睐，但在那时，与我们自己相比，他被表现得或不尊重外国常识，或者符合大众观念。）这是美德对灾祸、想象对感觉的完美胜出。她看到了他心中奥赛罗的肤色。在舞台上，当想象力不再起主导作用，而是我们可怜无助的感觉时，相反，我呼吁每一个看过奥赛罗表演的人，是否使奥赛罗对他的肤色沉思？是否他在奥赛罗和苔丝狄蒙娜求爱和结婚的爱抚中找到一些非常令人恶心的东西？是否真正看到的东西胜过我们在阅读时所有美丽和解？——而且这样做的原因显而易见，因为有太多的现实呈现给我们的感官，给人一种看法分歧，不再充分相信压倒和调和第一个也是明显的偏见的内部动机——所有看不见的一切。① 我们在舞台上看到的是身体和身体的动作；我们在阅读中所意识到的几乎完全是思想及其运动。我认为，这可能充分解释了因同一部戏剧经常会影响在我们的阅读和观看戏剧时而有的一种非常不同的快感。

如果在自然的范围内莎士比亚作品中的人物，本身有些太过分诉诸于想象的东西，承认没有遭受转变和缩减就成为感受的对象，这是它不需要感知反应的，——而且这强烈的反应必须靠表现人物的另一方法，莎士比亚已经把它引入了一种野性和超自然的力量，好像把他们从同化到他们的卓越应该通俗地存在的共同生活。当我们读到《麦克白》中那些可怕的人——女巫的咒语时，如一些地狱般的怪诞的香气成分组合，仍然对我们有影响，而不是可以想象的最严重和令人震惊的事。难道我们不觉得像麦克白似的着魔吗？

---

① 因为在阅读时奥赛罗的肤色没有冒犯我们，在我们观看时也不应该冒犯我们，这种假设的错误，就是这样一个荒谬的假设，一幅画中的亚当和夏娃就像在诗歌中一样会影响我们。但在诗中我们有片刻天堂的感觉，当我们看画中没穿衣服的男人和女人时，天堂就消失了。画家自己感觉这一点，就像他们求助于尴尬的转变那样明显，使它们看起来不太赤裸裸；通过使无花果叶的发明提前的一种预言的时代错误。所以在阅读剧本时，我们看到苔丝狄蒙娜的眼睛；在观看它时，我们被迫用自己的眼睛看。

任何欢乐都伴随他们的存在意识吗？我们不妨在邪恶意识本身是真实地与我们存在的原则下大笑。但是，试图把这些人物搬上舞台，你立即把他们变成男人和孩子们都会嘲笑的众多老女人。一反"眼见为实"的俗话，所见实际上摧毁了信心：当我们看到舞台上的这些人物时，这种令我们沉浸在他们的表演带来的欢笑，似乎是对我们阅读时深信他们令我们产生的恐惧的一种补偿——当我们因诗人而屈服于理性，就像孩子因护士和他们的长辈而屈服于理性一样。我们嘲笑我们的恐惧，就像孩子在黑暗中看到了一样东西，拿一根蜡烛揭示了真相的胜利，说明恐惧的无意义。因为舞台上这种超自然的暴露是真正的拿一根蜡烛暴露自己的妄想症。那是孤独的微光和书籍对这些恐惧产生信心：吊灯灯光下的幽灵不会欺骗观众，就如同一个用眼睛看到的幽灵，像人一样悠然自得。一个灯火通明的房子和穿着讲究的观众不会让最紧张的孩子有任何忧虑：正像汤姆·布朗说，穿着坚不可摧盔甲的阿喀琉斯的皮肤坚不可摧，"布利·道森会凭借这种优势战胜魔鬼"。

　　许多人已理所当然地谈过，德莱顿斥责《暴风雨》为邪恶的混合：毫无疑问没有这样恶毒。那个时期不洁净的耳朵永远不会满足听到那样纯洁的爱情，就像费迪南和米兰达那样甜蜜的爱情。但是莎士比亚的《暴风雨》是舞台表现的主题吗？读一个魔法师的书是一回事，相信我们阅读时奇妙的故事。但有一位穿魔术长袍的魔术师被带到我们面前，身边带着他的精灵们。在幕前应该只能看到他自己和几百位观众，涉及到大量可恶的令人难以置信的事，我们所有对作者的敬畏并不能阻碍我们从感官上感知到如此幼稚的行为在很大程度上是幼稚和低效的。精灵和仙女不能被表演，甚至不能被描画——他们只能被相信。但精心准备的舞台布景是那个时期舞台的豪华要求，在这种情况下，作用就与原来的预期恰恰相反。在喜剧或熟悉生活的戏剧中，它增加了许多对生活的模仿。在要求有更高能力的戏剧中，它则积极地摧毁它被引入的幻觉。一个会客室或一个客厅——一个开向花园的图书馆，里面有一个壁龛的花园，一条街道，或者考文特花园广场都是一处好场景。我们愿意尽可能多地给于它所需的赞美，或者说，我们几乎没有考虑到，页首的"场景，一个花园"，几乎没有什么可阅读的。我们没有想像我们自己就在那里，但是我们愿意承认对熟悉事物的模仿。但是借助所画的树木和洞穴，我们知道这是画出来的，去思考，把我们的思想传递给普罗斯佩罗，以及他的岛屿和他孤独的小屋；① 或者在说话间隙，用灵巧的手拉小提琴让我们相信我们听到了那些海岛上充满超自然的声音——在干草市场演讲者奥雷里可能希望，他聪明地站在他的仪器后看不见的地方，通过他的音乐眼镜，让我们相信我们确实听到水晶球发出响声，如果这声音长久围绕我们的想象，弥尔顿认为：

> 时间会倒流，取回黄金年龄，
>
> 有斑点的虚荣心
>
> 将很快生病死去，
>
> 麻风罪将从尘世模具溶化；
>
> 地狱本身也会死去，
>
> 把忧伤的豪宅留给凝视的日子。

我们的远古祖先居住的伊甸园，同魔法岛一样将被展现在舞台上，以及依旧那么有趣而无辜的第一批定居者。

如此焦急地参与我们舞台的布景与服装紧密相连。记得我最后一次看上演的《麦克白》，我感觉到它在服装变化上的差异——不断变化的戏服，就像一位做弥撒的天主教神父。舞台改进得很豪华，公众视觉需要这些。苏格兰君主的加冕长袍与我们国王去国会大厦时的穿着是完全对应的，只是更充分和烦琐，并佩戴有貂皮和珍珠。如果事情必须有所表现，我没法吹毛求疵。这在我们阅读时，能注意到穿什么服饰吗？一些皇室暗淡的意象——王冠和权杖——可能浮现在我们眼前，但谁能描述它的时尚？在我们的脑海里，我们看到韦伯或任何其他的制袍者以图案装饰了吗？使事物自然是模仿的必然结果。然而一个悲剧的阅读是一种很好的抽象思维。那么多的身体外观呈现

---

① 人们会说，这些事情都被做成画，但画面和场景是非常不同的事物。绘画本身是一种话语，但在风景画中，有一种欺骗的企图：在被画的风景和真实的人物之间有一种无法弥补的不和。

给我们，让我们觉得我们血脉相连，而想象的更大和更好的部分是在思想和性格的内部机制上体现的。但在表演、场景、服饰方面，这些最可轻视的事情，要求我们来判断它们的自然性。

与我们在阅读戏剧时发现的安静的喜悦相比，上演的那些好剧的快乐和一个评论家，或者不是评论家的人阅读好诗时不同的感觉是没有可比性的。被要求判断和发音的令人讨厌的关键习惯，它与前者必须是完全不同的一件事。在看到这些戏剧上演时，我们像法官那样深受影响。当哈姆雷特把格特鲁德第一任和第二任丈夫的两张画像进行比较时，会有谁想看这画像吗？但在表演时，必须得拖出一个缩影。我们知道那不是画像，而只是很好地展示微型人像画所代表的。这一切的展示使所有事物等同：这使诡计、鞠躬、屈膝礼非常重要。S女士一向默默无闻，但因通过她在《麦克白》的宴会现场解散了客人这一表演而名声大噪。因为她的一个惊悚的音调或令人印象深刻的外表而谙熟于心。难道像这样的一件小事让读者想象那狂野、精彩的场景吗？难道思想会尽可能快地解散欢宴者吗？难道它在意这样做是否优雅吗？但是，通过表演和评论表演，所有这些有害于戏剧主要利益的非必需品，都要加以重视。

我把我的评论局限在莎士比亚的悲剧部分，把研究扩展到喜剧不是什么困难的任务，并说明为什么福斯塔夫、沙洛、休米·伊万斯爵士，以及其他人物与舞台表现同样是矛盾的。因为目前没有深入这一研究主题，恐怕这篇论说的长度会使戏剧的业余爱好者对它鄙夷不屑。

托马斯·德·昆西

托马斯·德·昆西（1785—1859），出生于英国曼彻斯特，父亲是一位有文学品位的商人。他是一个早熟的学生，因反抗校长的暴政离家出走，在威尔士和伦敦游荡，有时几乎是一贫如洗。他与家人和解后，被送到牛津大学，在此期间开始吸食鸦片。后半生主要和华兹华斯、柯勒律治一起在湖泊区度过，后来去了伦敦，终老于爱丁堡。因无法放弃对毒品的依赖，由毒品所引发的慢性疾病始终未得以治愈。

德·昆西的大部分作品都是在期刊中发表的，涉及很多学科门类。他博览群书，智慧过人，但缺乏实践能力。虽在金钱方面慷慨大方，但其写作方面的理性思维往往使他以一种批判的眼光去分析朋友的性格，有时甚至招致误解。

1821 年，他发表了根据他自己的经历创作而成的最著名作品《一个英国鸦片服用者的自白》，大获成功，并长久保持其经典之作的地位。与此同时，他在文学和哲学方面的著作，也显示出他清晰准确的写作风格，有时他的精确思维也会导致他在深入探讨方面过于吹毛求疵。在他所谓的"激情的散文"中，接下来的这篇随笔最具代表性，开创了一个无人超越的领域。透过他的作品所折射出的思维力量将他的想象力提升至令人赞叹的境界。

女性的悲伤

　　在牛津，我常在梦中见到莱瓦娜，我认识她是通过她的罗马象征。谁是莱瓦娜？读者，不要假装因为太学术而有那么多空闲的时间，不要因为告诉你这些而同我生气。莱瓦娜是罗马女神，司掌新生婴儿，最早的高尚仁慈事务，其形象随处可见，非常典型，有着男人的宏伟气势，其力量是无形的，温和仁慈，甚至在异教世界也屈尊维持这权力。刚一出生，婴儿第一次呼吸到我们多灾多难的星球的空气，他被放在大地上。但随即，生怕那大的生物多趴在那一会儿，要么是父亲的手（作为女神莱瓦娜的代理），要么其近亲属（作为父亲的代理），把她竖直扶起，让她看起来像世界之王那样挺立，把她的头转向星星，也许她心中在说："天下万物，唯我独尊！"这象征性的行为代表莱瓦娜的作用。那神秘女子，从未露过她的面孔（除了我在梦中见过），但总是委派人来行事，其名字来自拉丁语的动词（也是意大利动词）"levare"，举起之意。

　　这是对莱瓦娜的解释，因此就出现，一些人通过莱瓦娜懂得控制幼儿园教育的监护权。她，不会因婴儿出生时，因她可怕的监护而遭受预示的或模仿的堕落，她也本不该因婴儿各项能力未发育而忍受真正的堕落。她因此监视人的教育。现在"edŭco"这个词（倒数第二短），在语言的结晶过程中，源于"edūco"（倒数第二长），或者是 educes 发展成 educates（教育）。因此，通过莱瓦娜，教育意味着——不是由拼写和语法课本转动的运转不良的机器，而是由隐藏在人类生活深处的中心力量的强大的系统运转着，通过激情、冲突、诱惑、抵抗的能量，永远为孩子工作，日夜不休，就像一个日夜航行的巨轮，时间就是永不休息的辐条，正在运转中闪着光。

　　那么，如果这些是莱瓦娜工作的部门，她必须多么深刻地尊重悲痛的机构！但读者！你想想，孩子们不可能像我这样地悲痛。"generally"这一单词有两个意义——在欧几里德看来，意思是"普遍地"（或属于整个范畴）；从这个单词的荒谬意义来讲，就是"通常地"。现在，我不是说孩子们普遍都能像我那样地悲伤，但是在我们这个岛国，你应该听说过有很多的孩子死于悲伤，我要告诉你一个常见的情况。伊顿公学的规章制度要求，基础阶段的孩子应该在该校学习十二年，到十八岁就被勒令退学，因此必须六岁便来学习。在那个年龄就从母亲和姐妹们身边被硬行拉走的孩子们时常死去。我要实话实说。教务主任不把这种抱怨称为悲伤，但那就是悲伤。在那个时代，那种悲伤，扼杀了许多孩子，其数目超过曾经被算作烈士的人。

因此，正是莱瓦娜与权威人士的交谈动摇人心：所以她宠爱悲伤。当看到与莱瓦娜交谈的大臣们，我轻轻地对自己说，"这些都是悲伤女神，她们是三位，因为用美装点男人的生活的优雅女神有三位；那些在他们神秘的织机上编织男人生活的黑色挂毯的命运女神有三位，总是部分用悲伤的颜色，有时因悲惨的红色和黑色而生气。由于严重犯罪而遭受惩罚来此的复仇女神有三位，甚至缪斯女神也有三位，手执竖琴、小号或鲁特琴，相称于激情创作的巨大负担。这些都是悲伤女神，三人我都知道。"

现在我说最后的话语，但在牛津我说过，其中一人我知道，其他人我也肯定会知道的。在我的热情青春里（昏暗中对我的梦想的黑暗背景长出了一口气），我已经看到这些可怕的姐妹不完美的轮廓。这些姐妹，我们应该怎样称呼她们呢？如果我简单地说，"悲伤女神"，就有可能误解这一术语，它可能被理解为个人的悲伤，不同情况的悲伤，而我想表达强大的抽象概念，体现在人的心中所有个人的痛苦；我希望把这些抽象方法看作模仿，也就是说，披上人类的生命属性，披上表示肉体的功能。因此，让我们称她们为"我们的悲伤的女士们"。我完全了解她们，并曾走进她们所有的王国。她们是一个神秘家庭的三姊妹，她们的人生之路相距甚远，但她们的统治没有尽头。我经常看到她们与莱瓦娜交谈，有时谈到我自己。那么她们用语言讲话吗？哦，不！像这些强大的幻影不屑于软弱的语言。当她们存在于人类的心中时，她们可能通过人的器官发出声音，但她们之间没有声音，也没有声响，在她们自己的王国里永恒的寂静主宰一切。当她们跟莱瓦娜交谈时，她们不说话，不耳语，也不唱歌。尽管有时我想她们可能曾唱过歌，因为我听过她们在地球上常常由琴和鼓、杨琴和风琴破译的奥秘。她们是上帝的仆人，像上帝一样，她们不是用死去的声音，或者用跑题的话语表达自己的快乐，而是用天堂的迹象，地球的变化，秘密河流的脉冲，黑暗中画的徽章，大脑里刻写的象形文字。她们在迷宫中旋转，我拼写这步骤。她们从远方发指令，我阅读这信号。她们一起密谋，我的眼睛在黑暗的镜子中探求这计谋。她们的是符号，我的是话语。

这三姐妹究竟是什么人？她们究竟做了些什么？如果让我描述她们的形态，以及她们的存在，形态仍在它的轮廓里波动，或者存在永远领先，或者永远在阴影里消退。

三姐妹中年龄最大的叫"哭泣圣母"，她会日夜咆哮和呻吟，召唤着消失的面孔。她站在拉玛，那里听到了一个哀歌的声音——是雷切尔在为她的儿女哭泣，不肯接受安慰。当希律王的剑横扫无辜者的保育室的夜晚，是她站在伯利恒，小小的脚永远僵硬。有时，会听到她们在头顶地板上蹒跚，在家人心中唤起爱的活力，在天堂里留下印记。

她的眼睛可爱而敏锐，疯狂而朦胧；有时超越云朵，有时挑战天堂。她头戴王冠，通过儿时记忆我知道，当她听到祈祷文的哭泣或风琴的雷鸣，当她看到夏季云朵，她能随风而去。就是这位大姐姐，在她的腰间携带比教皇还多的能打开每一小屋、每个宫殿的钥匙。据我所知，她去年整个夏天坐在盲乞丐的床边，我和他时常快乐地交谈，他虔诚的女儿，只有八岁，阳光般的面容，忍受着玩耍和乡村欢乐的诱惑而整天陪着备受折磨的父亲沿着尘土飞扬的道路行走。为此上帝送给她一个巨大的回报。这年春天，当她自己的春天萌芽，她自己回忆起她，但是她的盲眼父亲永远为她哀痛。在午夜她仍然梦到，那小小的手牢牢牵着他的手，她在黑暗中醒来，发现仍然黑暗甚至更黑暗。1844—1845 年，这位大姐姐在沙皇的卧室里一直坐了整个冬天，在她眼前一个女儿（非常虔诚）突然消失到了上帝那里了，留给她一个深邃的黑暗。就是凭借钥匙的威力，我们的圣母，从恒河到尼罗河，从尼罗河到密西西比河，幽灵般地滑入失眠男子、失眠女子、失眠孩子的卧室。因为她是第一个在她的房子里出世的，她有最广阔的帝国，让我们冠以她"麦当娜

（圣母玛利亚）"的荣誉称号。

　　第二个姐姐被称为"叹息圣母"。她从不攀登云朵，不随风而去，她也不戴王冠。如果看她的眼睛，它们既不可爱也不敏锐，没有人可以读懂它们的故事，眼里充满了死亡的梦想，以及被遗忘的谵妄的残骸。她从不抬起眼睛，她的头裹在一个破旧的头巾里，永远低垂，永远附着灰尘。她不哭泣，不呻吟，但她悄无声息地间隔性叹息。她的姐姐麦当娜常常激烈、疯狂，对着天堂的最高处大发脾气，向她的亲爱的人做要求。但是我们的叹息圣母从不大声地要求，从不公然反抗，从没有叛逆的梦想。她有卑微的绝望，以及无望的温柔。她可能私下抱怨，但那是在她的睡梦中；她可能低声耳语，但那是在黄昏中，自言自语。有时在像她一样孤独的荒凉的地方——在城市废墟中，她含糊地说话，太阳已经下山去休息。这位姐姐是南印度的最下级民、犹太人、地中海大帆船上划桨的奴隶的访问者；在芳香遥远的英国被从"纪念册"中涂掉的英国诺福克岛上的罪犯的访问者，眼睛永远盯着一个孤零零的坟墓的困惑的忏悔者的访问者，这对她似乎是神坛被推翻流出一部分血腥的牺牲，神坛上没有祭品可以利用，无论是对于她可能恳求的原谅，还是对于她可能尝试的赔偿。午间每一个奴隶带着怯生生的责备抬头望着热带的太阳，她用一手指点地球——我们共同的母亲，但是支持她拥有一位继母；她用另一只手指着《圣经》——我们共同的老师，但是反对她被密封、被隔离——每一个女人都坐在黑暗中，没有爱笼罩她们的头顶，没有希望照亮她们的孤独，因为天生的本能点燃她们天性中神圣的情感，上帝将它植入女性的胸部，被社会的必需所抑制，现在就像古人中阴森森的墓灯，忧郁地燃烧成废物。每一个修女欺骗她不要返还五月的时光，上帝要审判邪恶的亲戚，每个地牢里的每一个俘虏，所有被背叛的人，所有因传统的法律被抛弃的人，以及带有遗传性耻辱的孩子们——所有这些人都与叹息圣母散步。她也携带一把钥匙，但她几乎不需要它。因为她的王国主要在无家可归的流浪汉的帐棚里。然而，在人类最高层次的散步中，她发现她自己的小教堂，甚至在辉煌的英国，也有一些，完全像驯鹿一样自豪地昂着头，人们悄悄地收下她在他们额头上做的标记。

这第三个妹妹，也是最年轻的那位。嘘，我们谈论她时小声点儿！她的王国不是很大，要不然怎么没有肉体在那生活，但是王国内，所有的权力都是她的。她的头像西布莉头那样是炮塔形，高耸几乎超出目力所及。她不低头，她的眼睛抬得如此之高，可能隐藏在远方。但是，它们是什么，它们是不能隐藏的。透过她所戴的三重黑面纱，有一种不寻常的苦难的凶光，既不为规定也不为晚祷，既不为中午也不为午夜，既不为潮起也不为潮落，也许可以从地面读起。她是上帝的挑战者，她也是精神失常者的母亲和自杀的建议者。她权力的根源深埋，但她统治的国家肤浅。因为她只接近那些由中心的社会动乱而引起深刻性质的动乱的那些人，内心颤抖，在内外阴谋风暴下头脑摇晃的那些人。麦当娜步履摇曳，或快或慢，但仍有着悲剧的优雅；叹息圣母胆怯而悄悄地爬行；但是这个最小的妹妹以不可估量的运动前行，向上跳跃，并与老虎一起飞跃。她不携带钥匙，尽管很少来到人间，但她像暴风雨一般猛冲，她获准进入所有门户，她的名字叫黑暗圣母。

这些是欧墨尼得斯，崇高的女神，我的牛津梦中的优雅女士（因古代战争平息而得名）。麦当娜说话了，她用她神秘的手说话，她触摸我的头，她对叹息圣母说话，她所说的话被无人能懂的符号（除了梦中）翻译成如下内容：

"看！他在这里，在他小时候，我把他献给我的祭坛，他曾经是我的挚爱。我使他误入歧途，我诱骗了他，从天上我偷走了他年轻的心。通过我，他成为偶像；并通过我，煎熬的欲望，他崇拜蠕虫，向虫蛆的坟墓祷告。坟墓对于他是神圣的，它的黑暗是可爱的，它的腐败是圣洁。他，这个年轻的崇拜者，我让他适应你，亲爱的温和的叹息妹妹！你现在带他进入你的心脏吗？去让他适应我们可怕的妹妹。"她转向黑暗圣母说，"最诱惑和最憎恨的邪恶的妹妹，你要把他从她身边带走吗？看，你的权杖重压在他头上。不要折磨在黑暗中坐在他身边的女人和她的柔情，把希望的弱点消除，让宽容的爱枯萎，把眼泪之泉烤干，只有你能那样地诅咒他。所以，他必须在炉中被铸成，他必须看到不应该看到的事情——令人厌恶的情景，不可告人的秘密。他必须读懂古老的真相，可悲的真相，重要的真相，可怕的真相。他必须在他死之前再次站起，上帝给我们的任务必须完成——困扰他的心，直到我们展现了他精神的能力。"

托马斯·巴宾顿·麦考利

托马斯·巴宾顿·麦考利（1800—1859），扎卡里·麦考利之子，一个因曾经在西印度群岛的生活经历使他成为了一个热心的废奴主义者的苏格兰人。托马斯是个神童，早年时候其写作中展现出的超凡的记忆力就被开发出来。他曾在剑桥大学读书，学习法学，并且在 25 岁时就为《爱丁堡评论》撰文。在那时，他就形成了自己著名的写作风格。1830 年他进入了下议院后，立刻用一场演讲赢得了声誉。1834 年作为最高理事会的成员他走访了印度，用三年半时间证明自己是一位有能力的慈善官员。回国后，再次进入国会，在内阁工作。1856 年退休，结束了自己的政治生涯。

1844 年左右，麦考利的作品主要出现在《爱丁堡评论》——他隶属的辉格党的重要喉舌。现在收录的这些文章可能是英语中最广为人知的评论和历史作品。那些精彩对立的风格，大量的插图，栩栩如生的故事叙述展现在读者面前并给他们带来最高级的阅读享受。晚年作品《英国历史》是英国出版史上最受欢迎的书，同样因高质量而大获成功。《古罗马方位》，以及其他诗作凭借其场面的气势和广为人道的好口碑而获得成功，至今仍有大量的读者。

在麦考利早期作品中有一篇关于马基雅维利的随笔，阐明了他对他平常以外领域的素材的精通。文中文艺复兴时期的意大利，就像他非常熟悉的英国或印度，体现了其简洁流畅、逻辑严谨、阐述清晰的风格，其生动的描述让读者了解了一个伟大人物和伟大时代的理念。

马基雅维利

那些①参加过文学法庭的人们清楚地意识到，通过与威斯敏斯特大厅类似的一些法律小说，我们经常能受理超出我们原本管辖权范围的案例。因此，我们几乎不必说，在目前这种情况下，M. 佩利埃斯只是诉讼中的某乙，在后续阶段的任何程序中都不会提到他，他的名字只起到把马基雅维利送上法庭的作用。

我们怀疑在文学史上，是否任何名字都那么可憎，就像我们现在建议要考虑的其性格和作品的人的名字一样。人们描述他经常用的术语似乎在透露：他是魔鬼，是邪恶的原则，野心和报复的发现者，原始伪证的捏造者，而且在他致命的《君主论》出版之前，世上从未有过一个伪君子、一个暴君，或者一个叛徒、一个虚伪的绅士，或者一个随意的罪犯。一个作者很严肃地向我们保证，撒克逊的莫里斯从那个可恶的书卷里学到了他所有的欺诈政策。他还说自从它被翻译成土耳其语，苏丹人比以前更对扼杀兄弟的习俗上瘾。利特尔顿勋爵指控可怜的佛罗伦萨人伪装之家的多重背叛和圣巴塞洛缪大屠杀。几个作者暗示了火药阴谋主要归咎于他的学说，似乎认为，在天真的英格兰青年每年都纪念三大社会等级保护的那些游行中，他的雕像应该换成盖伊·福克斯的雕像。罗马教会宣称他的作品为该死的东西，我们自己的同胞在证实他的优点上也不甘落后。从他的姓氏中，他们杜撰了一个无赖的绰号；从受洗时所取的名字中，杜撰了魔鬼的同义词。

不熟悉意大利的历史和文学，毫无恐惧和惊奇地去阅读给马基雅维利带来了如此多的辱骂的著名论文，这对任何人来说都是不可能的。这样赤裸而不知羞愧地显示邪恶，如此冷静、明智、科学的暴行，比起邪恶的人似乎更像一个恶魔。最顽固的流氓对最信任的同伙几乎不加提示，甚至对自己的思

---

① 最初被做为 J. V. 佩利埃斯编写的《马基雅维利》全集的评论而发表。

想没有诡辩的伪装，或者公开承认，人们声称，这些原则没有丝毫的迂回，还假定这些原则为所有的政治科学的基本公理。

普通读者竟然把写这种书的作者看成是最堕落和无耻的人类，这不足为奇。然而，聪明人总是倾向于以极大的怀疑的视角去看待众多的天使与魔鬼。目前，几种情况已经引导一些庸俗肤浅的观察人士质疑法官的决定。马基雅维利是一个热心的共和党人，这一点让他臭名昭著。在他创作手册《治国之术》的同一年，为了公众的自由他遭受监禁和酷刑。令人难以置信的是，自由的烈士本该故意充当暴政的使徒。因此，几个杰出的作家，努力在这不幸的表现中发现一些隐藏的含义，乍一看起来似乎更符合作者的性格和行为。

一种假设是，马基雅维利打算对年轻的洛伦佐·德·美第奇实行欺诈，这与桑德兰使用敲诈反对詹姆斯二世的情况相同。据说，他要求他的学生使用暴力和背信弃义的措施，作为加速拯救和报复时刻的最可靠的手段。另一个培根似乎同意的假设是，论述只是一种严重的讽刺，意在警告国人反抗野心勃勃的人的艺术。很容易证明，这两种解决办法都不符合《君主论》中的许多段落。但最有决定性的驳斥出现在马基雅维利其他作品中。三个世纪以来，在他发表的所有作品，以及编辑的所有研究中，在他为大众的娱乐设计的喜剧中；在他旨在熟读佛罗伦萨最热情的爱国者的《论李维》中；在他献给最可亲可敬的教皇《佛罗伦萨史》中；在他的公共分派中；在他的私人备忘录里——《君主论》因相同的道德原则上的不正直而遭到如此严重谴责，这多少是可以辨别的。我们怀疑在他的许多作品中，可以找到一种能表明虚伪和背叛曾经让他感到丢脸的表达。

之后，说我们对一些表现出太多情绪，对公众纯洁而温暖，或者只是公民的职责和权利的马基雅维利的作品不熟悉似乎很可笑。但是确实如此，甚至从《君主论》里，我们可以选出许多支持这样言论的段落。对我们这个时期和国家的读者来说，起初，这种不一致完全令人眼花缭乱。整个人似乎是一个谜，一个带着不协调的特质的怪异组合，自私而慷慨，残忍而仁慈，圆滑而淳朴，可怜而浪漫的英雄主义。有这样一句话，老练的外交官在输密码时为他最机密的间谍指明方向：下一个似乎是从一个热心的男孩所创造的关于列奥尼达斯的死亡的主题中提炼出来的。背信弃义的灵巧行为和爱国主义献身的行为唤起同样的善良和尊重赞赏。作者的道德情感似乎立刻变成病态的钝角和锐角。两个完全不一致的角色不仅仅是联合，更是交织在一起。他们是思想中的经纱和纬纱，他们的组合像闪光绸中杂色的线程，使整个结构外观看起来不断变化。如果他一直非常羸弱或易受影响，这种解释可能很容易理解，但他显然既不是第一种又不是第二种。除了所有矛盾，他的作品证明他的理解力很强，审美超功利，对荒谬的感觉敏锐。

这很奇怪，但最奇怪的还在后面。认为那些和他一起生活的人看到了任何令人震惊或不协调的事是毫无道理的。丰富的证据给予准确的预测，他的作品和他的人都在他的同僚中备受尊敬。克莱门特七世资助出版了在下一代特兰托公会议宣称不适合基督徒熟读的那些书籍。民主党的一些成员因把《君主论》奉献给一个生来叫美第奇这样不受欢迎的名字的赞助人而指责部长。但是对于那些曾经已经激起严厉指责的不道德学说也毫不例外地被遏制。他们在阿尔卑斯山脉之外首次提出反对，意大利人听说此事很惊奇。据我们所知，最早的攻击者，是自己的同胞——红衣主教，《反马基雅维利》的作者是法国新教徒。

因此，正是在那个年月的意大利人中间产生的道德情感，我们必须在这种不寻常的人物的生活和作品中寻求真正的但又最神秘的解释。因为这是一种在政治和形而上学的角度启示人们许多有趣思考的主题，在某种程度上我们不必因讨论它而道歉。

在罗马帝国衰亡之后的灰暗和灾难性的时代里，意大利比其他西欧一部分国家在更大的程度上保存了古老文明的痕迹。她突然降临的黑夜正是北极夏天的夜晚。最后一次的日落从地平线上消失之前黎明开始重现。正是在法国墨洛温王朝和撒克逊七王时代，无知和凶猛似乎变得穷凶极恶。但那时，那不勒斯省认识到东罗马帝国的权威，保留了一些东方的知识和细则。有神圣宗教保护的罗马，至少比较安全并可以得到喘息。甚至在古语言的伦巴族人固守他们的君主政体的地区中，在高卢、英国或德国也能找到无比丰富的财富、信息，以及身心舒适和社会秩序。

最出名的意大利不同于周边国家，最重要的是，在早期，其城镇人口就开始增长。在野外和郊区已经建立一些城市，它们是由已经脱离野蛮状态的逃犯来修建的。这些城市是威尼斯和热那亚，他们保留了默默无闻的自由，直到他们能用自己的权力保护它。其他城市，在变化多端的入侵者朝代，在奥多亚塞、西奥多里克、纳尔塞斯和阿尔博因的统治下，似乎还保留着市政机构被赋予伟大共和国的自由主义政策。在中央政保护，由自己的地方官、自己的法律管理的公民，享有相当充分的共和独立。因此强大的民主精神付诸实施，加洛林王朝的主权国家无能力去征服它，奥托慷慨的政策鼓励它。它可能被教会与帝国之间的紧密联盟抑制住，他们的纠纷助长，受到鼓动。在十二世纪达到激烈的程度，经过长时间疑惑的冲突，民主精神最终战胜了斯瓦比亚王子的能力和勇气。

该教会的力量极大地促进了圭尔夫派的成功。但是，这成功的利益遭到了质疑。它唯一的影响已经用道德的奴役取代了政治的奴役，以牺牲君王的代价提升教皇的地位。幸运的是，意大利公众的心里长期以来就有着自由观念的种子，其现在被自由制度的亲切影响迅速发展着。那个国家的人民已经观察了整个教会机构，其圣人和奇迹，其崇高的野心和华丽的仪式，其一文不值的祝福和无害的诅咒，太长久、太密切而不能再被欺骗了。他们站在别人带着幼稚的敬畏和兴趣而注视的幕后。他们目睹了滑轮装置和雷的制造，他们看到演员自然的脸，听到演员自然的声音。遥远的国家把教皇看作全能者的代理人，所有明智的神谕，在既不是神学家也不是君主的争议中，任何基督徒都不应该上诉。意大利人熟知其以往的所有罪恶，熟知其通过权力获得的所有不诚实的艺术。他们知道他利用教会的钥匙把自己从最神圣的契约中释放出来。他利用其财富，纵容他的情妇和侄子。他们用体面的崇敬仪式对待既定宗教的教义和仪式。但是，尽管他们仍然自称是天主教徒，但他们已不再是天主教徒。那些把恐怖带入宫殿和最值得骄傲的统治者阵营的精神武器在梵蒂冈附近只能激起轻蔑。当亚历山大吩咐我们的亨利二世在叛逆者的陵墓前屈服于鞭挞，他自己也被放逐。罗马人担心他设计反对他们的自由，把他驱逐出他们的城市，虽然他郑重承诺未来要把自己限制在其精神范围内，他们仍然拒绝接纳他。

在欧洲的其他地区，一个强大的特权阶级践踏人民，无视政府。但是，在意大利最繁华的地区，封建贵族被减少到微不足道。在某些地区，他们在他们无法反对的强大的国家的保护下，逐渐沦为市民大众。在其他地方，他们拥有巨大的影响，完全不同于任何阿尔卑斯山地带君主贵族所受官方影响的那种影响。他们不是小君主，而是杰出的公民。他们不是在山区巩固要塞，而是在市场上装饰他们的宫殿。那不勒斯的领地、教会国家的一些地区的社会状态，更接近于欧洲大的君主国家。但伦巴第和托斯卡纳政府，通过所有的革命，保存不同的性格。当一个民族在一个城市聚集，就比分散在一个广阔的农村，对它的统治者来说就更加强大。凯撒专制发现有必要不惜牺牲各省份利益去养活和转移他们笨拙的首都居民。马德里的市民已经不止一次把国王包围在自己的宫殿里，从他那儿勒索到最耻辱的让步。苏丹经常被迫用一个受欢迎的维西尔的头安抚君士坦丁堡愤怒的暴民。出于同样的原因，意大利北部的王权和贵族还有几分民主。

因此，自由，实际上是部分和短暂地重返意大利了。伴随自由而来的是商业和帝国，科学和品味，生活的所有舒适和所有装饰品。十字军东征，给不断发展的亚得里亚海和伊特鲁里亚沿海城邦带来巨大财富、领土和知识的增加，其他国家的居民从中得到的只有废墟和创伤。这些城邦的精神和地理位置使他们同样利用西方的野蛮和东方的文明获利。意大利的船舶覆盖每一片海洋，意大利的工厂在每个海岸建起，意大利钱庄货币兑换台在每个城市设立，制造业蓬勃发展，银行成立，有用的和美丽的发明促进了商业机器的操作。我们有理由怀疑是否其他欧洲国家，目前已经达到如此高的财富和文明点，就像400年前意大利的一些地区已经达到的那种状况。历史学家们很少会屈尊来收集这一社区的房地产的一些细节。因此，后人也往往被诗人和演说家模糊的夸张欺骗，他们会把法庭的辉煌误解为民族的幸福。幸运的是，约翰·维拉尼给我们树立一个很好的榜样，并精确描述了十四世纪早期佛罗伦萨的状态。共和国的收入达300,000弗罗林，考虑到贵金属的折旧，一笔至少相当于600,000英镑的金额——比两个世纪以前的英国和爱尔兰还多的一大笔钱，每年收益都给伊丽莎白女王。单单羊毛的生产就要使用 200 个工厂，雇佣 30,000 个工人。每年生产的布匹平均销售为 1,200,000 弗罗林——交换价值完全等同于我们的 2,500,000 英镑。每年制造硬币 40 万弗罗林。80 家银行进行商业运作，不仅仅是佛罗伦萨，而是整个欧洲。这些场所的交易程度之大可能会令人惊讶，有时甚至令巴林和罗斯柴尔德家族的同时代人也会吃惊。两座房子预付给爱德华三世 300,000 以上的马克，那个时期马克比现在的 50 先令含有更多的银，银的价值比现在多四倍。城市及其郊区居民共有 170,000 人。大约有 10,000 名儿童在不同的学校就读，1,200 人学数学，600 人接受博学的教育。

高雅的文学和艺术的进步与公共的繁荣是成正比的。在奥古斯专制的接班人的统治下，所有的智力领域都已经变成干涸的荒原，但仍然有正式的界限，仍然保留了古老耕作的痕迹，但不再开花结果。野蛮的洪水来了，它冲走所有的地标，它抹杀一切从前耕作的迹象，但是，它在破坏的同时也在施肥。当洪水退去，荒野成为上帝的花园，到处一片欢欣，欢笑、鼓掌的声响喷涌而出，一派自然富足的景象，一切辉煌灿烂、芳香怡人、营养富足。一种新的语言，具有简单的甜度和简单的能量的特点，达到了完美。没有语言给诗歌提供更华丽和生动的色彩，不久懂得如何运用他们的诗人就会出现。在十四世纪初出现《神曲》，是自荷马的诗歌出现以来的超越想象的伟大作品。之后的确没有产生第二个但丁，他与大众智力活动相比非常杰出。拉丁语作家的研究在意大利从未完全被忽视，但彼特拉克被引入了一个更深刻、自由、优雅的境地，对文学、历史和罗马文物的热情使他与其同胞交流，这点将他自己的心分给一个冷漠的情妇和更冷漠的缪斯，薄伽丘把他们的注意力转向了希腊更崇高和优雅的典范。

从这时起，对学习和天才的崇拜几乎成了意大利人民崇拜的一个偶像。国王和共和国、红衣主教和公爵，争先恐后地尊重和奉承彼特拉克。竞争国家的大使馆恳求其教诲的荣誉。他的加冕使那不勒斯法院和罗马人民不安，如同最重要的政治事务一样。收集书籍和古董，设立教授职位，资助搞学问的人，几乎成为伟大人物中普遍的时尚。文学研究的精神本身与商业联盟。

佛罗伦萨的商人王子把他们巨大的交通延伸到各地，从底格里斯河的小商品市场到克莱德修道院，这些地方因奖牌和手稿而被洗劫。建筑、绘画和雕塑得到优厚的鼓励。事实上，在我们谈论的这一时期，很难命名一位杰出的意大利人。无论它具有什么样的品质，那人至少没有影响对文学和艺术的热爱。

知识与公共的繁荣并驾齐驱。在伟大的洛伦佐时代，双方都达到了全盛。我们不能限制引用托斯卡·纳修昔底德斯描述那一时期意大利国家的辉煌篇章。"这个国家享受着极大的和平与安宁。她的人民有的生活在最为贫瘠的山区，有的居住在平原和最富饶的地方。她不受任何其他国家统治，大量的居民与财富遍布于此。许多穿着华丽的王公子弟们，以及那些美丽而闻名的城市所带来的光辉，还有那些宗教的圣地与它们所带来的威严淋漓尽致地装点着整个国家。同时，这个国家拥有着大量的人才：擅长政府公共事务管理的人，在所有的科学与思想领域都有所建树的人，还有那些在每一个艺术领域中勤劳工作，成绩卓著的人。"① 当我们研读这公正和精彩的描述时，我们几乎无法说服自己我们在阅读一个时代，在这个时代英格兰和法国编年史呈现给我们的贫穷、野蛮和无知的可怕景象。从文盲大师的压迫到退化农民的苦难，求助于意大利的富裕和开明的国家，求助于广阔和壮丽的城市、港口、兵工厂、别墅、博物馆、图书馆，充满舒适和豪华商品的贸易场所，挤满了工匠的工厂，一直到山顶覆盖着丰富作物的亚平宁山脉，沿着波河漂流，看到伦巴第粮食丰收到威尼斯的粮仓，把孟加拉的丝绸和西伯利亚的毛皮带回米兰的宫殿，那是多么地令人愉快。以特有的乐趣，每个有教养的心灵必须安息在公平、快乐、光荣的佛罗伦萨，洋溢着普尔西的欢笑的大厅，波利齐亚诺半夜的灯光闪烁的墓穴，米开朗其罗年轻的眼睛闪烁着一个类似灵感的狂热的雕像，洛伦佐沉思时为伊特鲁利亚处女的五月节舞会吟唱一些闪闪发

---

① "享受最大的和平与安宁，就像在平原和最富饶的地区种植一样，在最多山和最贫瘠的地方种植，不受任何其他主权高于自己的人的支配，它不仅有居民和财富，而且也被许多首领的辉煌、许多著名而美丽的城市的辉煌、宗教的住所和威严高度装饰，富于擅长公共事务的管理的人，在所有的学科和每一个崇高而有用艺术上最杰出的思想。"——奎恰尔迪尼的《意大利的历史》第一册，蒙塔古译。

光的歌曲的花园。唉，这个美丽的城市！唉，机智和学习，天才和爱情！

> "在贵妇与骑士，忙碌的人和年长的人之间，
>
> 他们表面上相亲相爱，以礼相待，
>
> 但私底下却暗藏心机。"①

一个时代即将来临，在那些愉快的国家所有启示录都被倒出来，抖出来——一个屠宰、饥荒、贫穷、耻辱、奴役、绝望的时代。

在意大利诸城邦，正像许多自然的规律，不合时宜的衰老是一种对早熟的处罚。他们早期的伟大和之后的衰落，主要是由于同样的原因——城镇在政治制度中获得的优势。

在一个猎人或牧羊人的社区，每个人都很容易并一定会成为一个战士。他平时的爱好与所有军事服务的义务完美兼容。无论多远，他一定要出征，他发现随身运输能够生存的库存物品是很容易的。军队的全体官兵，需要全年行军，这就是促进阿提拉和帖木儿进行征服的社会状况。

但一个靠耕种土地维持生活的民族处于一个非常不同的情况。农夫被束缚到他劳作的土地上，长期的战役让他损失惨重。但他仍然那样执着地追求，他也会服兵役。至少在农业社会初期，他们没有要求不断的关注。在一年中的某些特殊时候他几乎完全闲置，不会伤害到自己，他就能负担得起短途远征所需的时间。因此，在较早的战争期间，就去供养罗马军队了。大地不需要耕种的时节，足以成为很短时的侵袭和战斗的地方。这些活动，过于频繁地中断进而产生决定性的结果，还有助于在人们中保持一定程度的纪律和使他们拥有不仅安全而且强大的勇气。中世纪的弓箭手和记账员，按四十天的要求规定，离开土地前往战场的阵营，都是同一类的部队。

但当商业和制造业开始蓬勃发展后，发生了巨大的变化。久坐桌前和织

---

① "女人和骑士，爱情和礼貌震撼着我们的欲望，所有的心都变得如此邪恶，因为劳碌和运动。"——但丁的《炼狱篇》，第11诗章，第11节，109－111行。

机的习惯让位于难以忍受的战争的费力与艰辛。渲染商人和工匠的企业需要他们的持续存在和关注。在这样的一个社会几乎没有多余的时间，但是通常会有许多多余的金钱。因此，一些社会成员被雇用来从事与他们的习惯和约定不一致的任务。

在这点上，希腊的历史在其他许多方面，对意大利历史给予了最好的评论。基督教时代前五百年，爱琴海周围的共和国公民形成了也许是史上最好的民兵。随着财富的积累和完善，体系经历了一个逐渐的变化。爱奥尼亚是第一个培养商业和艺术，第一个古代学科衰落的国家。高原战争之后的八十年内，在战斗和围困中到处都是雇佣兵。在德摩斯梯尼的时期，几乎不可能说服或迫使雅典人到海外服务。莱克格斯的法律禁止贸易和制造。因此，斯巴达人在他们的邻国开始雇佣士兵之后继续形成一个国家的军队，但他们的军事精神与单一机构一同衰落。在公元前二世纪，希腊只是一个拥有勇士、埃托利亚野蛮人的国家，他们在文明和智慧中落后于同胞几代人。

所有在希腊人中产生这些效果的原因对现代的意大利人有更强烈的作用。在其好战的本性中，不像斯巴达；在他们天性平和的本性中，他们有一个教会国家。那里有许多奴隶，每个自由人被最强烈的动机诱导去熟悉使用武器。像希腊的城邦一样，意大利的共和国没有挤满成千上万的家庭敌人。最后，在意大利的繁荣时代，进行军事行动的模式对形成有效的民兵有特别不利的影响。从头到脚身披盔甲，手持笨重的枪支，骑着高头大马的男人，被认为是构成军队的力量。被视为相对无用的、被忽视的步兵直至成为了真正的步兵。在欧洲的大部分地区这些策略保持长达几个世纪。那些步兵完全不可能承受重骑兵的负荷。直到十五世纪末，粗鲁的瑞士山民解除了咒语，通过接受对坚不可摧的长矛森林的可怕冲击，震惊了最有经验的将领。

人们可以比较容易得到希腊矛、罗马剑，或者现代刺刀去使用，但是由于多年缺乏日常锻炼，不能训练军人去支撑其笨重的盔甲，管理其笨拙的武器。整个欧洲，这个最重要的战争分支成为一个独立的行业。阿尔卑斯山以外，事实上，虽然是一个行业，但它不是一般的贸易。它是乡绅这一大阶层的责任和娱乐。这是他们持有土地的服务，在精神资源缺乏时，他们以消磨时光来消遣。但在意大利北部的国家，正如我们已经说过的，那里它并没有消灭人的这种秩序，不断增长的城市力量已经完全改变了他们的习惯。因此在这里，在其他国家几乎不懂这些的时候，雇用雇佣军已经很普遍了。

当战争成为一个单独的阶层，对政府来说最不危险的过程就是把那一阶层形成一个常备军。在为一个国家的服务中人们度过他们的一生。如果在这种伟大中感觉不到兴趣，这几乎是不可能的。国家的胜利就是他们的胜利，国家的失败就是他们的失败，契约失去了商业性的东西。士兵的服务被认为是爱国热情的影响，他的报酬是全国民众的贡品。背叛雇用他的权力，甚至在服务国家中失职，在他看来是最恶劣的、最丢脸的犯罪。

当意大利君主和联邦开始使用雇佣军队，他们最聪明的做法是形成独立的军事设施。不幸的是他们没有这样做。半岛的佣兵战士，不附属于不同的服务，而是被看作是所拥有的共同财产。国家和保护者之间的连接被降低到最简单、缺乏保护的贸易。探险家把他的马，他的武器，他的力量，他的经验，带入市场。无论是那不勒斯的国王，还是米兰的公爵，无论是教皇，还是佛罗伦萨的领地，一旦达成交易，对他都是一种完美的冷漠。他有最高的工资，服役最长的期限。一旦他签订契约的战役结束，既没有法律也没有细节阻止他立刻反戈反对他的已故主子，士兵完全脱离了公民和统治。

遵循自然的结果。留下来的人是既不喜欢他们保护的人，也不憎恨他们反对的人。他们不是与他们所服役的军队关系紧密，而通常与他们反抗的军队有更紧密的关系。通过冲突的终止他们失去了一些，但战争的延长又获得了一些，战争完全改变了其性质。每个人来到战场烙下这样的常识：几天后，他可能拿着他被雇佣去反对的那人的薪水，站在敌人那一边战斗，反对他的同僚。最强的利益和最强烈的感情同时发生，以减轻那些曾经并肩作战的弟兄，不久可能再次成为并肩作战兄弟的敌意。即使他们在相互斗争的一方服役，他们共同的事业是一条不可忘记的紧密结合的纽带。因此，没有任何历史记载，慵懒和优柔寡断的操作，游行和倒退，掠夺远征和封锁，不流血的法案和同样不流血的斗争，构成了近两个世纪的意大利军事历史。从日出到日落强大的军队日夜奋战，赢得一次伟大的胜利。数以千计的囚犯被俘，几乎无一人丧生。一场激战似乎真的并不比一个普通公民骚乱危险。

现在不再需要勇气，甚至对于军事而言也是如此。在难民营里人们老去，因战功获得了最高的声望，不再被要求去面临严重的危险。政治上的结果也是众所周知的。世界上最富有的人和最开明的一部分人对于野蛮入侵者，对于瑞士的暴行，法国的傲慢，阿拉贡的激烈贪婪是不设防的，随后这一情况的道德影响更显著。

阿尔卑斯山以外粗鲁的国家中，勇气是必不可少的。没有勇气谁都不可能是杰出的，几乎不会是安全的。因此，怯懦自然是最邪恶的责备。在依商致富，依法治国，热情重视文学的处世圆滑的意大利人中，智力优势创造一切。他们的战争，比他们的邻里关系更平和，比军事资格更需要民事。因此，骁勇善战是其他国家事关名誉之大事，而足智多谋成为意大利事关名誉之大事。

时尚道德的两个对立体系经过严格类比，演绎推论出这些准则。在欧洲的大部分地区，软弱胆小、欺诈虚伪的自然防御等恶习一直是最声名狼藉的。相反，过分的傲慢和大胆的精神一直待之以宽容甚至尊重。意大利人用相应的宽大处理对待那些需要自我控制、殷勤、快速观察、丰富的发明，以及对人性的深刻认识的罪行。

这样，我们的亨利五世会被当作北方的偶像。他年轻时的愚蠢，成年时自私野心，文火上的罗拉德派，战场上被屠杀的囚犯，即将作为下一个世纪而续约的神职人员，强加到对战争没有兴趣的人民头上的一个无条件和绝望的战争的可怕传统——除了阿金库尔战役的胜利，一切都被忘记。另外，弗兰西斯·斯福尔扎是意大利英雄的楷模。他使他的雇主和竞争对手成为他的工具。在不忠实的盟友的帮助下，他第一次击败他的敌人，然后他用从他的敌人那儿获得的战利品武装自己，反对他的盟友。通过他的无与伦比的灵活性，他从一个军事冒险家岌岌可危的、依赖于人的情况下提升了自己，并登上了意大利第一宝座。对于这样的人，大多是可以原谅的——虚伪的友谊，吝啬的敌意，违背的信仰。这是男人犯的相反的错误，当他们放弃与偶然关联的永恒原则，他们的道德不是一门科学，而是一种审美。

我们用历史实例来说明我们的意图。我们将选择小说中的另一个例子。奥瑟罗谋杀了他的妻子——他下达命令让副官杀了他的妻子，结果他自己自杀了。然而他从未失去北方读者的尊重和感情。他的无畏和热情的精神救赎一切，他听信他的劝告者不怀疑的信心，他在羞耻的思想中畏缩的痛苦，他犯罪时激情的暴风雨，以及他发誓时傲慢的无畏，都对他的性格增加了一个异乎寻常的兴趣。相反，伊阿古是被普遍厌恶的人物。很多人倾向于认为，莎士比亚被迷惑对他进行不寻常的夸张，并描绘出了一个在人性中没有原型的怪物。现在，我们怀疑，十五世纪的意大利观众的感觉会有很大的不同。奥赛罗只会激起厌恶和蔑视，他相信一个人的晋升受阻的友好职业的蠢笨，他不支持轻信断言，一般的情况下无可辩驳的证据，他使辩解沉默直到辩解只能加重他痛苦的暴力，都会激发观众的憎恨和厌恶。他们一定会谴责伊阿古的行为，但是他们也会像我们谴责他的受害者那样谴责他。利益和尊重的东西会搀杂他们非难，叛徒的智慧有所准备，他判断清晰，洞察他人性格而隐藏自己的技巧，确保了他们对他的几分尊敬。

意大利和他们的邻国之间的差异是如此巨大。类似的差异也存在于公元前二世纪的希腊人和他们的统治者——罗马人之间。勇敢和坚定的征服者，忠于自己的承诺，并强烈地受宗教情感的影响，同时，又是无知、任意和残忍的。西方世界所有的艺术、科学和文学都被战败者保存着。在诗歌、哲学、绘画、建筑、雕塑方面，他们没有竞争对手。他们的举止优雅，他们的看法敏锐，他们的发明即时，他们宽容、和蔼可亲、充满人性，但是他们几乎完全缺乏勇气和诚意。每一个粗鲁的军官都以智力低下安慰自己，评论说知识和审美似乎只能使人成为无神论者、懦夫和奴隶。对于尤维纳利斯激烈的讽刺来说，这种区分长久以来一直是很明显的、被设置的、令人钦佩的对象。

一个意大利城邦的公民是尤维纳利斯时期和佩里克莱时期结合在一起的希腊人。就像前者，他害羞而温顺，狡猾而吝啬。但是，像后者一样，他有一个国家。它的独立和繁荣对他来说是珍贵的。如果他的性格因卑鄙的犯罪而被贬低，另一方面，他因公共精神和高尚的志向而变得崇高。

被舆论普遍认可的恶习终究是恶习，邪恶终究是邪恶。遭到舆论谴责的恶习对整个性格产生有害的影响。前者是当地的一个弊病，后者是宪法的一个污点。当罪犯的声誉受损，在绝望中，他也经常抛弃自己所剩的美德。一个世纪前，靠敲诈邻居而生活的高地绅士犯了同样的罪，因 200,000 人的欢呼怀尔德陪伴着泰伯恩。但毫无疑问，他是一个比怀尔德更堕落的人。因此当与公众交涉一百对角斗士的罗马人的行为相比，布朗里格太太被绞死的行为显得微不足道。然而如果我们认为他的性格与布朗里格太太一样残忍，我们应该是冤枉了这个罗马人。在我们自己的国家，一个女人放弃她在社会中的地位，在一个男人看来，也普遍认为是一个荣誉称号，最坏的也是一个微不足道的缺点，结果却臭名昭著。一个女人的道德原则常常与有二十年阴谋的男人相比，更因一个美德的疏忽而受损。如果可能的话，古典时代为我们提供了比那些我们已经提到的更强的实例。

我们必须将这一原则应用到我们面前的实例中。毫无疑问，虚伪和欺骗的习惯标志着我们时代和国家的人完全是无用的和被遗弃的，但这决不意味着，一个类似的判断就是中世纪意大利的案例。相反，我们常常发现，我们习惯于认为完全堕落的人的某些迹象的那些错误，往往伴着伟大和良好的素质，慷慨、仁慈和无私。从这样一种社会状态，在休姆的令人钦佩的对话中，帕拉米迪斯可以得出他的理论论述，与弗利提供给他的那些论述一样引人注目。我们也知道，这些都不是历史学家通常最认真教授的课，或者读者最愿意学习的，但他们并不因此无效。菲利普如何在凯洛尼亚处置他的部队，汉尼拔在哪越过阿尔卑斯山，玛丽是否引爆了达恩利，或者西奎耶枪杀查尔斯十二。同样描述其他上千个问题，本身都是不重要的。追究会逗我们开心，但决定使我们不明智。只有他正确地阅读历史，观察情况如何有利地影响人们的感受和意见，恶习多久逐渐变成美德，矛盾转化成公理，学会分辨什么是人性中的偶然和短暂，什么是必要的和不可改变的。

在这方面，历史表明没有比托斯卡纳和伦巴第联邦更重要的思考。乍一看，意大利政治家的性格似乎是矛盾的集合，像弥尔顿的地狱中的女门房那样可怕的幻影，半神半蛇，上面雄伟而美丽，下面有毒并卑躬屈膝。我们看到一个思想和文字之间没有联系的人，他在宣誓时决不犹豫；当他想背叛时从不找借口。他的残忍之泉，不是来自血的热度，或者是无法控制力量的精神错乱，而是源于深层和冷静的沉思。他的激情，就像训练有素的部队，因规则而浮躁，在其最顽固的愤怒中，从不会忘记他们已经习惯了的纪律。他的整个灵魂充满了庞大而复杂的野心与阴谋，然而他的语言只表现出哲学的中庸。仇恨和报复腐蚀他的心灵，但每个面容都是一个亲切的微笑，每一个手势都是一个熟悉的爱抚。他从不因小小的挑衅而激起其对手的怀疑，只有当其目的完成了，才公开。他的脸是平静的，他的演讲是很有礼貌的，直到警惕地睡着了，直到一个关键点被暴露，直到一个确定的目标被确定。于是他第一次也是最后一次采取罢工。军人的勇气，酗酒的德国人，轻浮和饶舌的法国人，浪漫和高傲的西班牙人的夸耀，他既不占有也不评价。他躲避危险，不是因为他没感到羞愧，而是因为，在他所生活的社会，胆怯已不再是可耻的。他估计公开的伤害就像秘密的伤害一样是邪恶的，利益明显减少。对于他，最诚实的方式是最可靠、最快速、最黑暗的。他不能理解一个人应该如何欺骗那些他不顾忌去破坏的人。公开宣布对他可能会在一个亲切的拥抱时插刀的竞争对手的敌意，或者在一个神圣的晶片里下毒药，他认为都是很疯狂的。

但这个男人，因我们认为有最可恶的罪行：叛徒、伪君子、胆小鬼，刺客，绝不是因为缺少那些我们一般认为表示高尚性格的这些美德。在公民的勇气、毅力、心灵的存在上，那些在战斗中，或是造反中的野蛮战士都是他的臣民。即使他十分小心地避免懦弱，也从不混淆他的感觉，从不使他的发明能力瘫痪，不能从他灵活的舌头和那神秘莫测的额头问出一个秘密。虽然他是个危险的敌人，一个更加危险的帮凶，他也可能是一个公正和仁慈的统治者。他的政策如此不公平，但在他的智慧中有程度非凡的公平。在生活中，他对真理漠不关心，但他是在投机的研究中，真心地献身于真理。肆意的虐待不是他的本性。相反，没有政治目标是危险的，他的性格是软弱的，仁慈的。神经的敏感性和他想象的活跃使他同情别人的感情，并在社会生活的礼貌和慈善机构中得到快乐。通过它所有的能力不断屈尊于可能似乎标记精神疾病的行动，他仍然因自然和道德而高尚；因每一个优雅且崇高的概念，而成为一个情感细腻的人。小小阴谋和虚伪的习惯可能使他不能有伟大的观点，但他的哲学研究扩大的影响抵消了缩小的趋势。他有智慧，口才好，会作诗，这是最大的乐趣。美术因他判断的严肃程度，以他的赞助人的慷慨而同样受益。那个时期一些意大利杰出人物的画像与这些描述完美和谐。宽大庄重的额头；粗而黑的眉毛，但不能皱眉；平静而完整凝视但又不表达任何东西的双眸；脸色发白，呈沉思状的面颊；形成女性娇媚状的双唇，同时又略带有男性决定标志。进取而又胆小的男人，觉察别人的目的，隐蔽自己的目的并同样熟练的男人，必须是强大的敌人和不安全的盟友的男人；但是同时，他们的脾气温和而平静，拥有丰富而微妙的智力，能够使他们在积极或沉思的生活中都能杰出的那种智力，让他们既管理人类又指导人类。

每个时代、每个民族都有一定的特征性的恶习，它几乎普遍存在，几乎没有任何人顾忌地承认，甚至严格的道德家也有点责难。后代改变了他们的道德风尚，他们的帽子和他们的马车也很时尚。在他们的赞助下，产生一些其他类型的罪恶，并且想知道他们祖先的堕落，这并不是全部，子孙后代，永不厌倦地讴歌自己的正义和行为的最高上诉法院，在这种场合就像一般兵变后罗马独裁者一样行事。发现罪犯太多不能都受到惩罚，选取其中一些有风险的，承担犯罪的比那些逃脱更深入地牵涉其中的整个刑罚。我们不知道是否抽取是一个方便的军事执行模式，但是我们严正抗议这一原则引入到历史哲学。

在目前这种情况下，很多都落在马基雅维利身上，一位公共行为正直可敬的人，一位道德观念不同于其周围人的人，并且似乎虽不同但有更好的道德观念，他的唯一缺点是采用一些被普遍接受的准则，比任何其他作家更清楚地安排它们，更用力地表达它们。

我们希望，现在在某种程度上先澄清马基雅维利的个人性格，然后我们来考虑他的作品。作为一个诗人，不能赋予他很高的地位；① 但是喜剧更值得

---

① 在最初的随笔中，这里麦考利对马基雅维利的诗歌进行了一些评论，但他再版时省略了。

① 在最初的随笔中，这里麦考利对马基雅维利的诗歌进行了一些评论，但他再版时省略了。

① 在最初的随笔中，这里麦考利对马基雅维利的诗歌进行了一些评论，但他再版时省略了。

关注。

特别是《曼陀罗花》胜过哥尔多尼的最佳戏剧，仅次于莫里哀的最佳戏剧。这是一个男人的作品，如果他致力于戏剧，可能达到更高的地位，并产生一个永久的和有益于国家的审美效应。因此我们推断，这与那种追求卓越的程度不一样。有很多表现他更大才能的、仔细阅读有更大的乐趣的作品，我们应该从中得出截然不同的结论。毫无价值的书是无害的，艺术审美普遍下降的征兆经常发生，这不是畸形，而是错误的美。一般来说，悲剧被雄辩损坏，而喜剧被智慧损坏。

该剧真正的对象是人类性格的展示。设想这不是专制的经典，像那些规范戏剧幕数或台词每行音节数目的那些经典一样，起源于局部的和暂时的联想。对于这个基本规则，每个其他规则都是附属的，其中最显著地发展特征形成最佳的情节，激情的母语是最好的方式。

正确理解的话，这一原则不会阻止诗人进行优美的创作，在某些情况下某人可能更要表达自己的风格。因此，没有戏剧拒绝的风格，也没有偶尔不需要的风格。茂丘西奥的奇妙狂想曲，安东尼的精巧雄辩，莎士比亚把它们放在那里，都是自然而令人愉快的。但德莱顿会让茂丘西奥在夸张方面挑战提伯特，像他描述的麦布的战车一样新颖奇特。高乃依会用所有祭文中仔细斟酌的修辞，代表安东尼责骂哄骗克利奥帕特拉。

里丹那样深深伤害英国喜剧。这两人才华横溢和审美高雅。不幸的是，他们随心所欲来创造作品中的人物。他们的作品与合法的戏剧承担同样的关系，就像透明度与绘画相关。没有细致的手法，没有色彩潜移默化地渐变到对方：整个世界都被一种普遍的强光照亮了。轮廓与色彩被遗忘在照亮一切的普通火焰里。智力的鲜花和水果非常丰富，但它是丛林的丰裕，而花园是不健康和混乱的，非常丰富但无利可图，按其香味排序。每一个花花公子，每一个莽汉，每一个男仆，都是聪明人。这些欺骗、谣言、小聪明、吹嘘、土地，都比朗布依埃这个酒店出色。为了证明这一流派整个系统的错误，有必要应用溶解被施魔法的弗洛里麦尔这一测试，由假塔利亚恢复原样，对比我们提到的作家刻画的最著名的角色和《约翰王》中的巴斯塔，或者《罗密欧与朱丽叶》中的奶妈。并不是真正缺少智慧，莎士比亚才采取了不同的方式。培尼狄克和比阿特丽丝使米拉贝尔和米勒曼特①相形见绌。所有有关绝对和表面的幽默时光的名句都可能因福斯塔夫这一人物浓缩至一点也不会被错过。对于赋予巴道夫和沙洛那肥沃的心灵像哈尔王子一样的智慧，让道格百利和沃基用闪闪发光的警句反驳对方会是非常容易的，但他知道那是不分青红皂白的挥霍，用他自己的令人钦佩的语言，"从玩游戏的目的，其目的起初和现在，直至结束，可以说，就是对自然的镜像。"

　　这种偏离会使读者明白我们的意思：在《曼陀罗花》中，马基雅维利已经证明他完全理解戏剧艺术的本质，并拥有使他精通于戏剧艺术的才能。通过正确的和充满活力的人性描绘，没有高兴或巧妙的情节，它就能产生兴趣；没有智慧的最少的野心，也能制造笑声。情人，不是一个娇气或慷慨的情人，以及他的寄生虫顾问，都被用精神刻画出来。虚伪的忏悔者是一种令人钦佩的画像，如果我们没弄错，他是里多米尼克神父②的原形，是德莱顿最好的喜剧人物。但是老尼西阿斯是作品的荣耀，我们不能想到在意和他相似的一切。莫里哀嘲笑那些愚蠢是假装的愚蠢，不是那些愚昧的愚蠢。花花公子和学究，不是绝对的傻瓜，是他的游戏。莎士比亚确实创作了各种各样的傻瓜，但是如果我们没记错的话，我们所讲的精确物种还没找到。沙洛是一个傻瓜，但在某种程度上，他的动物精神弥补了聪明之处。他的谈话相对于约翰爵士就像苏打水相对于香槟，它有气泡，虽然没有身体或味道。斯兰德和安得烈·奥盖奇科是傻瓜，因意识到自己的愚蠢而烦恼不安，其中，在后者中，产生温柔、顺从；并在前者中，产生尴尬、固执和混乱。克洛滕是一个傲慢的傻瓜，奥斯里克是一个浮华的傻瓜，阿贾克斯是一个野蛮的傻瓜。但是，正像瑟赛蒂兹提到的普特洛克勒斯，尼西阿斯是一个正面的傻瓜。他的心灵没有强烈的感觉，它需要每一个字符，但一个都没记住，其方面是多元化的，不是因激情，而是因激情的微弱和短暂的类似，一种假装的快乐，一个害怕的

---

①　见康格里夫的《世界之路》。
②　见德莱顿的《西班牙男修道士》。

样子，一个模拟的爱，一种模拟的骄傲，他们像在其表面上的阴影互相追逐对方，一旦出现便又立即消失。他只是够白痴的一个对象，不怜悯或恐惧，但有嘲笑。他和可怜的卡兰德里诺有相似之处。正像薄伽丘所述，灾祸已经使整个欧洲快乐四个多世纪。他也许更类似于西蒙·德·维拉、布鲁诺和布法马可曾向他许诺得到西维莱里伯爵夫人的爱。像西蒙一样，尼西阿斯是学者，他穿着博士毛皮的尊严使他的荒谬更加怪诞。老托斯卡纳语是这样一类人的语言。其特有的简单甚至给予最有力的推理和最才华横溢的智慧、孩子般通常具有的愉快，但是对外国读者有时有点可笑。英雄和政治家使用它时似乎发音不清。它无可比拟地成为尼西阿斯，并使他所有的愚蠢显得无比愚蠢。

我们可能会补充说，《曼陀罗花》被穿插进来的诗句在我们看来是最活泼的，是所有马基雅维利所写的韵律中最正确的。他似乎持有相同的意见，在其他一些地方他也介绍了一些。作者同时代的人并不是无视这个惊人之作的优点。它是在佛罗伦萨上演，并取得巨大的成功。《利奥十世》也拥有一批仰慕者，根据他的次序，是在罗马上演的。①

《克莉齐娅》是普劳图斯对《卡西纳》的模仿，其本身就是对蚩留斯②失去的"希腊"的模仿。毫无疑问，普劳图斯是最好的拉丁作家之一，但《卡西纳》绝不是他最好的戏剧，也不是给模仿者提供极大便利的戏剧。这个故事不同于现代生活习惯，就像不同于现代写作方式一样的发展。整个戏剧发展中，情人都待在乡下，女主人公待在她的闺房。他们的命运是由愚蠢的父亲、狡猾的母亲，以及两个无赖的仆人来决定的。马基雅维利用判断和审美来完成他的任务。他使情节适应于不同的社会状态，巧妙地把他与自己所处时代的历史联系起来，放在溺爱的旧情人身上，这一招的关系异常的幽默。在拉丁喜剧中它远远优于相应的篇章，绝不亚于福斯塔夫回避的那段描述。

---

①　没有什么能比保卢斯乔维以"尼西亚斯"的名义命名《曼陀罗花》更明显了。我们不应该看到的是如此完美且显而易见的事物，如果不是，这自然而明显的名不副实将导致睿智而勤劳的培尔酿成一个严重错误。

②　希腊《新喜剧》的一个作者，遵循了阿里斯托芬的创作原则。

其他没有标题的两个喜剧，一个是散文体，一个是诗歌体，出现在马基雅维利的作品中。前者短小生动，但没什么价值。我们几乎不敢相信后者是真的，无论其优点还是缺点都提醒我们注意其著名的作者。1796年第一次印刷，手稿是在斯特罗齐著名的图书馆发现的。如果我们的信息可靠的话，它的真实性是用手建立起来的。我的怀疑因环境愈来愈强烈，同样的手稿包含了一个有关1527年鼠疫的描述。因此，这也补充到了马基雅维利的作品中。在最后的作品中，最强有力的外部证据几乎不会让我们相信他有罪。在内容和方式上，没有什么比这更令人厌恶的了。旁白、思考、玩笑、哀歌，都是各自类型中非常糟糕的，老生常谈，立刻就会受到影响，来自布展破旧的金属线和蒙茅斯街的文学作品①陈腐的华而不实。一个愚蠢的小学生可能会写这样的文章，在他写作之后，认为比《十日谈》的开篇要好得多。一个精明的政治家早期作品以思想和语言为特点，应该在年近六十岁时，屈尊到这样的地步，这是完全不可想象的。

《懒惰》这个小小说构想明快，讲述风趣，但在某种程度上其讽刺的使用影响了其效果。马基雅维利的婚姻是不幸的，他希望为自己的事业复仇；他的弟兄们的婚姻也是不幸的，支撑着他甚至超越了小说的许可范围。琼斯似乎已经从这个故事结合了薄伽丘的其他作品做出了一些暗示，在《魔鬼是头驴》的故事情节中，虽然不是他作品中最完整的，但也许是最有力的天才证明的一部剧。

马基雅维利的政治信件，首次出版于1767年，毫无疑问是真诚的，并且很有价值。在他的公共生活中大部分时间国家都处在不幸之中，这对他的外交天才给予了非凡的激励。从查尔斯八世从阿尔卑斯山下来的那一刻起，整个意大利的政坛发生了变化。半岛各国停止建立一个独立的系统。从它们的旧轨道上吸引了现在靠近他们的更大的天体，它们变成了法国和西班牙的卫星。它们所有的内外争端，都是由外国影响决定的。对立派系竞争进行着，不像以前在参议院或在市场上，而是在路易斯和费迪南的接待室。这种情况

---

① 在伦敦的旧衣服市场。

下，意大利诸国的繁荣更多地靠国外代理人的能力，而不是那些托付给国内管理的行为。大使不得不履行职责，而不是像以前那样发送爵士头衔、介绍游客，或者向他的同胞们表达敬意，以表达对他的敬意。他是一名律师，管理人员最关心的也是他的客户最关心的利益，他是一个穿着不可侵犯外衣的间谍。不是咨询，而是通过保留的态度和暧昧的风格，它代表那些人的尊严，他跳进他居住的法院的所有阴谋，去发现和奉承每个君主，统治者最喜欢的马屁精，也是统治中的最常见的弱点。他要恭维他的情妇，贿赂忏悔者，颂扬或恳求，或哭或笑，让自己适应每一个反复无常，哄骗所有的怀疑，珍惜每一个提示，去观察一切，忍受一切。尽管在意大利政治阴谋的艺术很高，但这些需要它所有的时期。

在这些艰巨的差役中，马基雅维利经常被雇佣。他被派去与罗马国王和瓦伦提诺公爵交涉。他曾两次出使罗马宫廷，三次出使法国。在这些任务中，以及其他一些次要的任务中，他表现得非常聪明。他的派遣经历是现存最有趣和最有意义的作品之一。叙述清晰，书写令人愉快，对人和事的评论聪明而明智。谈话内容以一种活泼而有特色的方式报道。我们发现自己被带到那些在这二十多年来动摇欧洲命运的人面前。他们的才智和他们的愚蠢，他们的焦躁和他们的欢乐，都展现在我们面前。我们像是在偷听他们聊天，并看到他们熟悉的手势。在历史学家注意的情况下，人们很感兴趣，也很好奇地意识到，路易十二的微弱的暴力和肤浅的狡猾；马西米兰繁华的渺小，因无能的渴望名声鲁莽而胆怯，顽固而易变，总是匆匆忙忙，但又总是太迟；给尤利乌斯的怪癖赋予了尊严强烈而高傲的能量，掩盖贪得无厌的野心，以及凯撒·波吉亚不共戴天的仇恨，以及优雅的举止。

我们已经提到凯撒·波吉亚。不停下来说说这人的名字是不可能的，他的名字里意大利的政治道德是如此强烈的被人格化，部分融入了西班牙人的坚强性格。在两个重要的场合，马基雅维利曾经承认自己的社会——一次是，当凯撒辉煌的邪恶达到其最不同寻常的胜利那一刻，他陷入了一个圈套，并一下子镇压了他最强大的对手；另一次是，当因病精疲力竭，被所有的不幸压倒之时，他成了家里最致命的敌人的俘虏。伟大的时代最伟大的政治家和最伟大的投机家之间的会面在《通信》中充分地被描述，形成了其最有趣的部分。从《君主论》中的一些段落，也许也从一些模糊的传统中，几位作家都认为那些杰出人物之间存在的联系比以往更加紧密。这位特使甚至被指控说，这是一个狡猾而残忍的暴君所犯下的罪行。但是，从官方文件中可以看出，他们的交往虽然很友好，但却充满了敌意。这是不容置疑的：马基雅维利的想象产生强烈的印象，他对政府的猜测也通过观察被加以渲染，这是他对一个人的独特性格和同样的命运的观察，他在这样的劣势下，取得了这样的成就。当肉体的感官通过无数种形式变化时，他无法再刺激他的思想，在帝国和复仇的强烈渴望中找到了一种更强大更持久的刺激；从怠惰和罗马紫色的奢华中，他脱颖而出成为了那个时期罗马第一个君主和将军；经过不好战的职业培训，从不好战的人民的队伍中，他组成了一个英勇的军队；通过摧毁他的敌人获得主权后，他以破坏他的工具获得名望；出于最有益的目的，他开始使用最残酷的手段获得权力；在他的铁腕统治下，他是可以容忍的，没有掠夺者，也没有压迫者，只有他自己；他的天才曾是奇迹，他也许是拯救者，但最终倒在了这个民族的诅咒和遗憾中。波吉亚的一些罪行，对我们来说是最令人厌恶的，出于已经考虑过的原因，我们已经不会在15世纪的意大利人身上看到了同样的恐怖。爱国之情也可能会诱使马基雅维利在记忆中为唯一一位能够为意大利的独立而对抗康布雷的南部邦联的领导人而感到放纵和遗憾。

在这个问题上，马基雅维利反应强烈。事实上，驱逐外国暴君，以及在查尔斯八世之前的那个黄金时代的恢复，都是在当时吸引了意大利所有的精神领袖。他曾为尤利乌斯的伟大而不受监管的思想感到高兴。他用手稿和碟子，画家和猎鹰来分散轻率的利奥的注意力；他促使门罗慷慨地叛逆了他；他赋予了最后的斯福尔札微弱的身心以暂态能量；他使在佩斯卡拉虚假的心中激起一个诚实的野心片刻的兴奋，残忍和傲慢并不是国民性格的恶习。对于政客们的残酷无情，在选择受害者的伟大目标上，意大利人的道德准则太纵容了。但是，尽管他们可能会求助于野蛮作为一种权宜之计，但他们并不需要它作为兴奋剂。为了自己，他们厌恶那些嗜血的陌生人的暴行；他们不满足于征服，急于要毁灭；他们在夷平宏伟的城市中找到一种恶魔般的快感，切断了那些哭泣的敌人的喉咙；或者使已安全逃往到洞穴中的成千上万手无寸铁的人口窒息。这样的暴行每天都让人们感到恐惧和厌恶，直到最近，最糟糕的是，一个士兵在一场激战中因恐惧损失了他的马并且丢掉了他的赎金。瑞士的贪婪纵欲；西班牙的豺狼般的贪婪；法国的无法无天，违背了好客、体面、爱的行为。瑞士的猪脾气；西班牙的狼人贪婪；法国人的粗暴行为，对所有侵略者来说，都是一种普遍的肆意无道的行为，使他们对半岛的居民产生了致命的仇恨。在几个世纪的繁荣和休养生息中积累的财富迅速消失。被压迫人民的智力优势只会使他们更加敏锐地意识到政治的堕落。文学和审美还用一阵忙乱的美丽和辉煌伪装一种不可救药的衰变和蹂躏。铁还没有进入灵魂。当雄辩被禁言，理性上当受骗，当诗人的竖琴被挂在阿诺的柳树上，画家的右手忘记其狡猾时，这一时期还没到来。然而洞察力甚至可能看过，天才和学习不会长期生存的事物，他们便应运而生，这是在伟人忧郁时期还能一直快乐的影响下形成的，身后并没有留下任何继任者。文学史上与最伟大的辉煌一起闪耀的时代不总是那些最能让人感激的时代。我们可以通过比较他们之前的那一代人和他们之后的那一代人来确信这一点。在坏制度下收获的第一个果实往往是一个好的种子播种的。因此，在某种程度上，这就是奥古斯都时代，因此，这就是拉斐尔和阿里奥斯托的时代，奥尔德斯和维达的时代。

马基雅维利为自己国家的不幸而遗憾，并清楚地分析原因，找出补救措施。意大利人民的军队系统消灭了他们的英勇和纪律，让他们的财富成为每一个外国掠夺者的猎物。这位大臣计划了一个方案，他的真心和他的才智一样都是可敬的，一个类似于他的心和他的智慧的计划，目的要废除雇佣兵，并组织全国的民兵。

为实现这一伟大的目标所做的努力，他应该独自从谩骂中拯救他的名声。虽然他的情况和他的习惯是平静的，他不辞辛苦潜心研究战争理论，使自己成为所有细节的主人。佛罗伦萨政府接受他的观点，任命一个战争委员会，颁布法令开始征税。为了监督他的设计的执行情况，不知疲倦的大臣奔波各地。在某些方面，这个时代有利于实验。战术体系经历了一个伟大的变革。骑兵不再被视为形成军队的力量。一个公民虽不能充分熟悉一个重骑兵的操练，但他在日常工作中能抽出的时间可能会使他成为一个有用的步兵。惧怕外国统治，惧怕掠夺，大屠杀和火灾，也许可能克服对军事活动的抵触，这是大城市中工业和懒惰普遍产生的抵触情绪。有一段时间，该计划的前景很好。新的部队在战场上很好地履行了自己的职责。马基雅维利内心狂喜地观看着他计划的成功，并且开始希望，意大利的武器可能会再次让塔霍河和莱茵河的野蛮人敬畏，但不幸的潮流在应经受住的障碍准备好之前到来了。一时间，佛罗伦萨的确特别幸运。饥荒、刀剑和瘟疫毁灭波河两岸肥沃的平原和庄严的城市。所有指向了泰尔的诅咒谴责似乎都落在了威尼斯。商人远远站着，哀叹着他们伟大城市的衰落。沉默的里亚尔托岛长满了海苔，渔民在废弃的兵工厂里洗网，时间似乎要到了。那不勒斯已四次被同样对福利冷漠，同样对战利品贪婪的暴君征服和占领。然而，佛罗伦萨只有忍受堕落和勒索，向外国势力的命令屈服，以巨大的代价一次又一次地购买已经很公正地属于她自己的东西，因为被冤枉而又送还回去，并请原谅是正确的。她终于被剥夺了幸福，甚至被剥夺了这个臭名昭著的、卑躬屈膝的宁静，其军事机构和政治机构一起被清除了。美第奇返回了，接着就是从长期流亡归来的外国侵略者，马基雅维利的政策被遗弃，他的公共服务都回报以贫困、监禁和折磨。堕落的政治家仍然坚守着自己有增无减的计划的热情。为了维护它免于普遍的反对，反驳一些对军事科学的主题普遍的错误，他写了《论战争艺术》。这部优秀的作品是以对话的形式呈现。作者的观点是通过费比·诺科隆纳——基督教国家的一个强大的贵族，一名服务于西班牙国王的优秀军官的嘴说出。科隆纳访问佛罗伦萨的途中从伦巴第到自己的领地。他被邀请去在科西莫·卢塞莱的房子见一些朋友，科西莫是一位亲切而有成就的年轻人，他的早逝令马基雅维利深感悲痛。在参加了一个优雅的娱乐活动之后，他们从这热烈的地方退到花园里最阴暗的角落。法布里齐奥看到一些不常见的植物，被这景象所感动。科西莫说，尽管在现代生活中罕见，但经典作家在他们的作品中经常提到。而他的祖父，像许多其他意大利人一样，用古老的园艺方法自娱自乐。费比诺表示他感到遗憾的是，在后期，那些影响着古罗马生活方式的人，应该为模仿选择最琐碎的追求。这导致了有关军事学科衰退的谈话，并恢复它的最佳手段。佛罗伦萨的民兵制度巧妙地防守，建议在细节上有所改进。

当时，瑞士人和西班牙人被视为欧洲最好的士兵。瑞士军营有枪兵，同希腊方阵非常相似。像罗马士兵的西班牙人，身上武装着剑和盾。弗拉米尼和伊米尼乌斯对马其顿国王的胜利似乎证明军团使用的武器的优势。在拉文纳战斗中，最近已尝试相同的实验并有相同的结果。在其中的这些峥嵘岁月中，人类的愚蠢和邪恶压缩着饥荒或瘟疫的整个破坏。在那个难忘的冲突中，阿拉贡的步兵，贡萨尔沃的老伙伴，被他们的盟友抛弃，穿过厚厚的帝国长矛，开通出一条路；面对德富瓦宪兵和这个著名的埃斯特火炮，影响了一个完整的撤退。费比诺，或者说马基雅维利，提出结合两个系统，为了遏制骑兵，用长矛武装前线；在后方的那些人用剑武装，作为一个武器更好地适应每个其他的目的。整个作品，作者表达了对古罗马的军事科学的最高赞美，以及对前一代的意大利指挥官时兴的作战准则表示最大的蔑视。比起骑兵，他更喜欢步兵；比起防御城镇，他更喜欢防御营地。他倾向于用快速运动和决战来代替同胞们的慵懒和拖拉。他几乎不重视火药的发明。实际上，他似乎认为在武装部队和安置部队上，不应该产生任何变化或处理模式。历史学家一般见证，必须允许，似乎证明了那个时期拙劣的和服务差的炮兵部队，虽然在攻城上是有用的，但在战场上毫无价值。

对于马基雅维利的战术，我们不敢发表意见，但我们知道他的书是最有趣的。作为对他的时代历史的评论，这是无价的。其风格独出心裁，魅力十足，清晰明了，以及特殊段落的雄辩和生动，一定给对这类主题不感兴趣的读者以乐趣。

《君主论》和《论李维》写于共和党政府倒台之后。前者是献给年轻的洛伦佐·德·美第奇，这种情况似乎已经更厌烦呈现的作品名称会令人作呕的当代作家，它被认为是政治变节的象征。然而，事实上，马基雅维利似乎是对佛罗伦萨自由的绝望，倾向于支持可能保持自己的独立性的任何政府。民主和专制之间分离的间隔，当比较意大利以前和目前的状态之间的差异，在本地统治者统治下的安全、富裕、宁静和自从第一个阿尔卑斯山后裔的外国暴君执政的那致命的一年，苏德历妮和洛伦佐似乎消失了。用《君主论》的结论进行的高贵和可怜的讲道表明作家对这个问题有怎样的强烈感觉。

《君主论》追溯了一个野心勃勃的人的进步；《论李维》追溯了一个雄心勃勃的民族的进步。在以往的作品中，解释了一个人的高尚的同一原则被应用到后者中持续更长的时间和一个社会更复杂的利益。对于一个现代的政治家，《论李维》的形式可能会显得幼稚。事实上，李维不是一个依赖不明言的历史学家，甚至在很多例子中他必须具备相当的信息手段。马基雅维利把自己限制在第一个十年，并不享有比罗马入侵之前的英国国王统治更多的荣誉，但是评论家认为李维没有几篇是从拉丁文或《十日谈》中选取文本的，整体思路是原创的。

有关使得《君主论》不受欢迎的行为和在《论李维》中几乎是同样辨别的特殊的不道德行为，我们已经给出了我们的意见。我们曾试图表明，比起属于一个人来说，它更属于一个时代；它是一部分的污点，而决不意味着一般的堕落。但是，我们不能否认，这是一个很大的缺陷，在其他方面，它大大削弱了这些作品必须提供每个聪明的头脑的乐趣。

事实上，比了解这些作品表明的结构更了解一个更加健康和强壮的身体，这是根本不可能的。活跃和沉思的政治家的素质似乎已经融入了作者的心灵达到了罕见和精美的和谐。他在具体的业务上的技能是以他的一般权力为代价获得的。它没有使他的头脑不全面，但它曾纠正他的猜测，并赋予他们生动的特点，其广泛地区别于大多数政治家、哲学家空泛的理论和实践。

每个看过这个的人都知道作为一般准则没有什么是无用的。如果它很有道德，非常真实，对于一个慈善学校的男孩它可能会成为一个复制品。像那些罗切福考尔德的作品，如果它是闪闪发光的、古怪的，它可能使一篇散文成为极好的座右铭。但是许多从希腊七圣时期到《可怜的李察》时期已经出版过的明智格言中，很少能阻止一个愚蠢行为。我们给予马基雅维利的感知以最高和最奇特的赞扬。当我们说，他们往往在规范行为中是真正有用的，不是因为他们的比从其他作家那挑选出来的更公正、更深刻，而是因为他们是可以更容易地应用于现实生活中的问题。

这些作品中有错误。但他们是像马基雅维利一样的作家所犯的几乎无法避免的错误。对于大多数的部分，他们产生于对于我们来说是遍及整个系统的单一的缺陷。在他的政治方案中，比起结果来，更多的是比较深入的考虑方法。社会和法律的存在只为增加个人幸福目的的伟大原则，没有足够清晰的认识。身体的好，不同于成员的好，有时不兼容的成员，似乎是他对自己提出的对象。所有的政治谬误中，这也许有最广泛和最有害的操作。希腊的小团体的社会状态，公民间的密切联系和相互依存，以及战争法的严重程度，在这种情况下，往往鼓励都不能称之为错误的意见。每一个人的利益是与国家的利益紧密结合的。入侵破坏了他的玉米田和葡萄园，把他逐出家园，迫使他遇上了军事生活的一切困难。一个和平条约使他恢复安全和舒适。胜利使他的奴隶数量增加了一倍。失败可能使他自己沦为奴隶。在伯罗奔尼撒战争中，伯里克利告诉雅典人，如果他们的国家胜利，他们的私人损失很快就会被修复。但是，如果他们的军队没有成功，他们之间的每一个人都可能会毁了。他说的都是事实。他对为被征服城市提供食品和衣物，提供豪华的浴室和娱乐剧院的人说，谈论因为他们国家的伟大而被授予军衔的人，在使不富裕社区的成员颤抖的人之前说，他对在公众的财富改变的情况下，至少会被剥夺了一切包括他们所享受的每一舒适和每一个区别的人说。对于那些在他们的城市废墟中被屠杀的人，在一个奴隶市场被囚禁的人，看到一个孩子被他们夺走在西西里岛的采石场挖矿，而另一个守卫波斯的后宫，这些是国家灾害频繁的和可能的后果。因此，在希腊，爱国主义成为一个指导原则，或者说是一个无法控制的激情。他们的立法者和他们的哲学家想当然地认为，在提供国家的力量和伟大上，他们为人们提供了足够的幸福。罗马帝国时的作家生活在一百个国家被消灭的暴君的统治下，其花园会覆盖弗里乌斯和普拉蒂亚的小联邦国家。然而他们还继续使用同一种语言，侈谈为他们什么都不欠的一个国家的责任而牺牲一切。

类似于导致影响了希腊人性格的那些原因，强烈地作用于意大利人缺乏活力和大胆的性格。意大利人同希腊人一样，是小社区的成员。每个人都对他所属的社会福利深感兴趣，是它的财富和贫困的参与者，对它的光荣和耻辱感兴趣。在马基雅维利时代这是特别的情况。公共事件对于公民个人产生了巨大的痛苦。北方入侵者使他们缺乏食物和床，放火烧他们的屋顶，让他们体会刀架脖子的耻辱。很自然，像这些人，生活在这样的时代的人要高估那些由国家提供强大邻国的措施的重要性，并且低估那些使它繁荣的本身。

在马基雅维利的政治论文中没有什么比他们所指的公平思想更显著。它出现在作者的错误之处，几乎如同他的正确所在那样强烈。他从来没有提出一个错误的意见，是因为它是新的或华丽的，因为他能用一个快乐的短语表达它，或者用一个巧妙的诡辩保卫它。他的错误是一次在参考他所处的情况下解释的，他们显然没有找到：他们按他的方式躺下，是不能避免的。这种错误必须在每个学科由早期的投机者来犯。

马基雅维利的政治著作从悲伤的热情中得到特殊的兴趣，每当他触及与家乡的灾难相关的话题时他都体现出热情。很难设想，任何情况下更多的痛苦，一个伟人的痛苦，被谴责看见了一个疲惫的国家挥之不去的痛苦，它往往在崩溃之前的阵阵惊愕和胡言乱语交替的过程中，看到生命力的症状一个接一个地消失，直到什么都没有留下，有的只是寒冷、黑暗和腐败。对此，马基雅维利称之为不快乐和不讨好的任务，用先知充满活力的话来说，"他因他的眼睛所看到的景象而疯了。"——议会的分裂，营地的柔弱，自由的衰减熄灭，商务的腐败，国家荣誉的玷污，一个开明的、繁荣的民族交给无知的野蛮人。虽然他的意见没有逃脱政治无道德的歪风，这是在他的同胞中很常见的，但他生性似乎与其说顺从而狡猾，不如说相当严峻而冲动。当佛罗伦萨的痛苦和退化与他自己所持有的邪恶的愤怒都涌上他的心头，他的职业和民族的流畅技艺与轻蔑和愤怒的诚实的痛苦相交换。因为布鲁图斯的束棒，西皮奥的剑，象牙椅的重力，胜利牺牲的血腥的盛况，为他渴望的古罗马的力量与荣耀，他说话像一个灾难时期的病人和在他们中间抓到阄的可怜人。他似乎被运回到800,000个意大利战士奋起反抗一个高卢入侵的谣言的日子。他感受那些无畏傲慢的参议员的所有精神，他们忘记了在公共责任的索赔中自然的亲密的关系，他们用鄙夷的眼光看着大象和皮拉斯的金子，镇静地听着坎尼巨大的潮汐声，就像一个古老的寺院因后期的野蛮的建筑而变形，他的性格从贬低它的情况下获得利益。原始比例因他们所提出的平均和不协调的补充对比而变得更惊人。

我们描述的感情的影响已经在他的作品中并不明显。他的热情，被禁止于为自己选择的职业，似乎已经在绝望的轻浮中找到了排气口。他在违反他所鄙视的社会意见中享受一种报复性的快感。他不介意社会上高尚文雅行为的标准，这要指望在文学和政治界中的一个非常杰出的人所拥有的。他的谈话讽刺辛辣，令那些比他们自己的堕落更倾向于指责他的放荡的人厌恶，那些无法想象这些不幸者的笑话和智者的愚蠢掩盖住的情绪的力量。

马基雅维利的历史作品仍被持续关注。卡斯特鲁乔·卡斯特尼的生活会占用我们很短的时间，如果没有比它应得的关注引起更多公众关注的话，几乎没有什么值得我们注意。事实上，没有哪本书比一个谨慎和明智的描述更有趣，从这样的一位作家，卢卡高贵的君主，最著名的意大利酋长，他像庞西特拉图和沙穆，获得了感觉得到的力量而不是被看见的和静止的，不是关于法律或处方药，而是关于公众的青睐和他们伟大的个人素质。这样的作品会给我们呈现出那种主权的真实性，那么非凡、那么经常被误解。而希腊人称呼专制，并且通过封建制度在一定程度上被修改的主权，出现在伦巴第和托斯卡纳共和国。但马基雅维利这一小小的作品是没有历史意义的，它没有自称忠贞。这是小事，并不是一个很成功的小事。它似乎不比小说《贝尔芬格》更真实，它是比较乏味的。

这个杰出的人物最后的伟大的作品是他故乡的历史——《佛罗伦萨史》，它是在教皇命令下写成的，那位当时佛罗伦萨主权时期的美第奇家的大主教。然而，科西莫、皮耶罗、洛伦佐等人物追求自由和公正，同作家和赞助人一样受到尊敬。依赖的苦难和屈辱，比其他食品更苦的面包，比所有其他台阶更痛苦的楼梯，没有击垮马基雅维利的精神。在最腐败的行业中任职没有使克莱门特慷慨的心堕落。

历史似乎不是行业或研究成果，这毫无疑问是不准确的。但它优雅、活泼、风景如画，超出任何其他意大利语言所能表达的。我们相信，与更正确的描述相比，读者从历史那里获取的是对民族性格和风俗更生动、更忠实的印象。事实上，这本书与其说属于现代文学，不如说属于古代文学。在风格上，它不是达维拉和克拉伦登派，而是希罗多德和塔西佗派。经典的历史几乎可以称为基于事实的小说。毫无疑问，在其所有的要点中，关系是完全正确的，但提高兴趣、语言、手势、表情的许多小事件，显然是由作者的想象力修饰的。后世的时尚不同，作家给予了更精确的叙事。

是否可以传达给读者更精确的概念可能会受到质疑。最好的画像可能是那些有轻微混合的漫画，我们不确信，最好的历史就是那些明智地运用一点儿虚构叙事的夸张的历史。有些东西在准确中失去，但更多的东西在效果中获得。越是忽视微弱的话语，越能在人们心中永远留下伟大的特点。

历史随着洛伦佐·德·美第奇的死亡而终止。看来，马基雅维利有意要把他的叙述继续到后期。但洛伦佐的死亡使他的设计不能执行下去，记录意大利的荒凉和羞愧的忧郁任务移交给了圭恰迪尼。

马基雅维利活到了足以看到为佛罗伦萨自由而最后斗争的开始。他死后不久，终于建立了君主制，不是像科西莫曾在他的同胞的机构和感情上奠定了深厚基础的那个君主制，不像洛伦佐用每一学科、每一艺术的奖杯修饰的君主制，而是一个令人讨厌的专制，骄傲而残忍，残酷而软弱，顽固而淫荡。马基雅维利的性格对意大利的新主人来说是深恶痛绝的，他的那些严格按照自己的日常惯例进行的理论，也为他的记忆蒙上了一种托词。他的作品被有学问的人歪曲，被无知的人误解，被教会责难，因所有的模拟美德的积怨而被一个卑劣的政府和一个更卑劣的迷信祭司的工具所滥用。他的天才照亮所有政策黑暗的地方，被压迫人民把他们解放与复仇的最后机会归因于他的爱国智慧，这个人的名字进入了耻辱的谚语。二百多年后，他的尸骨平凡地安放在那里。最后，一位英国贵族对这位佛罗伦萨伟大的政治家致以最后的敬意。圣克罗齐教堂竖立了纪念碑来纪念他，通过一个退化时代的腐败，被所有能辨别出一个伟大心灵美德的人怀着崇敬之情缅怀他，带着更深情的敬意接近他。当他奉献给给公众的生活目标必定会实现时，当外国的羁绊必定被打破时，当普罗奇达第二必定为那不勒斯的冤屈复仇时，当一个更快乐的里恩齐必定恢复罗马的社会地位时，当佛罗伦萨和博洛尼亚的街道必将再次回响着他们古老的呐喊："人民！人民！暴君！去死吧！"①

---

① "人民！人民！暴君去死吧！"——马基雅维利的《佛罗伦萨史》第三卷。

约瑟夫·爱迪生

约瑟夫·爱迪生（1672—1719）一生致力于文学与政治。在歌得明切特豪斯学校接受教育；后进入牛津大学接受神职教育，但哈利法克斯伯爵看出他有从政天分，为他争取到津贴，送他出国接受外交工作训练。在法国和意大利的游历证实了他的古典审美观，他的评论著作表现出他深受法国文化影响。

回到英国，爱迪生出版了《战役》一书，奠定了其职业生涯基础。他进入国会，并最终任国务卿一职。尽管在他的时代，人们都承受着政治情绪的痛苦，但他作为少有的文人和政客，深受各党派人士的尊重，并受到普遍欢迎。

如今爱迪生的声誉主要在他《闲谈者》和《旁观者》作品中。在这两份报纸上发表的随笔和文章中，他不但创造了一系列不可超越的文学作品，而且对安妮女王时期的社会道德和风尚产生了很大的影响。他的文风保留着古典风格，具有这时期散文轻松和优雅相结合的特点，成为文学典范；《米尔扎幻觉》和《威斯敏斯特大教堂》中富有想象力的说教，体现了他温和的说服力，试图唤醒他那一代人要具有更高的生活和思考水准。有关爱迪生的生活和工作更加详细的描述参见本书中约翰逊博士写的《爱迪生的一生》。

米尔扎的幻觉[①]

所有这一切现在变暗，

变钝你凡人的眼光，你的周围雾气缭绕。

黑暗中，我会抢夺而去。[②]

——维吉尔，"埃涅阿斯纪"（2），604。

当我在大开罗时，我无意间得到几个现在我还拥有的东方手稿。在别人那儿，我遇见一个题为"米尔扎幻觉"的手稿，我已经非常高兴地阅读过。当没有乐趣可找时，我打算把它送给公众，并从我翻译的第一个视觉开始，如下所言：

"在月初第五天，根据我的祖宗一直视为神圣的习俗，在沐浴和早晨的祷告之后，为了在冥想和祈祷中打发一天的时间，我登上了巴格达的高山。正当我在山顶透气之时，我对人类生活的虚荣心进行了深刻的思考，想法接踵而来。'当然，'我说，'人不过是一个影子，生活是一场梦而已。'"

当我在沉思的时候，我把目光投向离我不远的一块岩石的顶峰，在那里我发现了一个有牧羊人习惯的人，手里拿着一个小小的乐器。我看着他时，他把它放到了嘴唇上，开始演奏。它的声音非常甜美，并形成各种悠扬的曲调，这些曲调难以表达，完全不同于我所听到的任何曲子。这曲子把我带进了音乐的天堂，就是好人离去灵魂初到天堂时演奏的曲子，它穿过了过去的

---

① 发表于 1711 年 9 月《旁观者》第一期。

② 在你面前所画的每一朵云，都使你的幻觉变暗，在你周围发出雾气，我必夺取。

痛苦印象，非常符合那快乐之地。我暗地里高兴得心花怒放。

　　我经常被告知，在我面前是块天才出没的岩石，一些人享受过他所演奏的音乐，但以前从未见过音乐家本人出现。他所演奏的曲子传送过来，提高了我的思想，想要感受他谈话的乐趣，这时我看他好像很惊奇，他向我打招呼，并挥手示意我靠近他坐的地方。我怀着由于优越性而产生的敬畏之情走近他，我的心完全被我听到的迷人曲调所折服，我俯伏在他脚前哭泣。那个天才微笑着看着我，脸上带着我经常想象的怜悯和亲切的表情，驱散了我走近他的所有恐惧和忧虑。他把我从地上扶起，拉着我的手，"米尔扎，"他说，"我在你的独白中听到了你的声音，跟我来。"

　　于是他带着我到了岩石的顶端，让我站在上面，"眼望东方，"他说，"告诉我，你都看见了什么。"我说："我看见一个巨大的山谷，惊涛骇浪般的水流穿过。""你所看到的山谷，"他说，"是痛苦河谷，你所看见的潮流是永恒的大潮流的一部分。""为什么？"我说："我看见水流源起于浓雾的一端，又落在浓雾的另一端。""你所看到的，"他说，"被称为永恒的时间的一部分，按太阳计算，从世界的开始，直到终结。现在仔细看，"他接着说，"这两端被黑暗包围的大海，告诉我你发现了什么。""我看见了一座桥，"我说，"在潮汐之间。""你所看见的桥，"他说，"是人生，仔细观看它。"更加认真地观察一番后，我发现它由七十多个拱门组成，有几个拱门已经破了。这些拱桥再加上一些完整的拱桥，总共有一百个。我数着拱门，天才告诉我，这座桥起初有一千个拱门，但是洪水冲走了大部分拱门，剩下了我现在所看到的残缺的状态。"那请进一步告诉我，"他说，"在桥上面你发现了什么？""我看到很多过桥的人，"我说，"乌云挂在桥的每一端。"我更用心地观看，我看见几个过桥的乘客坠到了下面的大潮汐里；再进一步观看，看到无数的陷阱门隐藏在桥上，而乘客一旦踩到，就会从门洞里坠入潮流中，立刻消失了。这些隐藏的陷阱，在桥头设置得很厚，所以，人群蜂拥而至，突破云层，但他们中的许多人坠入门洞。到桥中间时人流越来越少，但又都挤向拱门的另一端。

　　确实有一些人，但是他们的数量很少，继续在破损的拱门上蹒跚而行，但是因为太累了，花了这么长时间走路，一个接着一个都掉下去了。

我在沉思这个奇妙的结构和它所呈现的各种各样的事物时，时间不知不觉过去了。在欢笑和欢乐之中，当看到几个人意外坠入大潮流，想要抓住身边的一切去拯救自己时，我的心中充满了悲伤。一些人朝上看着天堂，现思索状，在沉思中跌倒，掉下去不见了。人群忙着搜寻在他们面前闪烁跳舞的气泡，但经常是他们想着他们脚下所能够到的范围时，脚下一滑他们就沉没了。在这混乱的情景中，我观察到一些人手持弯刀，一些人在小便，一些人在桥上跑来跑去，猛推在陷阱门边的几个人，似乎因为挡了他们的路，也可能是他们没被推到，而是在逃命。

看到我沉浸在这忧郁的场景中，天才告诉我，我已经思考很长时间了，"不要再看这桥了，"他说，"告诉我，是否你看到了你不理解的事情。"我抬头看着他，"那是什么意思，"我说，"那些永远在桥上盘旋、有时又落在桥上的鸟儿的伟大飞行是什么意思？我看到秃鹰、鹰身女妖、乌鸦、鸬鹚以及许多其他有羽毛的动物，还有长着翅膀的小男孩栖息在拱门的中间。""这些，"天才说，"是嫉妒、贪婪、迷信、绝望、爱情以及侵害人的生命的关心和热情。"

我在这里发出深深的叹息。"唉，"我说，"造人是徒劳的：他是如何接触到痛苦和死亡，在生活中备受折磨，被死亡吞灭！"天才对我动了怜悯之心，叫我不要再看这不舒服的景象。"别再看了，"他说，"人在他存在的第一阶段，在他朝永恒出发的开始，再把你的目光投向那浓雾，潮流淹没了几代坠入里面的凡人。"我直视他告诉我的方向（不管天才是用什么超自然力量加强了它，还是驱散了之前的薄雾，因为它太厚了，眼睛无法望穿），我看到最远端的谷口，连接一个巨大的海洋，有一块巨大的岩石坚硬地贯穿其中，并将其划分成两个相等的部分。云彩停留在它的一侧，但我什么也没有发现；然而在另一侧，展现在我眼前的是一个有无数的岛屿的浩瀚的海洋，那里满是水果和鲜花，并与其周围闪亮的大海相交织。我可以看到人们穿着华丽的服饰，头戴花环，穿行在树林间，躺在喷泉边，或躺在花床上；可以听到鸟儿和谐的歌唱，飘落的水流，人声，乐器声。看到如此令人愉快的场景，我心生欢喜。我希望有一对鹰的翅膀飞到那些快乐之地，但是天才告诉我没有通往那里的路，除非穿过在大桥上看到的那些死亡之门。"那些小岛，"他说，"在你面前如此清新嫩绿的小岛，但你不能看到整个海洋上漂浮的小岛，因为数量比海滩上的沙子还要多。在你所发现的岛屿背后还有无数岛屿，比你的眼睛，你的想象力延伸得更遥远。这些都是好人去世后的宅邸，根据他们所表现出的美德程度和种类，他们被分配到这些岛屿上，其中有不同的种类和不同程度的快乐，适用于定居在那里的人。每一个岛是一个天堂，适应其各自的居民。难道这些，不是米尔扎值得争取的住处？给你机会得到回报的生命是痛苦的吗？会令你幸福生存的死亡是可怕的吗？不要认为有这样一个永远为他保留的人是被徒劳地制造出来的。"我用无法表达的兴奋望着这些快乐岛。最后，我说："现在我恳求你告诉我，隐藏在那些乌云覆盖的坚硬的岩石另一侧的海洋下的秘密。"天才没有回答我，我再一次向他请求，可我发现他离开了。于是我又转过身来看着我已经凝视了这么久的景象，但是，没有滚滚潮流，没有拱桥和幸福的岛屿，我什么也看不见，除了巴格达的长谷，牛、羊、骆驼在山谷的两侧吃草。

威斯敏斯特大教堂的遐思

每当心情沉重的时候，我常一个人到威斯敏斯特大教堂散步。在这个肃穆的地方，庄严的建筑物和坟墓所营造的氛围容易使人思绪沉重、感慨万千，但这种情绪并不会使人感到厌烦。昨天我花了一个下午的时间在庭院、走廊和教堂里散步，并惊奇于安葬区中所见到的墓碑及其碑文。大多数墓碑的碑文除了记载墓主人出生与死亡日期之外，再无其他，因此人们也只能靠这两个日期对墓主人的生平进行遐想，其实我们所有人都是如此。我把这些刻在黄铜或者大理石上的记录都看作是对逝者的一种巨大的讽刺。因为除了这些记录生死的日期，他们没有给人留下任何值得缅怀的东西。这不禁使我想起了一些英雄史诗里的著名战役中提到的人：只是因为他们在战争中死去，他们都有如雷贯耳的名字；只是因为他们在战争中阵亡，他们被颂扬与纪念。

他们的一生在《圣经》里被描述为"如箭飞过"，也就是转瞬即逝。

一进教堂，我就看见人们在挖着一座坟墓，这引起了我的兴致。每扔出的一铲新的腐土中，都夹杂着人骨或头颅的碎片。曾几何时，这些碎片还是人身体的一部分呢。这使我忍不住开始浮想联翩：在这座古老的大教堂的地下该埋着多少人啊！男人和女人，朋友和敌人，牧师和士兵，他们都已粉身碎骨，混杂在一起；无论曾经是怎样美丽、健壮、年轻，或是年老、衰朽、残疾，都毫无区别地葬在一起。

在研究了墓碑上面的死亡率之后，我便开始仔细端详这座古老建筑四周墓碑上的碑文，其中一些写得十分夸张。如果墓主人地下有知，想必听到这些朋友们对他的赞美之词，也会羞红了脸；而有一些碑文则过于谦虚，而且还是用希腊文或希伯来语来描述墓主人的品格的，这样一来，恐怕一年之中也难得被人看懂一次。在"诗人角"，我发现一些没有墓碑的墓穴和没有墓穴的墓碑。毫无疑问，当时的战争给教堂平添了许多无主墓碑，它们都是为纪念阵亡将士而竖立的，而他们的尸体也许埋在布兰海姆平原，也许葬于大海深处。

几篇近代的碑文让我的心情渐渐愉悦起来。这些碑文语言优美高雅，内容恰当公正，既为死者增光，又给生者添彩。由于外国人容易根据公开展出的纪念碑和碑文来判断一个国家的文明程度，因此在立碑之前，这些碑文应该经过博学多才的人仔细推敲。克劳德斯利·肖维尔爵士的墓碑总是让我反感：这位勇敢的英国海军将军曾因勇猛无敌而闻名于世，可在他的墓碑上，他的形象却像个花花公子，戴着长长的假发，头顶华盖，稳坐于天鹅绒垫子之上。碑文与墓碑的风格一样：它只是告诉我们他是如何去世的，而并未颂扬他为国家立下的赫赫战功，仅凭这一点，根本无法使我们对他心生敬意。而被我们嘲笑的愚蠢荷兰人，却在此类建筑中显示出优于我们的品味和深于我们修养的东西。他们那些将军的纪念碑由公众捐建，雕像忠于逝者的本来形象并再现了他们生前的英姿：头顶军帽，身披战甲，并佩挂着用水草、贝壳和珊瑚扎成的美丽垂饰。

我们回到正题上，我本想改天再仔细参观英国历代国王的墓地，因为毕竟这不是一种令人心情轻松的消遣。而且我知道，这样的消遣通常会使那些神经敏感、心情忧郁的人更加悲观绝望。但就我自己而言，虽说总是表面心情沉重，却从不知忧郁究竟为何物。所以，在生活中无论是遇到欢快高兴的事情还是身处庄严肃穆的场合，我都能同样欣然应对。这样，我便能泰然面对任何令其他人感到恐惧的事物。看着这些伟人的坟墓，我的一切嫉妒之情便烟消云散；读着那些优美的碑文，我所有的非分之想便荡然无存。在墓碑上读出父母的悲痛，我的心也会被同情所融化；当我再看到那些父母本人的坟墓时，又觉得这种哀伤毫无意义可言，因为人人都会步其后尘，不久于人世。当我看到国王们同他们的废黜者同穴而眠，当我想到互相竞争的才子们并肩而卧，那些试图通过你争我夺而瓜分世界的圣贤们共赴黄泉，我不禁反思人类那些微不足道的竞争、内讧和争论，这让我感到难过、震惊。看着墓碑上的日期，有人逝于昨日，有人则亡于六百年前。我想，总有一天，我们大家会同聚于上帝的面前，那将会是一个多么伟大的日子啊！

乔纳森·斯威夫特

　　乔纳森·斯威夫特（1667—1745），英国最伟大的讽刺文学大师之一。出生于爱尔兰的都柏林，并在那里的三一学院接受神学教育。22岁时，斯威夫特成了其亲戚威廉·坦普尔爵士的秘书，负责编辑他的著作。坦普尔在世时，斯威夫特写了《一只桶的故事》和《书的战争》这两部作品。坦普尔去世后，斯威夫特回到了爱尔兰，他身兼数职。担任秘书期间，他对英国的政治有了一定的了解。1710年退出辉格党加入托利党，从而成为托利党人中最有能力的墨客。当时，评论时事是影响政治格局的重要手段。1713年，安妮女王任命他为圣帕特里克大教堂的牧师。随着托利党失势，他辞去职务，重返爱尔兰，继续创作了大量有关政治、文学和基督教会的作品，其中最负盛名的《格列佛游记》就是一部政治讽喻小说。晚年，他身患脑病，为此饱受折磨甚至精神失常。

　　对斯威夫特生平更为详尽的描述可以查阅《人生必读的哈佛经典》中《英美名家随笔》萨克雷的一篇文章。在此选辑的斯威夫特的前三篇文章能很好地佐证他是如何讨论社会和文学问题的。在讨论让他感到急迫的问题时，贯穿文中的讽刺幽默常常会变得异常猛烈，极其低俗，但他辱骂性的言论和讽刺所产生的效果令人望尘莫及。第四篇文章讲述的是埃丝特·约翰逊之死，即他笔下的"斯黛拉"，是他在与坦普尔身边生活时结识的女子，据说是他的妻子。

论谈话的诀窍

我注意到很少有关于此类的话题，就像此文很少被人提及或者只是稍加讨论一样。的确，我知道很少有人讨论这些看似难以讨论的话题，对这些话题也无话可说。

由于我们的智慧和愚昧都如此有限，人类为公众或个人幸福而追求的大部分事物很少变为现实而仅仅是空中楼阁。一位真正的朋友，一段美满的姻缘，一种完美的政府形式，凡此种种都要求诸多因素。这些事物本身很美好，将它们混合到一起亦有益处，以至于上千年来人类对抛弃内心的各种小算盘来完善自我不再抱有任何希望了。但是在谈话中可能是这种情况，也可能是截然相反的情况，因为在此我们只想尽量避免太多的错误，虽然这有困难，但每个人都有能力做到，因为想要实现这一目的也同其他事情一样只是一种空想。因此在我看来，了解谈话最真实的方法就是去了解谈话中常见的缺点和易犯的错误。随之，人人树立自己的箴言，这可能不太会受到局限，因为这并不要求大部分人天赋异禀，也不要求有任何伟大的天赋和高深的学问。这是因为大自然已经赋予了我们每个人讨人喜欢的能力，虽然这能力在集体中并不出众，而且有上百人能同时满足以上两点，这些人因本身缺点少，他们可以在半小时内纠正自己，对他们而言，缺点是难以忍受的。

我因感到愤慨，所以必须写下对这一话题的一些想法来说明这是一种有用又天真的快乐，它适用于人生的各个时期、各种条件，而且每个人都有这个能力，我们不应该忽视它，或滥用它。

在这篇论说中，有必要指出那些显而易见的错误，以及那些较少被人注意到的错误，因为总有人时不时会犯错误。

比如：言多必失。我记得五人同行时，有某个人滔滔不绝说个没完没了，却不让其他人说话，这让他人感到反感。但就爱说的人而言，没有谁能比得上有意为之的谈话者。这些人说话时小心谨慎，深思熟虑，然后引出多个话题。此外，他们只要得到一点小提示就会引出另一个故事，并承诺讲完当下的故事就会讲述下一个故事。他们总是能回归到自己的话题上，只要叫不上谁的名字就会双手抱头，抱怨自己记性差，使得整个集体陷入沉默，最终又原谅自己，继续讲个没完没了，结果却发现这个故事，他人已经听过不少于五十遍了，或者顶多是些了无生趣的冒险故事。

谈话中另一个常见的错误是有些人总爱说自己的事。这种人本无名声却细细讲述自己的生平。他们会谈到自己的疾病史，会列举自己在法庭上、议会上、恋爱中或法律中遭受的种种不公与痛苦。有些人更为机智，会耍手段来博得称赞。他们会叫来一个证人，用来见证他们总是预言在这样的情况下会发生什么，但没有人会相信他们。他们从一开始就找来证人，并告诉他后果，结果真实情况正如他们预知的那样：他们有自己的一套方式。一些人白费力气指明他们的缺点；他们是这世界上最奇怪的人；他们无法伪装，自己本身就是愚昧之人；他们也因此丧失了诸多的优势。但是，纵使你给予他们全世界，他们也无能为力，因为他们天生憎恶虚伪和约束，憎恶许多其他同一高度的让人难以忍受的话题。

人人都最看重自己，并且认为自己对别人同样重要，却从未做过这么容易而明显的反思：他人丝毫不关心你自己的事情，正如你从不关心他人的事情一样。至于到底有多不关心，理智会告诉你。

在集体中，我常常注意到两个人由于某种巧合，意外地发现两人曾就读于同一所学校或者大学，之后集体中其他人就无话可说了，只好听这两个人回忆往昔，讲述有关他们的故事。

我认识一位伟大的军官，他总是静坐着，保持着一种既过分又不耐烦的沉默，对说话的人充满愤慨与鄙夷。在突然有需求的观众面前，以一种简短的方式来决定事情，之后又开始陷入沉思，绝不多说一句，直到他的精神重回到原点。

谈话中有些错误是智慧之人不会触犯的，两个有智慧的人同处时也不会犯那些错误。一旦他们开口说话，无须试图说出有智慧的话语。他们认为蓄意为之对听众和他们自己均是种折磨，何况总是围绕着那些小成就。他们必须做出非同凡响的事情来表现自己，彰显品质，不然听众们也许会感到失望并且认为他们同其他凡夫俗子没什么差别。我认识两位智者，他们不厌其烦地聚到一起娱乐大众，他们编造出一个滑稽的人物并调侃自己让听众笑声不断。

我认识一位智者，他总是感到不自在，除非人们让他来决定并主持谈话。他不期盼别人告诉自己一些事情，也不期待他人取悦自己，而一心只想展现自己的才能。他的职责就是成为志趣相投的伙伴，而不是善于谈话。因此，他常常同那些乐意聆听的人交谈，并在欣赏自己的人面前自诩为专家。的确，我这辈子听过的最糟糕的谈话发生在威尔咖啡店内，那里之前是智者们（他们是这样称呼自己的）聚集的地方。也就是说，他们五六个人，有的从事话剧创作，有的作序，有的参与杂志创作，聚到一起用各自的琐事来相互娱乐，并且爱摆架子，好像他们是人类本性最高尚的努力，或者好像王国的命运掌握在他们手中。他们通常同一群谦卑的年轻人交谈，这些年轻人有的来自客栈，有的来自大学，大老远来到咖啡馆听这些"智者"谈话，然后他们带着对他们的法律和哲学的轻蔑态度回到了家，他们的脑袋里满是垃圾，但美其名曰礼仪、批判和名言。

从这种意义上来说，多年以来，诗人纷纷步入迂腐的后尘。我认为，迂腐这个词使用不当，因为这个词经常会在谈话中搅扰我们的知识，而且太受重视。就这一定义而言，法庭上的人或者军队中的人同哲学家或者圣人一样背负着迂腐的罪名。女人也一样，在她们过多地讨论服饰、炊具或者瓷器时也同样有罪。尽管是出于谨慎，同样也是出于礼仪，男人一般会聊他们精通的话题，但是这是一个智者难以接受的自由，因为，除了他要背负迂腐的罪名，他永远不会改进的。

大的集镇常有某一表演者，滑稽模仿者或者小丑，他用最好的桌子设立一个招待会，接待一流的人物，被邀请来娱乐伙伴，这一点我并不反对。他只是去演一出木偶戏，他的职责就是应时笑出声来，无论是真心的还是碍于礼仪。这是他的职责，我们可以假设有人付他工资。我只在智者和学者受邀共度一晚的私人聚会上与人争吵。这个丑角得到允许，反复使用他的诡计，这群人无法进行任何谈话，让人感到狼狈不堪和耻辱。

舌战是谈话中最有意思的部分，但是，考虑到我们习惯于恭维任何对我们而言宝贵的东西，我们就结束这一话题，转而讨论通常被称为机智又巧妙回复的话题上。正如某种昂贵的时尚物品流行时，那些买不起的人就会用廉价的仿制品来让自己满足。用言语恶意贬低他人、让他人颜面尽失、让他人荒谬可笑，或者揭露他人缺点或他理解上的缺陷，这些全属于舌战的范畴。在这些场合下，他知道自己不能发脾气，免得受人指责说他开不起玩笑。我注意到有人擅长玩弄这种伎俩，他们会挑出一个软弱的对手，在他的身边开怀大笑，感觉自己大获全胜，这真令人佩服。

"舌战"一词是从法语中借来的词汇，法国人对这件事有着完全不同的看法，而且在父辈的更讲究礼貌的那个年代我们也有这个词。舌战一开始表现为责怪或者反省，之后却又出乎意料地变成一种赞美，并成为他人的优势。此外可以肯定的是，谈话中最好的准则就是绝不说任何集体希望保密的话，也决不说任何明明可以让大家意见一致，却最终让大家不欢而散、相互不满意的话。

谈话中有两个错误看似不同，实则如出一辙，并且都饱受诟病。这两种错误一是缺乏耐心打断他人讲话，二是担心自己说话时被他人打断。谈话有两个主要目标，一是为了娱乐大众并提升集体中的个体，二是为了接待能让我们受益的人。对所有会思考的人而言，他们不会轻易地犯其中任何一个错误，因为在集体中发言的个体，我们都可以认为他发言时是为了听众的缘由，而非出自个人的利益，只需稍作斟酌便不会强迫他人认真听讲。同样，他也不会打扰那些听得津津有味的听众，因为凡事优先考虑自己实属最让人讨厌的做法。

还有些人，他们的礼貌不允许自己去打断你的谈话，但是，他们有一个称得上很坏的习惯就是极度缺乏耐心，他们不停地注视着手表直到你讲完话，因为他们脑中也有渴望表达的东西。同时，因为他们总是担心会忘掉旧事，他们就总是提及过去发生的事情，以便他们的想象力也完全依赖在已经发生的事情上。他们也因此局限了自己的创造力，这可能会涉及上百件好东西，同样也可以更加自然地介绍这些东西。

好友间有一种粗鲁的熟悉。有些人通过在密友间练习，引入他们的一般谈话，并且将之转入某种无辜的自由与幽默中。在我们北方的习俗下，这是一种危险的做法。任何细小的礼仪和礼貌都由艺术催发，并随时会沦为野蛮。这在罗马时期属于奴隶间的舌战，我们可以在普劳图斯的作品中找到诸多实例。看起来这种习俗似乎是由克伦威尔引入的。他偏爱人类中的败类，并使之成为一种娱乐。对此，我见到过许多详细资料。考虑到所有的东西都被颠覆，这是合理又明智的：虽然这只是一种极端的嘲弄荣誉的政策，但是绅士间哪怕用错了最小的一个词语也会引发一场决斗。

有些人很擅长讲故事，并且知道许多故事，他们可以根据不同的场合在不同的集体中讲出这些故事。此外，考虑到我们所进行谈话的程度之低，这并不总是一个可以鄙视的才能。然而，这不可避免地会犯错误：经常重复讲述同一故事，最终导致兴致全无，以至于那些珍重这种才能的人需要具备良好的记忆力来频繁地更换自己的公司，而他可能不会意识到自己资金不足。对于接受捐赠的人而言，他们很少有额外收入，全仰赖股市。

公共场合中一流的演讲者很少有擅长私人谈话的，不管他们的才能是天生的还是后天训练获得的，都需要在私人谈话中时刻保持谨慎。天生的演说术，虽然看起来自相矛盾，但通常起源于毫无成果的发明以及贫瘠的词汇，凭借对每个话题都有的诸多概念，一系列词组来表达自己，这些人流于肤浅，并让自己出席每一个场合。因此，通常情况下，知识渊博又了解一门语言范畴的人，都是差劲的演讲者，除非他们接受了大量训练和鼓舞。因为他们受太多问题困扰，有各种各样的概念和词汇，却不能轻易做出选择。但事实上，他们被太多种选择困惑和纠缠，这对私人谈话是没什么劣势可言的，相反，高谈阔论在私人谈话中是最让人难以忍受的才能。

对谈话而言，没有比爱表现出自己的智慧更能毁掉一个人的了。未表现出智慧的一面，他们总鼓舞一帮跟随者和欣赏者，这些人为他们服务，通过相互取悦对方的虚荣心来讲述彼此的事迹。这给前者一种优越感，也让后者变得更为实际，但这两者都让人难以忍受。我在此所说的这些话不是出于争端或者矛盾，也不是针对那些受想法摇摆不定困扰的人。这些人毫无头绪，不知道当下该说些什么。任何符合以上情况之一的人都不适合谈话，正如在疯人院中的疯子不适合谈话一样。

我认为我已经讨论了我们注意到或者记得的谈话中的大部分错误，除了一些纯属个人问题或太严重的错误，例如猥亵或亵渎性话题。我假装只谈论一些常见的谈话中的错误，而不去谈论一些话题，否则就会无止休地谈论下去。由此，我们便可以得知人类本性是最低贱的。他们滥用这种才能——这种将我们与野兽区分开来的才能，我们没有充分利用这种可能是最卓越、最长久、最纯真同样也是最有用的才能。缺乏这种才能，我们只能对穿衣打扮或拜访他人感兴趣，或者更糟糕的是，对游戏、饮酒、充满仇恨的爱情感兴趣。这些事物会让贵族和绅士的身心都腐化堕落，会让他们丧失爱、幽默、友谊、慷慨。这些纨绔习气会遭世人嘲笑很长一段时间。

这种会对我们的幽默感和性情产生恶果的使人堕落的谈话，一直以来被视为引起不良社会习气的因素之一。过去，妇女无法参加任何社会活动，她们不能在戏剧中扮演角色，不能跳舞，不能追求爱情。我认为英国历史上最讲究礼仪的时期（与法国是同一时期）是查理一世统治时的一段和平时期。通过阅读记载那一时期历史的书籍以及查看那一时期人们留下的口述，我发现那时候用以提高和培养谈话的方法与我们现在使用的方法截然不同。阅读那一时期诗人的作品可以得知，一些杰出的女士常聚集在家中。她们邀请理解力最强的人，男男女女共聚一堂，讨论让人愉快的话题。尽管我们惯于嘲笑她们在爱情和友谊中所拥有的崇高的柏拉图式的观念，但我认为她们的优雅是基于理性的。此外，一点点的浪漫情怀也无可厚非，并且还能升华人类的尊严。没有这份优雅，她们容易堕落成一切肮脏的、恶毒的和低俗的事物。倘若女子的谈话没有别的用途，这也足以限制那些傲慢、下流的话题，而这些话题是北方的天才们倾向讨论的。因此，我们可以注意到有些擅长在公园或者娱乐场所娱乐大众的绅士，在同高尚又幽默的女子相处时，却变得哑口无言，颇感难堪，如鱼儿离开了水，不得其所。

有些人认为他们通过讲述不用承担后果的真相就能充分表现自己，并且娱乐大众，我注意到苏格兰人比其他任何民族都要小心谨慎，从而避免忽略最细小的时间和地点情况。某种类型的谈话，如果不是用粗鲁的术语和词组表达出来，如果不带有苏格兰特有的口音和手势，对他们来说都是难以忍受的。在集体中说太多话不是缺点，但长时间讲太多话就是缺点了。因为如果集体中的大多数人天性寡言或谨小慎微，那么谈话便会平淡无奇，除非他们当中有人能不停地讨论新的话题来活跃气氛。这么做的前提是他留有空间让别人给出回复，而不是自己絮絮叨叨地说个没完没了。

论礼貌与教养

礼貌是一门艺术，能够使与我们交谈的人感到我们平易近人。

在群体中，最有教养的人就是让人感到轻松自在的人。

最好的法律是建立在理性之上的，同样，最好的礼貌也是建立在理性之上的。一些律师把不合理的东西引入普通法。同样，许多老师也把一些荒谬的东西引入到日常的礼貌中。

这门艺术的一个主要原则就是，让我们的行为举止适合三个不同层次的人：高于我们层次的、与我们同一层次的和低于我们层次的人。

例如，强迫前两种层次的人吃吃喝喝是违反礼仪的，但是农夫或者商贩必须得到这样的待遇，否则很难说服他们：他们是受欢迎的。

傲慢自大、心地不良、缺乏理智，是有失礼貌的三大根源。如果能根除这些弊病，没有人会因缺乏经验，或者，如某些愚人所说，因为安于世故而有失礼貌的。

我敢断言，谁都能举出一个事例来说明，如果我们不被骄傲自大或者心地不良所误导，理智总会指引我们与人交往时谈吐得体，举止适度。

因此，我坚持认为理智是礼貌的重要基础。但是，因为前者是人类中很少能够具有的天赋，所以世界的所有文明国家都同意制定最适合他们风俗或想象的规章制度来指导规范的行为，作为一种人为的理性以弥补理性的不足。

如果没有这些人为的理性，愚人蠢材中有绅士风度的那部分人将永远只是进行暴力的决斗，在他们碰巧喝醉了或者因女人和玩乐而与人争论不休时，也总是这样。而且，谢天谢地，如果一年中发生一场决斗，都可能会归咎于这三种根源中的一种。鉴于此，我非常遗憾地发现立法机关制定了反对决斗的新法律。因为，对于明智之人来说，有很多且容易的办法避免体面的决斗或无知的搏杀。并且，在法律没有找到权宜之计的地方，忍受欺凌者、诈骗者和浪荡子用他们自己的方法来消除彼此、清理世界，而且我没发现有任何政治上的邪恶。

礼貌的规范形式是为了规范那些理解力较弱的人的行为举止，然而这些规范形式又被那些它们的制定对象破坏了。对于这些人来说，他们已经陷入了一种不必要的、无休止的繁文缛节中，这对那些遵守执行规范的人来说是极其麻烦的，而且对所有人都是不可容忍的。所以，明智的人往往对这些彬彬有礼之人的过分客套而感到局促不安，与农夫商贩交谈反而更感轻松自如。

这种仪式行为的矫揉造作到处可见，但在那些有良好教养、养尊处优的女士们所设的酒席上尤显荒唐；而一位男士必须要无所事事地消磨一个小时的时间，除非他敢于打破这个家族所有的既定礼仪。这家女主人决定着男士的食物喜好和食物定量。如果这家男主人恰好与女主人为一丘之貉，他便会在饮酒时以同样的方式发号施令。与此同时，你不得不成百上千次地回应他们的令人无法消受的种种道歉。尽管很多时尚风雅的人已经摒弃或削弱这种可笑的习气，但在乡间流弊更广。有位诚实的绅士让我见识了这一礼节：他曾连续四天被强留在乡间友人的家里，终日不情愿地忙于藏匿靴子、锁上马厩之类矫揉造作的礼节。结果连来带去的全部时间，所有行事都违背他的意愿，他也不直接反驳，好像是朋友全家人都在折磨他。

除此之外，在这些不幸的繁文缛节仪式中，我所观察到的许多愚蠢和荒谬之事真是数不胜数。我就曾经见过一位伯爵夫人几乎被一个过于殷勤的蠢家伙撞到，因为他急匆匆地奔向前去为她开门，以免她的举手之劳。我记得在一次宫廷的生日宴会上，一位贵妇人当时向邻座的客人行礼，她突然移动手肘，正巧仆人手中的一小碟酱油泼洒在她的头饰和缎子衣服上，那时她简直是狼狈不堪，绝望至极。荷兰特使伯于斯的政治才能和礼貌举止是非凡卓著的。有一次他带着大约十三岁的儿子到宫中赴宴，父子俩把所有东西都装进盘子里，然后按次序传给在座的每一个人，所以一餐酒席下来我们没有片刻安宁。最后，他们的两个盘子碰巧相撞，瓷盘碎成二十多块，在座的客人有半数人身上都被甜点和奶油溅污。

正如在艺术和科学的领域中，有时甚至在商贸买卖中有迂腐陈规一样，礼貌行为也有迂腐陈规。确切地说迂腐陈规过分夸大了我们所渴求的知识。那种知识越是无聊，迂腐陈规就越严重。因此，我把小提琴手、舞蹈大师、掌礼人、司仪等人，看成是比利普修斯和年长的斯卡利杰更有过之而无不及的学究迂夫。据我所知，这类迂夫，在宫中一直都大有人在。我的意思是，从风度像绅士一般的领宾员到门房，一般来说这些人是不列颠岛上最微不足道的一群人，他们的礼貌程度最不值一提，而礼仪却是他们唯一的看家本领。他们目不识丁，主要在同类间相互交谈，将教养的整个系统压缩到他们所从事的几项职能的形式和圈子中。由于他们从不为王公大臣们所注意，因此无论在任何变革下，他们都在宫廷中生生死死，极力阿谀奉承那些得到任何程度宠幸和褒奖的人，粗暴无礼其他人。所以，我早就得出这样的结论，礼貌并不是宫廷成长的一种植物。因为如果是这样的植物，那些知书达理慧眼识人的人，那些长久以来专修礼仪的人，肯定会把它们采撷起来的。至于那些侍奉王子、参政议事或为他家庭主事的文武官员们，也只不过是一群匆匆过客，没有比别人的言行举止更显礼貌，也不可能求助于绅士招待员。所以我知道，人们在宫廷里学不到什么礼貌，或许在衣着华丽的重要场合能有所收获。在这一点上，宫廷侍女的权威和最受欢迎的女演员的意见必须同等对待。

记得我的博林布鲁克勋爵大人告诉我这么一个故事：有一次他要去登岸处，迎接统治意大利的萨伏伊王室的尤金王子觐见女王陛下，王子说他很担心那天晚上不能去见女王，因为霍夫曼先生（他当时就站在旁边）已经禀告陛下，女王可能不会接见头上戴着佩鲁基男子假发的人。王子的服饰还没有送到，他试图在他所有的佣人侍从中借一个长的假发，但毫无结果。大人将此事视为一个笑话，把王子带到了女王陛下的面前。为了此事，大人受到全体绅士招待员的强烈谴责。正是从他们之中，这位法国皇帝的驻外公使，无趣的霍夫曼先生，偶然地获得这条重要的礼仪准则。我相信，这是他驻外任职二十五年间学到的最重要的一课。

我要区别对待礼貌和教养，虽然，为了变换我的表达方式，我有时还得把它们混为一谈。关于礼貌，我只懂得记住和应用行为规范方面的约定俗成的一门艺术。但是好的教养范围要广很多。因为，除了一种不寻常的文字材料足以使一位绅士有资格阅读剧本和政治小册子外，它还需要广博的知识，绝不少于跳舞、作战、赌博、周游意大利、骑高头大马和讲法语所需要的知识，更何况一些更容易获得的次要的、低等的技能。因此，教养和礼貌的区别在于：不经过刻苦学习而光凭出色的理解能力，很难获得好的教养；而在没有其他帮助的情况下，一个可以容忍的理由将指导我们礼貌的每一个方面。

对于这个题目，就礼貌的本质而言，除了列举有关礼貌的一些细节，我想不出什么更为有用的了。忽略或误导这些细节将大大扰乱这个世界的和谐交往，因为在大多数的人群中会出现相互干扰、不安分的一系列因素。

首先，严格遵守时间是礼貌的一个必要部分，无论在我们自己的住处、在别人的寓所，还是在第三个地方；无论是客套寒暄、商业往来，还是消遣娱乐。尽管这条规则是常识所规定，但我所认识的最伟大的大臣却是最不遵守这条规则的人。于是，他的事务缠身，使他永远不堪应付。过去我常嘲笑他缺乏礼貌。我曾认识不止一位大使和国务大臣，他们能力平平，却因严谨准时而功勋卓著，赢得人心。如果别人为你效劳，而你又认真守时，那他的责任感就会倍增；如果你单独行事，而又疏于守时，那将是一种愚蠢和忘恩负义的行为。如果两种情况同时出现，你让你的同辈或是下属服侍你，而你又让他们久等，那将是傲慢无礼而又不公正的。

对礼貌形式的无知不能视为不礼貌，因为其形式经常发生变化。由于不是基于理性而建立的，也就不为一个明智的人所关心。

此外，礼貌形式在每个国家的情况各不相同；过了一段时间，在同一国家礼貌形式也频繁变化。因此，一个旅行者他每到一处，首先是对当地的礼貌形式、风俗习惯感到陌生，而也许当他回家的时候，他对自己当地的礼貌形式和风俗习惯也同样感到陌生。毕竟，不断变化的礼貌形式比容貌或名字更容易被人记住或遗忘。

实际上，许多浅薄的年轻人从国外带回来许多不礼貌的行为，其中这种对礼貌形式的盲从最为严重，比其他的不礼貌形式更为突出。他们不仅认为可以对这些礼貌形式进行选择使用，而且还非常重要，因此，在各种场合他们都要热心地介绍和宣传他们带回的新形式和新时尚。一般来说，一群人里最没有教养的是刚从国外回来的年轻旅行者。

致年轻诗人的一封建议信

先生：

由于我一直承认与你的友谊，并且因此对你的行为和研究同那些通常所认同的年轻人相比要更加好奇，所以我必须表示，就我自己而言，当我发现你已经完全曲解了自己对英语诗歌的看法，把它变成了你的专业和挣钱的手段时，我真是十分难过。在这封信中，我倾向于鼓励你，主要有两个原因：第一，你现在的处境很狭隘；第二，诗歌对人类和社会的巨大作用，以及对生活的每一种职业的作用。在这些观点上，我不能不赞扬你明智的决心，早早从其他无利可图的严肃研究中抽身而出，奔向了一个更加美好的未来：如果你运气好，可以为朋友和国家增光添彩。这可能是你的理由，进一步鼓励的话，你可以考虑，古往今来的历史，并不能为你提供一个实例，此人在各个领域都有成就，在某种程度上并不精于诗歌，或者说至少对这方面的专家来说，只是一个爱好者。我也不想绝望地去证明，如果有法律上的要求，对于诗歌并没有任何品味，也没有任何作诗的能力，就不可能成为一个好的士兵、牧师或律师，或者甚至是更夫、民谣歌手。但是在这方面我无须多谈，因为在我之前，著名的菲利普·西德尼先生在他的《诗辩》中已经详尽地讨论了这个问题。因此我除此之外无须做其他任何备注，他在《诗辩》中对自己的观点十分有信心。

就我个人而言，自从我上学以来，从来没有写过一段诗。因为我在诗歌的错误中经历太多苦难，从那时起就对它没有任何的爱，所以从我自己的经验中，我不能给你你想要的那些指导；同样，由于我喜欢隐藏自己的激情，我也不会宣布我对自己在生命中的某些时期对诗歌的忽视感到多么的遗憾，因为诗歌对提升所学内容的美感是最合适的；此外，我的年龄和缺点同样让我对你感到抱歉，因为戴着眼镜、双手颤抖的我并不配成为你的写作导师。尽管我可能不会在这么多关系到你的声望和幸福的重要事情上指导你，可在这里我会给你一些关于这个主题的思路，这些都是我从阅读和观察中总结出来的。

有一些小的工具被学者使用，材料或是小麦秸秆做成的（老旧的阿卡迪亚的管道），或是仅仅三英寸的细管，或者是剥去的羽毛，或者是一根金针。这些小工具，人们常常将它的头靠在右手的拇指上，并由第二个手指支撑。这个工具有一个更加广为人知的名字——牛毛草。因此，我将在这里做这样一小小的指导，并且将指出一些对你诗歌入门有益的特别之处。

首先，我并不确信，让一个现代诗人相信上帝，或者有某种非常强烈的宗教信仰是必不可少的。在这篇文章中，请允许我怀疑一下你的能力，因为宗教信仰是你的母亲教给你的，你将很难，至少不容易一下摒除早期所产生的偏见。但你要这样想，成为一个智者要比成为一个虔诚的基督徒好得多，虽然这会让你与芸芸众生不尽相同。那么，如果通过询问，你发现了由于教育的性质产生出的自身软弱的地方，我的建议是，你应该立刻放下你的钢笔，并且不再做和写诗有任何关系的事情，除非你仅仅满足于作一首无聊的诗，或者甘愿被同人斥责，或者能够隐瞒你的宗教信仰，像一个绅士那样对待他人彬彬有礼。对诗歌来说，由于它们在过去的这些年中被管束操控着，例如通过进行交易（以及我在这里所说的这些，因为我不将为了消遣而写诗的人称为诗人，他同绅士相比更像个小提琴家，用小提琴自娱自乐），我认为我们后来的诗歌已经从狭义上的美德和虔诚中脱离开来了，因为它们往往产生于我们这些作者的经历中，而宗教的力量被最小化了。就像波尔多酒庄的一滴麦芽酒，将使最伟大的诗歌天才也为之沉醉。

宗教信仰产生了天堂和地狱。上帝的话、圣礼以及另外二十种情况，严格地说，是一种关于智慧与幽默的检验。例如，一首真实的诗歌并不能屈服于诗意许可的省略，但是对他来说，让其他人认真地相信那些事情，依然是必要的，他的智慧可能建立于他们的智慧之上。因为虽然一个智者不必有宗教信仰，宗教信仰依然是必需的，就像一个在手上使用的工具一样。而对于这一点，现代诗人通过列举他们伟大的偶像卢克雷修斯来进行辩护，他并不是一个十分有名的诗人（事实上他是），但他站在信仰的制高点上——宗教的科目，并且通过不断提升水准，拥有了所有他自己的和后来诗歌的优点，他并没有被安装在同一个基座上。

另外，进一步观察发现，佩特罗尼乌斯——他们所喜爱的另一位大师，他主要强调一个优秀诗人所应具有的资质，主要是坚持自由精神。而那些我一直以来无视的东西至今却仍然支撑着他的观点，例如一部好的创作，或者一部伟大作品的产生，或者一种明快的想象力。但是我得到了一个更好的建议，这是从现代诗人的观点和实践中总结而来的，并且把它书面化成了一种自由的精神。这样一种精神，它剔除了关于上帝、宗教信仰以及不同世界观的各种偏见。对我来说，它却只是一个普通的声明，表明为什么现在的诗人，他们有这样的义务成为一个思想上的自由人。

但是，虽然我不能将宗教信仰强加在一些最杰出的英国诗人的创作中，但我可以从他们的例子中给你一个忠告：熟悉《圣经》，如果可能的话，让你自己完全掌握它。然而在这一点上，我所要做的就是向你施加一项虔诚的任务。我绝不希望你相信它，或者对它的权威有很大的压力（在你认为合适的时候你可以这么做），但要把它看成是智者和诗人的必需装备，这和基督教的观点是完全不同的。因为我已经观察到，最伟大的智者是最好的诗人。我们所有的现代诗人，他们同一些神学家一样也在读《圣经》，但更多的注意力却集中在短句上。他们从历史的角度，批判地、滑稽地、诗意地阅读。《圣经》无疑是一笔智慧的财富，并且充满着哲理。根据现代的实践，你可能会对它感到诙谐。但说真话，我不知道我们的剧作家们会怎么做，比如意象、典故、比喻、例子，甚至语言本身。合上这些神圣的书籍，我们的智慧会受到束缚，会像闹钟一样慢慢地停下，或者像股票那样下跌，会毁掉我们国家将近一半的诗人。如果情况如此，那么大多数的家族会怎样在资金上自由分配呢（我认为所有的作家中，不朽的爱迪生能更好地利用他的《圣经》，还有几人也能）？他们为及时地抽身而感到高兴，让当下的这一代诗人变成了泡影。

但在这里，我必须注意一点，并希望你们注意，在阅读《圣经》的建议中，我对你们的资格、对于诗歌的要求，并不是没有想到。我提到过，因为我发现了一个由我们的英国诗人所提出的那种观点，我想，是要由其他人来维护的。在一个假设的情景中，他对斯宾塞说：

"——如果能行按手礼，我就能获得
那些灵丹妙药和机警的智慧。"

在我看来，这段话是《圣经》里一个著名的典故。为了亵渎而接近亵渎的小情况下，做出（但是合理的）让步是无可厚非的。除了一些有用的发现，比如，诗歌中有主教，这些主教必须任命年轻的诗人，并行按手礼。诗歌同样也是治愈灵魂的良药。所以说，有着这种治愈能力的人是诗人，通常都是如此。的确，诗人和神职人员依旧有着同样的职责和功能，那些牧师的同盟如今依然存在，我把这个看作是对于具有如此大影响力的名称的唯一正当理由，当然，我指的是这些神职诗人的谦逊的称号。然而，由于从未出席过诗歌中所描述的祝圣仪式，我对这种事情毫无概念，因此，在这里也就不赘言了。

人们认为，《圣经》不仅是现代智慧的源泉，也是现代智慧的主题，而我在这里，至少可以对你阅读时的偏好加以指引。在对它们进行了一个透彻的认识之后，我建议你将你的思路转变到以人为本的文学上，我这么说更多的是迎合大众的期许，而不是我自己的感受。

说实话，没有什么比看到人类在学习过程中产生的偏见这样的事情更加令我惊讶的了，因为人类普遍认为有必要成为一名优秀的学者，才能成为一个优秀的诗人。而事实上，这个观点简直错得离谱，否则就会有更多相反的实践和经验了。当然，我是不会去进行争辩的，如果有人对我自诩他现在是诗人，那么他之前必然是所谓的"学者"；他可能会因此成为一个更加差劲的诗人，或者由于没有进行过多迂腐的学习而变得更好。的确，与之相反的是我们祖先的观念，他们认为我们在这个年纪足够的投入会根据自身的情况获得收益，这是未经检验的，也并未察觉到其中的重大错误。所以贺拉斯告诉我们：

> "这是一种很好的感觉，是缪斯的艺术之源，
>
> 让苏格拉底强大的年史传递。"

——出自贺拉斯，《诗艺》309。

但是不同的人有不同的理解力，有一些在理解上并不逊于那位诗人（如果你相信他们自己的话），在这条规则下不会看不到任何结果，也不羞于宣称自己是相反的意见。难道许多不懂这一原理的人也都能在共有的规则之上写得很好吗？许多人太过聪明，不可能成为诗人；而另一些人太过诗化，不可能成为智者。显然，我们这个时代的一些最伟大的白痴，是最出色的表演者；难道一个人成为诗人必须得是哲学家吗？为此，我呼吁人类要进行判断和观察。在这里提及菲利普·西德尼先生对这一问题的一些值得注意的言论，也许不恰当。他说："在我们的邻国爱尔兰，那里，真正的学问刚刚够，但那里的诗人却受到虔诚的崇敬。"这表明，学问对成为一个诗人或者判断一个诗人都不是必要的手段。我们从更加长远的角度来看待事物的命运，尽管我们的学问一如既往的刚刚够，但我们的诗人们在虔诚的崇敬上却并不同于以往，反而成了这个国家最可鄙的人，这既令人诧异，也令人哀叹。

一些古代哲学家是诗人（根据上述作者的说法，苏格拉底和柏拉图都是；然而，这是我以前所不知道的），但这并不是说，所有的诗人都是，或者都应该成为哲学家，否则他们都会穷困潦倒了。在某种意义上，伟大的剧作家莎士比亚不是一个学者，却是一个哲学家，也是一个杰出的诗人。同样，我也不认为一个已故的最明智的批评家同他人一样，在推进这一观点的时候有类

似荒谬错误，"如果莎士比亚是很好的学者，那他就是很差的诗人"。威廉·达文南特先生是另一个典型例子。同样，这一点也不应该被忘记，柏拉图曾公开与全体诗人为敌，这可能也是为什么诗人们总与他的观念不和的原因，也导致了诗人们拒绝学习哲学，成为哲学家。在我看来，哲学和任何其他方面的学问对诗歌的创作都无益（也就是说如果你相信同一个作者，这就是有关"所有学问的总结"），这就好比一个作家要想画好画、了解光的原理，以及在色彩运用上的比例和多样性都是十分重要的。

因此，一个叫彼得罗纽斯·阿比特的作家，犯过同样的错误，他自信地宣称，要成为优秀诗人，那就是"一种思想淹没了一条巨大的学问之河"。相反地，我认为，他的断言（用最温和的语言来表述）并不比对这些时代的任何绅士风度的诗人的一种不公正的、不好看的反映更好。而伴随着他的离开，洪水般的讨论也渐渐终止。据我所知，我们当中的一些人被认为是富有诗意的伟大智者，并没有什么真正的学问；但我也没有将他们想得更糟糕。

因为我的个人观点是，我赞同每一个人都要干好自己的本职工作，并且做他力所能及的事情，这往往创造出比所有人预期的更好的东西。我认为智慧的花朵理应在春天开放，在自己的花园中，从自己的根和茎中抽枝发芽，而不应该依靠外部的援助。同样，我觉得人的智慧也像一个喷泉，它可以在你无法察觉到的地方滋养自身，而不需要像河流一样，需要瀑布的不断支持。

或者，因为这种情况是与一些贫瘠的智慧相联系的，所以如果有必要，要吸收他人的想法来丰富自己的智慧，就像水泵只有装入水才能工作一样。在这种情况下，我推荐一些被认可的古代著名作家，你可以阅读他们的作品，例如一个诗人或智者。由于你所追寻的是狂放的想象，就像猴子在它的主人头上抓害虫一样，你会发现，这样的想象力在这些古代作家的文字中随处可见，这就像在古老的奶酪里，而不是在新的食物里；出于这个原因，你必须有古典的修养，尤其是那些最古老的东西，都要铭记于心。

但有了这样的谨慎，你无法像一个倒霉的家伙对待老祖宗那样毫无愧疚地去掠夺他们的口袋，并用这种方法来偷窃那些古人的智慧。你要做的不是从他们那里进行掠夺，而是利用他们来提升你自己，将他们的观念和想象内化成自己的，这是一个伟大的判断的结果。虽然很难，但成功的可能性也是很大的。当然，也不会产生卑鄙偷窃这样的污名。因为我谦卑地设想，虽然我从我邻居的火种上点了自己的蜡烛，但这并没有改变我创作的性质，也就是说，不论灯芯，还是蜡，还是火焰，还是一整支蜡烛，都是我自己的。

　　或许你会认为，从许多先贤出类拔萃的学识中学习到足够多的知识，是一项非常困难的任务，而事实也的确如此，但对于后来从摘要、节选、总结中所选出的简短易懂的方法来说，这是一种令人钦佩的权宜之计。通过很少的阅读进行学习，同火镜的使用原理一样，将如散射光线般的智慧汇集起来并学习这些作品，使他们对读者的想象力产生热情和快速的反应。与此相关的是，其他现代的咨询指标，也就是阅读书籍，甚至从别人结束的地方开始阅读，这也是一个了解作品的简单的方法。因为作者要像龙虾一样被使用，你必须在尾巴上寻找最好的肉，然后把身体的其他部分放回盘子里却不需要去动它。最狡猾的小偷（其实是这样的读者，仅仅从文章中借用，换句话说，也就是抢夺）往往从背后翻开箱包，而不是一直潜伏在主人的口袋边。最后，你学习到了许多哲学的基本要素，而从逻辑学上看，在意图中，目的第一。

　　因此，学术界最为感谢的是一位已故的古典文学的痛苦而明智的编撰者，他善于用十分精巧的新式方法进行编写。通过他的支配管理，每一个作者都超出了他自己的索引，像一个北方的小贩一样背着他所有的资产和家当，并且带着很多种类繁多的不值钱的东西。他节省出如此多的时间和精力来追求知识，这让所有年轻的学生都赞不绝口。任何一个为学术界的未来铺平道路的人都是值得大家尊敬的，也值得每一个有机会走上这条路的人尊敬。

　　继续说。在我的时代，再没有比看到这些精巧的小戏剧消失更令我感到惋惜的了。年轻人往往都追求时尚，当我还是个男孩的时候，由于一些原因，那个时代诗歌的创作氛围是十分宽松的。如果说有什么东西会给作诗带来困难，没有什么比这个原因更进一步的了。如今，这些娱乐都得已愉快地复活。在我看来，你最明智的做法就是将你的想法告诉我，在你有条件的时候，不要吝啬去举行一个宴会，要在意那些可以挣钱的娱乐项目。例如，"对韵游戏"就是关于各种韵律的奇特组合，韵脚的和谐在我看来是一首好诗不可或缺的一部分。这并不仅仅是我一个人的看法，在上文中提到的菲利普·西德尼先生也曾说过"现如今，作诗的首要问题就是要坚持文字的音乐美，也就是我们所说的韵律"，这句话已经成了诗歌界的权威，不仅没有异议，也超过了所有的回复。因此，读一首新的诗歌就像是敲一个小瓦罐一样，如果敲起来听上去很好听，我们就能确定，这里面没有任何瑕疵裂纹。没有节律的诗歌，就像是没有灵魂的身体（因为"生命的核心就是韵律"），或者没有击锤的挂钟一样。这从严格意义上说，既不能使用，也不能令人愉悦。同样，这又让我想到了忠实的骑士，拥有强大的音乐细胞，对韵律的长短调都十分尊崇，他们读诗歌时"就像诗人一样"。我们著名的诗人弥尔顿却对这个国家中的这种现象有很大的偏见，他认为这种朗诵者破坏了诗歌，而他才是最正统的诗人。

由于一些原因，我很高兴地听到，在这个城市（都柏林）中有一个十分优秀的年轻人，他现在正在对弥尔顿的《失乐园》中的韵脚进行注解（对这个年轻人怎样称赞都不为过），这会使你找到你的诗歌中的缺陷，使它变得更加雄浑有力。我希望这位年轻的绅士可以成功地完成他的工作；而且，由于这是一个年轻人不大愿意去做的工作，或者说往往出现在对于他有很大好处的时候，所以我也担心他最终不会落在你的研究中。

出于同样的观点，我想向你推荐一出诙谐戏——《图片和格言》，这出戏会给你提供大量的想象空间以及适当的方法。我们这个国家的子民，在这些娱乐中找到了我们的考量，而我们很少考虑或承认它。为此，我们将我们超额的幸福归功于花束中的戒指、鼻烟盒中的格言、便签中的一句优雅笔法写出的玩笑话等。这些物品并不在这个世界的任何一个国家中。

出于同样的原因，你应该对这个剧本有一些了解——《它是什么样子？》在常用的实践中，来加快原本缓慢的能力，甚至将它提升到最快。但它的主要目的是为所有的主题提供各种各样的明喻。它将教会你寻找事物相似的地方，首先充满了各种类似的想象；其次还有各种奇特的创作以及与诗歌的各种关联，就如同它名字的暗示。我告诉你，一个优秀的诗人，头脑中不能没有各种寓意比喻的储备，就像一个鞋匠不能没有他的工具一样。他需要将它们按大小分类排列，并且按顺序挂起来，准备好这些行头，才能开门迎接客人，满足各种类型顾客脚上的需求。这里，我想更加完整地（我已经这么做很久了）坚持美妙的和谐以及诗人和鞋匠之间的相似之处，在许多情况下二者都有相通的地方，例如它们各部分的黏合，它们所需要的材料以及它们所用的去皮刀等。但我这并不是偏题，也不是在这么严肃的情况下讨论无价值的东西。

现在我认为，如果你自己去玩一些小的游戏（并没有为他人提供平等的聪明才智，例如"画手套""滑稽问答游戏""提问与命令"以及其他），将无法设想出你能从中获得怎样的好处，他又将如何打开你想象的大门。将你的空闲时间全部倾注于此，或者宁愿将你所有的空闲时间都奉献给它们，那么之后你就能成为一个有智慧的人，甚至在消遣娱乐的过程中也能提升自己，就像蜜蜂中的独特的管理那样，倾注全部的精力来进行生活，工作于不同的分工上。

我怀疑，你自己的谨慎态度不会让你在每晚都充满着灵性。在这座小镇的某个咖啡厅的一角，反而你可能会收获到智慧、信仰以及政治消息。同样，你也可以在你可支付的范围内，频繁地流连于一些游戏房中，而不需要卖出你的书。因为在我们的剧院里，即使卡托本人也要等到落幕。另外，有时，你可能会遇到一些演员之间需要考验你容忍度的谈话。他们是这样一种人，被认为有同样的能力，在舞台上充满着智慧，就像完美的绅士一样。除此之外，我还知道一个因素，就如同一个好的器皿，卖的却十分便宜，就像商人自产自销的一样。

加上这个，将现代杂记的华丽版本都摆到你的书架上，阅读各种戏剧，尤其是最新的作品，最重要的是，还有关于我们自己成长的一些订阅杂志。在一些描写爱尔兰的文章中，我十分赞成"拒绝和放弃任何来自英格兰的东西"：当我们拥有一个更加美好和便捷的风格时，我们能用什么样的方法到达彼端，是煤炭，还是诗歌？

最后，一本描写寻常人的书籍，是一个节俭的诗人活下去的精神食粮。由于这个众所周知的原因："贵人多忘事"。而另一方面，诗人是职业的说谎者，需要有很好的记忆力。为了使这两方面调和，关于追回记忆的书籍就应运而生了；或者，就需要在日常的阅读和对话中找出哪些事情是需要注意的。你不仅仅进入了你自己最初的想法中（很有可能是很少的和微不足道的），也能够进入其他一些你认为合适的人的想法之中。将这个看作一条定律，当一个作者在你的书中出现的时候，你对他的才智有着同样的要求，就如同当你以一个商人的思维来思考时，这个商人也有你的钱。

通过这几个简单的窍门（在一个好的天才的帮助下），你可以在很短的时间内赶上一个诗人的成就，在那一类人中出类拔萃，这都是有可能的。至于你的写作方法、题目的选择，我不能给你指导，但是我敢给你一些简短的提示，你可以在闲暇时扩展一下。我恳求你，决不把诗歌中最精炼和独特的概念放在一边，而且一个诗人绝不可以像普通人那样写作或者讨论，但在数量和诗歌上要像个哲人。我之所以提到这一点，是因为在这个原则的基础上，我已经知道了英雄诗体，并在布道坛上进行了一场完整的布道，还以无韵诗的方式进行了演讲，这是布道者的巨大功劳，不亚于对听众的真正的娱乐和伟大的启迪。

我需要知道其中的秘密。当这样的谈论话题不过是黏土，或者是我们通常称为悲伤的东西，不能提供更好材料的牧师，就聪明地铸模、抛光、脱水、洗涤这件陶器，然后用富有诗意的火烤，使它会像任何锅罐一样形成环状，成为摆放在普通客人面前的一个优质的餐具，就像每个观众经常来一个地方娱乐一样。

我们的祖先把座右铭放在诗里来激发缪斯，我想这是一种对祝福的渴望。在很大程度上，粗鲁的现代人已把这搁置在一边，而且对诗歌不敬，也不遵循其规则。虽然很悦耳，但这种祈祷听起来刺耳而且令人不悦（就像音乐会前调音一样），它们同样都是必要的。我的意思是，你总是要在你所有的作品中使用古怪的座右铭，因为除了这个技巧显示出读者对作家学识的了解，还有其他作用是值得赞扬的。在一首诗的前面，有一段明亮的段落，这是一个很好的标记，就像一匹马脸上的一颗星星，这篇文章肯定会因此更好。如果我没记错的话，贺拉斯是一个合格的、很好的诗人，可能教你不要限制你的缪斯女神，或者他自己用言语和措辞（这不费什么事）与少数非凡作家相反地创作实践，他们使用自然和简洁的表达方式，影响着一种风格，如同什鲁斯伯里蛋糕甜蜜的口感。他们不会多给你一个词，让人感觉每个词都是必要的，小气而贫穷，就像它不会让你比同伴吃更多的肉那样。

此外，当你开始写作，请穿上你最破的衣服，越破越好，为你的自在和更好的智慧升华，这可能是必要的。因为一个作者，像一个布商，他会因为手里有一种破布而变得更好。另外，我观察到，一个园丁为了让树结更多的果实，剪树上的外果皮（就像一件外套）：这是诗人词穷时最自然的描述，也是为什么所有活着的人都应该生病的原因。我一直对我所观察的人有一个秘密的崇拜，假如他是一个诗人或哲学家，即使他本人有点缺陷；因为丰富的矿物是在地表下最粗糙、最枯萎的地方发现的。

至于你的题目的选择，我只能给你这个警告：因为一个漂亮的赞扬方式肯定是写作或演讲中最难的一点，我决不会建议任何年轻人第一篇散文写颂词，因为它有危险性，一个特定的颂词比一般的谩骂带有更多的恶意，为此我无须给出理由。所以，我的忠告是，使用你的笔尖，而不是羽毛书写。尝试让你的第一次书写用诽谤的文字、讽刺文章或讽刺文的形式写"辉煌的一笔"。降低一半的声誉，你将会绝对地提高自己的声誉；所以它是智慧的，因为小说是你的行业。

每一个伟大的天才似乎都要骑在他人的身上，像皮拉斯骑着他的大象。要让你迟钝的老马有绝对优势，而保持住你的鞍座的方法，就是在你第一次骑上去的时候，不断地策马加鞭。这之后，你会很快地进行一天的旅程。一旦踢开世界，世界和你就会在一个合理的很好理解的状态下生活在一起。你不能不知道，你的职业被称为"诗人烦躁比赛"。你会发现很有必要让你自己有资格适应那尖锐的社会，通过第一次发挥你讽刺的天赋，抛弃善良的本性，只是为了证明自己是个真正的诗人，这值得你认真思考。总之，一个年轻的强盗通常是由一个谋杀开始的；一只年轻的猎狗初入田野的时候是要流血的；一个横行霸道者是从打自己人开始的；一个年轻的诗人必须通过删减、乱改、横冲直撞来展示他的智慧。

最后，无论其本质是一个挤牛奶的女工、厨师，还是杂役女佣，你都应该为你的缪斯女神寻找一份好的服务，这将是你的智慧。我的意思是，把你的笔出租给提供给你薪水和保护的一方；当你的作品要出版时（正是你渴望已久），小心警惕这样讨厌的朋友，用伪善的暴力敲诈你的产品；并且，根据你们的关系提示，你必须放弃极其顽强的手段。

我很不情愿，因为我在这里所说的，如果我应该被认为是在暗示，这些美好的写作环境是这个王国的诗人所不知道的。我要让我的同胞们公正地说，他们已经用非常精确的语言书写了这些规则，而且到目前为止，他们几乎不可能在英国的写作中落后于他们的写作水平。的确，崇高在我们身上并不常见。但是，在我们所有的作品中，都有大量的令人赞叹的、令人惊异的补偿。我们的好朋友（刚才提到的骑士）提到诗歌的力量，提到了押韵，据说是在爱尔兰完成的（他补充说）。说实在的，这是我们的荣幸，在很大程度上，这种力量一直延续到今天。

如果我现在为了鼓励这个王国的诗歌，要提供一些我的可怜的想法，我希望他们能同意。我为这个高尚的职业的困境感到很痛心，我一直在研究如何使其进入佳境。当然，考虑到在诗意方式这些方面，可怕的智慧在这个城市几乎每天都带给我们惊喜。我们这里有什么惊人的天才（没有数量，我可以给实例），以什么巨大的利益可能会带给我们贸易，鼓励这里的科学发展（显而易见，因为我国亚麻生产是由我们目前的诗人所浪费的大量纸张改进的，更不用说其他同样必须使用的店主，尤其是杂货店、药店和糕点厨师。我可能会补充说，要不是我们的作家，国家将在一段时间内缺乏厕纸，从而必须从英格兰和荷兰进口，因为他们的不懈劳动，他们那里厕纸非常丰富）。我说，考虑到这些因素，我谦虚地认为，我们的统治者应该爱护这些文人墨客，并在这里给予他们适当的鼓励，这是很值得的。既然我讨论这个问题，我就会非常自由地表达我的观点，如果我得意地再加上一点，无非是我作为一个英国人有与生俱来的权利。

接着严肃地说，有很多年我都哀叹，在我们这个大而礼貌的城市里缺少葛拉布街，除非整个城市可以称为一个大街。对此，在我国宪法中，我又描述了一种不可饶恕的缺陷，因为我认为我可以这样宣称自己。大家都知道，葛拉布街是智慧的小商品市场，并在必要时，考虑到人类的大脑通常要换换思路，就像鼻子长在一个人的脸上。出于同样的原因，我们这里有一个法庭、一个大学、一个游戏屋，还有美丽的女士们、先生们、好的红葡萄酒、大量的笔、墨水和纸以及激起智慧的其他事物。但那些在其范围的人，尚未认为可以指定一个避难的地方，这是一个非常困难的情况，通过比较可以判断。

这一缺陷确实存在于无法形容的不便之处。为了不提对英联邦国家的偏见，我认为我们的健康受到了损害。我相信我们堕落的空气、频繁的大雾，在很大程度上是由于我们的智慧共同曝光而造成的。如果擅于管理，我们诗意的蒸汽可能会在一个普通的排水沟里被带走，并落入四分之一的城市，不会污染整个城市。视目前情况，这却是我们的贵族绅士们和有漂亮鼻子的人的伟大罪行。当所有作家像城市的自由人那样，随意扔掉他们的垃圾和作品，在每条街上随心所欲，可能会有什么后果呢？这座城市一定会中毒，并成了另一个厕所，就像伟大的游客所报道，在这些可恶的时代，晚上的爱丁堡被认为是一样值得好好游览的地方。

我不是要社会家去改造这种方式，但是，即使没有实用的头衔，我也很乐意看到在我们面前此事有一些修正。所以我谦卑地请求市长、参议员委员会、普通法院的支持，和这个城市的艺术界一起，建议他们从政治上考虑这件事。我说服自己，他们不会想要尽他们最大的努力，如果他们可以同时服务于两个这样的好目标——既能保证城镇和美，又能鼓励诗歌创作。考虑到讽刺诗人和讽刺作家的公职，我也不会有任何的例外。但是，事实上，他们的职责是建成养狗场、收集街道和家庭的污物（他们可能成为城市的拾荒者或烟囱清洁工）。然而，与此同时我发现，他们自己也有非常肮脏的衣服，丢掉比他们扫除的更多的肮脏、污秽。

一句话：我所要做的是（因为我喜欢对我国重要的事情上持简单态度），在这座城市的一些私人街道或死胡同，公众出资建造缪斯的公寓（像在罗马和阿姆斯特丹的那些），完全托付给我们的智慧来使用，提供所有的附属物，如作者、监事、印刷机、打印机、小贩、商店、仓库和丰富的阁楼，以及其他的智慧实施和环境效益，这显然会带来好处的。然后，为我们有最好的产品，我们应该有一个安全的存储库。

另一个让我有些忧郁的想法是剧场的现状，这对诗歌有直接的影响。因为一个好的市场可以改善邻国的耕种，并使农民富裕。我们这个城市似乎也没有足够的了解或考虑一个剧场对我们的城市和国家的巨大好处：单单那座房子是我们所有的爱、智慧、衣着和勇气的源泉。这是智慧的学校，在那里，我们学会了如何知道事情的来龙去脉；然而，我不能说它永远都是在那个地方的安全的知识。在那里，我们的年轻人放弃他们幼稚的错误，第一次看到他们的母亲也会犯错；在那里，他们也摆脱了自然的偏见，尤其是那些宗教和礼仪，这是对一个自由的人很大的限制；同样弥补了坏脾气和羞怯，几场大瘟热引起了血液停滞。它同样是一个共同宣誓的学校，我的年轻主人，起初只是在宣誓时发誓，但他却在那里学会了装腔作势优雅地说话，并要像他读法语时那样圆润低沉地发誓。以前对他来说，在出入剧场时，诅咒、咒骂、撒谎像他每天的外套、背心和马裤一样。现在我要说，共同宣誓是这个国家的产物，多如玉米，是从剧场培育出的，可能和管理一样对国家有很大的好处，就像一个宣誓者的投影机一样。最后，在很大程度上，平台支撑着讲坛，我也不知道我们的牧师可以说什么去反对我们时代的腐败；但对于剧场，那是他们的神学院。这是显而易见的，公众是剧场的一员，因此应该支持它。而我用什么方式说呢？我听说某位绅士有个伟大的设计，要用他们的消遣方式服务大众，还得到了应有的鼓励。也就是说，如果他能得到金钱上的支持或者年薪，就能做大量的贡献。他很值得获得国家的支持，公正地说，他在业余时间有不寻常的技能，并用那种方式进行研究。他走南闯北，为此他拥有渊博的知识。单单鉴于此，他访问了欧洲的所有法院和城市，比我有更多对痛苦的感受。他在海牙拟了一个确切的剧场草案，在这里作为一个新模式。一个人自己可以做这样的公共事业吗？这是不可怀疑的，在他的关注和努力下，不仅我们的剧场（这是他的直接管辖范围），而且我们普通的游戏场所、马夫搬运工、彩票、保龄球绿地、九柱戏的小巷、熊园、斗鸡场、奖品、木偶和街头表演，以及有关这个城市其他优雅的娱乐做出了巨大的改善。他真的是一个原创天才，我庆幸我们的首都在他的居住地，我希望他永远长寿和健康，这样有利于英联邦。

我想提出一个要求，即诗歌可能是特权的一部分。我也相信，在这个城市成立一个诗人公司应该是适合的。我有足够的空闲时间，在这里做一个精准计算。在这个城市里或城市周围，大约有172个诗人，那么多的诗人在数量上足以成立公司。虽然我们已经不是一群高明的诗人，但我们有管理员和仪仗官，有大量的蹩脚诗人、小诗人、业余诗人、模仿诗人、斐洛诗人和许多智商不高造诣不高的诗人！我永远也不放心，直到我的这个项目（让我衷心感激我自己）付诸实践。我渴望看到那一天，当我们的诗人有一个定期的和独特的团体，并等候我们的市长公开日，像其他的好公民一样，身着礼服出现。因为是我提出的这项建议，我应免费加入他们的集会。

总结一下：如果我们的政府里有一个桂冠诗人，像在英格兰，那会怎样呢？如果我们的大学里有诗歌教授，像在英格兰，那会怎样呢？如果我们的市长有个吟游诗人，像在英格兰，那会怎样呢？要改善英格兰，如果这个城市的每个公司、教区和病房，付费给诗人，会像英格兰那样没有诗人吗？

最后，如果每一个合格的人被迫加入了一个比平常他的佣人的数目还多的家庭，而且身边还有一个傻瓜和牧师（这往往统一成一个人），诗人还会待在他的家里吗？一个打油诗人住在仆人的房子里，就像一个带着铃铛的多宾马，一个团队的头，也许是必要的。这些都是我留给尊长们的智慧。

在我一直在指导你写作，我不应该忘记控制我自己，这些文字已经超越了一封信的界限。因此我必须到此结束，并希望你不要客气。相信我，先生。

关于埃丝特·约翰逊之死

这一天，是1727年1月28日。大约晚上八点的时候，一个仆人给我捎来口信说约翰逊去世了。她是我，也是任何人能有幸结识的最真实、最端庄、最重要的朋友。那天下午约六点的时候，她与世长辞了。大约晚上十一点钟，我独居一室，为了宽慰自己，我决心谈谈约翰逊的生平以及她的品质。

她于1681年3月13日在萨里的里士满出生。他父亲是诺丁山郡一个有门第的家庭里的幼子，她母亲则出身相对卑微。因此，她没什么可以吹嘘的身世。她六岁时我就认识她，我负责监督她的教育，指导她应该阅读哪些书籍，并一直教导她幽默和美德的原则。这些原则约束她生平未做出极端的行为，也未有过丧失理智的时刻。她自小体弱多病，但长至十五岁时，身体恢复健康，并且被人尊称为伦敦最美丽、优雅、招人喜欢的女子之一，只是略显丰盈。她乌黑的头发比渡鸦的羽毛还黑，面容的每一部分都完美无瑕。她同一户人家住在乡下，并与一位较年长的女士建立了亲密的友谊。那时候我住在爱尔兰（这让我羞愧）。大约一年后，我去英格兰拜访朋友并见到了她。我注意到在她依赖的人去世后，她常感到不安。在那时，她的财产总共也没有超过一千五百镑，而这些钱的利息在英国这个什么都这么贵的国家不足以维持生活。出于这种考虑，同样也是为了让我自己感到欣慰，因为我在爱尔兰没什么朋友或熟人，我说服她和她亲爱的朋友——另一位女士，提取她们的钱存入到爱尔兰，把她们大部分的财富存为年金，利益多至百分之十。在爱尔兰，除了能多赚些利息，所有生活必需品的价格都是英格兰的半价。

她们听从了我的建议，不久搬到了爱尔兰居住，但是因为我在英格兰多待了些日子，她们在陌生的都柏林生活得很沮丧。那时她大约十九岁，已经享有盛名。但是这次搬到爱尔兰却受到非议，仿佛这背后有一段不为人知的历史，然而不久这些非议便因她出色的行为举止而停止了。

她同朋友于1702年来到爱尔兰，直至今日去世将她与我们分开。过去几年来，疾病一直困扰着她。近两年，她对生活失去了信心。过去十二个月里，她从没享受过一天健康的生活，或者更加准确地说，有六个月的时间她都是命悬一线的。由于两位医生和朋友们的悉心照顾，她顽强地活着，几乎是在同自然做斗争。写到这里，时间仍停留在同一晚。现在还未过十二点。

从来没有女子生来便具备卓越的天赋，或者能通过阅读和交谈来提高她们的天赋。虽然她的记性称不上最好的，人生最后几年记性更差，但我从不记得她对何人、何书、何事有过错误的评价。她总是能给出最好的建议，留给他人最大程度的自由和尊严。她的一举一动、一言一行都如此优雅，超凡脱俗。文明、自由、随和、真诚从未有过这样恰当的结合。对于认识她的人而言，他们以一种高于她身份的尊重对待她，同样，无论哪种人，同她相处时都感到前所未有的自在。爱迪生先生在爱尔兰时经人介绍认识了她，并很快发现她与众不同。要不是爱迪生先生很快离开了爱尔兰，我敢说他会用尽一切努力来获得她的友谊。但她不会对粗鲁又自负的纨绔子弟有丝毫怜悯之情，相反地，她只会对他们表现出鄙夷之情。我们这些因拥有她的友谊而感到幸福的人，都一致认为她总能在下午或晚上的谈话中讲出我们这辈子听过的最好的事物。我们当中有些人记录了她的一些言语，或者法语中所说的"良好的根基"。她是如此地出类拔萃，简直让人难以置信。她从不误解别人，也不曾说过一句苛刻的话，除非有理由应受到严厉谴责的事情。

她的仆人们喜爱甚至拥戴她。她有时会给予仆人自由，但是她的风度令人敬畏，仆人们始终对她抱有敬意。她有时也会责骂仆人，那种严厉的责骂能够在很长一段时间内约束着他们。

1月29日，今日头痛，无法下笔。

1月30日，星期二。

今晚举行葬礼，疾病无法阻止我出席葬礼。现在是晚上九点钟，我进入了另一家公寓，在那里我就看不到教堂的灯光了。那灯光正好照射在我卧室的窗户上。

约翰逊具有女性的柔美，又有某种英雄气概。她和她的朋友新租了一个房子，那里只有一个男孩。那年她大概二十四岁，有人警告她要有危险意识，因此她学会了如何使用手枪。有一次，有几个恶棍来砸门，其他女子和仆人都吓得半死，她却悄悄移动到客厅的窗户旁，戴着一副黑色面罩以免被人发现。她现在胸有成竹，温柔地拉起窗帘，将手抬高，给手枪发力，装上子弹，对准一个恶棍，那个恶棍正站在靶心的位置上。那恶人受了重伤，被其他同伙抬走了，第二天便死掉了，其他同伙则逃之夭夭。奥蒙德公爵常为她的健康干杯，并且一直对她怀有崇高的敬意。过去她乘船时险些丧命，因此对乘船心存恐惧，但她有理由这么担忧。无论是在乘坐四轮大马车或是骑在马背上，她从不失声尖叫，也不面露忧容。意外事故也不会引发她的不安，而大部分女性要么是软弱，要么是做作，都表现得惊慌失措。

她在谈话时从不缺少思想，也不会打断他人，或者急于插话，或者不耐心地等待他人讲完话后马上开始自己发言。她说话时语气温和，用词朴素；也从不犹豫不决，除非她想在陌生人面前表现出自己的谦逊。那种情况下她甚至有些矜持，但是同最亲密的朋友在一起时，她便会不时多说一些。她不擅长讨论女人普遍爱聊的话题。她从不议论丑闻、谴责或者诋毁他人。但同一些朋友相处时，在私人谈话中，她会不拘礼节，讨论自己对纨绔子弟的鄙夷，讨论他们的愚昧无知；但是对女人的无知，她则认为那是情有可原的并且怜悯她们。

当她一旦确信，一个身居高位的人，特别是在教会有任何违反真理或荣誉的行为，她的脸上都会有难以掩饰的愤慨，人们也会因她不悦的神色而不提到他们的名字。特别是后一种人，她也知道该如何尊敬他们，但是她憎恶上述所有人。因为很显然，他们已经牺牲了这两个珍贵的美德去实现自己的野心，并已很快原谅了与他们相同的道德失范行为的俗人。

她一生体弱多病，使她在本来可以有所成就的阅读方面没有什么进展。她精通希腊和罗马的故事，对法国和英国的故事也很熟知。她法语讲得很流利，但由于长期不用和久病的原因，已经忘得差不多了。她仔细阅读能开阔视野的所有的最好的游记。她理解柏拉图和伊壁鸠鲁的哲学，并能很好地判断后者的缺陷。她对所读过的好书进行卓有见识的概括。她懂得政府的性质，并指出霍布斯的所有在政治和宗教上的错误。她对物理有很好的洞察力，也略知解剖学，她孩提时代有位杰出的长期照顾她的医生教过她这两科，并对她个人和她的理解能力深表敬意。在诗歌和散文上她很机智，并有真正的欣赏品味，是一个完美的文体批评家。找到这么一位更合适或公正的评论人不太容易，作者可能更乐意依赖于其建议。如果他想让一件作品面世，那就把它拿给她来评判一下。也许她有时过于严厉，可这是一个安全、可原谅的错误。她保持她的才智、判断力和活泼天性直到最后，但常常抱怨她的记忆。

她的财产据我听旁人说，不可能超过二千英镑，其中一部分是在英格兰的年金，还有一部分是在爱尔兰的。

对于如此与众不同的一个人，也许可以说一些细节，尽管不太重要，但还要进一步阐述一下她的性格。当她是一个小女孩时，有人经常给她一些金币，她让她的母亲和其他的朋友答应将它们都保存起来，这就养成了一个勤俭节约的习惯。在大约三年后，她们竟积攒了大约二百英镑。她常常拿出来炫耀，但是她的母亲担心她受骗，在几个月内强行说服她，不要把兴趣集中在金钱上。当小女孩不再对看金币、数金币感兴趣时（不知她一天要做多少次），她就对积攒宝藏失去了兴趣，她的心情就完全发生了转变。她对新得到的每样东西都粗心大意甚至浪费，一直持续到大约二十二岁。她害怕支付给商人大额钞票会引诱她卷入他们的债务，在一些朋友的建议下，她开始反思她自己的愚蠢，直到她结清了所有店铺账单，并偿还了一大笔花销，她才安心。之后，再加上几年更深刻的理解，她成为最精明的经济学家，并持续一生，但仍有一种强烈的自由倾向，其中，她庆幸自己避免在服饰上超出了仅仅是体面的所有花销（她从不鄙视）。

她反复生病要花销很多。其中她遇到了几个慷慨的医生，以致她不用花一分钱（实际上是她本来也不用付费），可她依然没有存下特别多的钱。所以在她去世的时候，她最亲近的朋友觉得她非常拮据，可她的遗嘱执行人发现了她结实的盒子里有大约价值 150 英镑的金子。她悲叹她有这么多财富却那么小气，没有用来经常招待她的朋友们，没有如她所望地那样热情好客。但当她健康时，他们受到整洁、体面的款待，使她和她的同伴度过比实际收入要多的相当大的开销的生活。他们总是生活在出租的房间里，包括两个女仆和一个男仆。

所有家庭支出她都记账，从她来到爱尔兰到她去世前几个月。当她回看她一年的家庭账目时，她会经常发牢骚，生活必需品每年都要长一倍，而金钱的利息却降了一半，以致她必须得有额外的收入。

一找到时间，我就接着写。

但她对穷人的慈善没有减少，那是她的一种责任，因此也成了对那些养成纨绔习气的商人的一种税收。她尽可能少买衣服，只买那些既普通又便宜的适合她当时处境的衣服，她的衣服多年不带花边。她的判断或财富是非凡的，她是善于选择施与慈善的人。因为从另一方面考虑，行善比财富成倍增长走得更远。我听她说，她总会遇到穷人来感恩，这是因为她善于找到真正需要帮助的人，以及救济他们时那亲切的方式。

她还有另一个令人愉悦的品质，尽管可能被认为是对她的慷慨的一种检验。但是，那是她无法抗拒的一种乐事；我的意思是，送人令人愉快的礼物。那是她生命当中最为敏感的天性。她是这样定义礼物的，就是给需要或者是喜欢这样东西的朋友的一个礼物，而且是不容易用钱买得到的。我同她认识这么长时间，我相信，在不同种类的慷慨上，她已花掉不下几百英镑。至于给她的礼物，她是很不情愿收下的，但是有些礼物是她曾救济过的人送来的。不论在任何情况下，她都是我所知道或者听到过的最无私欲的凡人。

由于她自己的性格，至少是由于她体弱多病，她很少外出访问。但是她自己的住所，从二十岁以后，就经常有许多庄重的客人来访，他们都因她鉴赏力强，举止得体，谈吐高雅而尊重她。这些人中，有首席主教林赛、劳埃德主教、阿什主教、布朗主教、斯特恩主教、普莱思主教以及后来的一些主教。事实上，她认识最多的人是神职人员。尊敬、真实、大方、善良、谦虚是她主要的美德，也是她的熟人最看重的。她知道人无完人，她也有缺点。尽管这些美德没有学习或智慧的光芒，但她更重视这些。在前者中至少从未涉及任何失败，即使那是在后两点中最伟大的人物。她没有利用任何人的慷慨，但与她憎恨和贪婪的人为伍让她惴惴不安，这时，她会说些非常有趣和幽默的事情。

她从未打断过任何人说话，她也没有嘲笑过他们所犯的错误，而是谦虚地帮助他们。如果是一件好事却被忽略了的话，她就不让它落下，一定大方地说出来让在场的人知道。她听大家说，但是从来不分心或心不在焉。

在她面前，不谦虚地说错一个字，她都能听出来。她充分利用她的智慧，她的轻蔑，她的怨恨，这样残忍行事只会让人惶惑。她总会事先避开像熊或色狼那样罪恶的人，而且这样的人再也不会铤而走险。

一次，她和其他几位女士在一起，碰巧有个那种鲁莽的纨绔子弟陪同，这人能说会道，话中有话。她是这样对那男子说的："先生，我和这些女士们，都非常明白你的意思，尽管我们很在意，但我们太常见到举止不端、无鉴赏力的像你这样性别的人。但是，相信我，无论是善良的还是恶毒的女人，都不喜欢这样的交谈。现在我将离开你，并告诉你：无论我去哪儿拜访，我要先问你是否在此，以确保我能回避你。"我不知道大多数女士是否会同意她这样一种行为，但是我相信，这样一来很快就结束了那扫兴的谈话，单调、无知、无耻、粗俗的最差的影响，以及对女性的谦虚和理解的最高的侮辱。

鲜有几次的访问之后，她几乎不再有同性客人，除非她们因轻松从容而深受她喜爱，因趣味高雅而深受她尊敬，那些不坚持礼节的人，也经常来看她。但她宁愿选择男人为她的同伴，女性话题她所知甚少，也不喜欢。然而，没有男人在极度痛苦之中招待她，因为她很容易突然喜欢那些单纯而又快乐的事情。一谈到新闻、政治、指责、家庭管理、市井话题，她总是转移话题，但这些的确都很少发生，因为她很好地选择了同伴。因此，许多人会恳求与她相识。也许在几次拜访之后，他们发现事与愿违不再去拜访她后，她也从不问及原因。

在争论上她从不积极，她通常以满足其大言不惭性情的一种方式对待那些辩论者。然而，这种方式是可鄙的，同时也伤害了主人。是否出自她的随性，出自她对人的冷漠，出自她无意修补关系，还是出自她对爱迪生先生喜爱的实践而继续下去，我不能确定。但当她看到同伴以错误的态度显得热情时，她更倾向于确认她很反感他们。当她的朋友问其原因，她通常给出这样的理由：防止噪声，节省时间。但我知道她对她尊敬的一些人非常生气，因为有时那令她非常虚弱。

她喜欢爱尔兰胜过出生在那里或者在那里致富的人。她在斯蒂芬斯博士医院花费了1000英镑，使自己恢复健康。她憎恨英国对这个王国的专制和不公。她有真正的理由喜欢这个国家，在那里她得到所有认识她的人的尊敬和友谊，所有听说过她的人的好评，真是没有一个例外。她的特点就是不同寻常，她喜欢知识渊博、智慧超群、精力充沛的人，因为这些品质足以令人心生妒忌或者令人谴责。比起她的更好的美德，这也必须归因于她伟大而谦虚、温柔而善良的性格。

　　尽管她来自书本或者同伴的学识通常远比她的性别所应拥有的要渊博，但她从不炫耀。她的女性贵宾，在她们第一次相识的时候，希望通过她们所谓费解的词语和深刻的交谈有所发现，但都令她们失望，因为她们发现她与其他女人别无两样。但明智的男人，通过她的谦逊，不管他们谈论了什么，可以很容易地观察到，她非常理解他们。

丹尼尔·笛福

丹尼尔·笛福（1661—1731），出生于英国伦敦，其父经营屠宰厂。笛福这个名字他使用了四十余年。早年，他不愿成为信奉英国国教的牧师，转而选择了经商。《论开发》是他早期的一部作品，其中提出了多项日后得以实施的工程方案而引人瞩目。他在讽刺诗《真正的英国人》中斥责那些攻击威廉三世为外籍的言论，并凭此获得了威廉三世的支持。然而，他的另一部作品《消灭不同教派的捷径》激怒了托利党人，并因此被罚款，身陷图圄，遭受枷示，但被伦敦市民奉为英雄。在监狱中，他创办了《法国时事评论》杂志（1704—1713），该杂志在某些方面可以说是《闲谈者》和《旁观者》这两本杂志的先驱。此后十四年间他主要从事政治新闻报道。1719 年，他发表了第一部小说《鲁滨孙漂流记》，并成为他有史以来最成功的一部现实主义小说。之后，他又写了几部小说，大多描述恶棍和罪犯的生活，包括《摩尔·弗兰德斯》《杰克上校》《罗克萨娜》和《辛格尔顿船长》。值得注意的是，他的作品《瘟疫年纪事》，仿佛让人身临其境，引起了人们特别的关注。

在笛福职业生涯的后期，他彻底成了名誉扫地的政治家，被认为是仅为金钱工作的记者。他的写作能力几乎是无可匹敌的。此外，记载他上百部已发表作品的完整清单将永远不会被列出来。在此提供的他的几部代表作品真实地证明和反映其写作特点，并且这些作品都创作于其尚未沦为政治工具时期。

消灭不同教派的捷径

　　罗格·莱斯特兰治爵士在他的《寓言集》中为我们讲过一个公鸡与马的故事。一只公鸡被人们关在马厩里，和几匹马生活在一起。看来马房里并没有为它准备鸡架或别的设备，于是公鸡只好在地上栖息。结果，几匹马拥挤着抢地盘。那只公鸡眼看就有性命之虞，因此便郑重地告诉它们说："先生们啊，为了避免你们踏伤我，或者是我踩伤你们，大家都安静点儿，不要乱动吧！"

　　现在，世间有些人已经丧失权势，没有依附，不再高人一等，他们整天担惊受怕，生怕进一步受到应得的惩治（他们这样想确实有他们的理由）。因此，开始和《伊索寓言》中的公鸡一样，大谈什么"和解与团结"，鼓吹什么"基督徒的温和之道"。可是，他们似乎忘记了在执掌大权时，这些美德是被他们拒之于千里之外的。

　　到今天，世界上最纯洁与最昌盛的教会之荣耀与安宁被威胁、攻击与侵害，已经接近十四载了（1688－1702），有那么一些人借着一时好运，对它百般侮辱，把它踩在脚下。这是她的羞辱和苦难的日子。她以不可战胜的坚韧精神忍受着恶人的羞辱。上帝终于听到了她的祈祷，并把她从异邦人的压迫中拯救了。

　　如今，这些人发觉大势已去，他们的权利已经完结，我国已经有了一位英国国教的忠实教徒和朋友即位。他们发现英国国教的正当愤慨将会给自己带来什么危险，于是大声疾呼，"和解！""团结！""宽容！""仁爱！"好像国教对她的敌人纵容的时间还不够长似的，应该继续哺育这一窝险恶的毒蛇，直到它们嘶嘶地反噬养育着它们的母亲。

　　不，先生们，讲宽容的时间已过去了！你们的恩典已经结束了！如果你们真心期盼自己更好，就应该践行和平、节制和慈善！

　　在过去的十四年里，我们都没有听到过这种事。我们因你的《容忍法》

而受到了虐待和欺侮。你们曾告诉我们，你们与其他人一样，同样是依法建立的教会！你们曾对着我们的教堂门口修建起你们貌似虔诚的犹太教堂！国教和她的信徒们都备受谴责，被迫立下各种誓言与书面誓约，发誓断绝与原来的各种关系，等等！你们为什么不把这些恩惠施给英国国教敏感的良心呢？你的仁慈、忍耐、宽容在哪里呢？要知道，英国国教发起誓来不会像你们制定誓约那样迅捷。对他们合法的国王宣誓效忠，这位君主还在世，他们便不能废除这一誓言，向你们那大杂烩式的荷兰政府表示臣服吗？这些都是他们的教会俸禄，他们和他们的家人都饿死了！他们的产业被加倍征收来进行一场他们没有插手的，而你们从中也一无所得的战争。

你们凭什么用你们诡辩的政治迫服民众违背自己的良心，像法国的新皈依者一样，不想挨饿而违背教规吗？现在的处境完全倒过来了。你们不应该被迫害！这不是基督教的精神！

你们杀害了一个君王，废黜了另一个君王，又立了第三个君王，还恬不知耻地希望得到第四位君王的重用和信任。任何不了解你们这一派的人，都会对这种厚颜无耻和愚蠢的想法感到吃惊。

你将那位荷兰君王变成了一个俱乐部国王，你对他的管控足以让未来的王子们看清你们的游戏规则，并引以为戒避免将来被你们控制。谢天谢地！女王没有被你们掌控，她很了解你们，会在意你们的要求的。

毋庸置疑，一个国家的最高权威本身就是在这个国家的任何地方具有执行法律的权力，也有资格具有这种权力。我们那个激进的党派大声嚷嚷的所谓"迫害"，只不过是政府执行我国原有的法律，而且不再那么温和地执行。他们把这一权力放大到很高的高度，法国的胡格诺派的苦难是无法与他们相比的。那些当初自愿同意制定这些法律的人，后来又违背了这些法律，对他们执行国家原有的法律永远不能被称为"迫害"，而只能叫作"正义"。但是"正义"对任何冒犯的人来说总是"暴力"的！因为在每个人看来自己都是无辜的。

在英国，第一次对"不从国教者"的法律惩治是在詹姆士一世时代。这意味着什么呢？说真的，他们所遭受的最坏的情况是，应他们自己要求，让他们去新英格兰建立一个新的殖民地；给予他们极大的特权、补贴和适当的权力；保护他们，保护他们不受所有入侵者的侵害；不向他们征收税收。

这就是英国国教的残酷！致命的慈悲！那位杰出的国王查理一世就这样被送上了断头台。如果詹姆斯国王把所有的清教徒都派到西印度群岛去，我们就会有一个全国统一的纯正教会，英国国教就会一直保持完整。

为了报答老国王的慈悲，他们拿起武器反对新国王，征服他，追捕他，俘虏他，监禁他。他们破坏了政府的灵魂和实质：拥立了一个卑鄙的骗子，他既没有统治天下的资格，也不懂治理国家，只能用野蛮和血腥、阴险狡诈而肆无忌惮的议会来弥补这种不足。

如果国王詹姆斯一世完全执行了法律，如果对他们进行严厉的惩罚，就可以把他们从国内肃清，其结果很明显：他的儿子决不会被他们谋杀，君主制也不会被推翻。由于他对他们过于宽容，他被断子绝孙，国不宁日。有人肯定会有这样的想法：一个不从国教者应该不会恬不知耻地认为，当他们知道他们曾经向我们发动了一场内战，因我们以前的教养，曾经有过一种无法忍受的、不正义的迫害，我们就会被他们引导，并被允许进入和平与宽容的状态。

不，过去的事实告诉我们，我们不能再对他们宽容了：很明显在他们得势的时候，他们对待国教的态度很严厉，极尽所有的责备和轻蔑。在他们成立共和国的那段得意时期中，他们对笃信英国国教的忠诚的保皇贵族讲过什么和平和仁慈吗？他们是如何绑架保皇贵族并勒索钱财，不管他们是否真的为国王卖过命？逼迫人们拿出自己的资产来免祸，让他们的家人挨饿的呢？他们是如何对待英国国教的神职人员的呢？他们解除牧师的职务，吞噬教会的财产，与他们的士兵瓜分教会的土地，将国教牧师赶出教堂，让他们忍饥挨饿！现在是以其人之道还治其人之身的时候了！

仁慈和博爱是英国国教一贯信奉的教义，很明显，她对于从国教者付诸了实践，甚至超出了他们应该得到的限度，直到她本身感到力不从心，实际上对她自己的教徒不友善；尤其是之前提到的国王詹姆斯一世太过仁慈，如果他把清教徒从他的土地早些肃清（他早就有这样做的机会），他们就没有能力像后来那样欺凌国教了。

在国王查理二世时期，英国国教是如何以德报怨的呢？除了伪法院的法官以外，没有一个人为那场可以避免的战争所流的全部鲜血受到过惩罚。詹姆斯国王皇恩浩荡，宽厚仁慈，扶助他们、信任他们、重用他们，行仁政、轻刑罚，有时候甚至不听议会的劝告，让他们信仰自由，但是他们又是怎样以怨报德的呢？他们策划了邪恶的莱府阴谋，企图推翻和谋杀国王和他的继承人。

仁爱和温情好像是詹姆斯二世家族固有的品德，他即位以后，对他们施以不寻常的恩惠感化他们，甚至当他们和蒙茂斯公爵串通谋反他他都没有对他们严加追究。这位君王想要通过仁爱和温情来赢得他们，昭告天下赐予他们的普遍自由！宁愿委屈英国国教也不委屈他们，可全世界都知道他们是怎样回报他的。

前一朝（威廉三世）的情况人们仍记忆犹新，无须赘述。他们是如何打着"和国教齐心协力"平复民愤的幌子，和一些"误入歧途的绅士们"一起，竟然把国王赶下了台：就好像不把那位国王彻底毁灭就不足以平民愤，国家就不得以申冤一样！这就是他们的禀性和他们所说的"仁慈和博爱"的一个实例。

而在他们的国王执政时期，他们的气焰到底有多高呢？他们如何取得信任，进入了一切有利可图的重要部门！他们如何霸占牧师的位置，最重要的是，他们的政绩少得可怜！所有这些证据确凿，不需要任何评论。

尤其值得注意的是，他们向我们所谈的"仁慈""宽容"和"团结"精神，在苏格兰表现得极为明显。如果要看看不从国教者的仁爱精神，那就请仔细看看苏格兰吧！他们征服了整个教会！践踏了神圣的命令，压制了主教的政府，正如他们所认为的那样，取得了不容置疑的胜利。同时，他们认为战败者会很难东山再起，这种情况也是有可能的，但他们可能会发现自己想错了。

现在，我们要问他们的无礼的拥护者、观察者一个再恰当不过的问题：请问，从苏格兰长老会政府中，苏格兰圣公会的成员们能得到多少怜悯和支持？我将为英国国教担保，不从国教者在这里仍会得到同样的怜悯和支持，尽管他们受到排挤，应得的不多。

在一篇关于苏格兰主教神职人员苦难的小短文中，我们可以看到他们所受的遭遇！他们不仅失去了教会的俸禄，而且在好几个地方，他们遭到掠夺和虐待！那些不信奉苏格兰教的大臣都被驱出了教会，他们有妻儿老小，没有任何生活保障，而且几乎得不到糊口的慈善救济。这群人的残酷无情罄竹难书，在这篇短文里就不多谈了。

现在，为了防止那片遥远的乌云笼罩在英格兰的上空，他们动用了真正的长老派政策，试图把英格兰和苏格兰合并，英格兰可能会把英国国教和苏格兰的科克合二为一，让他们的长老派议员坐进我们的下议院，让他们那些虚伪的僧侣参加我们的教士会议。如果我们狂热的辉格党政治家们继续执政，只有上帝知道将会发生什么事情。但我们希望我们现在不再害怕这些了。

某些派系是这样指控的。他们已经开始用它来威胁我们，如果我们不合并，他们就不会再和我们一起解决王位继承问题；当女王陛下去世时，他们自己将重新选择一个国王。

如果他们不同意，我们就逼着他们同意。我们已经不止一次让他们知道我们可以这样做到。到目前为止，王室还没有拥有继承权的权利，但他们可能会再次获得权力。如果苏格兰不想拥护有继承权的君主，英格兰可以不顾他们那个荒谬的命令，因为英格兰并没有承诺，不会帮助推选合适的继承人，拥护他即位。

这就是这些绅士们，这就是他们在国内外对待教会的态度。

现在让我们来看看他们假装给出的理由，为什么我们必需帮助他们呢？为什么我们要继续容忍他们呢？

第一。他们说他们人数众多。他们是国家的主要组成部分，我们不能压制他们。

对此，我们可以这样来加以反驳：

1. 他们的数量并不像法国的新教徒那么多，但法国国王却立即有效地把他们从国内肃清，而且我们没有发现国王很想念他们。

但我不认为他们的人数有他们吹嘘的那么多。他们的党派比他们的人数都多，那些教徒们被他们花言巧语连哄带骗地暂时加入他们党派，使他们的政党更大。然而，一旦政府奋力行动，这些人才会睁开双眼清醒过来，正验证了那句俗语，"树倒猢狲散"。

2. 人数越多，危险越大，所以就更加需要去镇压他们。因为当初没有彻底消灭他们，所以上帝便让我们忍受他们的骚扰。

3. 如果我们允许他们继续骚扰，只是因为我们人少不能压制他们，那么我们是否可以尝试一下？依我看，这很容易做到！如果它是正确的，我也可以给出一些具体的实施方法和手段。但是我坚信政府会找到行之有效的方法，把他们从我们的国土上连根拔掉。

其次，他们使用的另一论点是，现在正是战时，我们需要团结起来对抗共同的敌人。

我们回答，如果他们不挑拨造势，这个共同的敌人就不是敌人！他本来很安静，态度平和，没想打扰我们，更不想侵犯我们；我们也不知道为什么要和他吵架。

但进一步说，我们毫不怀疑，没有他们帮助的情况下，我们也能够对付这个共同的敌人，但是，为什么因为有这个敌人我们就要和他们团结起来呢？如果我们不阻止他们，不与他们联合，他们就倒向敌人了吗？我们非常同意他们的要求！毫无疑问，我们将准备好对付他们和共同的敌人。没有他们比有他们更好！此外，如果我们有一个共同的敌人，为了安全起见，就需要先肃清我们的私敌！

一些人反对压制旧币，这是一个很好的观点：现在是战争时期，对于国家来说，这样做风险巨大。如果我们掌握不好这一局面，就会乱得不可收拾。然而，结果证明危险并不是那么大，局面是可能被控制的，而且也成功制造了新币，成果是满意的。同样，压制不从国教者不是一件更困难的工作！而且对于公众来说也一样是当务之急。如果辉格党、宗派组织、派系分歧像旧币一样一天不被清除，我们这个国家就永远不可能长治久安、国泰民安。

说到困难，就是用分立主义和一个强大政党的概念吓唬我们自己，而这实际上是一个没有权力的政党。从远处看，困难往往大于我们的判断分析，并且不同于困难背后的乌云密布。

我们不会被困难吓倒的！根据我们自己的经验和他们的经验，现代人要比古人更有智慧。国王查理一世如果采取了更慎重的措施的话，早就压制了这个党派。总之，论武力他们丝毫不占优势，他们的蒙茂斯、沙夫兹勃里和阿吉尔都已作古！他们的荷兰圣所已经到了尽头！上天为他们的毁灭让路！如果我们不抓住这个神圣的时刻，我们就得责怪自己的最大过错！也许以后还会记得，我们曾经有一次机会通过铲除自己的死敌，为英国国教做一件大好事，而我们让这机会溜走的那一刻，就可能会后悔莫及了。

此外这里还有一些很受欢迎的反对意见。

首先，女王已经向他们承诺，他们可以继续拥有宗教信仰自由的权利，而且她告诉我们她将信守诺言。

女王陛下将做什么，我们无法干涉！但是，作为教会的领袖，她应该如何做，则另当别论。女王陛下已承诺保护和捍卫英国国教，如果不消灭不从国教者，她就不能有效地做到这一点；如果她不能有效地做到这一点，就会遭到异议者的破坏；当然，她必须得放弃一个承诺以便实现另一个承诺。

但要更有效地回答这个问题，女王陛下从来没有承诺要维持信教自由可以破坏国教。而实际上，这是一种假设，信教自由可能与女王陛下曾宣称她会特别保护的国教的福祉和安全相一致。现在，如果这两个利益冲突，很明显，女王陛下的意图是维护、保护、捍卫和建立国教。而我们认为这二者确实是不可能并存的。

也许可以这样说，教会并没有受到不从国教者的直接威胁，因此，一切可以从长计议。但是这个理由也站不住脚。

第一，如果危险真实存在，那么我们不但不能因为它要过段时间发生而不加反对，相反，我们应该尽快未雨绸缪，以免以后要发生时就迟了。

第二，这是一个机会，也是国教必须保护自己，摧毁她的敌人的唯一可能的机会。

这个国家的代表现在有机会了！所有的好人所盼望的，英国的绅士们可以为英国国教奉献的时刻来到了。现在他们受到了这样一位英国女王的保护和鼓励。

当有人来给你的妹妹提亲的那一天，你会为她做些什么呢？

你是否会建立世界上最好的基督教会？你是否会压抑疯狂的异端精神？你能否将我们国家从长期吮吸母亲鲜血的毒蛇中解救出来？你是否想让你的子孙后代摆脱派系和叛乱的迫害？那么，现在是时候了！这种异端的宗教杂草长期扰乱着教会的安宁，毒害着好的谷物，现在是时候将它们拔除了。

但是，另一个忽冷忽热没有主见的反对者说，这样做就是在恢复异教徒的法令！这样做的本性太残酷了！对世人来说我们太野蛮了！

我回答说，杀死冷血的毒蛇或癞蛤蟆是残忍的，但是从它们有毒的本性来说，消灭它们就是对同类的一种慈善！我们消灭它们，不是因为自己受到了人身伤害，而是为了防患于未然；不是因为他们作恶多端，而是杜绝他们所要犯的罪恶。毒蛇、癞蛤蟆对身体有害，这些家伙也在毒害人的灵魂！腐蚀我们的子孙后代！诱惑我们的孩子！摧毁我们幸福的生命，我们未来的幸福！玷污所有世人！

难道对于这样的野生动物也要讲法律吗？有些野兽是供人行猎取乐的，狩猎者给它们以奔跑的余地；但对于有些野兽，就要被人们各种可能的暴力和意外当头一击。

我不赞成火刑！但是，正如斯奇比奥谈到迦太基时所说的一样，"我们一定要消灭迦太基"。如果我们想过上和平的生活或者维护自己的权利，就得把他们从这个国家连根拔起，铲除干净。至于用何种方式，我把它留给那些有权替上帝执法惩罚国家和教会之敌的人吧。

但是，如果我们被这些莫须有的罪名所蒙蔽，为了避免得到一个残暴的恶名，我们必须从这个公正的角度对他们执行正义的制裁，便永远不会有什么结果！这对于我们自己的儿女和亲爱的后代，将会是更加野蛮的行为，就像他们指责自己的先辈一样，像我们的子女责备我们一样："你们在一个真正的信奉英国国教的女王的支持和保护下，本来有机会把这帮被诅咒的种族从这个世界彻底根除！可是你们因为愚拙的怜悯而宽恕了他们；当然，这是因为你们不想那么残忍。但现在我们的教会被压制和迫害，我们的宗教被践踏，我们的财产被掠夺，我们的人被监禁，被拖到监狱、绞架和断头台上！你们宽恕了这些人，却是在毁灭我们！你对他们的仁慈，实际上是对你可怜的子孙后代的残忍！"

当我们的子孙后代将被这伙无情无义的人残忍地控制着的时候，当我们的教会被分裂、宗派、热情和困惑吞噬的时候，当我们的政府被外国人侵占窃取的时候，我们的君主制就变了，这种反思将会是怎样的呢？

对我们来说，与其让我们饶恕这群坏人，不如我们自己把子孙召集起来，进行一场大屠杀，那会是更合理的。因为我们把他们带进了自由的世界，我们还要把他们送出去，不要因为我们的疏忽出卖他们而惨遭别人的毁灭，然后还哭喊着这就是仁慈。

摩西虽是仁慈温顺之人，但当听说有人拜金牛偶像，他愤怒地冲进军营中，怒不可遏地杀了三千零三个他心爱的以色列人，这是什么原因呢？杀一儆百以防全军覆灭，这就是对其他人的仁慈。

如果我们把现在这些中毒的灵魂从国土上肃清，那么我们将从污染和妄想中拯救多少未来的灵魂？

在这件事上，如果只是简单地、无关痛痒地对他们进行一点儿罚款是无济于事的。这只能说是给他们面子，助长他们的气焰。但是如果说，谁敢参加非国教教徒的宗教聚会、布道听道，一旦发现立即处以绞刑或者罚做划船苦力，就不会有现在这么多的宗教受难者了，殉道精神就会结束了！那些为了谋求行政长官和市长职位而去教堂参加圣礼者，宁愿去四十次教堂也不愿被绞死。

如果制定一项严厉的法律并及时执行，一旦发现任何人参加非国教教派的秘密集会，都应该被驱逐出境，传教士则被处以绞刑，我们很快就会看到故事的结局！他们会再次来到教堂，一个时代的人都会统一信仰国教。

如不参加圣餐礼，每人每月罚款五先令；如不到教堂礼拜，每人每周罚款一先令，这是一种不为人知的方式，这是一种使人们皈依的方式，这是让他们用少量的钱来换取可以背弃宗教的自由。

如果他们无罪，为什么我们不给他们充分的自由呢？如果他们有罪，无论付出多少代价也不能敷衍了事，因为这是在向人们出售对上帝和政府犯罪的自由。

如果这是一种罪大恶极的事，既违背了国家的和平与福利，也违背了上帝的荣耀、教会的利益，以及灵魂的幸福，那么让我们把它列入死罪，让它接受应有的惩罚吧！

为了一些细枝末节的琐事我们就把人绞死，为了一些鸡毛蒜皮的小事就把人流放，但是，对冒犯上帝和教会，对危害世界昌盛和宗教威严的大罪却只处以五先令的罚金，这对一个基督教政府来说是一种耻辱。要是我把这件事告诉后人，我会遗憾终生的。

如果有人悖逆上帝，违背教规教义，反对教会，不听尊长劝告，就让他们罪有应得的被施以死罪的刑罚吧！这样宗教才会蓬勃发展，这个分裂的国家才会再一次团结统一。

然而，野蛮和残酷的恶名很快也会从这部法律中移除。我不认为英国所有的不从国教者都应该被绞死或流放。但是，就像反叛和暴乱一样，如果把几个罪魁祸首严惩以待，乌合之众便会一哄而散。因此，对几个顽固分子杀一儆百，群众便会俯首帖耳了，而残酷的法律刑罚也就可以适可而止。

为了把这个问题弄清楚讲明白，不再产生歧义，让我们来看一下这个国家的国民是如何划分为许多政党和派别的。看看他们分裂国教是否理由充分，或者我们的英国国教会被他们侮辱和残害是否合理。

他们的一个主要牧师，一个和他们中大多数人一样学识渊博的人，在一本名为《间或服从的研究》辩论小册子中的第 27 页上说过这样的话：难道国教所信仰和非国教教徒所礼拜的是两种宗教吗？它们有什么区别呢？对他们来说它们的宗教本质是相同的，某些无关重要的仪式和教规却是不同的。在第 28 页上他又说：宗教共有三十九条要义，三十六条包含教义真谛的，我们完全同意；三个是附加的附录，我们略有异议。

现在，如果按照他们自己的承认，英国国教是真正的教会，两者区别只存在于几种无足轻重的教会仪式和教规上，我们为什么因为这些琐事而期待他们会遭受绞刑、苦役、体罚和放逐呢？毫无疑问，他们会更聪明，即使是他们自己的原则都无法在这方面保护他们。

他们一定会遵守法律，明哲保身的。尽管一开始看起来情况很严重，但后来也没有什么事情发生。这种传染将会被肃清。一旦疾病被治愈，也就不需要手术了！但是，如果他们要敢去冒险，就是自寻死路，所有的人都会谴责他们的固执，因为他们没有自己的原则。

因此，"残酷"的恶名将被取消，而他们实际也被镇压。他们常常给国家带来的混乱局面也将被遏制。

他们依仗人多势众而飞扬跋扈，这远不是说服我们去容忍他们的理由，而是警告我们，不要再拖延，要让他们服从统一的教会，或者把他们彻底肃清。

感谢上帝，现在他们不像过去那样强大（如果说他们强大，那也是我们自己的过错）。上帝和英国国教似乎联合起来了，现在国家和平的毁灭者可能被推翻了！为此，我们似乎已经把握住了这样的时机。

为了达到这一目的，女王陛下似乎是专为王位而生，通过她的手可以恢复教会和国家的公民权利。

因此在几个月的时间里，局面发生了前所未有的转变。政府官员、普通民众和全体神职人员在这一问题上达成一致：我们的教会即将被拯救。

为此，上帝赋予了我们这样一位前所未有的女王！赋予我们这样的议会、宗教会议和贵族！

如果我们错过了这样的机会会带来什么后果呢？王位的继承将会前途渺茫。如果再来一个荷兰国王，可能会让这种机会变得荒唐可笑，而一切将会无法实现了。即使未来的王室成员们愿意站在我们的立场，他们也将会是外国人。而我们要花费许多年才能物色一个有利于国家发展的英明的外国人来继承王位。谁能知道，多少年才会在英国历史上出现一位像当今女王那样对待英国国教充满如此多的热情和坦率，如此多的温柔和衷心的爱的君主呢？

因此，对于英国国教的教友们来说，现在是考虑确立和维护国教的时候了，使她不再受到外国人的入侵，也不会被派系、分立主义和荒谬的教义所分裂。

如果能通过温和而简单的方法来达到目的，我应该很高兴！

但是伤口已经被腐蚀了，生命的活力开始消退了，只有把烂掉的肢体进行截肢才能完全治愈顽疾。所有的温柔和同情的方式，所有的苦心劝说都是徒劳的。

不从国教者的影响非常深入人心，因此他们对国教持蔑视态度，对我们的教堂深恶痛绝。而且连带他们的子孙也对我们的神圣宗教深恶痛绝，以致那些无知的暴徒认为我们都是偶像崇拜者、膜拜邪神的人，认为走进我们的教堂就是一种罪恶。

最早的基督教徒嫌弃异教徒的神庙和献给偶像的祭肉，而有些不从国教者对于国教教堂和教堂内的庄严礼拜仪式的厌恶有过之而无不及。

这种错误的固执和公然自认为异教徒的情况一定要连根拔起，彻底肃清。这代人每天都要肆意地公开侮辱上帝，侮辱对他的神圣崇拜，如果这种现象不肃清，就等于我们对自己的上帝和我们所忠心于的英国国教的不负责任。

如果我们放任他们与狂热主义纠缠在一起，在国家内部继续犯错误，固执己见，让他们光天化日之下与我们对抗，那么，不定什么时候他们就在此犯下同样的罪行，我国宗教就有完全毁灭的危险。如果这一切真的发生，我们何以向上帝交代，何以向教会和我们的子孙后代交代呢？

我们曾受过罗马教会势力的统治，经过改革，我们已经摆脱了这种统治。现在这种情况与罗马教会的力量有什么不同呢？如果说一个过于极端，那么另一个就走向了另一极端。只要这种误导人的宗教存在于我们之中，无论其性质如何，对真理的破坏是一样的。他们都是我们教会的敌人，也是我们社会和平的敌人！既然这两者都是我们的教会和社会和平的敌人，为什么我们不把一个狂热派和耶稣会的信徒同样看成是不可饶恕的呢？为什么效忠七大全典的教皇派要比不效忠任何圣典的教友派更差呢？为什么修道院就比非国教教徒礼拜堂更令人难以忍受呢？

——唉，英国国教啊，一边是天主教，一边是分立主义的宗派，看你一直是怎样被钉在两个强盗中间的吧！现在，让我们把这些强盗钉在十字架上吧！

让她的根基在毁灭她敌人的基础上建立起来！怜悯之门总是对误入歧途的人及时迷途知返而敞开着，让那些执迷不悟的人接受铁棍的严厉惩罚吧！

我们至高无上的国家现在正遭受压迫，所有人的苦难被激怒，让我们一起鼓起勇气来消灭欺压她的败类吧！

愿上帝将真理交给真理之友，同仇敌忾，高举反骄傲的大旗，将错误之子的子孙后代永远地从这片国土上斩尽杀绝！

妇女的教育

考虑到我们是一个文明又信仰基督教的国家，我常认为否认女性接受教育的优势是世界上最野蛮的风俗之一，我们每天都谴责女性愚昧无知。然而我有信心，如果她们拥有同男子一样受教育的优势，她们的罪过会少于男子的罪过。

事实上，人们可能会想，因为女性固有的认知只要求她们对自然的部分心存感激，如果可以改变她们，将会发生什么事情呢？她们的青春花费在学习女工编织或者制作各种装饰物上。的确，她们也学习写字阅读，可仅限于写自己的名字，这就是女性教育的高度了。我也会问，那些因为女性理解能力低而轻视女性的人，一位也没有受过很多教育的男子（我的意思是一个绅士），又有什么优势可言呢？我不需要给出实例，也不需要考察一位绅士的品格、他拥有怎样的财富、多么美满的家庭以及其他可容忍的事物，也不用考察因为教育将他塑造成了怎样的人物。

灵魂就像一颗粗糙的钻石一样被放在身体里，必须经过擦亮抛光，否则它的光泽永远不会出现。显而易见，因为理性的灵魂将我们与野兽区别开来，教育也能进行这种区别，能让一些人比其他人更加文明。这一点太明显了，无须任何证明。但是，为什么女性被剥夺了受教育的权利呢？如果知识和理解对女性只是无用的附属品，那么上帝就不会赋予她们任何能力，因为上帝从不创造无用之物。

除此之外，我还会问这样的问题：女性在无知中所看到的，难道对她们来说就是必要的装饰品吗？或者，难道一个聪明女性会比一个愚昧之人更糟糕？女性究竟做了什么让她们丧失了受教育的权利？难道她们的傲慢和无礼就困扰了我们？为什么我们不让她学习从而让她可能会有更多的智慧？是这种不人性的风俗错误束缚她们成为更明智的人，难道我们就应该责骂女性愚昧无知吗？

女性的能力应该更强大，她们的感觉应该比男性的感觉更灵敏。从一些女性智慧的例子中可以清楚地看到，她们有能力被培养教育出来，她们这个时代并不是没有的。表面看起来好像我们否认了女性教育的优势，因此谴责我们不公正，因为害怕她们在进步中会与男性竞争。

女性应该接受各种各样的培养，既适合她们的天赋，也适合她们的品性，尤其是音乐和舞蹈。禁止她们学习音乐和舞蹈是一种残忍的行为，因为这两件事情是她们的宠儿。但除此之外，她们还应该学习各种语言，尤其是法语和意大利语。我敢铤而走险教女性更多的语言，而不止一种语言。作为一项专门的学问，她们应该学会说话的所有礼仪，以及营造所有必要的谈话气氛。而这些正是我们普通教育的缺陷，我也无须揭短。女性还应该阅读各类书籍，尤其是历史方面的书籍。阅读可以让她们了解世界，并且能够了解和判断她们的所见所闻。

对于那些天赋能引领自身达到此目的的人来说，我不愿否认任何形式的学习。但总的来说，最主要的是培养女性的理解能力，她们可能有能力进行各种各样的谈话；她们的判断力和其他方面的能力也能得以提高。在交谈中，她们既可以收获快乐又可以从中受益。

在我看来，女性自身几乎没有什么差异，但是有差异的是她们是否受过教育。确实，性情在某种程度上影响着她们，但主要的差异是她们的教养。

总的来说，女性的思维迅速而尖锐。我相信，我可以这样说，而且通常是这样的：因为很少见到女性年少时像男孩那样身体笨拙沉重。如果一个女人有良好的教养，并且学习如何适当地运用与生俱来的智慧，她通常会非常理智，而且记忆超群。

　　毫无偏见地说，一个知书达理的女性是一个最美好、最精致的作品，是一种荣耀，是一个杰作。拒绝赋予女性接受教育的优势，带给她们心智自然之美的优势，是世界上最愚蠢、最忘恩负义的事情。

　　一个有教养、有良好教育、有知识懂礼貌的女性就是一个无与伦比的杰作。她的社会阶层是一种升华欢乐的象征，她本人天使般纯洁善良，与她交谈轻松愉快。她温柔、甜美、娴静、友爱、聪颖、愉悦。她是最适合最崇高的愿望，而对于拥有这样一位女性的男性来说，他会满心欢喜，心存感激，别无所求。

　　另一方面，假设同样是这样一位女性，被剥夺了受教育的优势，那么则会出现以下情况——

　　如果她脾气好，会因缺乏教养而变得温柔又随和。

　　她的才智，会因缺乏学习而变得无礼又健谈。

　　她的知识，会因缺乏判断和经验而充满幻想并异想天开。

　　如果她脾气差，会因缺少教养而变得傲慢无礼，吵吵嚷嚷。

　　如果她有激情，会因缺少礼仪而变成泼妇，破口大骂，简直像个疯子。

　　如果她骄傲自满，会因缺少谨慎（这同样也是教养）而变得轻狂自负、异想天开并荒唐可笑。

　　最终她会从此堕落成一个狂躁不安、喧嚷不休、嘈杂聒噪、龌龊不堪的人，甚至沦为魔鬼！

　　世人看男性和女性之间最大的区别在于他们的受教育程度。这是通过把一个男性或一个女性与其同性别的人之间的对比中表现出来的。

　　鉴于上述原因，我做出这样一个大胆的断言：全世界的人都误解了对女性的看法。因为我难以相信世界上有如此精致、荣耀、富有魅力又令人愉快的女性；她们有着与男性同样成就的灵魂，而这一切仅仅是让她们成为我们房子、厨师和奴隶的管家。

　　这并不是说我要赞扬女性政府。但是，简而言之，我要让男性把女性作为伴侣，并教育她们成为理想的伴侣。一个有理智和教养的女性会轻蔑地侵犯男性的特权，就像一个有理智的男性人会蔑视女性的弱点一样。

但是，如果女性的灵魂通过教学得以改进和完善，弱点这个词将不复存在。也就是说，女性的弱点将成为无稽之谈。因为就像无知和愚蠢不会存在于男性身上一样，它们也不会存在于女性身上。

我记得有一段话，是我从一个非常漂亮的女性那里听到的。她足智多谋，能力非凡，体态优雅，容貌出众，还有一大笔财富，但她一生都与世隔绝。因为害怕财富被人抢夺，所以没有自由时间去学习女性必修知识。当她同人交谈后，天资聪慧的她意识到自己缺乏这样的教育。她这样简单地反思自己："跟女仆交谈我总感到羞愧，因为我不知道她们做得对还是错。与其结婚，我更想去上学。"

我无须扩大缺乏教育的缺陷，教育的缺陷就是性别；也无须主张让女性接受教育的好处。这是一件比补救更容易得到的事情。

西德尼·史密斯

西德尼·史密斯（1771—1845），英国牧师，被称为那个时代最诙谐机智之人。他在温切斯特和牛津接受教育，1798年去爱丁堡给一位英国绅士的儿子当家庭教师。在那期间，他提议成立《爱丁堡评论》，并与杰弗里、布鲁厄姆、弗兰西斯·霍纳实现了该想法。他主管前三期，并继续写作了二十五年。离开爱丁堡后，他曾在伦敦演讲，在约克郡和萨默塞特郡生活，后来成为圣保罗的布里斯托尔和坎农的受俸牧师。

他对本瑟姆的《谬误之书》的评论既体现了爱丁堡评论家们的批评方法，也体现了史密斯有力、尖锐、诙谐的风格及他的政治观点。史密斯是一个忠实的辉格党人，在诸如天主教解放这类问题上，他以牺牲个人前途为代价，为自由主义的观点而战。作为一名牧师，他仁慈、博爱，是位很好的传教士，同时又憎恨神秘主义。他的时代没有哪部政治作品比他的作品在宽容和改革方面更有说服力。他很机智，判断力强，思维缜密，处处考虑别人的感情。他不乏真诚、正直，他的性格既迷人又有趣。

反改革派的谬误

这里有大量的荒谬和恶作剧的谬误，这些谬误在世界上轻而易举地因理性和美德而产生，而事实上它们往往只强化错误和鼓励犯罪。本瑟姆先生在我们之前在他的书中列举了最引人注目的部分。[①]

博学的经济学家怀疑：是否有必要在耕种者和拥有者之间有个中间人，但是神、人和书商都不怀疑本瑟姆先生与公众之间有一个中间人的必要性。本瑟姆先生的文章冗长，本瑟姆先生的句子偶尔复杂难懂、晦涩，本瑟姆先生发明了新的和令人震惊的词汇，本瑟姆先生喜欢将事物细分——他喜欢方法本身胜于喜欢其结果。因此，只有那些知道他的创意、他的知识、他的活力、他的勇气的人，才愿意翻看他的作品。可读者大众不会以昂贵的代价购买它们，在这位杰出的哲学家被清洗、修剪、剃须，并被迫穿干净的亚麻布之后，他宁愿选择通过评论的媒介物熟悉本瑟姆先生。事实上，一篇书评的大用处，就是让人在十页里拥有智慧，而对一百页纸没有胃口。就是浓缩营养，与果肉和精华一起工作，并保护胃免受闲置的负担和无意义的大量内容。在半页纸上，有时是一整页，本瑟姆先生写出了几乎没有人能理解的平等的权利；通过选择和省略一些章节，形成了一种令人钦佩的风格。利用这一特点，我们将努力把本瑟姆先生的大部分学说用他自己的话来解释，我们喜欢这种表达方式。

我们的智慧祖先是我们祖先的智慧，是古老时代古老智慧的智慧。这个恶作剧的荒唐的谬误源于对文字意义最严重的曲解。经验当然是智慧之母，而老人当然比年轻人更有经验，但问题是谁是老人，谁是年轻人？生活在同一时期的个体中，最年长的人当然拥有最丰富的经验，但是在一代代人中，

---

① 谬误回顾"《谬误书：从杰瑞米·本瑟姆未完成的论文》，一个朋友著，伦敦，1824 年"。

情况恰恰相反。那些先来的（我们的祖先）是年轻人，没有经验。我们已经在他们的经历中加入了许多世纪的经验。因此，随着经历的丰富，他们比以前更有智慧，更有能力形成一种观点。真正的感觉应该是，难道我们不能如此放肆地用自己的观点反对我们祖先的那些观点吗？但是，有必要指望像我们的祖先那样年轻、无知、没有经验的人，如同见多识广的人或活得更久、享受那么多世纪的经验的人那样极其了解一个主题吗？那么所有这些有关我们祖先言不由衷的话只是对文字的滥用，将真正的当代人的短语让与后世。然而（就像我们以前观察到的）在几代人中，年龄最大的人有最少的经验，其他的事情都是平等的。我们的祖先一开始是褓褓中的婴孩，在爱德华一世时期是胖乎乎的小子，伊丽莎白女王时期是小伙子，安妮女王统治时期是大人，我们这个时期是白胡子、银发苍苍的老人。他们珍藏起人类提供的所有经验，并准备从中受益。我们不与我们的祖先争夺人才的荣誉，他们可能会或可能不会比我们优秀，但是在经验的荣誉上他们根本不可能比我们优秀。然而，每当大法官提出保护这些滥用，或者反对为此目标增加人类幸福指数的计划，他的第一个诉求总是与我们祖先的智慧有关，而他自己和许多投票支持他的贵族大人们，这个时候使人相信，他们计划的所有改变和修改都是青年冒失和成熟经验之间的厚颜无耻的争论！所以，事实上他们只是那个深受喜爱的地方法官，把年轻人当成是老年人，老年人当成年轻人，犯了反对经验的罪，他把这种罪归因于对创新的热爱。

当然我们不应该坚持认为，我们的祖先缺少智慧或他们的机构必然是错误的，因为他们的信息手段比我们更有限。但我们自信地认为，当我们发现改变我们祖先所制定的任何事情时，我们都是有经验的人，而不是他们。在任何一个伟大的国家，人才的数量总是在变化的。说我们和我们的祖先能力差不多是一种需要解释的断言。所有有能力的人，都曾在英格兰生活过，如果加起来，他们可能比英格兰现在夸耀的所有有能力的人拥有更多的智慧。如果必须恢复权位而不是理智，问题是：与建议改变它那个时代的智慧相比，一个制定法律时代的智慧是什么？一个时期和其他时期杰出的人物是什么？如果你说我们的祖先比我们聪明，就提提你的日期和年份吧。如果名字的光辉是平等的，那么情况都是相同的吗？如果情况是相同的，我们就有了经验的优势，其中这两个时期之间的差异是可以衡量的。有必要坚持这一点，因为成袋的羊毛上、法医的长椅上坐着重要的人，下议院里的寄生虫们大叫："祖先，祖先！① 撒克逊人，丹麦人，拯救我们！法德尔弗里格，救救我们！豪威尔，埃塞伍尔夫，保护我们！"任何借口都隐藏着胡言——覆盖了垃圾的面纱——掩盖了良心和责任的创新！

"如果他们很迷糊——一个明智的祖先，其他是现代时期无知愚蠢的民众——谬误的弱点可能会逃过检测，但让他们把优越的智慧编制到任何确定时期，这一概念的无根性不但是显而易见的（与那个时期和这个时期的阶层相比的阶层），而且除非前期相对而言非常现代，否则差距会更大，这样更有利于现代，与现代最低阶级的人比较（总是假定他们精通读书的艺术，而他们的能力运用在报纸的阅读上），这些聪明的祖先中最高和最好的阶层将会变得完全无知。例如，1509—1546 年亨利八世在位期间，那时，上议院可能已经拥有了迄今为止较大比例的年老者所提供的很少的教诲。在上议院里，在俗人中，甚至可能会有一个质疑：毫无例外地，是否他们所有的权威都能尽可能读到。但是即使他们完全拥有这一有用的艺术，政治科学被质疑是否为科学，对于这一问题，他们在那时会有什么教诲？

"任何一本现存的书都是一个立法分支，考虑到当时的时代环境，没有任何有用的教诲可以从中获益。从现有的学科中，《分配法》《刑法》《国际法》《政治经济学》，几乎所有学科，之前都是空白的：整个时代的文献都是由一两篇编年史组成的，其中包含了战争、围攻、处决、狂欢、死亡、出生、游行、仪式和其他外部事件的简短的记录。但是，由于缺乏一场演讲或一件大事，它可能会成为人类思维史上的任何一种作品的组成部分，很少有人试图去探究原因或当时的状态。

"如果我们回到詹姆斯一世统治时期，我们就会发现那个时期的所罗门非常雄辩博学，不论是在加冕的还是没加冕的人中，表明对魔鬼和女巫的做法

① 不是今天！

的禁止和惩罚，丝毫没有反对他们崇高的地位下那个时代的伟大人物，因为他是上帝创造的，不太了解厄运，便把人委托给死亡和折磨。

"在驱魔的名义下，天主教的礼拜仪式包括一种驱魔的程序。即使在该工具的帮助下，该程序无法按预期那样来成功完成，而是由一个合格的操作者用神圣的命令来完成并产生许多其他的奇迹。在我们这一时代，在我们的国家，通过报纸作为便宜的工具，同样的目的就可以达到，并且更加有效。在这种护身符出现之前，不仅魔鬼，连吸血鬼、女巫和他们的亲属部落，都被赶出这片土地，再也没有回来！触摸圣水与直接闻印刷油墨一样让人难以忍受。"①

不可撤销的法律的谬误——本瑟姆先生说（不管有什么影响），人们提议依照法律召开立法会议，理由简单，像之前一样行使同样的权力，制定规章制度，规定继承者。

现在很明显的是，在每一段时期，每一个立法机构必须被赋予所有时代紧迫性要求的权力，任何试图侵犯这种权力都是不可接受的和荒谬的。在任何一个时期，这种至高无上的权力只能形成对未来的任何时期必要措施的盲目猜想，但因这永恒不变的法律原则，政府从那些一定是他们想要什么的最好法官转变为对此事知之甚少或一无所知的人。十三世纪决定着十四世纪。十四世纪为十五世纪制定法律。十五世纪封存了欺压十七世纪的十六世纪，而十七世纪又在不可预知的情况下告诉十八世纪如何去做，如何在紧急情况下行使权利，这是人类智慧无法预见的。

"那些拥有一个世纪经验的人，他们的判断会更有经验，把他们的才智交给那些经验较少的人，而除非这种缺陷构成了一种主张，否则他们就不会有自己的偏好。在知识的资格方面，如果前一代人比后代优越得多——如果其前人比后代能更好地理解后来人的兴趣本身，他对后代的爱与同一代人对自己的爱会是同样伟大吗？

"即使不是现在，片刻的深思熟虑后，这一断言也将会得到肯定。然而，

---

① 选自《本瑟姆》，74—77 页。

是他们对他们后代福利的巨大的焦虑，导致这些先哲们永远有束缚后人手脚的同样的倾向——永久的监护和无法治愈的弱点，让自己主动采取行动。

"如果十九世纪的行为不是由它自己的判断决定的，而是由十八世纪的行为决定的，这点是正确的，那么，二十世纪的行为不是由它自己的判断决定的，而是由十九世纪的行为决定的，这点也同样正确。如果同样的原则还在继续，最后将会有什么样的结果？随着时间的推移，立法的实践将会结束。所有人的行为和命运将由那些既不知道也不关心这件事的人决定，而活着的人将永远服从于一种无情的暴政，就像对死人的尸体所做的那样。"①

本瑟姆先生说得好，尼禄或卡利古拉的专制主义会比一项"不可撤销的法律"更能够容忍。通过畏惧或偏袒，或者在一个清醒的时间间隔，暴君也可以动怜悯之心。但是，制定苏格兰议会联盟而被他们休息中的灰尘唤醒的议会会发生什么——批发商和爱国者、演讲者、看门人、沉默的选民和有丰富典故的男人、罐头加工者和耕种者、巴林银行家和乞丐们——用铁锹把他们的遗物到处乱抛的人，使用立法者的遗物让西兰花增大和让春笋勃发的人，制定着不可撤销的法律。

如果法律是好的，它就会支持自己；如果是坏的，它不应该被"不可撤销的理论"支持，否则只能成为滥用职权的面纱，永远不会被修复。在每一特定时期，所有活着的人必须对他们自己的幸福拥有最高权力。假设有一件整个国家都不能做的事情，他们相信这是对他们的幸福至关重要的事情，假设他们不能做这件事情，因为很久以前就死去的另一代人说决不能做这件事情，那纯粹是无稽之谈。如果你是船长，做你想做的事，但当你离开这艘船的那一刻，我变得像你一样无所不能。你可以给我尽可能多的建议，但是你不能给我下命令；事实上，这是唯一的可以应用到所谓的"不可撤销法律"上的意义。对于立法机构制定这样那样的法律好像暂时是极其重要的。实施了它，要么获得很大利益，要么避免大恶。改变一个被认为是极其重要的立法机构之前要暂停一下。这是谨慎和常识，其余的是愚人的夸张，或一种流

---

① 选自《本瑟姆》，84—86页。

佷手段。那无尽的废话一直谈到我们的《航行法》。在它们被废除前，我们已经牺牲了多少财富！对于傻瓜们，好像废除它们是不可能的！他们被认为是一个不可撤销的阶级——对于只有死者无所不能的和生者没有权力的一种法律。它是真实的，不能由国会法案推迟，也不可以被两院议员推进。然而，假设任何一项联合条款的任何修改都与这些气象变化一样，不受议会的管辖，那就大错特错了。每一年的每一天，生者有权制定自己的法律和管理自己的事务；为了打破那些在他们面前呼吸的人的暴政，他们要做自己想做的事。这种最高权力实际上不能由全体人民行使，因此它必须由人民选出的代表或者议会行使；而这样的议会，不能有对"不可撤销的法律"的迷信的敬畏。

如果一项法律被认为是不可变的，但却变化了，这会认为是愚蠢、荒唐的事，令人不可忍受，而这项法律又不能被废除，只能被秘密地回避，因此所有法律的权威都被弱化。

如果一个国家的祖先被愚蠢和无先见之明的条约所束缚，那么要对他们的终结加以充分注意。一旦政府做出了轻率的举动，或者与个人鲁莽地讨价还价，应给予适当补偿。当然，最困难的情况是国家的联盟中，允许少数弱小的国家加入到更强大国家的更大的参议院，如果问题投票表决，弱小的国家就会被制服。但是更小的国家必须冒这个险，任何违反条款的情况都会发生，直到他们完全被极端的必要所要求。但让危险随它去吧，没有危险是如此巨大，没有假设是如此愚蠢，以致认为人类法律是不可撤销的。人类事务的变化态度常常会使这种情况对各方都是无法忍受的邪恶。我们的同胞对于联盟的荒谬嫉妒使我们的主人获得了世袭管辖权；三十九年后，它们被废除了，这是在联邦法案的非常大的作用下，也是为了明显地促进公众利益而为。

宣誓法律的连续性——在他的加冕仪式上，英国主权宣誓维护上帝的法律、真正的信仰和依法成立的新教，为他们的主教和神职人员去保护这一领域与法律相关的权利和特权，并保护不受侵犯原则、纪律、崇拜和教会的政府。有迹象表明，在这一誓言中，国王不允许将这些赎罪权授予爱尔兰天主教徒，而爱尔兰天主教徒则被纳入了他们的解放法案中。这些条款的真正含义当然是由制定它们的同一立法机构决定的。但另一种不同的概念似乎悬而未决。国王作为个体（我们想象的例子）认为，他没有维护英国教会的教义、纪律和教会的权利，如果他授权那些不是教会成员的人行使权力，他这样做就是违背了他的誓言。根据这一推理，这个誓言是教会的伟大的守护神。只要它不受侵犯，教会就是安全的，那么就像他的誓言一样，他如何用他的誓言保护教会的特权，奉献自己来推翻那么强大的堡垒？誓言是不可改变的。在所有的社会环境下，誓言必须保持不变。曾经发誓的国王势必继续下去，并拒绝对任何未来的法案进行制裁。他必须考虑如何防止他人给教会的敌人提供危险的豁免权。

1825 年安妮女王时代的统治者们行使了一种荒谬的暴政——某种盆栽艺术，以一种形状、态度和风味来保存一个王国——这种方式看起来像老女人的蜜饯和葡萄酒——1822 年的杏酱，1819 年的加仑酒——1427 年的大法官法院——1676 年反天主教刑事法律。不同之处是，盆栽夫人到处去考察采光、通风以防止腐烂。

他不应该用君主的权力去束缚自己的手，也不能束缚他继承人的手。如果君土对其他立法机构的两个分支持反对意见，并且自己决定什么是他认为的新教教会的利益，而不是在法院轻浮的职业上花费一生的时间，国王可能通过歪曲的理解，认为教会最有益的措施是最有害的，并在他自己的错误上固执地坚持会阻挠他的议会的智慧，延续最不可思议的愚蠢！如果亨利八世在这种方式上争辩，我们本不应该改革。如果乔治三世一直认为在这种方式中，天主教的法典从来没有放松，那么一个国王，无论在严肃主题的形成上多么无能为力，只能发"良心"这个音，整个国家的权力就都在他脚下了。

哪里还有比一个人行事违背他的良心更大的荒谬呢？我想我享有这片土地的所有权，但最好的律师告诉我我没有；我想我儿子能够经受住军事生活的疲劳，但是最好的医生说他太弱。我的议会说，这项措施对教会没有害处，但是我认为对教会是非常有害的。因为我对这些调查运用了太多的知识力量，难道我的行为违背了我的良知？

"根据其构思的形式，任何这样的参与实际上要么是一个检查，要么是一个许可：一个在检查外观的许可，就是出于这个原因，但更有效的操作。

"它是束缚掌权人的枷锁吗？是的，但对公众来说，这是一种强加的力量。他以满足自己为目的，但却不受约束。

"假设一位大不列颠及爱尔兰国王已经表达了他坚定的决心，倘若对他提出的任何提案表示拒绝，这不是在劝说，法律不会'支持主体的效用'，而是通过他的加冕宣誓他阻止那样做，这种情况适合议会采纳的过程，这一由原则和先例指出的过程应该是放弃的表决——一种宣布国王放弃了他的王权的表决，正像在死亡或无法治愈的精神错乱的情况下，现在是时候让下一个人继承王位代替他了。在某些著名的案件中，这种结果是通过投票决定的，律师宣布退位——在律师的语言中，放弃宣言是一种谎言，一种嘲弄。但在这个案例中，皇家权威是其主要部分，其意志和目的实际上是宣布退位。这样的一个组成部分，'支持主体的效用'的执行。对他们来说，这是为了他们的缘故，其余的必须补充。"①

自我吹嘘者的谬误——本瑟姆先生对自我吹嘘者的谬误做了如下解释：

"有些在履行自己职能的执政者，妄称自己非常正直廉洁，这就排除了所有的诋毁和查询。他们的观点都被视为等价的证明，他们的优点是他们的职责忠实履行的担保，而最含蓄的信心则是把他们寄托在所有的场合。如果你暴露任何滥用的行径，建议进行任何改革，要求安全调查或采取措施促进宣传，他们会惊呼大叫，近乎是义愤填膺，就好像他们的正直遭到质疑或他们的荣誉受到了伤害一样。用所有这一切，他们巧妙地把暗示组合起来，最崇高的爱国主义精神荣誉，也许是宗教，作为他们一切行动的唯一来源。"②

当然，每个人都会通过这些手段来尝试自己所能达到的效果，但（正像本瑟姆先生所说）如果在政治上有任何一个格言比另一种更确定，统治者身

---

① 选自《本瑟姆》，110、111 页。
② 选自《本瑟姆》，120 页。

上不曾有的美德对于被统治者来说摒弃良好的法律和很好的机构实乃权宜之计。德·斯太尔夫人（对她的耻辱）对俄罗斯皇帝说："陛下，您的性格是您国家的宪法，您的良心是它的保障。"他的回答是："如果是这样，我应该是一个快乐的意外。"我认为这是由君主所做的一个最真实的和最精彩的回答。

赞美的个性——"赞美个性的目的是由于所谓的反对它的人的好性格，拒绝一项措施而提出的观点是：'由于那些有权人的美德，他们的反对是拒绝该措施的充分权力，这一措施被认为是不必要的。这一提议意味着对国王陛下政府成员的不信任，但是他们的正直是如此的伟大，他们的无私如此全面，所以他们更喜欢公共利益而不是他们自己，这样的措施是完全没有必要的。他们的反对足以使反对派获得胜利，这里被谈论着的个人的高素质是对任何警报的充分保证。'"①

颂词随着被赞美的人的尊严而不断增加。所有的人都是可敬而令人愉快的。打开办公室门的人是一个被认可的忠实的人，初级职员是勤勉的典范。所有职员都是模范，七年的模范，八年的模范，九年的模范，一直荣升。大臣们有着完美的正直和智慧。至于国家最高法官，描述他的各种优点的程度不能等同于阿谀奉承！也有人称其为愚蠢傲慢。但我们会发现，如果讨论中的恰当措施是由直接的论点所确立的，那么这些必须至少是对那些反对它的人的性格决定的，因为他们的性格足以反对这个措施。

这种争论的结果是，给优秀的人或者优秀品质的人以否定的观点的权力。

"在每一种公众信任中，对于预防的目的，立法者应假设受托人有意于用一种可以想象的方式破坏信任，在这种情况下，他有可能从违反个人利益的行为中获益。这是公共机构应该形成的原则，当它不分青红皂白适用于所有的人时，对大家都是公正的。实际的推论是，反对这种可能（总是可能发生的）违背信任的每一种情况，因为这种信任的有效和适当的释放是必要的。事实上，这些论点源自于当权者所谓的美德，反对所有法律的第一原则。

"这种对个人美德的指控从未被具体的证据支持，也从来没有被具体的反

---

① 选自《本瑟姆》，123、124 页。

证所影响，如果有的话，也不能在国会的两院中被承认。"①

假冒的危险谬误——不良设计的诋毁，不良性格的诋毁，不良动机的诋毁，不一致的诋毁，可疑联系的诋毁，这一类谬误的目的是把人们的注意力从措施上转移到这个人身上，对于措施的作者来说，某个真实或者假设的缺陷应归咎于措施本身。这样，"措施的作者考虑一个糟糕的设计。因此，措施是糟糕的，他的动机是糟糕的，我对措施投反对票。以前，提出措施的是它的敌人，因此措施是糟糕的!"

现在，如果这一措施真的是不合适的，为什么不立刻表明它是这样的呢?如果措施是好的，因为作者是坏人，措施就是坏的吗?如果措施是坏的，因为是一个好人制定的，措施就是好的吗?对那些将成为任何措施的评判者的会众说，这些论点是什么?他们太愚蠢，不允许他们用自己的美德判断措施，他们为达到那个目的必须求助于遥远而又无力的可能。

"一个人忍受着这种欺骗手段在他的头脑中运作的效率的程度，他使坏人能够在他身上施加一种力量，这种力量应该使他蒙羞。承认这个论点是一个决定性的效果，你把他放在任何人的权力里，从在你自己看来是好的措施那里吸引你去支持在你眼里是任何坏的措施。它是好的吗?坏人拥抱它，你拒绝它。它是坏的吗?他谩骂它，那就使它投入你的怀抱。你把岩石劈开，因为他避开了它们;你错过了港口，因为他已经驶入港湾了!把自己置于这种盲目的反感之中，你就被对手所控制;因为相应的非理性的同情和奉承，你又被朋友所控制。"②

"此外，只有艰苦的劳动和清晰而全面的智力才能让一个人在任何一个既定的主题上都能运用从这个主题本身获得的成功的相关论证。利用个性，既不需要劳动也不需要智慧。在这类比赛中，最懒散、最无知的与最勤劳最有天赋的人相提并论。对于那些不假思索就说话的人没有什么比这更方便了。同样的想法提出了一遍又一遍，所有需要的就是使表达方式多样化，而无论

---

① 选自《本瑟姆》，125、126 页。
② 选自《本瑟姆》，132、133 页。

是表扬他的人或指责他的人，在个性上总是有一些刺激作用。赞扬给赞扬方和被赞扬方一种连接；谩骂给职责方一种勇气和独立的气氛。

"无知和懒惰，友谊和敌意，赞同和利益冲突，奴性和独立性，所有合力促成个性，是他们的优势。我们越是在我们自己激情的影响下撒谎，我们越是更多依赖于类似程度受影响的他人。一个能以尊严击退这些伤害的人往往会转败为胜。'打击我，但我不怕。'他说，他对手的愤怒没有使他自己感到不安。"①

没有创新——要说所有新的事物都是坏的，就是说所有旧的事物在一开始就是坏的。因为在所有曾经看到或听到的旧事物中，没有一个不曾经是新的。无论现在建立的什么，曾经都是创新的。教堂的条凳式座位和教区职员的第一个发明者毫无疑问被认为是他那个时代的雅各宾派。法官、陪审团、法院的公告，都是热情精神的发明，他们使世界充满惊恐，被认为是伟大先驱。没有接种，没有收税关卡，没有阅读，没有文字，没有天主教会！傻瓜在心里说、用嘴喊："我什么新的东西都没有！"

不信任的谬误——"底部是什么？"——这种谬误始于自己所认为的措施的一个适度的虚拟接纳，从而证明了它自己的徒劳，并从它自己努力创造的领域中削减谬误。一个措施就是因为赤裸的可能性在其他一些不妥措施中发现了差错而被拒绝的东西。这是替代别人的非难，根据这一原理希律王提起他的大屠杀。这是一个说傻话的人对其他说傻话的人的观点，他说："当邪恶产生时，我们不能决定它，我们的唯一安全的方法是在对邪恶的普遍理解上采取行动。"

官方的罪犯的庇护——"攻击我们，就是在攻击政府。"如果这一概念被接受，那么任何从错误统治中获利的人都有它的利益，而且所有的滥用，无论现在还是未来，都是没有补救的。在进行政府业务中只要有什么问题，只要它能做得更好，就没有其他的方式能使它更接近完美，而不是像现在这样的不完美。

---

① 选自《本瑟姆》，141、142 页。

"但事实远非如此，正是人对政府权力的帮助的厌恶和蔑视或者是行使权力体系时的蔑视成为他厌恶和蔑视政府本身的证据，甚至在那种厌恶和不满强度的比例上，这是相反情感的证明。在这种轻蔑或厌恶的后果上，他所期望的不是行使这些权力时没有帮手，而是这些帮手可以更好地得到管理；不是根本不行使这些权力，而是应该更好地行使这些权力；不是在行使这些权力时根本没有规则所循，而是所行使的权力的规则应该是一套更好的规则。

"所有的政府是一个信任，政府各部门是一个信任，自古以来就是如此，就是在规模的大小上、公共与私人的信任上有所不同。我抱怨监护者的行为就像一个家庭保镖，要照顾未成年人和精神病病人。这样做难道我就会说监护是一个坏的制度吗？我抱怨一个人是商业代理人或是一个受破产影响的受让人。这样做难道我就会说商业代理是一个坏的制度吗？难道在授权受托人或受让人的帮助行为中，破产者为了在他的债权人中分配为目的的影响就是一种坏的行为吗？难道它进入任何人的头脑的欺骗就是怀疑我这样做吗？"①

在土耳其，没有对政府的抱怨，没有议会的动议，没有《天志》，也没有《爱丁堡评论》。然而，在世界上所有的国家中，起义和革命是最频繁的。

事实远非如此，没有一个好的政府能够始终如一地坚持这样的披露。没有其他方式比降低政府在人们心中的预期更有利于变化的机会或希望。对于有能力思考这些的人是很显然的。从降低现有的统治者对人民估计的明智努力来推断，希望解散政府要么是虚伪行为，要么是错误。故意让病人流血的医生无疑要灭亡。

一个人受到的尊重越多，他的行为越有可能不得体。因此，从公众利益的情况来看，他完全有可能应该受到尊重，这取决于在他的信任中的善行。士兵期待被射击，公众人物必须被攻击，有时候是不公正的。他保持着这种考虑他们的行为受到审查的习惯。在很大程度上，人们对目睹这种袭击的期望，以及寻找他们的习惯，都保持着鲜活的生命力。政府的同盟和支持者总是比对手更有能力保持和提高政府的能力。

---

① 选自《本瑟姆》，162、163 页。

指控吓人的方法——"耻辱必须贴在某处"。这一谬误代表诽谤者的特点，因为贴在指控任何拥有政治权力或影响力的有不当行为的人身上，不能产生足够的犯罪证据。

"如果作为一个适用于所有公开指控的一般命题，没有什么可以比谬误更恶作剧。如果指控毫无根据，发表指控可能只伴随着恶意（其不公正意识）和鲁莽，或者也有可能是完全无可指责的。单单是第一种情况，耻辱可以适当地贴在带来耻辱的人身上。人们可能认为毫无根据的指控是有基础的，也就是说，有一种暂时的信任足以让一个人参与到调查中来，但又没有充分的理由。但是，不把这个最小的指责贴在招致指责的人身上，指控就可能完全毫无根据。怎么样才能精确地判断一个先前接受法律调查的人，一个没有权力能使他确保这部分证词的正确性或完整性的人，在这样的情况下去警惕防止被欺骗呢？"①

错误的安慰谬误——"怎么啦？你要什么？看那里，那里的人，想象你比他们更富有——你的繁荣和自由是他们的嫉妒对象"——当一个特别的痛苦来临时，许多辩护者的目标是把质疑和判断的眼睛转向其他任何偏好的地区。如果一个人的租户带着一般的赞美之辞来歌颂国家的繁荣而不是特定数额，会接受吗？在正义的法庭的赔偿行为中，在第三者的手中作为恳求的资产，会有那样的情景发生吗？事实上，没有一个国家如此穷困、如此悲惨，无论什么方法都不会找到这个论点。如果国家的繁荣是目前的十倍，这个论点的荒谬不会在最低程度上减轻。为什么可以治愈的最小的邪恶是可以忍受的？因为别人耐心地忍受更大的邪恶？难道最小的进步能被忽略是因为别人仍然满足于更大的自卑状态？

"对任何救济措施的严肃和有针对性的阻碍，也不是最微不足道的改进，它也不能被使用。假设出台了一个法案：把某处不可逾越的道路都转换成一个可畅通的道路，会有人因没有看到比我们已经拥有的众多道路更好而站起来反对它吗？没有。以严重的阻碍为特点的手头措施就是可能的应该有的措

---

① 选自《本瑟姆》，185、186 页。

施，使用如此明显不适用的论点，只能是出于创建一个分流——把人的注意力从目前的主题转向一幅使集体全神贯注的画，希望因它的美丽，使他们暂时忘掉他们来此的目的。①

最安静的是没有怨言的——"对于某些无可争辩的滥用或邪恶，以补救的名义提出一个新的法律，一种反对意见通常会产生以下效果：'这项措施是不必要的。没有人抱怨这种形式的混乱，其中，你的措施就是要提出解救措施。但是即使是没有抱怨理由时，人们的抱怨也已经不再迟缓，更不用说任何抱怨的正当理由都存在了。这个论点意味着——没有人抱怨，因此没有人受到影响。它也意味着对于所有的预防措施的否决权，并开始在立法中建立一个直接反对普通生活中最普通审慎的准则：它要求我们不要在桥上修建护栏，直到事故的发生引起了普遍的喧嚣。"②

拖延者的论点——"等一会儿，还不是时候"——这是现实中常见的对措施起敌对情绪的人的论点，他们为出现此情况而感到羞愧或害怕。这是同样的怪癖，它是一种法律上的减免——这点在不诚实的被告人这方从没运用过，他们的希望就是通过用绝望、贫困和倦怠压倒他的对手，获得最终的胜利。哪个是有效果的最适当的一天？哪个是清除讨厌的最适当的一天？我们的回答是，找到一个提议去除讨厌的人的那一天。在那一天无论是谁提议去除，都会（如果他敢）在其他方面反对它。在很多对美德和改进比较软弱的朋友的心中，有一个去除邪恶的假想时期，这当然值得等待，如果他的到来有最小的可能性——一个前所未有的和平与繁荣时期，一个爱国的国王和一个开明的暴徒联合他们热情的努力去改进人类事物的时期；压迫者很高兴放弃压迫，被压迫者高兴解脱压迫的时期；困难和不受欢迎会继续邪恶存在的时期；这是为了共同的利益遭受危险的时期。但人性的历史与之是如此的相反，在最痛苦的抵抗之后做了几乎所有的改进，处于混乱和民间暴力之中——比起任何合适的时期，所有的改进是在最糟糕的时期被有益改革之友抓住的。

―――――――――――――

① 选自《本瑟姆》，196、197 页。
② 选自《本瑟姆》，190、191 页。

迟缓的行动论点——"一次做一件事——不是时候——目前伟大的职业——没有听到抱怨——这样的恶作剧还没发生——慢慢等待直到它发生！这就是闲聊，什么也不懂，但知道他必须就每个话题说点什么，在他的听众中大声喊叫，作为思想的替代品。"①

模糊的普遍性——模糊的普遍性包括许多种谬误，那些人曾倾向于使用其他更多的模糊和不确定的表达方式。

以政府、法律、道德、宗教术语为例，每个人都会承认世界上有糟糕的政府、不好的法律、不良的道德和有害的宗教。因此，致力于揭露政府、法律、道德和宗教缺陷的情况，本身根本不能提供任何一个作家忙于设想有过错的任何事情。如果他的攻击是针对每一个坏处，他的努力可能是有益的。然而，拥护者躲开别人的视线，大胆地把他颠覆所有政府、法律、道德和宗教的意图归罪于他的对手。在被治国无方的掩护下常被使用的几个模糊的称谓中，在这种幻觉的氛围中没有什么比"秩序"这个词更引人注目的了。通常，任何一种措施都是为了减少对少数人的牺牲，社会秩序是通常反对其进步的短语。

出于劝说人民把他们的命运托付给任何其他代理而不是交给那些在认为违反信托是肯定的人的手中为目的，道德和生理上不可能的正当履行的任何努力——据说社会秩序会受到被毁灭的危险和威胁。"②

同样地，"机构"是一个词语，通过指控那些希望删除或改掉的部分，希望颠覆一切好的机构。

"有害的谬论也从可转换的使用中流传开来，B 先生很乐意称之为非议和颂扬。因此，人们对媒体的自由表达了极大的关注，并且对它的放肆表示了极大的厌恶。新闻的放肆在于大胆出色地做事，让人们对罪行感到恐惧，在于激起公众对于最高利益的辩护的注意力。这是胆怯和腐败的人在最恐怖中持有的新闻的放肆，被半动物半死亡般法官的惩罚，处以多年的囚禁。同样，

① 选自《本瑟姆》，203、204 页。
② 选自《本瑟姆》，234 页。

在改革中也存在非议和颂扬的谬误。所有的滥用行为之间都存在着人人所见的联系，任何一种滥用都能给自己带来好处；在感兴趣之处，存在着紧密而充分理解的联系，并已经给出了暗示。任何滥用行为都不能在不危及他人生命的情况下进行纠正。"

"那么，如果内在决心不遭受任何能阻止的改革，只取决于自己，对他来说，穿上一个职业的、有助于改革的愿望套子似乎是必要或适当的——追求这里讨论的方法或谬误，他会代表那些以改革的名义有区分的两种事物，其中一个是可以认可的合适的主题，另一个是不被认可的。因此，他将相应地表达这种认可，以一些辅助这些认可的表达词语为特点，例如，温和的、温暖的、实际的、切实可行的。"

"同时，对这些名义上的不同种类的另一种描述，他会加上一些辅助责难的表达，如暴力的、无节制的、奢侈的、无耻的、理论的、投机的，等等。"

"因此，在职业和外观上，在他的表达概念中有不同的和相反的改革，即加上认可和不认可的标签。但是加上认可标签的那种是空洞的——一种里面不含有任何个体或者要被包含有的种类。"

"相反，加上不认可标签的改革是一个容器，里面的整个内容——'改革'——都被包括在内。"①

反理性的谬误——当理性与一个人的利益相违背时，他的研究自然会是能力本身，无论从中产生什么问题，都会是一个仇恨和蔑视的对象。在这个场合所使用的讽刺挖苦和其他修辞方法，不仅是针对理性而且也针对思想，就好像在思想上有某种东西，使它与有用和成功的实践不相容。有时候，一项不符合官方利益的计划，就会被认为是一种投机行为；而且根据这个观察，所有需要理性和深思熟虑的讨论都被认为是被取代的。腐败者的第一个标签是把他认为可能会珍视改革精神的任何阴谋都定在他身上。这句话的表达受到了坏男人和软弱男人的极大的欢迎，以用最不疲倦的能量重复着；而通过强化的方式，增加了"投机性"这个词：理论、幻想、浪漫、乌托邦。

---

① 选自《本瑟姆》，277、278 页。

"有时会有这样的情况发生，这个计划在理论上很好，但在实践中却很糟糕。从理论上讲，它的好处并不妨碍它在实践中表现糟糕。"

"有时候，由于非理性的艺术取得了进步，这个计划被认为'太好而不实际'；它的表现如此之好，因此被认为是它在实践中表现不好的原因。"

"总之，这门艺术如此完美，没有受到影响。"①

有一种推论会把理论推得很远，但这个推论是什么？在这种程度上，不是因为理论命题（都有一定理解的命题）被认为完全是虚假的，而是因为在特定的情况下，假设命题是按现实的特点而产生的。几乎可以想象，在思考的过程中，有邪恶或不明智的东西存在，因为大家感觉到有必要放弃。"我没有猜测，我不是理论的朋友。"一个人能否认理论吗？他能否认推测，而不否认自己的想法吗？

主要使用谬误的人们是指那些依赖于有轻蔑工具特点的有异议的人，有关对他们的利益不利的一个计划，没有在暴露于任何占有优势的异议的一般用途基础上发现它，针对防止那些有其他倾向的人调查它。因为看到实践它的恐惧，他们被迫说它不切实际。

"面对它（一些微弱或年迈的绅士声称），它带有合理性的架势，如果你没有防备，可能让你对它给予一定的注意力。如果你要找麻烦，你会发现（因为所有这些计划都有这么多的承诺），实用性最终还是会有问题的。要使你免予麻烦，你可以采取明智的做法，把计划放在一边，不再去想这件事。"这总是伴随着一种特殊的胜利的笑容。

这些谬论可能汇集在一个小的演说中，我们称它为"面条的演说"——

"先生，我们的祖先对此说些什么？这项措施符合他们的机构吗？它是如何与他们的经验一致的？我们要让昨日的智慧同几个世纪的智慧相竞争吗？无知青年要对成年人的决定表示不尊重吗？如果这项措施是正确的，它是否逃脱那些拥有那么多优秀的政治机构而使我们受恩惠的撒克逊祖先的智慧？丹麦人会对此置之不理吗？诺尔曼会拒绝它吗？这样一个显著的发现值得为

---

① 选自《本瑟姆》，296 页。

这当代和退化的时代保留吗？此外，先生，如果措施本身是好的，我请求尊贵的先生，是否该是实施它的时候了？事实上，是否要选择一个比他所选择的更不幸的时期？如果这是一个普通的措施，我不应该那么激烈地反对；但是，先生，在讨论中它称这个为不可撤销法律的智慧——在值得纪念的革命时期的一项法律的智慧。先生，我们有什么权利打破这家公司在那个时代的伟人的永恒特征的圆柱？不是所有的权威都反对这一措施——皮特、福克斯、西塞罗、律师和副检察长除外。先生，这个命题是新的；这是第一次在议会大厦里听到它。我没有准备，先生，一点也没有准备去接受它。这个措施表示国王陛下对政府的不信任，他们的不赞成不足以辩解为反对。哪里有危险哪里就需要预防。这里讨论的个人的高素质是充分保证反对任何警告的理由。那么，你不要批准这一措施。因为，无论它是什么特征，如果你批准了它，提出这一建议的人就会反对它。先生，我不关心这一表面的措施，但其背后还有什么？那位可敬的先生的未来计划是什么？如果我们通过这一法案，可能他不需要什么新的让步，他正在为国家规划新前景。谈谈邪恶和不便，先生！看看其他国家——研究一下人们的聚会，然后看看这个国家的法律是否需要一个补救措施，或者是否应该得到一个赞扬。这位可敬的绅士（让我问他）总是这样想吗？我不记得什么时候他在这个议会大厅里有相反的意见。先生，我不但与他发生争吵，我还要很坦率地声明，我不喜欢他所支持的政党。如果他自己的动机是尽可能单纯的，那么他们就不会受到与他有政治关联的人的污染。这一措施可能对宪法有好处，但我不会从这类人的手中接受宪法。（听到大喊声！听！）先生，我承认我自己是英国议会中一位诚实、正直的成员，我不怕承认自己是接受所有变革和创新的敌人。我对事物本身很满意，当我从我的祖先那里得到了这个国家，把这个国家再传给我的孩子们，这将是我的骄傲和快乐。那位可敬的绅士假装证明他用尽全力抨击主持大法官法庭的贵族，但是我说，这样的抨击是对政府本身的恶作剧。反对大臣，你就是反对政府；贬黜大臣，你就是贬黜政府；蔑视大臣，你就是蔑视政府，后果就是无政府状态和内战。此外，先生，措施是不必要的。没有人抱怨这种状况的混乱，而这正是你提出补救措施的目的。商业是最重要的，需要最大的谨慎和慎重。不要让我们仓促行事，先生，预见到所有的后果是不可能的。一切都应该是渐进的，邻国的例子应该让我们警惕！我恨创新，但我爱改进；我是政府腐败的一个敌人，但我捍卫自己的影响。我害怕改革，只有当它是无节制的时候我才怕它。我认为新闻自由是宪法的伟大的守护神，但是与此同时，我却在最大的厌恶中保持着新闻的放肆。没有人比我更清醒地意识到可敬的人的能力，但我立刻告诉他，他的计划不可能行得通，它带有乌托邦的性质。它在理论上看起来不错，但它在实践中就不是很好。我重复一遍，先生，在实践中，这是不可能实现的；所以，措施的倡导者会发现，它不能在议会中找到出路。（欢呼声）受尊敬的议员暗示的腐败的源头在人们的头脑中，腐败是那样的讨厌和广泛，没有任何政治改革能在消除腐败方面起到任何作用。与其改革其他国家，不如改革自己国家、宪法和一切最优秀的东西，让每个人改过自新！让他看看自己的家，他会发现那里有足够多的东西，而不用去看国外，瞄准他的权力。（欢呼声）现在，先生，我将以集会的男爵们令人难忘的话结束：'我们不希望英国的法律被改变。'"

"总的来说，以下是与谬误之名相关的所有论点的共同之处：

1. 无论手头的措施是什么，即使与它有关，也是无关的。

2. 它们都是这样的，这些无关的论点的应用提供了一个假设，要么是弱点，要么是完全没有相关论证的存在。

3. 对任何好的目的，它们都是不必要的。

4. 对于不好的目的，它们不仅能够被应用，而且实际上有被应用的习惯和优势，即：他们反对的所有这些措施的阻挠和失败，就是消除政府框架和实践中存在的滥用职权或其他不完善的问题。

5. 通过不相关性，它们都在消耗费和误用时间，从而阻碍了进程，阻碍了所有必要的和有用的业务的发展。

6. 通过刺激的质量，在它们的不相干的美德中，能在一定程度上，能生产不悦，在某些情况下，产生流血冲突，并不断地产生如上述的时间的浪费和业务的阻碍。

7. 对一部分人，无论用口语或书面语表达了它们的意思——它们既表示邪恶，又表示知识缺憾，也表示对理解那些注定要运用脑筋的人的鄙视。

8. 对那些它们能控制的部分人，它们表示出智力的缺陷。对它们假装控制的那部分人，它们表示出邪恶的，即伪善的形状。"

"实际的结论是，公众的理解将得到加强，公众的道德将得以净化，以及政府的实践将得以改进。"①

---

① 选自《本瑟姆》，359、360 页。

珀西·比希·雪莱

《为诗辩护》是迄今为止雪莱最重要的散文。雪莱的抒情诗，对他自己思想的补充和修正有很大的价值，因为从他精彩的哲学讨论上我们可以感知到，雪莱富有丰富的智慧和想象力。本文直接创作动因是源自托马斯·洛夫·皮科克出版的《四个时代的诗歌》，雪莱的作品最初是对它的答复，其论述可以与西德尼的论述相媲美。它被称作在"诗歌的理想性和基本价值"上最有说服力和鼓舞人心的作品之一。

为诗辩护

人类的两种心理活动可分为推理和想象。前者被认为是指任何条件下在思考时产生的两种思想间的关系；后者则指心灵对这些思想的作用。就像心灵在这些思想上的作用一样，用心灵本身的光辉给它们调色，并以此为基础创造新思想，每一种思想都包含着它自身的完整性的原则。想象是一种创造力，或者说是合成的原理，它的对象是宇宙万物和存在本身共有的事物；推理是一种推断力，或者说是分析原则，它把事物之间的联系看作是关系，把思想作为对某些普遍结论的数学表述，而不是把思想作为整体进行考察。推理列举已知的量，想象感知量的价值，分别和整体来感受其价值。推理尊重事物间的差异，想象则关注事物间的共性。推理之于想象，犹如工具之于作者；身体之于精神，犹如影子之于事物。

从一般意义上来说，诗歌可以被定义为想象力的表达：诗歌伴随人的起源。人是一种乐器，它是由一系列外部和内在的印象所驱动的，就像不断变化的风吹拂埃奥利亚的竖琴，吹奏出不断变化的旋律。但人类存在着一个原则，这一原则也许存在于一切有知觉的生物中，它的作用比风吹竖琴有更多可能性，它不单产生旋律，还产生和音，通过一种内部的调整，从而使声音或动作与激发处的印象相协调。这就好像是，竖琴可以使琴弦适应弹奏的动作，从而发出一定节奏的声响；又像音乐家也能令他的声音与琴的声音相协调。一个玩游戏的孩子会用自己的声音和动作来表达自己的喜悦，而每一个变化的音调和每一个姿态都在愉快的印象中产生，都与相应的实物模型产生确切的联系。它就是那个印象的反映，就像风消失之后，竖琴仍余音未散；孩子通过声音和动作来延长其玩乐的欢愉，以此来延长这一感性目标的意识。与那些使孩子高兴的事物的关系，就如同诗歌对更高事物的关系。野蛮人（野蛮人之于年代，犹如孩子之于年龄）用同样的方式表达他对周围事物产生的情感。语言和姿势，连同塑造或绘画的模仿，成为这些物体的综合效果的图像，以及对它们的理解的表象。人在社会中充满了激情和快乐，又会成为别人的激情和快乐的对象。另外一种情绪产生了一种不断加强的表达方式，所以语言、姿势和模仿的艺术，立刻变成了媒介，好像同时又是铅笔和图画，凿子和法令，琴弦和和声一样。从两个人共存的时刻起，社会的同情，或者那些产生同情的因素，如同社会法则，便开始发展了。未来蕴藏于现在中，就像植物孕育在种子里。平等、差异、统一、对比，相互依赖，成为一个能够根据社会意愿决定行动的原则，只有这些原则能提供动机，因为他是社会的，于是构成快乐的感觉、情操的美德、艺术的美感、推理的真谛、人类交往的爱。因此，即使是在社会的萌芽时期，人们也会在他们的话语和行动中遵守某种准则，这种准则与事物及其产生的印象的原则完全不同，所有的表现都必须服从于其所带来的规律法则。但是，让我们摒弃这些比较一般性的探究，因为这些探究可能涉及对社会原则的探究，而我们的探究限定在想象及其形式的表达上。

在社会的青年时期（上古时代），人们跳舞、唱歌、模仿自然事物，在这些行为中观察，就像在其他所有的事物中一样，遵循某种特定的节奏或秩序。每一种特定的规则或节奏属于这些模仿的表现形式，听众和观众从这些规则中都能得到更强烈和更纯粹的愉悦感：这种规则的近似感被现代作家称为鉴赏力。每一个处于艺术初期的人都会遵循一种近似或多或少接近产生这种最高愉悦感的规则，但是差别并没有被充分地显示出来，除非有些场合，这种审美的能力极其卓越（我们可以称这种最高快感及其原因之间的关系为审美力）。审美力最强的人，广义上来说就是诗人。他们表达社会或自然对自己思想的影响所带来的愉悦，并以此感染别人，与他人进行思想交流，并在别人心中获得一种重现的快感。诗人的语言非常具有隐喻性，也就是说，它表现着事物之间的未被理解的关系，并使这种领会永远延续，直到表现这些关系的词语随着时间的推移，成为一种思想的标志，但这只是思想的一部分或类别而不是整体思想的画面。如果没有新的诗人出现，语言就会在人类交往的所有高贵的目的中失去活力。培根爵士说过，这些相似的关系都是"自然印在世间不同事物上的同一足迹"，并且他认为，能领会这些关系的能力，是所有知识公理的宝库。在社会的萌芽阶段，每个作家都是诗人，因为语言本身就是诗歌。作为一个诗人，就是要领悟人世的真和美。简言之，就是领会善，善首先存在于知觉的关系上；其次存在于感知与表达的关系上。每一种原始语言本身就是一种循环诗的混乱。编撰渊博的词典、区别细致的语法，是后世的工作，也只是诗歌创作的目录和形式。

但是诗人，或者那些想象和表达这种不可毁灭的规则的人，不仅仅是语言和音乐的创造者，也是舞蹈、建筑、雕像、绘画的创造者，他们也是法律制度、文明社会的创造者，生命艺术的发明者，他们更是导师，他们更接近美和真。因此，所有的原始宗教都是讽喻的，就像两面神一样，具有虚假和真实的两面。根据诗人出现的时代和国家的情况，在世界的早期时代，诗人被称为立法者或先知。一个诗人本质上就包含并融合了这两个角色的特征。因为他不仅能强烈地洞察社会的现状，还能根据现在的事物来发现这些应该遵守的法则，而且他能从现在预知未来，他的思想是未来花朵的胚芽和果实的萌芽。我并不是断言诗人是广义上的先知，我也不认为他们能预测未来的发展情况。诗歌是预言的一个属性；而预言不是诗的一个属性。诗人会将自己置身于永恒和无限之中，就他的观念而言，没有时间、地点和数量的概念。表达时间的不同、人称的差异、空间的悬殊等的语法形式，相对于最高级的诗是一种灵活的转换运用，而不是对诗歌的破坏。在埃斯库罗斯的合唱《约伯记》、但丁的《神曲》等作品中都能找到比其他任何作品更多的例证，因本文篇幅所限，不便引证。雕塑、绘画和音乐的创作更是非常明确的例证。

语言、颜色、形式、宗教和社会行为习惯都是诗歌的工具和素材。如果我们用上所谓因果关系的修辞方法，这些就都可能被称为诗歌。但是，诗歌在更严格的意义上表达了语言的特殊排列，尤其是语言的韵律，这些都是神来之笔，其宝座是由人的无形本性所控制的。这源于语言的特性本身，因为语言更能直接地表现我们的内心活动和激情，比颜色、形式、运动能做更多更精致的组合，更宜于塑造形象，更能服从创造威力的支配。因为语言是由想象产生的，它仅与思想本身有关系，但是，其他的素材、工具和艺术条件彼此间都存在关系，这限制了概念和表现之间的关系。前者就像一面反射光芒的明镜，后者是削弱它的光芒的乌云，虽然两者都是沟通的媒介。因此，雕塑家、画家和音乐家等的声望从来就不能与诗人的名望相提并论，尽管这些艺术大师的内在能力一点也不比用语言来表达思想的诗人们的能力逊色。两名同等技能的表演者无法令吉他和竖琴演奏出相同效果的音乐。只要他们的制度持续下去，立法者和宗教创始人的声望似乎就超越了严格意义上的诗人。但是，如果我们摒弃这些名人的奉承与他们的粗俗观点相结合而享有的荣誉，再去除他们具有的诗人本性，也就没有什么优越之处了。

因此，我们已经把诗歌局限在艺术的范围内了，这种艺术是诗歌本身最常见的也是最完美的表现方式。然而，我们有必要把范围变得更小，并确定斟酌和未斟酌的语言之间的区别。因为在严密的哲学中，散文和诗歌的通俗划分是不可接受的。

声音和思想之间相互联系，而且和它们所表现的东西之间也相互联系。

对这些关系的规律的感知与对思想关系的规律的感知也是紧密联系、不可割裂的。因此，诗人的语言影响了某种统一而和谐的声音的重现，没有了重现，也就没有了诗歌本身。因此，试图把诗歌从一种语言翻译成另一种语言是很愚蠢的事情，就如同把一朵紫罗兰花放入一个熔炉中，去发现它的颜色和气味的构造原理那样。植物必须从它的种子中生长，否则它就不会开花——这是巴别塔的诅咒的负担。

在充满诗性思维的语言中，要注意遵循和声再现的规律，同时还要注意这规律与音乐的关系，其结果产生韵律，或者说一种和声与语言传统形式的体系。然而，诗人用自己的语言去适应这种形式以保存那种作为诗的精神的和谐，这是完全没有必要的。这种做法确实很方便，也很受欢迎，而且在包含了很多情节的诗篇里更受欢迎。但是每一位伟大的诗人都必须不可避免地对他前辈的诗歌范式进行革新，改造出他独特的诗歌韵律和严谨结构。将诗人和散文作家进行区别是一个粗俗的错误，哲学家和诗人之间的区别已经在上文提到过了。柏拉图本质上是一个诗人：他的意象真实壮美，他的语言富有韵律，达到了人们可以想象得到的强烈程度。他摒弃了史诗、戏剧和抒情诗等形式的韵律，因为他试图在行动上激发出一种和谐的思想，而他又不愿去创造任何有规律的韵律，将他风格中的各种抑扬顿挫确定在一定的形式中。西塞罗试图模仿柏拉图文章的节奏，但收效甚微；培根是一位诗人。他的语言有一种甜美而庄严的节奏，满足了我们的感官：它是一种膨胀的张力，从你的心田迸发出来，并随着你的心一起倾注到永远与之共鸣的宇宙万物中去。所有具有革命观点的学者，必然是诗人，不仅因为他们是发明家，甚至是因为他们的文字用生动的形象揭示了世界万物的永恒相似性；而且更因为他们的文章和谐而有韵律，并且本身就包含了诗韵的元素，是永恒音乐的回声。然而，那些至高无上的诗人用传统的格律来描述主题所要求的形式和情节，他们也有能力去感知事物的真相并教导我们，其功绩不比那些打破传统的诗人逊色。莎士比亚、但丁和弥尔顿（把自己局限于现代作家中）都是具有最崇高的力量的哲学家。

诗歌是生命在永恒的真理中表达的生命的意象。故事和诗歌的区别在于，故事讲述了一些孤立的事实，除了时间、地点、环境、因果关系之外没有其他方面的联系；诗歌根据人类本性中不变的形式来创造情节，就像这种方式在创造者的头脑中存在那样，这本身就是所有其他思想的反映。故事是局部的，只适用于某一特定时期，而另一种情况则是永远不会再发生的情景；诗歌是普遍存在的，包含了一种与各种各样的动机或行为在可能的人类本性中所存在的关系，它本身就有这些关系的萌芽。时间，它破坏了特定史实的美和功用，剥夺了诗歌应有的诗意，增加了诗歌的价值，并永久地发展了新奇的方法来应用诗歌所包含的永恒真理。因此，所谓的"缩影"就被称为"历史的飞蛾"，它们把历史的诗意都吃掉了。一个关于特定史实的故事，就像一面镜子，它模糊和扭曲了本来应该美丽的对象；诗也是一面镜子，它把被扭曲的对象变得美丽。

作品的组成部分可能是诗性的，但整部作品不可能是一首诗。一个句子可以被认为是一个整体，一个词甚至可能是一种无法熄灭的思想的火花。因此所有伟大的历史学家，希罗多德、普鲁塔克、李维都是诗人。尽管这些作家的计划，尤其是李维的计划，限制了他们在最高程度上发展这种技能，但他们却通过把他们的主题填满了生动形象的方式为他们所做的题材做了大量的、充分的补偿。

在确定了什么是诗歌、谁是诗人之后，让我们进一步来探究一下诗歌对社会的影响。

诗歌总是伴随着快乐：所有受到诗歌感染的心灵都敞开来接受它所融入诗歌快感中的智慧。在世界的初期阶段，诗人本人和他们的读者都没有充分意识到诗歌的卓越性。因为诗歌以一种神圣的、不可理解的方式发挥作用，超越意识之上；诗歌在读者和诗人共鸣所产生的所有力量和辉煌中，留给子孙后代去思考和衡量这强大的因果关系。

即使是在现代，也没有一个活着的诗人能享有完美的盛名。那些评判诗人的批评家们，应该像诗人一样，必须在自己领域有所建树才会成为诗人的对手，流芳百世：这得让时间从几代圣贤中选出聪明才俊担任陪审团。诗人是一只夜莺，它栖息在黑暗中，用甜美的声音来为慰藉自己的孤独寂寞。诗人的听众好像被这位听得见却看不见的音乐家的美妙旋律所感动，并被深深感染，但是却不知道这种快感何以如此，从何而来。荷马和他同时代的人的诗歌是希腊幼年时期的快乐，它们是那个社会制度的组成部分，这个社会制度又是所有后世文明的重要支柱。荷马把他那时代的理想的完美体现在人类性格中；荷马在人的性格中体现了他的时代理想的完美。我们也不用怀疑，那些读过他史诗的人都被唤起了雄心壮志，想要成为阿喀琉斯、赫克托耳和奥德修斯，在这些不朽的形象塑造中，友谊的真与美、爱国精神和奉献精神都一览无余。听众必定因同情这样伟大而又可爱的人物而情感升华和心胸开阔，直到因崇拜而模仿，因模仿而把自己认同他们为崇拜的对象。也不要反对这些角色远离道德的完美，他们也绝不能被认为是可供世人模仿学习的榜样。

每一个时代都以或多或少的名义，将其特有的错误进行了神化：复仇是半野蛮时代公开崇拜的赤裸裸的神物；自我欺骗是一种掩饰无名邪恶的偶像，奢侈和饱足都拜倒在其面前。一个史诗人物或戏剧人物可以在他的灵魂中带着这些罪恶，就像他把古代盔甲或现代制服穿在身上一样，虽然很容易就能想象出一件比这更优雅的礼服。内在的美不能被它的偶然披上的外衣所掩盖，但是美的形象的精神将会与伪装联系起来，并从穿衣的仪态上暴露出它所隐藏的真相。一种庄严的体态和优美的动作将通过最野蛮和最庸俗的服装表现出来。很少有第一流的诗人在展示他们所想象之美时，愿意赤裸裸地展露出它的真理和光辉。人们怀疑是否有必要为这尘世的音乐能入俗耳而掺杂一些服饰习惯等东西。

然而，对诗歌的不道德的全部议论，都是基于对诗歌行为的一种误解，即诗歌对人的道德的改进和提升。伦理学归纳了诗歌创作的要素，并提出了一些计划，举出了社会和家庭生活的一些榜样。也不是因为缺少那些令人钦佩的教条，人们之间相互厌恶、鄙视、指责、欺骗和征服对方。然而诗歌是以另一种更神圣的方式表现。诗歌唤醒了人的心灵并扩展了人的思想本身，使它成为能容纳上千个未被理解的思想结构的容器。诗歌撩起了掩饰世间之美的面纱，使平凡的事物变得像不平凡。诗歌再现了它所表现的一切，诗歌中的人物笼罩着极乐世界的光芒，永远留存在那些曾经欣赏过他们的人的心中，就像是对这些温和而崇高的内容的纪念，同时存在于一切思想和行为中。道德的最大秘密就是爱：或者从我们的本性中走出来，用别人在思想、行动或人身上存在的美证明我们自己的美。要想成为一名优秀的诗人，他必须要有强烈的、全面的想象力；他必须把自己放在别人的位置上；他必须对别人的痛苦和快乐感同身受。实现道德善良的伟大工具是想象力；诗歌通过对事业的影响来达到效果。诗歌通过不断使人感到新鲜有趣的思想来充实想象，扩大想象的空间；这些思想具有吸引和同化自己的本性的力量，并且形成新的间隔和空隙，它们的间隔和空隙永远要求有新鲜的资料和养分来填充。诗歌加强了人的道德本性，就像锻炼四肢来加强我们的身体机能一样。因此，如果一个诗人通常把自己受时空限制的是非概念体现在他的不受时空限制的诗歌创作中，那就大错特错了。诗人要承担说明事物产生的后果的卑微职责，就会失去参与事物起因的光荣。荷马，或者任何一个永恒的诗人，都不太可能如此误解自己，以致放弃了他们统治辽阔疆域的宝座。几乎无人敢于冒这个险。像欧里皮德斯·琉坎、塔索、斯宾塞那样的诗人，尽管伟大，但他们经常因为一个道德目标，希望读者们去顾及，结果他们诗歌的影响效果被削弱了。

　　荷马和古希腊其他诗人之后的一定时间内，雅典的戏剧诗人和抒情诗人后继辈出，建筑、绘画、音乐、舞蹈、雕塑、哲学等也一时达到登峰造极。尽管雅典的社会机构被许多不完美的缺陷所扭曲，在骑士精神和基督教中存在的诗歌也已经从现代欧洲的习惯和制度中抹去了。然而，历史上再没有其他时代能够发展如此多的力、美和善，盲目的力量和固执的形式也从没有如此地自律和服从于人的意志，人的意志也从没有那么顺从美和善的命令：像苏格拉底未死以前的时代是前所未有的。人类历史上再也没有其他的时代，能给我们留下如此鲜明地刻印着人类的神性形象的纪录和残章片断。然而，只有形式、行动或语言上的诗歌，使这一时代比其他所有的时代都更令人难忘，并且把美好的作品贮藏在永恒的时间里。因为在那个时代，用文字表现的诗歌与其他艺术同时存在，所以它是对艺术被给予和接受的需求的一种无聊的探究，因为所有的艺术都从一个共同的焦点发出光辉，都照耀着后世最黑暗的时代。我们知道因果关系是事与事间一种永恒的关联；诗歌总是被发现与任何其他艺术永远并存、相互关联，并一起对人类的幸福和完美做出贡献。我呼吁用上文已经确立起来的理论来区分因果关系。

正是在我们刚刚提及的那个时代，戏剧诞生了。

然而，后世的作家可能已经超过了那些保存在我们身边的为数不多的雅典戏剧的伟大范本。无可争辩的是，艺术本身从来没有像在雅典当时那样，依照其真正的原理被理解或实践。因为雅典人使用语言、行动、音乐、绘画、舞蹈和宗教仪式，在激情和力量的最高理想的表达中产生一个共同的效果；具有最精湛技艺的艺术家在戏剧艺术中的每一个分支都趋于完美，并相互保持成一个美的比例和一个整体。近代的戏剧，只有少数能够表达诗人观念的意象元素被应用到舞台上。我们的悲剧没有音乐和舞蹈。音乐和舞蹈作为最适当的附属物却没有最高的人物形象，既没有宗教，也没有庄严。宗教的习俗确实经常被逐出舞台。演员戴面具表演，本可以使适合于他所扮演的角色的许多表情被塑造成永久不变的表情，以便给后世留下个戏剧的伟大范本，但是现在我们剥去演员的面具，知识有利于产生局部的不和谐的效果，它只适合于戏剧独白场面，因为所有的注意力都集中在一个伟大的理想的模仿大师身上。近代将喜剧与悲剧结合在一起的做法，虽然在实践中很容易被滥用，也有很多的弊端，但这无疑是戏剧范围的一个延伸。但是，喜剧应该像《李尔王》中一样，具有普遍性、理想性和崇高性。这可能是这一原则的介入决定了优势劣势平衡之分，使得《李尔王》胜过《俄狄浦斯》或《阿伽门农》，或者说，如果你愿意区分，还胜过与后两部剧有关的三部曲。除非希腊悲剧中合唱诗歌的强烈力量，尤其是后者《阿伽门农》的合唱，应该被认为是与《李尔王》势均力敌的。如果《李尔王》能维持住这种比较，那么它可能会被认为是世界上最完美的戏剧艺术作品的典范。由于莎士比亚不知近代欧洲盛行的戏剧原理，他受到当时狭隘的观念所影响和限制。卡尔德伦在他的宗教神秘剧中，也试图弥补莎士比亚所忽视的一些戏剧性的重要表现。例如，在戏剧与宗教之间建立关系，并将其与音乐和舞蹈联系起来。但是他忽略了比这些还重要的条件，他从一种被曲解的迷信中提出了被严格定义的、不断重复的理想主义，而不是模仿人类激情的真实来刻画活生生的人物。

好吧，我要暂时离题了。舞台上的表演与人类风俗的改良或腐败之间的关系已经得到普遍认可。换言之，我们发现，形式最完美、最普遍的诗歌的存在或缺失与行为或习惯好坏联系在一起。风俗的腐败被认为是受戏剧的影响，一旦戏剧中所使用的诗意消失，腐败便开始了。对此我提出一个疑问：诗歌和风俗的兴衰时期是否与道德的因果的任何一个例子完全吻合？雅典的戏剧可能在某些地方已经接近顶峰，它总是与这个时代的道德和智慧伟大共存。

雅典诗人创作的悲剧就像一面镜子，观众能在镜子里看见自己，观众在这种朦胧伪装的情况下，忘记了一切，除了那种理想的完美和精力，每个人都觉得自己是他所喜欢的、欣赏的、会成为的那种人。想象力是通过对痛苦和激情的同情而增强的，以至于它们一旦进入想象中，便扩大了想象者的能力。怜悯、愤怒、恐惧和悲伤使美好的情感得到加强；而一种崇高的平静从这种高强度的运动中产生，在日常生活的喧闹中一直保持着这种平静的状态，甚至罪恶也被解除了一半的恐怖和它的影响，因为在剧中被表现为不可理解的自然力所带来的致命的结果。因此，错误也就不再任性下去，人们不再把错误当作自己选择的创造那样去珍惜。在最高级的戏剧中，很少有助长谴责或仇恨的地方，它教会人更要有自知之明和自尊。眼睛和心灵都不能看见自己，除非它能反映出类似它的样子。只要戏剧继续表现诗意，它就是一个多面的反光镜，它收集人性最耀眼的光辉，然后进行区分，再从这些基本的简单形式中再现它们，用雄伟和美丽触动它们，使它所反映的一切丰富多彩，又赋予它传播的力量，使它能到处繁殖其种类。

但是，在社会生活的堕落时期，戏剧对这种堕落深表同情，也随之堕落。悲剧毫无创意地模仿古代杰作的形式，剥离了它所包含的各门艺术的一切和谐的衬托，甚至往往还误解悲剧这个形式，或者是作者软弱无力地企图来教导他认为是道德真理的某些说教；而这些说教通常不过是一些似是而非奉承作者和观众所共鸣的严重的恶习或弱点。于是，这就是所谓的古典戏剧和本国戏剧。爱迪生的《卡托》便是古典戏剧的一个例子，举一个本国戏剧的例子也不是多余的事情！因此，诗歌对此类目的没有帮助。诗是一把闪电的剑，它是一种没有鞘的剑，因为电光烧毁了剑的鞘。因此我们看到，所有这种性质的戏剧作品都在某种程度上缺乏想象力。它们影响着人们的情感和激情，而没有想象力的情感和激情都是任性和欲望的别名而已。在英国历史上，戏剧的最严重的堕落时期是查理二世的统治时期，当时所有的诗歌表现形式都是赞美国王权力战胜自由和美德的赞歌。弥尔顿傲然独立，照亮了一个不配受他照耀的时代。在这样的时期，精于算计的原则渗透到所有的戏剧表演形式中，在戏剧中诗意也不再被表达出来了。喜剧失去了其理想的普遍；机智接替了幽默；我们因自满和胜利而欢笑，而不是因为快乐；恶意、讽刺和轻蔑代替了同情的喜悦；我们几乎不大笑，只是微笑。淫秽是对生活中的神圣之美的亵渎，如果不那么令人厌恶的话，因它蒙上了面纱，变得更加活跃：它是一个恶魔，社会的腐败永远供给它新的食物，它便秘密地吞噬。

戏剧是这样一种形式，它比其他任何形式都更容易综合更多的诗歌表现形式，因此诗歌和社会公益的联系在戏剧中比在其他艺术形式中更能被观察到。无可争辩的是，人类社会的最高成就与戏剧的最高成就是相一致的；这个国家的戏剧曾经一度繁荣，但是戏剧后来便堕落和消亡，这标志着社会风俗的腐败，以及维持社会生活灵魂的势力的消亡。然而，正如马基雅维利论及政治制度时所言，如果人们能够将戏剧带回到其原有的宗旨中，那么生活可能会得到维持和创新。从最广义来说，诗歌的情形也这样：所有的语言、制度和形式不仅需要创造，而且需要维持；诗人的责任和品格在创造上，应赋予神圣的性质。

在希腊，内战、波斯的蹂躏、马其顿和罗马的先后致命性的统治，都是希腊创造力灭绝或中止的象征。那些在西西里和埃及的暴君统治下得到庇护的田园诗人作家，是希腊文学最辉煌时期的最后代表。他们的诗是非常悦耳的，就像晚香玉的气味一样，以过度的芬芳袭人灵魂，使人精神疲惫；而前一个时代的诗歌，就像六月的一场梅风，它把田野里所有的花的香味都混合在了一起，并增添了一种令人神清气爽的活力，这使人的感觉有了一种维持其极度喜悦的力量。在文字表现的诗歌中，田园诗歌和爱情诗歌的微妙之处在于它与雕塑、音乐和类似的艺术的温婉之性有关系，甚至与我现在提及的那个时代特征之一——风俗与制度上的文弱之风——也有关。诗歌中缺少的和谐既不能归咎于诗歌本身的能力，也不能归咎于这种能力的滥用。在荷马和索福克勒斯的作品中，可以找到一种对感官和情感的影响相同的敏感性，尤其是荷马，给肉欲的和伤感的形象带来了不可抗拒的吸引力。他们超越这些后世作家的优势在于，他们拥有属于我们自然的内在能力的这些思想，而不是缺乏与我们外在能力相关的那些思想。他们无可比拟的完美，有结合一切而组成的和谐感。而这正是爱情诗诗人所缺少的，他们不拥有这些，这也正是他们的缺点所在。因为他们不是诗人，所以人们认为他们与他们这个时代的堕落有关。如果这种时代堕落的存在剥夺了他们对快乐、激情和自然景色的敏感性，人们便认为是他们的缺点导致，那么邪恶的最后胜利就会实现。因为社会堕落的终结，就是要摧毁一切对快乐的敏感性，这就是所谓的堕落。堕落以想象和智力为核心开始，然后从核心这里作为一种麻痹的毒液分散开去，通过对情感到达欲望，直到所有的欲望都变成了一个迟钝的群体，在这里感觉也难以存续。在这样一个时代来临之际，诗歌总是求助于那些最后才被摧毁的力量，它的声音能被我们听到，就像阿斯特拉离开这个世界的脚步声。诗歌传达了人类能够接受的所有快感：它永远是生命之光；任何美丽的、慷慨的或真实的东西都可能源于这个邪恶的时代。我们欣然承认，在叙拉古札和亚历山大里亚的奢侈的公民中，那些对奥克里图斯的诗歌感兴趣的人就不像他们部落的愚民那样冷酷、残忍和荒淫。然而，在诗歌能够灭绝之前，堕落必须彻底摧毁人类社会的结构。这条锁链的神圣连接从来没有完全脱节，把许多人的思想连接到那些伟大的思想上，就像一个磁铁，一种无形的磁力流发出来，它立刻连接起所有人的生命，并使生命维持下去。它本身就是一种内在的力量，它本身就包含着它自身和社会革新的种子。所以，我们不要把田园诗和爱情诗的影响限制在那些读者的情感范围之内。这些读者可能会欣赏到这些不朽之作的美，但是认为只是些断简残篇；而那些更加被用心栽培或者出生在一个更加幸福时代的读者，才可能认识到它们是伟大诗篇的插曲，而这诗篇，是所有诗人集智慧之大成，自开天辟地以来就创造而成的。

在古罗马，在一个较窄的范围内同样的更新也发生着，但罗马的社会生活的行为和方式似乎从未完全被诗意的元素所渗透。罗马人似乎认为：希腊人已经是自然形式中最优秀的人才，所以在语言、雕塑、音乐、建筑等方面，他们放弃创作任何可能对他们自己的情况有特殊关系的东西，而作品应该与世界的一般构造有普遍的关系。但我们可能只会局部地判断。恩尼乌斯、瓦罗、柏古维亚斯、亚基亚斯都是伟大的诗人，但他们的诗作都已经失传了。卢克莱修是最高成就的创造者，维吉尔是较高成就的创造者。维吉尔的遣词造句表达细腻，犹如一种朦胧之光，掩盖了他对自然的强烈情感和超乎自然类的客观性。李维具有诗人的本能。然而，贺拉斯、卡图卢斯奥维德及维吉尔时代的其他伟大作家们，只是在希腊的镜子里看到了人和自然，而且罗马的制度和宗教，都没有希腊那么富有诗意。因为影子的形象不如实物那样充满生气，因此，罗马的诗歌似乎是跟随其完美的政治社会和家庭组之后，而不是伴随其一同发展。罗马真正的诗歌存在于它的制度，这些制度中所包含的一切美丽、真实、庄严的东西，只能生发了那些创造这些制度所构成的秩序的那种力量。卡米拉斯的一生，勒古拉斯的死亡，元老院议员们对胜利的高卢人的期望，坎内之战后共和国拒绝与汉尼拔讲和，像这类的事情，不可能是个人善于精打细算的结果，而是因为他们在这几部不朽的历史剧中既是诗人又是演员，源于对生活这种节奏和规律的深刻体会。看见这种规则之美的想象力，根据他自己的想法创造出这种美来。其结果是罗马帝国得到了永垂不朽的名声。这些都不是诗歌，因为他们缺少神圣的诗人。这些是一段由"时间"写在人们记忆里的那篇古史始末诗中的插曲。"过去"就像一个富有灵感的吟诵史诗的人，用他们史实的和声占领了千秋万代的舞台。

最后，古老的宗教制度和风俗习惯完成了变革的循环。但在基督宗教和骑士精神的时代，在那时的风俗习惯和宗教制度下的作家中涌现出一些诗人，他们创造了前所未有的观点和行动的方式，这些方式和观点一旦被复制到人们的想象中，人们的思想就有了主导方向，就像狼狈大军有了将领，否则，这个世界会陷入彻底的无政府状态和黑暗之中。现在不宜提及这些制度所产生的邪恶，可是我们要在已经建立的原则的基础上提出这样的抗议：这些恶果没有任何部分可以归因于这些制度所包含的诗意。

摩西、约伯、大卫、所罗门和以赛亚的诗歌，很可能已经对耶稣及其门徒的思想产生了巨大的影响。这位人物的传记作家给我们保存下来的零散的片断，都是最生动的诗歌本能。但耶稣的学说似乎很快就被曲解了。在他所宣扬的思想观点基础上建立起来的理论体系的盛行之后的某一时期，柏拉图所划分精神力量的三种形式经历了一种神化过程，成了文明世界的崇拜对象。对此，我们要承认："光明好像变成了黑暗。"于是，

> "乌鸦振翅飞向多石的森林，
>
> 美好的白昼垂下眼帘昏昏欲睡，
>
> 夜的黑色使者醒来搜捕猎物。"

然而，看啊，在这场可怕的激烈的混乱中，萌发出一个多么美好的秩序啊！这个世界就像复活一样，展开那知识和希望的金色翅膀，重新开始它那毫无疲倦的飞行，进入了时间的长空。听啊！它是一阵吹个不停的无形的风，用力量和速度来滋养它永恒的路程。

在耶稣基督教义中的诗意歌，征服罗马帝国的凯尔特人的神话和制度，经受了因经过它们的发展和胜利而引起的黑暗和动乱，并相互融合形成了一种风俗和观点的新体系。把黑暗时代的愚昧无知归咎于基督教的教条或凯尔特民族的统治地位是错误的。不管黑暗时代的势力有什么样的罪恶，这些罪恶都是由于诗性原则的消亡而产生的，诗性原则的消亡又与专制和迷信的进步有关。当时的人们已经变得麻木而自私，原因过于复杂，不便在此讨论。他们自己的意志已经变得薄弱，然而他们既是自己意志的奴隶，也是其他人意志的奴隶。没有人能够在形式、语言或者制度上有所创造，色欲、恐惧、贪婪、残忍和欺诈就成了这样一个民族的特征。把这种社会状态的道德反常现象归咎于任何一种直接与这情况有关的事件都是不公平的。那些最迅速地使这情况化解的事情，却最有资格得到我们的认可。对于那些无法区分语言

和思想的人来说，许多道德反常现象混入了我们的民间宗教中，真是很不幸。

直到十一世纪，基督教和骑士制度的诗歌的影响才开始显现出来。柏拉图在他的《理想国》中发现并运用了平等主义的原则，并被用作一种分配制度的模式理论规律——在这种模式下，人类的共同技能和劳动所产生的快乐和权力的物质财富应该平均分配。他断言，这条规则的局限性只取决于个人的感受能力或者对所有人的效用。柏拉图遵循了提迈俄斯和毕达哥拉斯的学说，也倡导了一种道德和知识的学说，它概括了人类过去、现在和未来的状况。耶稣基督把这些观点中包含的神圣永恒的真理揭示给人类，而基督教在其抽象的纯洁性中，通俗地表现了古代诗歌和智慧的深奥主张。凯尔特民族与欧洲南方精疲力竭的民众混合之后，便给他们留下了他们神话和制度中存在的诗歌的痕迹。其结果是对名族混合中所包含的所有原因的作用及反作用的总和：因为没有一个民族或宗教可以取代其他民族或宗教。废除了个人奴役和家庭奴役，以及把妇女从许多使人堕落的古代习俗的束缚下解放出来，这些都是结果。

人类心灵所能抱有的个人奴役的废除，是最高政治希望的基础。女性的自由便产生爱情诗歌。爱情成了一种宗教，爱情崇拜之偶像永远存在。就好像阿波罗和缪斯女神的雕像被赋予了生命和运动，傲然走在他们的崇拜者中一样。这样，人们成了一个更神圣的世界里的居民。熟悉的外表和生活的过程变得奇妙而神圣，一个新的乐园在伊甸园的废墟上创造了出来。因为这创造本身就是诗歌，所以它的创造者就是诗人，语言是他们艺术的工具。彼特拉克的先驱是法国东南部普罗旺斯的抒情诗人，或者说创造者，他们的诗句就像魔咒一样，开启了苦涩爱情中快感的最深邃的魔泉。如果他的诗歌没有成为我们所思考的美的一部分，我们就不可能去欣赏；温柔和崇高的心灵与这些神圣的情感联系在一起，如何使人变得更可亲、更慷慨、更明智，如何把他们从自我的小小世界的阴沉雾霭中拯救出来，再去解释都是多余的了。但丁比彼特拉克更了解爱情的秘密。他的《新生》在感情和语言的纯洁上是一个永不枯竭的源泉。这里记录着他所生活的那个时代，记录着他一生中献身于爱的那段时间，是一部理想化的历史。他神化了天堂里的贝雅特丽齐，他叙述了自己对她倾心及对她日益增长的爱慕，他假装自己蹬着爱情各个阶段的阶梯，升到了"最高真源"的宝座，这是近代诗歌中最辉煌的想。最敏锐的批评家们，在欣赏《地狱篇》《净界篇》《天堂篇》的程度上，不再依照《神曲》的伟大情节的顺序进行称颂，公正地判断。《天堂篇》是一首永恒之爱的永恒赞歌。在古代所有的作家中，唯有柏拉图堪称爱情诗人。在革新的世界里最伟大的作家们和声歌颂美好的爱情，这和声已经渗透到社会的最深处，它的回声仍然淹没了军队和迷信的不和谐。阿里奥斯托、塔索、莎士比亚、斯宾塞、卡尔德伦、卢梭和我们时代的伟大作家们，都在各个时代相继称颂爱情的统治，他们好像要把爱情根植在人类的心灵中作为丰碑，在同人类的肉欲和力量的较量上取得最伟大的胜利。人类天生性别之间的真实关系已经不再那么容易被人误解了；如果在近代欧洲的舆论和制度中，还存在混淆两性的差异和两性能力的不平等这样的错误，并且已经被部分地承认了的话，那么我们就应该归功于女性崇拜，而骑士精神就是这种崇拜的法律，诗人是骑士精神的先知。

但丁的诗歌可能被认为是跨越时间的桥梁，将近代世界和古代世界连接在一起。但丁和他的对手弥尔顿把无形的事物理想化，这些被扭曲的概念，仅仅是这两位伟大诗人的面具和披风，他们被包裹着，被伪装着，走过永恒。在他们的思想中，他们自己的信仰和人民的信仰之间必定有区别，但他们对这种差异意识的程度有多大，还很难确定。但丁似乎希望通过将维吉尔所称的"真理之神"放在天堂里，在他的奖赏和惩罚的分配中任意行事，奉守着极端异教的教义，但丁至少想表明他的极度与众不同。弥尔顿《失乐园》本身就包含了对这个基督教体系的哲学反驳，因为一种奇怪而自然的对立，这首诗一直最受欢迎和支持。《失乐园》中所表现的撒旦，其性格的力量和庄严无与伦比。那种认为弥尔顿将罪恶人格化的想法是错误的。难以消除的仇恨，耐心的狡诈，警惕而缜密的阴谋给敌人带来极端的痛苦，这些都是罪恶；这些罪恶，对于一个奴隶来说，还情有可原，但对于一个暴君来说，决不可饶恕；被征服者被击败也不可耻，因为还可以补赎这些罪恶，征服者获得胜利也不光荣，因为更加暴露这些罪恶。从道德角度来说，弥尔顿的魔鬼撒旦胜于他的上帝，正如一个人，尽管身处逆境，备受折磨，仍然百折不挠地坚持他的正义信念，远胜于另一个冷酷地对胜利深信不疑、用最可怕的手段报复他的敌人，这不是因为他错以为可以诱导对方悔改，而是因为他存心激怒对方而使之遭受更多惩罚。弥尔顿已经违背了大众的信条（如果这被认为是一种违背的话），其程度之大以至于他声称他的上帝在道德上没有胜于他的魔鬼。弥尔顿这种对直接道德目的的大胆忽视，是对他极其卓越的天才的最有力的证明。他把人性的若干要素当作调色板上的若干颜色，混合在一起，然后根据史诗的真实规律，重新调色，勾勒出一副宏伟的图画；也就是说，根据这样一个法则，来唤起千秋万代的同情心，即：一系列外界宇宙的活动和智慧之人的行为。《神曲》和《失乐园》使得近代神话具有系统的形式；随着世事变迁、斗转星移，人世间的迷信又在人们对迷信宁可信其有不可信其无中增加了一种，这就要求博古通今的注释家们阐释古代欧洲的宗教，只是这些宗教不会被完全遗忘，因为它会被永远地铭刻在天才的永恒著作中。

荷马是第一位史诗诗人，但丁是第二位史诗诗人。也就是说，第二位诗人所创作的一系列作品，与他所生活的时代及其相关的知识、情操和宗教有着明确而易懂的关系，并随着它们的发展而发展。因为卢克莱修已经把自己敏捷的精神之翼沾染了尘世的灰尘；维吉尔因为过于谦逊竟得了一个模仿者的名声，即使他重新创造了他所复制的所有东西；阿波罗尼亚斯·罗迪亚斯、昆托斯·卡拉伯、农纳斯、卢卡努斯、斯塔提亚斯、克罗迪安等，纵使有甜美的歌喉，也不过是一群善于模仿的鸟，都没能达到史诗的真理。弥尔顿是第三位史诗诗人。因为从最高的意义上来说，如果《埃涅阿斯纪》还不能被称为史诗，那么，像《疯狂的罗兰》《解放的耶路撒冷》《鲁西阿德》《仙后》等就更不能称为史诗了。

文明世界的古老宗教深深影响着但丁和米尔顿，它的精神存在于他们的诗歌中，与它的形式还幸存于近代欧洲未改革的宗教崇拜中成正比。时间的距离也差不多相等，但丁在宗教改革之前，弥尔顿在宗教改革之后。但丁是第一个宗教改革者，但路德胜过但丁，是因为路德的粗鲁和刻薄而不是因为大胆指责教皇的僭越权限。但丁是第一个蒙昧欧洲的觉醒者，他从不和谐的野蛮人的混乱中创造了一种语言，本身具有音乐性和说服力。文艺复兴时期有许多伟大领袖人物，但丁是那些伟大精神的集大成者。这群灿烂的星星在13世纪在共和的意大利大放光芒，从天堂直照到愚昧的世界的黑暗里，而但丁就是这群星中的启明星。他所用的词语具有天生固有精神，每一个都是一个火花，一个无法熄灭的燃烧着思想原子，还有许多生来就在灰烬中被掩埋了，孕育着电光，尚未发现导体。一切崇高的诗歌都是无限的，就像潜藏着所有橡树的果实。即使我们一层层剥去罩纱，也永远揭露不出潜藏其意义深处赤裸的美。一首伟大的诗歌就像一座喷泉，永远喷出智慧与快感之水；一个人和一个时代能享受到它的神圣之流，只因它们特殊的关系使之能够在分享甘泉之后，另一个人和另一个时代又继往开来。所以新的诗永远在发展，一首伟大的诗歌就是一个不可预见又不可设想的快乐之源。

但丁、彼特拉克、薄伽丘之后的那个时代，以绘画、雕刻和建筑的复兴为特点。乔叟获得了这神圣的灵感，英国文学的上层建筑就是建立在意大利所发明的那些材料基础上的。

然而，让我们不要因为替诗辩护而开始谈论诗的批评史及诗对社会的影响。要充分地指出广义的和真正的诗人们对于当代和后代的影响。

但是，诗人却面临着挑战，有人竟然请求，要求诗人把桂冠摘下，让与理论家和机械师。毋庸置疑，运用想象力是最令人愉快的，但又断言运用理智更加有用。让我们根据这一区别，来研究一下有用和功用究竟有何意义。总的来说，快乐或善良，是指一个敏感而聪明的人主观地寻求，一旦得到了，也就勉强同意了。快乐分为两种：一种是持久的、普遍的、永恒的；一种是短暂的、特殊的。功用可以表达出产生前一种快乐或产生后一种快乐的方式。就前一种意义来说，凡是加强和净化情感，扩大想象，使感觉赋予精神的，都是有用的。但是，功用一词也可以有一种较狭隘的意义，它只限于表达这样一种思想：使我们的兽性欲望免于困扰，使人处于安全的生活环境中，使野蛮的迷信之幻想被驱散，使人与人之间在某种程度上相互宽容而又符合个人利益的动机。

毫无疑问，从狭义上说，功用的提倡者们在社会中有他们应尽的义务。

他们模仿诗人，把世人创造出来的素描复制到日常生活中。他们让出空间，腾出时间。只要他们把我们在管理天性低级能力的事务时，限于高级能力的范围之内，他们的努力总是最有价值。然而，既然怀疑论者已经摧毁了迷信，就让它不要去泯灭人类的想象中所描述的那永恒真理，正如有些法国作家已经泯灭了的那种。一个机械学家使劳动减少，一个政治经济学家使劳动互相配合，他们的推测与想象的最高原则不相对应，所以让他们小心行事，不要因此而造成贫富悬殊，就像在近代英格兰一样。有事实为证："有更多的人，必赐给他。没有人的，他所受的，必被夺去。"因此，富者越来越富，贫者越来越贫，国家大局陷于无政府主义与专制政治两个极端，就像处于"斯库拉和卡律布狄斯"的"危岩与怒浪"之中。人们这种毫无节制地运用算计的能力必然产生恶劣的影响。

从最高的意义上定义快乐是很困难的，因为这个定义会引起一些明显的悖论。因为，在人类本性构造的和谐之中有一种无法解释的不和谐，我们自身低等的痛苦常常与我们自身高级的快乐相联系。我们选择悲伤、恐惧、痛苦、绝望来表达我们接近于最高的善。看悲剧小说我们产生的同情之心就是根据这一原理。悲剧因为提供了存在于痛苦中的一个快乐的影子而使人愉悦。最美妙的音乐总是与忧郁密不可分，这就是忧郁的源泉。带有忧伤的快乐比完全的快乐更甜美些。所以有句俗语这样说："到悲伤之家胜过去快乐之家。"这并不是说，痛苦必定与最高级的快感如影相随。爱情与友谊的欢愉，欣赏自然的陶醉，感知的乐趣，尤其是创作诗歌时的快感，往往是完全纯粹的。

生产和保证这种最高意义上的快乐是真正的功用，那些生产和保证这种快乐的人是诗人或富有诗意的哲学家。

洛克、休谟、吉本、伏尔泰、卢梭及他们的弟子们，支持被压迫的和受欺骗的人类，他们的努力有权得到人类的感激。然而，即使他们从未来过此世，也很容易估算出道德上和知识上进步的程度。也许再有一两个世纪，人们还会说些无稽之谈；也许再有几个男人、女人和孩子被当作异教徒烧死。此刻，我们可能还没有对西班牙宗教法庭的取消而彼此祝贺。然而，如果但丁、彼特拉克、薄伽丘、乔叟、莎士比亚、卡尔德伦、培根爵士、弥尔顿不曾存在于这个世界上；如果拉斐尔和米开朗琪罗不曾降生于人间；如果希伯来的诗歌不曾被翻译出来；如果希腊文学的复兴从未发生过；如果没有古代雕塑的纪念碑传给我们；如果古代世界宗教的诗歌和它的信仰一起消逝了，那么，我们真的无法想象世界上的道德状况会是什么样子。要不是这些令人兴奋事情的干预，人类永远不可能觉醒去发明那些比诗歌更粗浅的科学，应用分析推理去矫正社会畸形，而如今人们正试图提升分析推理的地位，使它高于发明力和创造力的直接表现。

我们有更多的道德、政治和历史的智慧，而我不知道如何去实现；我们有更多的科学和经济知识，而不能够应用它去合理分配那些不断增加的产品。在这些思想体系下，诗歌被事实的积累和计算过程所掩盖。在道德、政府和政治经济中，什么是最明智和最好的做法，或者至少是比现在的人们所实践和忍受的更明智和更好的做法，关于此类问题的知识，我们从不缺乏。然而，"我不敢来伺候我愿意伺候的，像谚语里的那只可怜的猫一样"。我们缺少创造能力；我们缺少慷慨的冲动来实行我们的想象；我们缺少生活中的诗意；我们的计算超出了概念；我们吃的食物比我们消化的要多。因为缺少诗歌的才能，那些科学的研究就相应地限制了内在世界的领域；奴役自然力的人类仍然是一个奴隶。所有为了减轻与合并劳动而做的发明，却被滥用来加剧了人类的不平等，这应该归咎于什么呢？是不是因为这些机械技术的研究在某种程度上与我们所有的创造能力不相称呢？创造力是一切知识的源泉。所有的发现本应该减轻亚当所受的诅咒，反而加重了它，难道另有原因吗？诗和金钱，都是人们的财富。

诗歌能力有两个方面的作用：一是创造了知识、力量和快感的新资料；而另一方面则是在人们心中产生一种欲望，一种按照某种节奏和规则来进行重现和安排这些资料，这种秩序被称为美和善。由于过分的自私和精于算计，我们的外部生活所积累的资料超过了我们的同化能力，以至于不能依照人性的内在规律来消化这些资料。在那个时期，我们最需要诗歌的修养。因为那时身体变得过于笨重以至于无法充满活力。

诗歌确实是很神圣的。它是知识的圆心和周长。它包括所有科学，所有科学也以它为基础参照。同时它也是其他思想体系的根基和花朵。一切由它生发，一切由它生色。如果它枯萎了，它便不再结果实，不再生种子；这荒芜的世界得不到养分，生命之树不能继续繁衍生息。诗歌是一切事物完美的外表。它有着玫瑰的气味和颜色；它有着永不凋谢的美的形式和光彩。如果诗歌不能高飞，不能把光明和火焰带来，那么道德、爱情、爱国、友情又是什么？我们所居住的美丽宇宙的环境又是什么？我们在世间此生的意义又是什么？我们对世间彼岸的灵感又是什么？诗歌不像推理，是一种根据意志的决定来发挥的力量。一个人不能说："我要作诗。"即使是最伟大的诗人也不能这样说。因为在创作诗歌时，人的思想就像一团将要熄灭的炭火，有些无形的影响，如不稳定的风，扇起了它短暂的光亮。这种力量来自于内在，就像花朵的颜色随着花开花谢而逐渐变淡，而我们的天赋也无法预言它的到来或它的离开。如果这种影响能在最初的纯洁和力量中保持长久，我们将无法预测其结果的伟大。但是，诗歌创作开始时，灵感就已经衰弱了。而那些流传人世的最辉煌的诗歌，可能就是诗人最初想法的微弱的影子。我请教当代最伟大的诗人：最好的诗歌是在勤奋和研究中产生的，这是否是一个错误。批评家们所说的认真创作和反复推敲，可以正确地理解为，是仔细观察灵感到来的时刻。没有灵感时，就通过传统词句组成的表达方式和空间的人为加工相结合；因为弥尔顿在写《失乐园》之前，已经对整部诗歌有了一个构思。我们也有他自己的说过的话为证，他说缪斯曾"口授"给他那"突发奇想的诗歌"。让我们就用刚才这句话来回答一下那些声称《疯狂的罗兰》的第一行有五十六种译法的人。如此创作的作品之于诗，犹如镶嵌细工之于绘画。这种诗的本能和直觉在雕塑和绘画艺术中更容易被观察到：一个伟大的雕像或图画在艺术家的努力下逐渐成形，就像婴儿在母亲的子宫里逐渐成长一样。

诗歌是对心灵中最快乐、最善良的时刻的记录。我们意识到，莫名涌来的思想和感情，有时是与地点或人有关，有时只与我们自己的思想有关，总是产于不可预见的和不受关注的事情，但是总留给我们难以表达的崇高和愉悦。因此，即使在它们留下的眷恋和遗憾中，也不能只有愉悦，就像这种快感参与在物体的本质中那样。诗的灵感到来之时，这就像通过我们自己的理解来解释神圣的本质；但是它的脚步就像吹过海面的一股微风，风平浪静之后，它的痕迹只停留在布满皱纹的沙子上。这些极其相应的情景只有那些有最敏锐的感觉和最丰富的想象力的人才能经历得到的，而由此产生的思想状态却与每一个卑鄙的欲望不相调和。美德、爱情、爱国和友谊的热情，本质上与这些情感联系在一起；当它们继续存在的时候，自我就呈现出本来面目，它只是宇宙中的一个原子。

诗人能很容易体会到这些经验，是因为他们能感受到最完善细腻的生灵，还能够用这个虚无世界的转瞬即逝的色彩来渲染他们所组合的一切。在描写某一激情或者某一情景时的一个词、一个特性，都将拨动那着迷的心弦，为那些曾经经历过这些情感的人，再次激起过去那些沉睡的、冰冷的、被埋葬的影像。因此，诗歌使世界上一切最美好的、最美丽的东西永垂不朽；它捕捉了那些飘荡在人生阴影中的稍纵即逝的幻影，用语言或形式为它们遮上面纱，然后把它们送到人间，同时把此类快乐的喜讯带给和它们的姐妹们留守在一起的人们——我用"留守"一词，是因为这些人所住的精神洞穴中，没有一扇表现之门可通到万象的宇宙。诗歌从朽坏中拯救了降临于人间的神性。

诗歌把所有的东西都变得美丽：它使最美丽的东西大放光彩；它给那些最丑陋的东西增添了美丽；它让狂喜与恐惧、悲伤与快乐、永恒与变化联姻；它把所有不可调和的事情都制服，在它光的照射下结合起来。诗使它所触及的一切都变形，每一种形象在它面前的光辉中都被奇妙的同情转化为它所呼吸的灵魂的化身：它的秘密炼金术将一种从死亡中流向生命的毒液变成了可饮用的金汁；它剥去了这世界的一成不变的面纱，让赤裸的、沉睡的世间的精神之美显露出来。

所有的事物都存在于人们的感知中：至少与感知者有关。"心灵是自己的主宰，它本身可以创造地狱的天堂、天堂的地狱。"但是诗歌战胜了那迫使我们屈服于周围印象中的偶然事件的诅咒。不管它是拉开自己华丽的帷幕，还是揭去罩在万物景象前的黑暗面纱，它同样为我们创造了另一种人生。它使我们成为另一个世界的居民，相比那个世界，这个熟悉的现实世界是一片混沌。它再现了我们平凡的宇宙——我们是这宇宙的一部分，宇宙也是我们的一部分，它从我们的内在视觉中清除了那层一成不变的俗世薄暮，使我们看见我们生命中的奇观。它迫使我们去感受我们所感知到的东西，并想象我们所知道的东西。当在我们头脑中反复出现的印象摧毁了我们对宇宙的印象之后，诗歌就创造了一个新宇宙。诗歌证实了塔索那句大胆而真实的话语，"除了上帝与诗人，没有人配得上创造者的称号。"

一个诗人，因为他是最伟大的智慧、快乐、美德和荣耀的作者，所以他应该是最快乐、最善良、最聪明、最杰出的人。至于诗人的荣耀，让我们挑战一下时间来宣告：在人类生活的建树者中，没有谁的名声可以与诗人的名声相媲美。如果说他是最聪明的、最幸福的，也是最好的，就因为他是一个诗人，这是同样无可辩驳的：最伟大的诗人是美德最无瑕疵而审慎最缜密之人，也是最幸运之人。让我们假设：荷马是一个酒鬼，维吉尔是一个奉承者，贺拉斯是一个懦夫，塔索是一个疯子，培根爵士是一个侵吞公款者，拉斐尔是一个放荡的人，而斯宾塞是一个桂冠诗人。本文这一段引用当代活着的诗人是不太协调的，但是后人对现在所提到的伟大的诗人是自有公论的。他们的错误已被估量过，结果发现不过如一粒灰尘般轻微，他们的罪恶"当时如猩红，现在白如雪"了：他们已经在调解者和救赎者的血泊中，即在时间的长河里被洗过了。看看在当代对诗歌和诗人的诋毁，对真真假假的罪名的指责就像在一场荒唐可笑的混乱中；想想诗人的罪名有的成立，有的罪名其实无足轻重；再看看你们自己的动机吧，不要论断人，免得被人论断。

就像人们说的，诗歌在这方面不同于逻辑：诗歌不受心灵的主观意识的控制，它的诞生和重现与人的意识或意志没有必然的联系。认为人的意识或意志是所有心理因果关系的必要条件，这是自以为是的，因为我们所经历的心理作用的后果是不容易这样涉及的。显然我们不妨这样假设：诗的力量的频繁出现，可能会在头脑中产生一种规则与和谐的习惯，与它力量自身的本性及它对他人心灵的影响都紧密相关。但是，在诗的灵感过去之后——它们可能是常有的，但不是持久的——诗人就变成了一常人，突然被抛弃于逆流之中。但由于诗人比其他人情感上更加细腻和更有条理，对他自己的和别人的痛苦和快乐更加敏感，在某种程度上别人都不知道，所以诗人会怀着相当于这种感觉之差异的热情，来避开痛苦而追求快乐。一般人所追求或逃避的对象，往往在某些情形下都被伪装掩饰起来，而诗人没有注意到这些，所以使自己被人讨厌而遭诽谤。

但是，在这个错误中，没有什么必然是罪恶的，因此残酷、嫉妒、报复、贪婪和纯粹邪恶的激情，从来没有构成任何世俗对诗人的普遍指责。

我按照自己的方式把这些论点写下来，我认为这样的做法最有利于真理的主张。但是，如果他们所持有的这些观点是正确的，那么你会发现它们也含有对反对诗歌的辩论者进行的反驳，至少到目前为止，关于本文的第一部分来说是这样的。我可以很容易地推测出，是什么招惹那些博学而聪明的作家们的怨恨而致使他们与某些诗人争吵；我承认，就像他们一样，我也不愿意被这个时代嘶哑的科尔杜斯的劣作《忒西德》所震惊。巴维亚斯和梅维亚斯，向他们从前那样，毫无疑问是令人讨厌至极的人。但一个哲学批评家的责任是用来区分优劣，而不是混淆是非的。

本文的第一部分论述了诗歌的要素及原理；并且用很小的篇幅，说明了狭义的诗歌与所有其他的规律及美的形式有着共同的来源；然后人类生活所提供的素材都可以按照这些形式进行安排整理，而这就是广义的诗歌。

本文第二部分的目的是将这些原则应用到这个时代诗歌的素养研究当中，并主张大胆尝试，即对现代风俗和舆论方式加以诗歌的理想化，并使这些方式服从于想象力和创造力。对于英国文学来说，其曾经先于或伴随着民族意志之伟大而自由地发展，现在又到了一个充满活力的发展阶段，文学开始了复兴，仿佛是经历了一次新生。尽管有人思想卑鄙，心生嫉妒，会有意低估当代的成就，但是我们当今这个时代必将在知识的成就上成为一个可纪念的时代，而且在我们中间还围绕着许多哲学家和诗人。自从上次争取公民自由与宗教自由的国内战争以后出现了很多哲学家和诗人，而他们无与伦比地超过了他们当中的任何一个人。当一个伟大的民族觉醒，为实现思想上和制度上的变革而奋勇前进时，诗人是最可靠的先驱、战友和追随者。在这个时代，人们积蓄了许多力量去传播和接受关于人与自然相关的强烈而充满激情的观念。具有这种能力的人，就其天性的许多方面来说，与他们那种努力为善的精神，往往没有什么明显的对应关系。但是，即使他们否认并发誓放弃那凌驾于他们自己灵魂宝座之上的力量，他们仍然要为它服务。读到当代最著名的作家的作品，惊叹于他们话语中燃烧的电火似的生命。他们用一种全方位的精神来洞悉人性的深度，他们自己也由衷地对人性的各种表象感到惊诧。因为与其说这是他们的精神，不如说这是一种时代的精神。诗人是未知神灵的司祭长，是未来投射到现在的镜子上的影像，表现了连他们自己都无法理解的文字，是歌颂战斗却又不知被何所激发的号角；是移动而不被动的力量。诗人是世上未公开承认的立法者。

约翰·罗斯金

　　罗斯金（1819—1900），英语用得最华丽的散文大师，出生在伦敦，曾就读于牛津大学。他学习绘画，并成为优秀的画师。他早期把他的主要精力从生产转移到批评和教育中去。1834年，出版《现代画家》第一卷，之后其他作品相继出版，但直到1860年，第五卷才完成。这一作品的惊人独创性，无论是在风格上还是在其美学理论的本质上，都使作者一度声名鹊起；尽管在一段时间内，他受到的攻击比赞扬要多。与此同时，他把自己的研究范围扩大到其他领域。在《建筑的七盏灯》（1849）和《威尼斯之石》（1851—1853）中，他把他的理论应用到建筑上；在《拉斐尔前派》（1851）中，他成为艺术新流派的捍卫者，随后对英格兰的艺术产生了影响；在《时至今日》（1861））和许多其他著作中，他抨击了当时的政治和经济。

　　尽管罗斯金的许多作品都有各种各样的主题，但在雄辩的论证、阐述和劝诫的基础上，还坚持自己的原则。尽管这些原则有时互相矛盾，但他继续使用既是他的力量，也是他的弱点的那种教条的语气。

　　《芝麻与百合》的这两个演讲表面上看就是有关读书的文章，但作者以其特有的方式，在伦理学、美学、经济学及许多其他学科的讨论中，提出了他最喜欢的观点。因此，它对19世纪后半期英国人的生活和思想产生了广泛的影响，并给出了一个相当全面的概念。其诚挚、丰富、崇高的口才风格，都充分体现了他把上一代德·昆西高度修饰的散文传统带到一定高度，体现了一种在色彩和节奏方面无法超越的精神。

《芝麻与百合》第一讲　芝麻开启国王的金库

"你们每人都要吃一份芝麻，吃十镑。"

——卢西安：《渔夫》

今晚①我首先要做的就是恳求大家的谅解，请大家原谅我使用这样的字眼作为演讲的标题而给大家带来的疑惑。不管大家怎么想，也请原谅我通过这样一些"装饰"来竭尽所能地寻求诸位的关注。总而言之，今天晚上，我们讨论的主题并非国王，虽然他的地位崇高无人能及；也非珍宝，虽然它通常代表着巨大的财富；而是另外一种大多数人并不明了的权力秩序与"财富"。而我有意识地引导大家多关注信任的重要性（虽然有时我们会出于善意的目的，而故意欺骗我们的朋友去观赏一处美丽的风景），而且还要有意识地用并不高明的小聪明来掩盖我演讲的真实目的，直至我们能通过这种"旁门左道"获取意料之外的最佳观点。正如我所知，如果一个讲演者在公开演讲时不能够开宗明义、单刀直入地表明演讲的主题，那么，在场的听众就会有劳神费力并且不知所云的感觉。为了避免这样的问题发生，此时此刻，我就撕掉伪装，清清楚楚地向大家表明——我的演讲和书籍有关系，有关书本中的珍宝，我是如何发现它们，又如何失去它们的。可能您会说，这是个严肃而又宽泛的话题。是的，您说的没有错。正是由于话题的宽泛性，我才能够轻而易举地切进主题。在这里，我仅仅是把一些关于阅读的简单感想介绍给诸位，这些感想每天都在对我产生深刻的影响。同时，我也留意由日趋扩大的教育模式而诱发的大众思想轨迹的演变，以及文学滋养在社会各个层面上进一步扩

---

①　这个讲座是于 1864 年 12 月 6 日曼彻斯特的拉什奥尔姆市政厅，为拉什洛姆学院的图书馆基金进行募捐时所写。

大的影响。

　　事实上，为了教育，我与许多中小学校打交道。我收到许多父母的来信，信中都是关于他们孩子的教育。在这些堆积如山的信件里面，我总是对那高于一切的"地位论"感到吃惊——那就是在生活中，地位的观念会凌驾于父母的其他思想之上，尤其是在母亲的思想中。"教育的目的在于适合于这样或那样的一个地位"——这是简单的一句话，但实际上这句话却暗含着一种人生目的。就我所能理解，他们从不寻求教育本身的好处，即使是在训练中抽象意义的公正观念也很少被作家们所理解。这种教育应该是，给我儿子留一件好外套，使他能够自信地在双扇门前按响受访者的门铃，也能在自己的房子里建立双扇门。总之，教育应该引导人们在生活中获得进步。这就是我们跪膝所祈祷的一切。父母似乎从来没有想到过，教育本身就是人生的进步。除此之外，还有可能是死亡的进步。而且，如果他们以正确的方式着手教育问题，这种必要的教育可能比他们想象的更容易得到或给予；相反，如果处理得不尽如人意，这就没有价值，也没有任何好处。

　　实际上，在这个最忙碌的国家中的人们最普遍、最有效的思想中，最适合年轻人思考的首要问题是什么呢？我想，就是生活的进步。我可以让你考虑一下这个想法实际上包括什么，以及它应该包括什么。

　　的确，目前生活的进步意味着，在生活中变得引人注目；意味着能够获得被他人认可和值得尊敬的地位。我们通常不理解凭借这一进步仅仅是赚钱，而是让别人知道是为了赚钱；不理解是自己实现人生伟大的目标，而是让别人看见自己实现人生伟大的目标。总之，这就意味着对掌声的渴望能够给我们自身带来应有的满足。这种渴望，如果在圣贤的思想中仅视为最后一个瑕疵，那么对于凡夫俗子而言就算是第一个缺陷了。这种渴望可以被认为是对普通人性最强烈的冲动影响：人类最伟大的努力总是来源于对赞美的爱，而其最大的灾祸要归咎于崇拜享乐。

　　我不打算攻击或捍卫这种激情。我希望你们能感觉到它在人类成就中的地位和作用，特别是就现代成就而言。这是一种虚荣的满足，这种满足感促使人们更加努力，并且在我们放松休息时给予慰藉。它如此贴近生命的源泉乃至虚荣心受伤往往被称为是（实际上也是）致命的伤害，我们把它称之为"屈辱"，这种表达也可用于指代身体某个部分无法治愈的创伤。尽管我们当中很少有医生能够认识到这种激情对健康和精力的各种影响，但我相信大多数诚实的人都知道，并且会马上意识到，对虚荣心的满足是他们的动机。船员通常只有在确认自己能比船上的其他水手更好地指挥这艘船时，他才希望成为船长。而他想成为船长也许只是为了听到别人尊称自己为船长；牧师通常只有在确认教区内没有其他人比自己更加坚强、能够带领整个主教辖区渡过难关时，他才会希望成为主教。而他想成为主教的初衷也许就是为了能听到别人称自己为"我的主"。再比如，一个君主通常认为除了自己，再没有人可以在国家的王位上更好地为国家服务。简单地说，因为他希望从尽可能多的人嘴里听到他们尊称自己为"我的陛下"。

因此，这是生活进步的主要思想。对每个人而言，根据所处的社会地位的不同，特别是根据我们称之为"融入主流社会"所产生的不同副作用而言，它的力量适用于我们所有人。我们想要进入一个主流社会，不是因为我们可能身处其中，而是因为外界看我们身处其中。我们认为它好主要取决于它自身的显著性。

请允许我停顿片刻，不知可否向大家提一个或与主题关系甚微的问题？除非我能感到，或者知道听众是否同意我的观点，否则我是绝对不会在公共场合演讲的。在开场的时候，我对这一问题并不是很介意，但是我必须知道听众是怎么理解的。在这一刻，我想知道大家是不是认为我把大众行为的动机推测得过于卑下了。我已经下定决心，尽可能准确地表明我的观点，好让听众更好地理解这种动机存在的可能性。无论何时，在我所做的关于政治经济学方面的论述里，我提出一个假说，即一点点的真诚或仁慈——或是曾被人们认为是"美德"的东西——也许都要通过人类行为的动机进行衡量时，人们通常是这样回应："您不能这样来衡量，这些不是人类的本性。除了贪婪和妒忌以外，您不应该把所有东西都与人类联系起来，除了在极偶然的情况下以并非职业的方式处理一些问题之外，人们不会受到其他情感的影响。"鉴于此，今晚我的开场就是尽量减少人的动机涉及的领域，但我必须要知道大家是否认同我这样的做法。因此，让我来问问，期待赞扬通常是追求进步的人心中最强烈的动机，而单纯地想要完成某项任务则完全是次要的说法，请那些认为是正确的人举手示意（大概只有十几个听众举手——原因可能有两方面，一方面也许会有听众不敢确信本讲座的严肃性，另外一个方面则可能是部分听众羞于表达自己的观点？）我是很认真提出问题的，我真的很想知道大家的想法。然而，我可以通过提出相反的问题来加以判断。那些认同履行义务通常是第一位的动机，期待赞扬通常第二位的人，请举起你们的手（据说，只有坐在讲演者后面的一位听众举了手）。非常好！我知道大家都能跟着我听演讲，而且我也没有离题太远。现在，我不想再提问题难为大家了，我斗胆假设一下，大家会认为履行义务至少是次要的或第三位的动机。尽管大多数人在渴望进步的时候认为其是次要因素，但大家都认为对做有益的事情，或者获得一些真正益处的愿望，确实是一种现存的间接观念。我们得承认，正直诚实的人渴望地位和权利，至少在某种程度上是有益的力量。他们在一群人中宁愿与明智的、见识广博的人交往，也不愿与愚蠢和无知的人交往。最后，我们无须赘述朋友的珍贵性和同伴的影响力等任何老生常谈之事。毫无疑问，出于良好的愿望，大家都会承认，自己的朋友都是真诚可靠的，自己的同伴也都非常睿智，并在真挚的情感与判断力二者结合或任选其一的情况下，朋友和同伴将会是给我们带来幸福和益处的重要机遇。

但是，即使承认靠意愿和感觉可以明智地择友，但真正有能力做到这点的又会有几人？或者，至少对于大多数人来说，选择的范围又是多么有限！几乎我们所有的联系都是由偶然因素或必要情况决定的，并且限制在一个狭窄的范围内。我们不知道谁是我们的朋友；而对于那些我们已经很熟悉的人而言，当我们最需要他们的时候，能否会在我们身边？人类智慧主流圈子里的人物对于他们之外的普通人只能是暂时和部分开放。如果幸运，我们可以博得某位大诗人的青睐，并聆听他的声音；或者向某位科学家提出一个问题，得到善意的答复。我们可能会占用一位内阁部长十分钟的时间与他攀谈，听他那些言不由衷的答复比保持沉默还糟糕；或者在我们人生当中，有那么一两次机会，有幸在女王大婚时向其经过的街道投掷鲜花，或者是赢得女王的回眸一瞥。然而，我们渴望这些短暂的机遇，我们要把我们的岁月、激情和精力花在追求尽可能多的这些事情上。与此同时，有一个社会圈子不断地向我们敞开，无论我们的地位和职业是什么，只要我们愿意，圈子里的人就愿意与我们交谈，他们力求用最富有魅力的言语和我们交谈，并且谈论最贴心的事情。因为这个圈子成员如此之多，如此温和，以致他们整天等候在我们身旁。国王和政治家们耐心地待在简单而又狭窄的接待室里，他们不是为了接见听众，而是要赢得民心。我们从来没有注意到他们，甚至没有听到他们的只言片语！

也许你们可以告诉我，或者你们自己心里想，我们对待那些祈求我们聆听他们的高贵之人的冷漠，我们追随那些鄙视我们或者对我们毫无教导的卑鄙小人的热情，都基于此，那就是，我们可以清楚地看到生者的面孔，我们更渴望结识他们本人而不是他们的语录。但事实并不是这样。假设你从来没有看到过他们的脸；假设你藏在某政治家书房中的屏风之后，或者王子的房间里，尽管你不被允许踏出屏风半步，难道你就不想听他们的谈话吗？当屏风的折页减少到只剩下两扇，就像是一本书那样仅能容纳一个人的时候，你整天听到的不再是闲言碎语，而是那些伟大智者的思想研究和演讲精华。难道你还会对这种听讲的状态，对那个受人尊敬的私人委员不屑一顾吗？

但也许你会说，这是因为活着的人在谈论那些正在发生的事情，并且对你有直接的兴趣，你也想要听到他们的声音。不，这是不可能的，因为活着的人会更愿意在他们的作品中而不是在随意谈话中告诉你正在发生的事情。但我得承认，只要你更喜欢那些节奏紧凑、昙花一现的作品而不是节奏缓慢、持久永恒的作品——也许我们该称之为书籍，这种动机就确实会影响你。因为所有的书都可以分成两类：风靡一时的书与流芳百世的书。注意二者之间的差别——这不仅仅是书的好坏问题。并不是说坏的书就不能长久地流传下去，而好的书就一定能流传久远。这是种类的一种区别。好书有风靡一时的，也有流芳百世的；坏书有昙花一现的，也有遗臭万年的。在我继续阐述之前我必须给这两类书下个定义。

风靡一时的好书——先不谈论坏书——简单来说就是那些我们无法与之

交流的某人的非常有用或令人愉悦的谈话，便印刷出来给我们看。说它非常有用，因为它能告诉我们想要知道的东西；说它令人愉悦，因为它就像明白事理的朋友，正在与我们侃侃而谈。这些清晰可闻的游记，对问题轻松愉快诙谐幽默的讨论；以小说的形式生动或悲惨的故事叙述，由真实当事人对过往历史事件的真实情况讲述，所有这些风靡一时的书籍，随着教育的普及，越来越多地出现在我们的生活中，成为当今时代的一种特殊财富；我们应该对它们心存感激，如果我们不好好利用它们，就会为自己感到羞愧。但是，如果我们允许它们篡夺真正的书籍的位置，我们就是没有好好利用它们。严格地说，它们根本不是书籍，只不过是印刷良好的信件或报纸而已。目前，我们的朋友的信也许是令人愉快的，或者是必要的；无论是否值得收藏，都值得我们考虑。报纸出现在早餐时间可能完全正确，但人们肯定不会一整天都在阅读它。因此，尽管装订成册，无论是去年在这个地方，给你娓娓道来讲述客栈、公路和天气的那封长信，那封给你讲述了某个有趣故事的长信，还是那封叙述这样那样事件真实情况的长信，无论其偶尔有些怎样的参考价值，在文字的真正意义上，它根本就不是一本"书"，它也不值得"阅读"。书本质上不是一种口头的东西，而是一种书面的东西；书是书写的形式，不是因为单纯的交流，而是为了永久的流传。书是将口述的东西印刷出来，仅仅是因为作者不能与成千上万人同时交谈。如果他能做到的话，他会选择这样做——这些卷仅仅是作者声音的复制倍增。你不能和你在印度的朋友进行交谈，如果可以的话，你当然会这么做。反过来，你要是写信的话，这仅仅是声音的传递。但是，一本书写出来，不仅仅是复制增加作者的声音，也不仅仅是记录承载的声音，而是将这声音永久保存下来。作者言之有物，而且必是真实有用，或者是优美而有益的。而该物只有作者知道，没有人提及过。如果可能的话，他一定会清晰、悦耳地表达出来，让听众听得清楚明白。在他的生命之中，他发现了"这个"，称之为一事物，或者是一类事物；"这个"指的就是真知灼见，或者真谛，是他在沐浴过的阳光和生活过的土地中获得的。如有可能，他宁愿太阳永远不落，并将阳光永远刻在岩石上，他说："这是我一生中最美好的时刻；而其他时间，我像其他人一样，吃饭，喝水，睡觉，恋爱，憎恨；我的生活就像蒸汽，也可能不是，但我看到并知道了这个：如果这一切都是我的话，还是值得你记忆的。"那就是他的写作，在他短暂的人生旅程中，无论在他身上有多少真正的灵感，他创作了碑文，或者是经文。那样的写作是一本"书"吧。

也许你认为没有哪本书是这样写的。

但是，我再一次问你，你到底是相信诚实还是善意呢？或者你是不是认为智者既不诚实也不仁慈呢？我希望，我们谁都不会如此悲观失望地看待这个问题。好吧，只要智者的书中有关诚实与仁慈的内容，那就是他的创作的书，或者说是他创作的艺术品。① 好书里也总是混杂着糟粕——未做好的、多余的、受影响的内容。但是，如果你正确地阅读，你就会很容易地发现精髓，那些才是真正的书。

现在看来，历代的伟人都写这类书——伟大的领导者，伟大的政治家，伟大的思想家。

这些都是你自己的选择，而生命是短暂的。你以前听过很多类似的说法，然而你是否已经测量并绘制出了这短暂的生命和它的可能性呢？你是否知道，如果你读了这本书，你就不会读到那本书，而你今天所失去的东西，却在明天无法得到？如果你有幸可能与王后和国王交谈，你还会去和女仆或者马夫们闲聊吗？或者如果有一个永恒的法庭——这个小社会如同大世界，日复一日随时随地会遇见精英和强者——一直对你开放，你意识到自己为了能进入法庭当听众而与饥饿而又普通的群众拥挤在一起，你还会自以为是吗？因你在你渴求的地方结实的贵族朋友，你自己固有的贵族品质肯定会受到考验。你在活着的时候努力获得更高的地位的动机也会得到估量，就像事物本身所有的真相和真诚，最终在你死去时而得到衡量一样。

我也必须要说说，上面提到的"你渴求的地方"就是你适合自己的地方。因为据观察，这个过去的法庭与现在所有这里生活的贵族阶级截然不同：它对劳动和美德都是开放的，但不向其他任何阶层开放。在这里，财富不会被

---

① 仔细注意这个句子，并与《空中女王》（106 章）比较一下。

用来贿赂，名字不会被用来威慑，只有卫兵守护着爱丽舍宫的大门。在深层意义上，没有一个邪恶或粗俗之人能进入那里。在寂静的圣日尔曼行宫的门廊上，门卫们简要地询问："你有资格进入吗？有就进吧。你想成为贵族的朋友吗？先让自己变得高尚，你就会成为贵族的朋友。你渴望与智者交谈吗？先学会理解他们的思想，你就会听懂他们的谈话。但你没有上述资格和条件吗？那你就不能进去。在世的贵族们也可能会假装礼貌，健在的哲学家们会用体贴的话语向你解释他们的思想。但这里我们既不假装也不解释。如果你能因思想而快乐，那你必须达到我们的思想水平和境界；如果你能承认我们的存在，那你必须与我们分享你的感受。"

那么，这就是你要做的，我承认这是很重要的。总之，如果你想融入他们之中，你必须爱这些人。野心是没有用的，他们会嘲笑你的野心。你必须爱他们，并用以下两种方式表达你对他们的爱：

首先，要真正渴望被他们教导，并进入他们的思想。要进入他们的思想，就要去观察，观察他们的表达方式而不是你自己的。如果写书的人不比你聪明，你就不必去读他的书；如果他比你聪明，他会在很多方面与你的思想不同。

现在我们已经做好充分准备来谈谈书了。"太好了！这合我意！"而此时我真实的想法是："太奇怪了！我以前从未想过这一点，但我想这是真实的。或者如果我现在没有这么想，我希望有一天我能想得到。"首先要确保你走近作者去理解他的思想，而不是去寻找你自己的想法。如果你认为自己有资格这么做，那也请以后再去判断吧，现在要先弄清作者的思想。当然，还要确保，如果一位作者的作品很有价值，那么你就不要急于短时间内弄清楚作者的思想。并不是说作者不想说出他的真正意图，也不是说他要用激烈的言辞才能表达，只不过是他不想和盘托出。而且更奇怪的是，他仅以一种隐蔽的方式和比喻的方式来表达意图，目的是他也许确信这就是读者从他作品中想要的东西。我既看不出这是什么原因，也分析不出智者为什么保持残酷的沉默，这使得他们总是隐藏着更深的思想。他们会用奖励的方式而不是帮助的方式把这些思想给予你，并且在允许你理解这些思想之前，他们要确信你是否值得拥有。但这和我们对智慧的外化形式——金子的看法是一样的。对你我来说，看起来没有任何的理由解释为什么地球的电磁力量做不到将其内部孕育的所有金子及附属品一下子都堆到山顶，以便国王及其臣民知道他们所能得到的所有黄金的所在之地。这样，人们就不必费力去挖掘，不用焦虑，不用再靠运气，不用再耗费时间，不用再将这些金子按实际需要制造成尽可能多的金币了。但大自然并没有这样做。她把所有的金子放在地球上的小裂缝里，没人知道具体位置：你可能得挖很长时间，却什么也找不到，而你必须还得痛苦地努力寻找。

　　这和寻找人类的智慧是一样的道理。当你走近一本好书时，你必须问问自己："我是否愿意像澳大利亚矿工那样工作？我的镐和铲子状况都好吗？我的身体状况好吗？我的袖子卷起来了吗？呼吸匀称吗？心情好吗？"即使已经筋疲力尽，你也要尽量长时间地保持自己的状态，因为它是非常有用的，你在寻找的金子就是作者的思想或写作意图；你的尖镐是你自己的谨慎、智慧和学识；你的炼炉是你自己的深思熟虑的灵魂。如果没有这些工具和火，就不要指望明白任何优秀作家的写作意图。在你能收集到一粒金子之前，你通常需要最锋利、最精细的凿子加上最耐心的熔炼。

　　因此，我首先要认真地（我知道在这方面我是有权威的）告诉你，你必须要养成认真阅读每个单词的习惯，一个音节一个音节地，而不是一个字母一个字母地读，并要确保明白每个单词的意思。因为尽管只是因为用文字而非声音来替代符号的作用，研究作品被称作文学；再依据国情，精通文学的人被称作识字先生而不是识书先生或识词先生，你可能会把这个偶然的命名法与这条真理联系起来：你可能读完了大英博物馆里所有的藏书（如果你能活得够久），但你仍然是一个"文盲"，一个没受过教育的人。但是如果你逐字逐句地精读了一本好书的十页，也就是说，非常精准地理解了每个词的含义，那么在某种程度上，你就永远是一个受过教育的人。而受过教育与没受过教育（仅是智力层面的一部分）之间的最大不同，在于这种准确性。一个受过良好教育的绅士可能不懂很多语言，可能只会说他的母语，可能他读的书也屈指可数。但是不管他懂什么语言，他都了解得非常精确；不管他读哪个单词，他都读得非常准确。总之，他对文字的精通使他很有学问；从现代的文字中，他看一眼就可以清楚地知道它们的来龙去脉；可以记住它们的出处、它们之间的关联性以及关系词，它们被承认的程度，已经得到考证的引申含义和它们所处的语境，并且都能够在任何时候，在任何国家，用一个词语准确地表述它们。但是一个没有受过教育的人可能会通过记忆懂得很多语言，并能用这些语言进行交谈，但是他并未真正地掌握任何一个词语，甚至连他的母语有哪些字母都不是很清楚。一个智力和判断力一般的水手可以在世界各地大多数港口顺利上岸，但是他每种语言只会说一个句子，他只不过是一个不识字的人；如果可以辨识出口音，或者是一个句子的用词，马上就可以看出这是一位学者。在任何文明国家的议会中，一个错误的口音或一个错误的音节都足以让一个人永远地低人一等，这是一种强烈的感觉，受过教育的人都承认这点。

这种说法是正确的，但令人遗憾的是，它所坚持的用词的准确性并不高，而且只是出于一个语言严肃的目的。的确，在下议院里用错一些拉丁文词汇会引人发笑。我们注意词汇的语调，我们更应密切注意语义的变化，但很少有人会去做这项工作。在意思模棱两可的词语之间相互作用的语境下，几个精心挑选、惹人注意的词汇比起千言万语更有效果。的确，如果有的词语不加注意，它们有时会导致一些致命的后果。目前在欧洲有一些双关语的词汇，在我们周围嗡嗡作响、偷摸潜行（以前从没有过这么多的双关语词汇，可能有两种原因：一是某种浅薄的、污浊的、浮躁的、有传染性的"信息"或者说变形到处蔓延；二是学校里只用教义问答教法来教词组和短语，而不是人生的各种意义）。我要说的是，有很多双关语是外来语，没有人理解其本意，但每个人都在使用，大多数人也会为它们奋斗不已，甚至为它们生活，为它们死亡，想象它们指代着对他们来说比较重要的事情，因为这样的词披着变色龙土褐色的外衣，所有人都喜欢的那种底色。在那个基础下它们埋伏等候着，等待着一种活力把它们拉出来。相比来说，从来没有哪种猎物如此地顽皮，从来没有哪位外交官如此地狡猾，从来没有哪种毒物如此地致命；它们是人类思想不公正的管理者：一个人会小心翼翼地使用双关语，这个词终于有了无限的力量控制他的思维，你只能依靠它的作用来对付他。

在语言中，英语是一种多元混杂的语言，它给人们提供了一种模棱两可的致命力量——词语体系，几乎不管人们是否愿意，通过使用同一词语的希腊语或拉丁语来表达他们想要的庄严；也可通过使用该词语的撒克逊语或者其他普通的词来表达他们想要的粗俗。举个例子来说，如果我们总是保留或拒绝使用希腊语"biblos"或"biblion"来替代英语中"book"作为书的正确表达式，不是像我们希望的那样给这个想法赋予尊严，只是把它翻译成无处不在的英语词汇形式，这对那些习惯于运用他们赖以生存的这些词语形式、词语赋予他们力量的人们来说，这将会给他们的思想带来多么独特而有益的效果啊！

所以，再来想想，当人们善意地想要它有说服力时，通过使用铿锵响亮的拉丁语形式"damno"（诅咒）翻译希腊语的"κατακρίνω"一词，对英国人庸俗的思想会产生什么样的影响呢？当他们选择保持文雅的时候，会选择温和的"谴责"一词取而代之。欧洲以血流成河为代价形成的意识形态上的分化，以捍卫人类最高尚的灵魂如无数的森林树叶飘荡在疯狂的荒芜中。尽管在人们心中存有更深层次的原因，但是例如出于宗教目的，欧洲人采用希腊词汇"ecclesia"表达公众会议，用以表示对这样的会议给予的特别尊重，这一点还是有可能实现的。至于其他类型的含糊措辞，例如，通俗英语中人们常用"priest"（牧师）作为"presbyter"的缩略语。

为了正确地使用词语，现在你必须养成这样的习惯。在你的母语中，几乎每个词都是曾经来源于其他语言——撒克逊语、德语、法语、拉丁语或希腊语（这里没有提到东方语言和原始语言）。很多词都是这样的词源顺序，也就是说，首先是希腊语，其次是拉丁语，再次是法语和德语，最后是英语。在每个民族的口耳间广为流传，词语在意义和用法上都经历了演变，但是其深层的重要意义保存了下来，即使在当今时代，所有优秀的学者在使用它们时还有这样的感觉。如果你不知道希腊字母，那就学习它吧。无论你是年轻人还是老人，男孩还是女孩，如果你想认真阅读（当然，这意味着你有自己支配的一些空闲时间），就先学习希腊字母；然后弄到所有学习这些语言的好字典，当你对某个单词有疑问时，请耐心地在字典中寻根探源。要想入门，先读一读马克思·穆勒的全部演讲稿，然后决不放过每一个令你疑惑不解的词。这是一项严肃的工作，但是你会发现，这项工作一开始就很有趣，最后你会体会到无穷无尽的乐趣。对于你性格的塑造、力量的提升和思想的严谨都将是不可估量的。

注意，这并不意味着你必须去学习，或是试图去学习希腊语、拉丁语或法语。要精通任何一门语言都需要毕生的时间和精力。但是你可以很容易地确定英语单词所演绎的不同含义，而在某位优秀作家的作品中出现的一些词汇，其意义就不易被确定了。

接下来，请允许我举例说明，和你一起认真读一本真正的书中几行真正的诗，看看其中的含义。我会选一本众所周知的书。对我们来说，这些英语单词我们都再熟悉不过了，但是也许我们要带着诚意去阅读这里的单词。我要从《利西达斯》中挑选几行诗与大家分享：

"加利利湖上的船夫，

最后到来，也最后离去；

他所掌有的成对锁钥

（金的用来开启，铁的急速关闭），

他摇晃着主教冠上的锁，厉声说道：

'年轻人，我该如何宽恕你，

我对你的宽恕如此之多，

你却硬要堕入信徒的深渊？

除了在剪羊毛人宴会上抢食，

轰走尊敬的受邀客人，

该关心的他们却漠不关心；

妄言之口！他们甚至不知如何掌控，

愚钝之人，从未经受过学识的洗礼，

文艺只属于虔诚的牧人！

他们在乎什么？他们缺少什么？全不理会；

当他们列举出他们贫瘠而浮华的歌颂时，

亦显示出卑鄙无能的低劣之声；

饥饿的羊群仰望着，不被喂食，

羊群以风果腹，拉扯恶臭的薄雾，

内脏腐烂，污秽蔓延；

还有那阴森的教堂用它秘密的脚爪，

终日急速吞噬一切，一言不发。'"

　　让我们认真思考一下这段诗，研究一下里面的词语。

　　首先，我们发现弥尔顿对圣彼得非常青睐，不仅因为这是他的主教职能，而且用词强烈，这难道不令人莫名其妙吗？他的"主教法冠"上的锁？弥尔顿天主教的信徒，圣彼得是如何戴上"主教冠"的？"他所掌有的成对锁钥"——这就是罗马主教所宣称的钥匙的力量吗？这就是人们普遍认为的，弥尔顿在这里只是为了其诗歌的生动，用金钥匙的光芒来帮他达到诗歌的效果吗？决不能这样想。伟大的人不会用生命和死亡这样至关重要的教义来玩舞台把戏，只有那些小人才会热衷于此。弥尔顿在他的作品中表达了他的观点，而且，尽全力——也就是说，把他的全部精神力量都倾注到他的语言表达之中。尽管他极力反对虚伪的国教，但是他拥护真正的宗教；诗中的湖上的船夫，在弥尔顿的思想中，就是真正的主教权力的类型和领袖。因为弥尔顿非常真挚地表达这句诗"我要把天国的钥匙给你"。尽管他是一个清教徒，但是因为有很多坏主教，他不会将其从书中抹去。不，为了更好地了解他，必须首先要理解他的这首诗，它不会让我们产生怀疑，也不会让我们窃窃私语；就好像它是一种反宗派的武器。这是一种庄严的、普遍的主张，是所有教派都要牢记在心的。但是，如果我们再进一步来讨论，我们就能更好地去研究作者的创作动机，然后再来赏析这首诗。因为显然，这种对真正的主教派力量的坚持是为了让我们感受到强烈的震撼，就如同我们要对主教派的虚假提出指控——反对权力的虚假和神职人员的地位。他们就是那些为了"满足他们的肚腹"，"蹑手蹑脚，闯入、攀爬进羊圈"之人。

不要认为弥尔顿用这三个词是为了凑字数，就像一个散漫的作家那样。他需要这三个词，仅仅这三个词——"蹑手蹑脚""闯入""攀爬"，没有其他的词可以或可能达到这样的效果，也没有更多的词可以添加进去。因为这三个词详尽地描绘了教会的三个等级、那些不诚实地追求教会权力的人，以及相对应的三类人的性格。首先，那些"蹑手蹑脚"进入教会羊圈的人，不关心官位，也不关心名声。他们做事巧妙而狡猾，投靠权势或趋炎附势，只有这样，他们才能让人不知不觉地、直接地、密切地洞察人的思想。然后是那些"闯入"（也就是，强行进入）教会羊圈的人，他们天生的狂傲，雄辩的口才，大胆地坚持自己的主张，在群众中获得了信任和权威。最后，是那些"攀爬"进入教会羊圈的人。他们通过劳动和学习，他们既健壮又健康，但自私地为他们自己的野心而努力，赢得了崇高的尊严和权威，成了"世袭贵族"，摆脱了"放牧羊群"的命运。

现在再来读这段诗：

除了在剪羊毛人宴会上抢食，
轰走尊敬的受邀客人，
该关心的他们却漠不关心；
妄言之口！

我再停一下，因为这是一个奇怪的表达，一个蹩脚的比喻，人们可能会认为是作者粗心大意，很不学术。

事实并非如此，诗句的大胆和简洁是为了让我们仔细品味这个短语，并对此记忆深刻。

那两个单音节准确地刻画了教会里对比鲜明的两大势力——主教和牧师的不同性格特点。

"主教"指的是看管的人。

"牧师"指的是喂食的人。

一个人完全失去主教资格的特点就是盲目的。

一个人完全失去牧师资格的特点就是不去喂食，而是被人喂食——只有一张嘴。

把这两种相反的情况结合起来，你就有了"盲目指挥"这个词组。因此，我们可能会明智地提出这样的想法。教会里几乎所有的邪恶都来自于主教们，他们渴望的是权力，而不是光明；他们需要的是权威，而不是前景。然而，他们的真正的职责并不是去统治，因为可能会遭到强烈的劝诫和责备。国王的职责才是去统治天下，主教的职责就是"看护"羊群，一只一只地计数，时刻准备对此进行详细的说明。现在很清楚的是，如果他没有把他的羊群编好号的话，他就不能履行好自己的职责。因此，主教的首要任务就是摆正自己的位置，在任何时候，他都能对自己主管教区每一个活着的灵魂，从童年到现在的历史过程非常了解。在这条街的后面，比尔和南希正互相打得头破血流！主教知道这一切吗？他关注过他们吗？他以前关心过他们吗？他能否详细地向我们解释比尔是如何养成了殴打南希脑袋的习惯的？

如果他不能回答这些问题，他就不是主教，尽管他头上戴着一顶像索尔兹伯里尖塔那样高耸的主教法冠；他不是主教，配不上主教的名衔，因为他试图掌控全局，而不是当舵手。他看不见任何东西。"不"，你会说，"照看后街的比尔不是他的职责。"什么逻辑呀！那些长满羊毛的肥羊们——只有那些人他才应该去照顾。再回到弥尔顿的诗上来，"饥饿的羊群仰望着，不被喂食……还有那阴森的教堂用它秘密的脚爪（主教们却一无所知），终日急速吞噬一切，一言不发"吗？

"但那不是我们心目中的主教。"① 也许不是，但一定是圣保罗心目中的主教，也一定是弥尔顿心目中的主教。也许他们是正确的，也许我们是正确的，但是我们不能在阅读其中任何一个人的作品时把我们的思想加入其中。

我继续说下去。

---

① 比较一下《时间和潮汐》的第 13 封信。

"羊群以风果腹，拉扯恶臭的薄雾。"

　　这是为了满足一个庸俗的答案——"如果穷人在肉体上没有被照顾，他们就在心灵上得到慰藉，他们有精神食粮。"

　　而弥尔顿说："他们没有精神食粮之类的东西，他们只是以风果腹。"一开始你可能会认为这是一个粗劣的诗句，也是一个晦涩的诗句。但这是一个相当准确的诗歌表达。

　　打开你的拉丁语和希腊语字典，找出有关"精神"一词的意思。它只不过是拉丁语"呼吸"一词的缩写，也是希腊语"风"一词的模糊翻译。在写作中也使用了同样的一个词，比如"风起于风之孕处"；又比如"凡人皆生于精神"，也就是生于"呼吸"，因为它代表灵魂与肉体的结合。在我们的"鼓舞"和"泄气"两个词语中，我们有了真正的感悟。现在，羊群里充满着两种气息：上帝的气息和人的气息。上帝的气息对它们来说意味着健康、生命及和平，就像天堂的空气对于山上的群羊一样重要；但是人的呼吸——即"精神"一词，对它们来说意味着疾病和传染，就像沼泽的迷雾肆意横行。这种气息就像羊群的内脏腐烂，就像一个死去的躯体被产生的腐气膨胀起来，自身分解喷涌而出。这在所有错误的宗教教义中文学层面上来说都是真实的；从开始到最后，一个最重要的标志是，人类气息的"不断喷涌"。改变信仰的孩子开始教育各自的父母；改变信仰的罪犯们开始教育起诚实的人们；生活中大部分时间都生活在愚钝状态的愚人们改变信仰后，突然意识到存在一个上帝，因此幻想自己成为"他"的子民和信使。每一个种族都有自己的宗派流派，无论大小，无论是天主教还是新教，无论高等还是低等，就目前而言，他们只认为自己的教派是对的，而其他的教派则是错的。在每一个教派里，有些人认为人可以通过正确地思考而不是做正确的事情，通过言语而不是行动，只想不做就会得到拯救——这些没有水汽的云，是真正雾的孩子；这些没有血肉，只剩皮包骨头的腐败的人；与魔鬼狼狈为奸——已经腐败了的，或正在腐败的人，"羊群以风果腹，拉扯恶臭的薄雾"。

　　最后让我们回到尊重钥匙所拥有的力量这段诗，因为我们现在可以理解它们了。请注意弥尔顿和但丁对这一力量诠释的不同之处：因为后者曾经在思想上要薄弱一点；他认为两把都是天堂之门的钥匙，一把是金的，另外一把是银的，是圣彼得赠予哨兵天使的；要确定天堂门前的三级阶梯或者两把钥匙的意义是不容易的。但是，弥尔顿用金钥匙来打开天堂之门，用另一把铁钥匙打开监狱之门，在监狱里，邪恶的老师们被束缚着，"他们带走了知识的钥匙，却没有用来传道授业解惑"。我们已经知道主教和牧师的职责是看管和喂食。对于尽职尽责的人，人们会说"浇灌别人的人，自己也会得到浇灌"。反之亦然。不浇灌别人的人，必自己枯干；漠视他人的，自己也必被漠视——被关进永恒的监狱里面，永远无法享有光明。这座监狱敞开着，以后还会一直敞开；要在天堂被束缚的人，首先必须在人间受到束缚。那个强壮天使的命令——就是那位岩石使徒的形象的人，"捉住他，绑住他的手和脚，把他扔出去"。衡量这些，主要是用来惩治牧师的，因为他们拒绝帮助，拒绝承认真理，颠倒黑白，以至于所承受的束缚越来越紧，越来越多，被扔得越来越远，而且因为越来越误入歧途，最终铁笼的铁栅栏紧靠在他的身上，铁笼的铁门也关上了，正所谓"金的用来开启，铁的急速关闭"。

我想，虽然我们可以从字里行间领悟到一些东西，但有更多的东西有待发现；我们已经举了足够多的例子来说明，可以通过对作者作品的逐词研究，达到阅读的目的。我们研究每个词的发音和表达，把我们自己置于作者的立场上，摒除我们的个性，并试图进入作者的思想，这样便能够确定地说，"弥尔顿就是这样想的"，而不是"我是这样想的"。通过这个过程，你就会逐渐不再更多注重"我是这样想的"。你会开始意识到你所认为的事情无足轻重——其实你对任何主题的想法都不是最清晰最明智的；而实际上，除非你是一个非凡的人，否则你不可能有任何"思想"；在任何严肃的问题上，你都没有第一手资料;① 你也没有权利去"思考"，只有试图去了解更多的事实。不，最可能的是你的一生（我说过，除非你是一个非凡的人），如果你没有关

---

①　在大多数情况下，现代教育意味着给予人们错误的思维能力，在所有可能的主题上都是错误的。

于任何事情的第一手资料，你就不会有对任何事情发表意见的合法权利。当然，你也可以随时发表评论。无可置疑的，你总能知道你必须要做的事情有哪些。你有房间要整理吗？有商品要卖吗？有田地要犁吗？有沟渠要清理吗？如果你对处理这些事情的方式没有太多的意见，那对你来说就很危险。而且，在你自己的事务之外，有一两件事情，你必须对此提出一个观点。这种欺诈和说谎是令人不快的，一旦被发现，就会立即被严惩；对孩子们而言，贪婪和喜欢争吵都是危险的品性，而对于民众和国家而言，则是致命的。总之，天地之神喜欢活跃、谦虚、善良的人，讨厌懒惰、傲慢、贪婪和残酷的人。对于这些基本的事实，你必定有而且只有一个强有力的观点。至于其他情况，除了宗教、政府、科学、艺术，你会发现原来自己"一无所知"。即使你可能是一个受过良好教育的人，对你来说，最好的行事方法是保持沉默，每天努力更明智些，尽可能多地了解别人的想法。一旦你努力诚实做事，你会发现即使是最聪明的观点也是有值得商榷之处的。把简单问题复杂化，向你展示做事优柔寡断的理由，这就是他们通常能为你做的一切！如果他们能够"把音乐和我们的思想混合在一起，因神圣的疑惑而令我们黯然神伤"，这对所有人来说都是有益的。我前面为你们朗读他作品的那位作家，不是最一流的也不是最聪明的，但是他看上去很精明，能够清楚地了解自己应该了解的一切，所以人们很容易就清楚他想要表达的全部意思。但是对更伟大的作家而言，你无法理解他们文章所要表达的意思，甚至他们自己都很难权衡自己——涉及的范围实在是太宽泛了。比方说，我曾要求你们去研究莎士比亚有关教会权威问题的观点或者是但丁的观点，而不是弥尔顿的观点。你们在座的当中，谁能对这两位作家可能提出的观点，很快有一点点自己的看法呢？你们是否对《理查三世》中的主教们和克蓝麦这一人物进行过比较呢？是否对圣弗朗西斯和圣多米尼克的描述与维吉尔好奇凝视着他的，或是得到但丁支持的那个人的描写进行过比较呢？[①] 我推测，莎士比亚和阿里吉耶利要比我们大多数人都更了解人类，他们两人都处于世俗和精神力量之间的主要斗争之中。我

---

① 《地狱篇》第 23 首，第 125、126 行；第 29 首第 49、50 行。

们可以猜测，他们都会有自己的想法。但是，放到哪里呢？带到法庭上来！把莎士比亚或但丁的信条写进文章里，然后把它们送到教会法庭审判。

我再一次告诉你们，很久很久以来，你们都将无法真正理解这些伟人的所要表达的真正目的和教导。但是对伟人做的一点点研究都能让你意识到，你所做的判断仅仅是偶然的偏见，是虚无缥缈、绝望无助、如杂草般纠缠不清的想法。不，你会发现，大多数人的思想就像是一片无人问津被人遗忘的粗犷的荒野，一部分贫瘠，另一部分则是被沾染了邪恶的有毒牧草占据着，杂草丛生，足以致命。而你要为他们和你自己做的第一件事，就是急切而轻蔑地点燃火焰，把所有的牧草都烧成灰烬，然后再犁地播种。你面前的所有真正的文学作品都必须从服从命令开始，即"打破你的休耕地，不要在荆棘中播种"。

其次，① 忠实地倾听伟大导师们的教导，你可以进入他们的思想，你的思想就会有更高的进步；你还必须进入他们的内心。因为你首先要全面了解他们，所以你必须亲近他们，同他们待在一起，和他们分享他们的正义而强烈的激情或者"感觉"。我不在乎这种用词，更不在乎这些事情。最近你听到了很多对"感觉"一词的强烈抗议，但是我要告诉大家，我们想要的感觉不但没有减少，反而更多了。人与人之间或者动物与动物之间一个最显著的区别就在于此：一个人或动物比其他人或动物更有感觉。如果我们是海绵，也许感觉对我们来说不是很容易；如果我们是蚯蚓，随时都有可能被铁铲切割成两段。但是，对于我们人类而言，这对我们是有好处的。不，到目前为止，我们只是敏感的人类，我们获得的荣誉和我们付出的热情是完全一致的。

你知道我曾说过那个伟大而纯洁的死人冥界，那里"任何一个虚荣或粗俗之人禁止入内"。你如何理解我所说的"粗俗"之人？你自己认为"粗俗"是什么意思？你会发现这是一个富有成效的思想。但是简单地说，所有粗俗的本质都是缺乏感觉。简单而天真的粗俗只是一种未经训练和未开化的身体和心灵的钝性。但是，在真正的天生的粗俗中，有一种死亡的麻木，在极端

---

① 与第 13 段相呼应。

的情况下，它会变成各种各样的兽性的行为习惯和罪恶，没有恐惧，没有快乐，也没有怜悯。正是在迟钝之手，死亡之心，病态的习惯和冷酷的良心中，人变得粗俗。他们永远都是粗俗的，精确地说，他们不会同情，反应迟钝，无所建树，坚持平庸。而最准确的术语表达，可能是指身体和灵魂的"结合"。这种圆滑是树上的含羞草，是纯洁的女人拥有的世间珍宝——超越理智的美好和丰满的感觉，理性的向导和指引者。理性可以决定什么是真理：这是上帝赋予的人性激情，只有通过它我们才能认识世界的美好。

接下来，让我们一起来到冥界的大集会，不仅仅是为了从他们身上学习什么是真实，而主要是为了和他们在一起感觉什么是正义，我们必须像他们一样体验痛苦。真正的知识是受过训练和经过考验的知识，而不是映入脑海的第一个念头。第一个念头都是自负的、虚假的和危险的。如果你屈服于它们，它们将会以空洞的热情引导你疯狂而徒劳地追求，直到你的人生没有了真正的目的，生活没有了真正的激情。并不是说人类的任何感觉本身都是错误的，而是在没有经受考验的情况下才会出错。它的高贵在于自身的力量和正义。当它脆弱的时候，它是错误的，并且让人感到的理由微不足道。这是一个很有平常的事，就像一个孩子看到一个变戏法的人扔金球一样。但是你是否认为这种奇迹是不光彩的，或者没什么感觉？有一种卑鄙的好奇心，就像一个孩子打开一扇禁闭之门，或者一个仆人窥探她主人的事情；还有一种高尚的好奇心，就像在危险面前，质疑沙漠深处是否有大河之源，大海深处大陆架所处的位置；而更高尚的好奇心质疑"生命之河"源头和"天堂大陆"的范围等——那些"天使渴望探寻"的事情。于是，焦虑就不体面了，它会让你徘徊于一个无聊的故事经过和灾难情节中。难道你认为焦虑能帮助你去观察一个饱经苦难的民族与命运的抗争过程吗？唉！在今天的英国，就是这些你感觉到的狭隘、自私和舍本逐末，让你必须为此受到谴责：浪费在花束和演讲上的感觉；浪费在狂欢和宴请中的感觉；浪费在虚张声势的打斗和欢乐的木偶戏上的感觉。与此同时，你可以一旁观看，看着一个个高贵的民族是如何遭到杀戮的，一个个男男女女是如何被人践踏，却没有得到任何同情的眼泪的。

我刚才说的是感觉的"自私"与"舍本逐末"，简言之，就是"不公平"或"不公正"的感觉。正如绅士与俗人的不同，又如（那些曾是）文明的国度与乌合之众的差异，在于他们感觉的持久性与公正性，是经过深思熟虑和平等理念的结果。你们可以把乌合之众说成是任何东西，你可以随心所欲地戏弄或挑逗它。因为他们当中的大多数人都传染上了像感冒一样的情绪，区区小事也能令他们疯狂；而事情过后，又像什么都没发生过那样。一个绅士或者一个文明国度的激情是公正的，有分寸的，而且是连续的。例如，一个伟大的国家不会耗费几个月的时间，把整个国家的智慧都用于因一个恶棍所犯的一宗谋杀罪收集证据和考量罪行上；也不会耗费一两年的时间，将自己整个民族的智慧都用于观看成千上万的子孙们每天自相残杀上，而是考虑棉花价格可能会产生什么样的影响等。一个伟大的国家也不会因为几个贫穷的小孩偷了六个核桃就把他们送进监狱；不会允许那些破产者鞠躬弯腰之时就偷逃国家成千上万的税款；也不会让那些靠聚敛穷人储蓄富起来的银行家们，在他们无法控制的情况下破产关门，一走了之；更不会让大片的地产被那些贩卖鸦片的人买走，这些人靠着大炮、利舰横行中国海域，名为保护在华外国人的利益，其实干的是比盗匪还要歹毒的勾当，与劫匪通常要求"要钱还是要命"不同，他们要求的则是"要钱也要命"。一个伟大的国家也不会在其无辜的穷人遭受流感折磨、性命攸关之时而不管不顾，也不会在其瘟疫横行、身体腐烂之时而漠不关心，虽然对于庄园主而言，每周只需再多付出六个便士就可以解决问题；然后，以鼻涕眼泪和恶魔般的同情来激烈辩论，是否应该以宗教之名挽救和珍惜那些杀人凶手的生命。另外，一个伟大的国家，应当及早下决心用绞刑这一最为合理的方式来执行死刑，还要仁慈地区分杀人的罪责程度；也不会像一群冻僵了的狼崽撕扯一个男孩之后，对一个悲伤的疯孩子留下的条条血痕发出嚎叫；也不会像头发花白、拖着病弱之躯的奥赛罗一样，在派出一个王公大臣去安抚那个凶手的紧要关头"不知所措到了极点"，因为那个人的杀人手法非常娴熟，比屠夫在春天屠宰羔羊的速度还要快，而且在那些父亲们面前刺死了他们的女儿，并残暴地杀害了许多贵族青年；最后，一个伟大的国家不会嘲笑上帝及其力量，更不会在《启示录》中擅自曲解对上帝的信仰，故意宣扬"爱财是万恶之源"，而与此同时宣称，在所有重大的国家行动与决策制定中，人民的斗志都会被这种对金钱的热爱所驱使而没有其他的爱。

我的朋友们，我不知道我们为什么要谈论阅读。我们想要比阅读更严格的纪律；但是可以确定的是，我们都不会阅读。在这种状态下，人们不可能有阅读的能力。他们不能理解任何伟大作家的名言名句。此刻，对于英国公众来说，要理解任何有思想的作品，都是一种简单而又不可能的事情，因此在疯狂的贪婪中，他们是不会进行思考的。令人高兴的是，我们的疾病还没有到丧失思维能力的程度，还不是内在本质的堕落。如果有哪些事情击中了我们的要害，我们仍会进行思维，这是真实可信的。虽然一切事情都应该付出代价的观念深深影响我们的行事目的，但我们的内心深处有一种高尚的道德情感存在；虽然我们常像输钱的赌徒一样爱发脾气，对于劳动缺乏耐心，但是我们每天仍在努力地工作；虽然我们无法辨别战争的真正原因，但是我们仍然勇敢地面对死亡。如果我们的内心深处还珍视一种高尚的道德情感，对一个国家来说，这是有希望的。只要它的生命不息，时刻准备为了荣誉（尽管是一种愚蠢的荣誉）、为了爱情（尽管是一种自私的爱）、为了事业（尽管是一种基本的事业）而献出自己的生命，它是有希望的。但只是希望而已，因为这种本能的、不计后果的美德不能持久。无论在内心多么仁慈宽厚，本身就是一群乌合之众的国家，是不会长久下去的，必定走向灭亡。有一天，道德情感必须约束自己的激情，引导情感的释放，否则反过来这些激情会用毒蝎般的鞭子约束道德情感。毕竟，一个国家不能发展成为只知赚钱的乌合之众，否则这个国家就真的会灭亡：轻视文学，轻视科学，轻视艺术，轻视自然，轻视同情，一门心思只知道赚些蝇头小利的状态不可能继续存在下去。你们认为这些话是残酷的还是野蛮的？请对我再有些耐心，而且时间要再长一点儿。我将向你们逐条证明这些真实的情况。

第一条，首先我要说说轻视文学。作为一个国家，我们对书籍的关心体现在哪些方面呢？与我们花费在马背上的时间相比，你们认为我们花在公共图书馆或私人图书馆上的时间到底有多少？如果一个人废寝忘食地泡在图书馆里，如饥似渴地阅读，你就会说他疯了。尽管人们每天都在赛马场上挥度时光，并毁了他们自己，但你从来没听过任何一个人说他们是马痴。或者，退一步来说，你认为英国的公共书架和私人书架上的书籍，和它的葡萄酒窖里的葡萄酒相比，哪个更具有吸引力呢？相对于奢侈品上的花销，它在文学上的支出又会是多少呢？与我们的生活需要物质食粮一样，我们来谈论一下生活所需的精神食粮。目前而言，一本好书富有取之不尽用之不竭的精神食粮，它是我们生命的必需品，也是我们生活中最美好的一部分。然而，对大多数人而言，在为国家的各种灾难和混乱付出巨大而沉重的代价之前，又把多少时间花费在阅读名著上呢？尽管有一些人为了买一本书而勒紧裤腰带省吃俭用，但我认为，他们家里的私人图书，最终会比他们大多数人的家庭晚宴还便宜。更遗憾的是，我们很少有人接受这样的良心审视。因为实际上，一件珍贵的东西如果是通过我们辛勤工作或大量金钱获得的，那么对我们来说它就弥足珍贵了。而如果维护公共图书馆的费用只是举办公共晚宴费用的一半，或者书籍的价格只是手镯价格的十分之一，即使是愚蠢的人，有时也会怀疑阅读的益处，更不要说与作者心灵碰撞产生思想的火花。然而，文学作品的极其廉价却让聪明人忘记了这样一个事实：如果一本书值得一读，那就值得买了。如果一本书本身都分文不值，那么这本书也就没有被利用的价值，除非它被读者阅读，并被反复阅读，被读者好评，并一再好评。然后你在书上作标记，这样你日后就可以查阅自己所需的段落，就如同士兵在军械库中挑选自己需要的武器，或者家庭主妇从商店里买走自己需要的调料一样。面粉制成的面包味道很好，如果你仔细品尝这个面包，还能发现有些甘甜如蜜的味道；如果我们认真去读一本好书，就会发现书中也有甘甜如蜜的面包味道；如果一个家庭在一生中不能多次尝到大麦面包，那么这个家庭真的是捉襟见肘了。我们称自己是一个富裕的国家，我们却龌龊愚蠢到从图书馆相互借阅书籍来阅读。

第二条，我要说说轻视科学。"什么？"你会惊呼，"难道在所有的发现中我们不是居于首位的吗？① 难道整个世界不是都被我们的发明或理性或非理性变得眼花缭乱吗？"的确是。但难道你不认为这是国家大事吗？所有这些成就都不是国家支持下取得的，而是靠个人的热情和个人出资取得的。确实，我们很高兴看到我们已经从科学中受益；我们非常急切地用科学探索精神解决了很多问题，如果一位科学工作者来找我们要报酬或者补贴，那就是另一回事了。我们公开地为科学做了些什么呢？为了我们船只航行的安全，我们必须得弄清楚时间，因此我们就为一个天文台付费。在我们的议会中，我们每年都要绞尽脑汁地马马虎虎地为大英博物馆的各项工作做些事情，我们闷闷不乐地担忧，大英博物馆几乎成了鸟类标本陈列馆，孩子们的娱乐场所。如果有人愿意自费买望远镜，发现并解决另外一个星云的难题，我们就好像这些科学成果是我们自己的一样喋喋不休地大肆评论。如果一个人告诉我们哪里有黄金，哪里有煤炭，我们才会认为他这样做是很有意义的，并完全合乎情理给他加官晋爵。如果你怀疑这些笼统的现象，这就是我们所有人都要深思的一个事实，用来说明我们对科学的热爱。两年前，在德国的巴伐利亚地区出售了一批索伦霍芬出土的化石。这批化石是现存的最好的化石，里面包含着许多珍稀物种的标本，还有一个化石更是独一无二的物种的很好证明（这块化石向世人揭示了一个完整的未知生物王国）。私人收藏家估价，这批化石的市场价值可能会达到一千或一千二百英镑；而英国政府的报价仅为七百英镑，还不打算真付。如果不是欧文教授②花费一些时间，耐心地说服英国公众代表，募集到四百英镑，然后自己出资三百英镑，凑了七百英镑，这批化石珍品现在应该还存放在德国的慕尼黑博物馆里！毫无疑问，被说服的公众最后把钱捐给了教授，但是他们却并非心甘情愿，而且对拍卖品和拍卖过程一直毫不关心，却随时谈论自己能从中捞到什么好处。我请你们考虑一下，

---

① 既然已经写到这，答案一定是否定的；我们已经向欧洲大陆国家屈服了，因为我们自己太穷了，甚至无法支付船只的费用。

② 未经欧文教授的同意，我陈述这样一个事实：如果我要征求他意见，他也不会答应，但是我认为公众很有必要知道这一事实，尽管有些冒犯和唐突，我认为这么做还是很重要的。

从算术上说，这个事实究竟是什么？你们每年用于公共事务的开支（其中三分之一用于军事装备）至少有五千万英镑。现在是七百英镑对五千万英镑，大概就相当于七便士对两千英镑。假设，一个收入不明的绅士，其财富是根据他每年用在他的花园围墙修缮和仆人身上的花销就达两千英镑来推测的，他声称自己喜欢科学；一天，他的一个仆人急切地来告诉他，有一批珍贵的化石，可以为研究新时代的物种存在提供线索，只要花上七便士就能买下。但是这位自称热爱科学的绅士，这位每年在花园修缮上就要花费两千英镑的绅士，在几个月之后才答复："好吧！我可以给四便士，你再出那剩下的三便士，到明年我们就能买了！"

第三条，我要说说轻视艺术！"什么！"你们又会回答说，"难道我们没有举办过艺术展吗？难道我们没为几幅画作一掷千金过吗？难道没有成立艺术学校和机构吗？"是的，但这一切都是为了艺术商店获利。你们既卖油画又卖煤炭；既卖陶器又卖钢铁。如果可以的话，你们可以从其他国家手里抢钱。①不能这样做，你的人生理想就是站在世界的大道上，就像路加德的学徒一样，向每一个路人喊叫："你缺少什么？"你对自己的能力和环境一无所知；你可以想象，自己站在潮湿、平坦的田野里，你们可以像一个在古铜色的葡萄树丛里的法国人，或者像生活在火山口下面的意大利人，拥有一种敏锐的艺术天赋。学习就像收藏图书，在你们学习的过程中，你们会收藏越来越多的图书。当然你们很在意绘画，但远不如你们对贴在死气沉沉的墙上的钞票的在意。墙上总会有空间粘贴那些账单让人看，而没有地方挂些画来供人欣赏。这个国家中，你们不知道要收藏哪些画作（凭名气），也不知道画作的真伪，更不知道这些画作是否被妥善珍藏。在国外，你们可以漠视那些世界上现存的名作被遗弃在角落里，慢慢褪色，破损直至腐烂——在威尼斯，你们会看到奥地利的军队故意将子弹射向那些珍藏名画的宫殿；而如果你们听说欧洲所有优秀画作第二天都要被制成沙袋供奥地利人修建城堡，你们不必为此而

① 这就是我们的"自由贸易"理念——"所有的交易为我自己。"你现在发现，通过竞争，别人可以像你一样卖东西，而我们又呼吁保护。不幸的人！

烦恼,权当在你们自己练习射击的沙袋中少了一两次射击机会罢了。这就是你们国家对艺术的热爱。

第四条,我要说说轻视自然。也就是说,对所有的自然风光的深沉而神圣的感觉全部遭到鄙视。法国革命家们曾把法国的大教堂当作马厩,而你们则把世界各地的大教堂当成了赛马场。你对快乐的唯一思想就是,开着火车围绕着教堂的走廊跑一圈,然后毁掉祭坛。① 你们已经在沙夫豪申大瀑布的上方架起了一座铁路桥;你们已经在特尔教堂旁边的卢赛恩悬崖峭壁凿通了隧道;你们已经摧毁了日内瓦湖的克拉兰斯河岸。在英国,没有一个宁静的山谷不被你们点燃的熊熊烈火所充斥;在英国,没有一寸土地不被你们的煤渣所蹂躏。② 也没有任何一个外国的城市,不被在古老的街道和欢乐花园里到处可见的新式酒店和香水商店奢华的消费打上烙印。曾经被你们自己的诗人如此虔诚地爱过的阿尔卑斯山,在你看来就像是熊园里沾满肥皂泡的竿子,人们带着"喜悦的尖叫"在上面爬上滑下。当你们不再尖叫时,当人类的语言无法清晰地表达你们的快乐时,你们就用火药进行爆炸打破了山谷的宁静,然后你们冲回家,面色因过度自负而兴奋得发红,嗓子因滔滔不绝地讲话而抽搐痉挛。我曾看见过最悲惨的两个场景,我认为差不多是人性中最为阴暗的一面,具有其深刻的内在意义。一是在查牟尼山谷的英国暴徒,他们用发射炮弹来逗乐自己;再一个是苏黎世,很多瑞士采葡萄者为了庆祝葡萄丰收而在葡萄园用葡萄藤堆积成"葡萄藤塔"作乐。对我来说更令人遗憾的是,人们竟然有这样欢乐的观念。

最后,我要说说轻视同情。无需用我的语言来证明这一点,我只需打印一份报纸剪报即可(我有剪报的习惯,然后存在我的抽屉里)。这个剪报来自1867年《每日电讯报》的报道,刊载于今年早些时候,至于具体的日期,虽然我没有剪下来,但很容易找到日期,因为在剪报的背面印有一个标题新闻:

---

① 我的意思是,世界上美丽的国度——瑞士、意大利、德国等,有最受人恭敬的大教堂。但我们只会开着火车穿过它们,在这最神圣的地方吃吃喝喝。
② 几年前,我在约克郡的里士满发现了所有的河岸土地变成了黑色,从几英里以外的地方飘来了一种带着煤烟的空气污染了这里,我着实被震惊了。

"昨天是大主教里本今年在圣保罗大教堂举行的第七个特别礼拜日。"我偶然把它记录在下面的脚注里……

"本周五，副验尸官理查兹先生在斯皮茨菲尔德市基督教会区的白马镇主持召开了对58岁的迈克尔·柯林斯死亡的听证会。玛丽·柯林斯，一个看起来惨兮兮模样的女人，说她和死者及死者的儿子住在基督教会区考博斯法院大街二号的一个房间里。死者是一名皮靴翻改师。那名证人是负责外出收购旧靴子，死者及其儿子将旧靴子翻新，然后证人把靴子卖给商店，换取一些生活用品，而这种收入实在是太微薄了。死者及其儿子夜以继日地工作，试图换取一点儿面包和茶叶，并支付房租（每星期两英镑），以便一家人共居一处。在星期五的晚上，死者从他的长凳上站起来，开始浑身发抖。他扔下靴子说：'我不能再做下去了，你们必须接着把它们做完。'房间里没有生火，他继续说道：'如果我身子暖些，我会感觉好些。'随后，证人拿了两双刚翻新的靴子①去商店里卖，但是她只拿到十四先令。商店里的人说：'我们也得挣点儿。'证人用这十四先令买了点儿煤炭，一点儿茶叶和面包。死者的儿子为了赚钱，熬了一整夜，但是死者还是在星期六的早上去世了。这个家庭一直饱受饥饿之苦。验尸官问道：'在我看来，你没有进救济所真是很可悲的。'证人答道：'我们想要个舒适的小家。'法官问她舒适是什么，因为他只看见房间的角落里有一张草席，窗户上的玻璃也已经破碎了。证人开始大哭，说他们还有一床被子和其他一些小物品。死者生前说过他绝不去救济所。夏天天气好的时候，他们有时每周能赚十英镑。但在冬天，他们连夏天的一半都赚不到。三年来，他们的生活状况越来越糟。柯尼廖斯·柯林斯说他从1847年开始帮父亲干活。由于他们常常都要工作到深夜，两个人几乎都要失明了。这个证人（死者的儿子）的眼睛上还戴着一块医用

① 我们必须坚决执行的一件事，就是为了所有阶级能生活得更好，在我们未来的日子中，他们不再穿翻新的衣服。

护镜。五年前，死者曾求助于教区。教区救济的官员给了他四磅面包片后，对他说，如果他再来就让他吃'闭门羹'。① 自那以后他就和他们毫无关系了。他们的情况越来越糟，上周五的那一周，他们甚至连买一根蜡烛的半便士都没有。死者就躺在那个草席上，说他可能活不到第二天的早上了。法官接着说道：'你们自己都要饿死了，你应该到救济所去，一直待到夏天到来。'证人回答道：'如果我们进去，我们就会死。当我们在夏天出来的时候，没有人会认识我们，我们甚至连一个住的房间都没有。如果我现在有吃的，我现在就可以工作，因为我的眼睛会慢慢好起来的。'验尸官对该案痛苦性质进行了评论，法官做出了如下裁决：'死者死于筋疲力尽、缺乏食物及日常生活必需品；也缺乏及时的医疗援助。'"

你会问："为什么证人不去救济所呢？"哎，穷人们似乎对富人们设有的救济所有一种偏见，看起来他们更宁愿孤独地死去。也许，如果我们为他们建造足够漂亮和令人愉快的娱乐室，或者他们在家里就可以领取失业保障金，他们的想法可能会因这些条件而有所改变。而事实是这样的：我们提供的救济方式对他们来说是一种侮辱，或者说是一种痛苦，他们宁愿死也不愿接受我们的救济；我们任由他们不接受教育而变得更加愚蠢，他们像野兽一样挨饿、野蛮、愚蠢，不知道自己该做什么，或者该问些什么。在一个基督教国家里，这样的报纸就不应该报道这样的事。② 正是我们虚构的基督教促使我们犯下了这些罪行，因为我们沉迷于信仰。戏剧性的基督教，清晨布道时的基督教，黄昏信仰复兴大会的基督教——我们不怕在基督教义里对魔鬼的嘲弄，夹杂些撒旦、罗伯茨、浮士德等戏剧元素，构成了一幅美妙的画卷，以雕花的窗户为背景效果唱赞美诗，伪装成祈祷者对管风琴进行艺术性的调音（为

---

① 这是对无用劳动者惩罚的缩写，这是一种很奇怪的巧合，我们中的一些人可能记得的一段话。

② 我很欣慰地看到会有越来越多这样敢讲真话、披露事实真相的报纸面世。我刚才用了"基督教"这个词吗？

了那些没有受洗的宣誓人，我们可以在第二天分发宣传手册，这可能就是我们认为的第三戒律的影响）。我们整理好基督教长袍，以免被那些质疑基督教的异教徒碰触。但是如果用普通的英语单词或行为来撰写一部普通的基督教义，使基督教的戒律成为生活的准则，并在此基础上建立我们国家的法律和希望，我们就很清楚我们的信仰究竟是什么了。比起从现代英国国教中得到真正的行动或激情，你可能会更快地从香烟中得到火光。你最好戒掉香烟，扔掉烟斗，把它们连同哥特式的窗户和漆画的玻璃，都留给那些有产者；趁你身体健康，放弃那些虚无缥缈的幻象去照顾门前台阶上的穷人吧。因为只要人人都伸出援助之手施以帮助，才会有一个真正的教堂。

我要重申，你们都鄙视所有这些快乐及美德，但实际上，你们中有些人并没有这样去做。你们靠着他们的工作、他们的力量、他们的生命、他们的死亡生活着，但永远不会感激他们。要不是那些你们鄙视或者忘记的人，你们的财富、你们的娱乐、你们的骄傲，都是不可能得到的。那些整夜在漆黑的巷子里走来走去巡逻的警察；那些与汹涌的大海搏斗的水手们；那些全神贯注读书的学生；那些普通的工人在没有赞扬，几乎吃不饱饭的情况下完成了自己的工作，就像你的马在毫无希望、被所有人鞭策的情况下拉着你的马车一样：正是依靠这些人，英国才会继续发展下去，但是他们不能支撑起整个国家，他们只不过是这个庞大国家的肉体和神经系统，惯性地在引起痉挛的躯体中运动着，而国家的精神却已经消失了。我们国家的愿望和目的就是娱乐，我们的国教就是举行教堂仪式，并宣扬具有催眠作用的"真理"，以使那些乌合之众安静地工作，而我们却在自娱自乐。这种娱乐的必要性，就是它紧紧束缚着我们，就像我们发烧时嗓子发炎、目光呆滞一样，让我们毫无意识，放荡不羁，冷漠无情。"不自在"一词，意为"否定"和"不可能"，字面上多么形象地表达了我们英国社会的整个道德状态和它的娱乐情况。

当人们忙碌时，他们的娱乐就来自工作，就像五颜六色、花团锦簇的花朵一样。当人们真诚以待、互相帮助、富有同情心的时候，他们所有的情感就会变得稳定、深沉、永恒，就像身体有规律的脉动一样给灵魂带来勃勃生机。但是现在，没有人生目标时，我们就把所有的精力投入到赚钱的虚假事业中去；没有真正的情感，出于内心的阴暗和负罪感必须得把这些虚假的感情伪装起来，但不能像孩子们玩洋娃娃那样表现得天真无邪，就像崇拜偶像的犹太人那样，在山洞的墙壁上画着偶像的画像，让人费劲地挖开山洞才能找到它们。在生活中我们没有执行公平和正义，我们却在小说和舞台上模拟；因为我们破坏了自然之美，却用变形的哑剧取而代之，我们本应与我们的同伴一起怀有崇高的悲痛感（我们人类的本性就需要敬畏和悲伤）。

很难估计这些事情的真正意义，事实已经够可怕的了。我们每天都任由或者导致数千人死亡，但我们却认为这无关紧要；我们放火烧毁了房屋，毁坏了农民的田地，我们已经伤害了那么多无辜的人。我们仍然心存善念，仍然拥有美德，但只有孩子般的那种程度而已。查尔默在他漫长人生的最后时刻，强调了公众的巨大力量，在一些严重的问题上被"公众的意见"所困扰，发出了很迫切的感叹——"公众就是一个大婴儿！"我之所以把思想上的严肃主题与阅读方法的探讨一起进行讨论，是因为我们越多地看到我们国家的缺点和痛苦，越能说明公众在用"幼稚"的思维方式解决这些问题，在最常见的思维习惯中缺乏教育。再次重申，我们应该感慨的不是罪恶、自私、大脑的迟钝，而是一个教育不良的孩子的鲁莽行为与真正良好教育的孩子缺少帮助之间的区别。

在一位伟大画家那可爱却被忽视的作品中，我们可以发现一种奇特类型的特点。它是柯克比朗斯代尔教堂墓地的一幅画，有小溪、山谷、小山，还有早晨的天空。我们想象着那些随风起舞的落叶堆积在墓碑上，堆积在被施了魔法墓室的封口处——不，那是沉眠于地下的国王们伟大的皇城之门，如果我们知道如何用他们的名字来唤醒他们，他们就会为我们醒来，和我们一起散步。我们也会经常在那些古老的国王安息时在他们中间漫步徘徊，用手轻轻抚摸他们身上的王袍，摆弄他们额头上的王冠。他们仍然对我们保持沉默，似乎只是一个落满灰尘的雕像。因为我们还不知道那唤醒他们心灵的咒语，如果他们曾经听到，他们就会以他们的力量来迎接我们，以微弱的目光注视着我们，考虑着我们的疾苦，正如沉睡中的冥王哈得斯见到那些刚刚死去的人时说，"难道你们也像我们一样纯洁而强大吗？你也成了我们中的一员了吗?"

　　要想"强大",那就在"生活中努力前行",我们指的是生活本身,而不是其外表。朋友们,你们还记得一家之主去世时,那个塞西亚人的习俗吗?他是如何穿着华丽的服饰被安放在四轮马车里送到他朋友们家里的?家家户户是如何奉他为上宾,在他面前大摆宴席的呢?假设这一切都是给你安排的,又假设这个提议是这样的:你的生命将从你的肉体中消失,从人间沉入到卡那亚的冰川地带。但是你的身体要穿上更加华丽的服饰,坐上更高贵的四轮马车,发号更多的命令,如果你愿意的话,头上可以戴上更多的王冠;人们会向你的肉体鞠躬致敬,围绕它注目并欢呼雀跃,沿着大街小巷簇拥随行;为它建造宫殿,把它摆在首位,彻夜宴乐。你的灵魂会在肉体里了解他们的行为,感受肩上的金衣华服的重量,以及头骨上久戴王冠形成的皱纹。你愿意接受这个由死亡天使做的口头上的提议吗?你认为我们当中最卑鄙的人会接受这一提议吗?但实际上,我们中的许多人都充满恐惧地抓住了这样的机会。每个人都在接受这一提议,希望在生活中努力前行,有所提升,但却不知生命的本质。他认为生命的本质就是,他要得到更多的马匹,更多的仆人,更多的财富,更多的公众荣誉,而不是更多的个体灵魂,他本人只是在生活中努力前进。而如果一个人的心肠变得越来越软,他的血液越来越暖,他的头脑越来越敏锐,他的精神越来越平静和祥和。拥有这种生活的人才是世上真正的君王;而其他的国王,即使他们是真的国王,也只是一种头衔和话题而已。如果连这一点也做不到,那么他们就是戏剧化的国王形象,国家的傀儡而已;或者他们根本就不是皇室,而是专制者,是一个国家愚蠢行为和现实的真实写照。我在其他地方也提到过:"有形的政府不过是一些国家的傀儡政府而已,而对其他国家来说,则是疾病和灾难;对于一些人来说,是一种束缚,对大多数人来说,是沉重的负担。"

　　但是,当我听到有人,甚至是有思想的人还在谈论皇权的时候,我真的无话可说,好像由皇权统治的国家只是一种个人财产,可以自由买卖,或以其他方式获得的,或者像一只买来的绵羊,羊肉供国王享用,羊毛供国王所有;好像阿喀琉斯愤怒地称呼他卑鄙的国王为"食人者";而一个王国领土的扩张就意味着私人财产的增加。凡是有此类想法的国王，无论权力多么强大，都不能成为国家真正的国王，而只是像国王御马身上的牛虻一样，去吸吮马的血，这可能让马疯狂，但却不能驾驭它。如果你们能清楚地看到，他们这些国王，他们的法庭，他们的军队，都只不过是一种巨大的沼泽地里一大群蚊子，在夏天的夜晚用刺刀般又长又尖的嘴巴乱咬乱叮，嗡嗡作响。与此同时，真正的国王却平和地治理着国家，他们也会憎恨统治国家，大多数人还会宣布退位；如果他们没有办法做到，只要他们对这种作为习以为常，乌合之众就一定会利用"他们"来成就自己。

如果有形的国王每天都用"武力"来估计他王国的统治范围，而不是其地理的界限，那么有一天他也许就会成为一个真正的国王。不管特伦特是否会在这里给你切割出一小块儿土地，还是莱茵会在别的什么地方给你建一个城堡，这些都不重要。但是，对你这样的一国之主来说，你能够对臣民发号施令，招之即来挥之即去，这才是重要的。你能否尽你所能，像特伦特一样指挥自己的民众顺服于你。对你这样的一国之主来说，无论你的臣民是恨你还是爱你，只要他们因你而活或死，这才是重要的。你可以用臣民的人口多少而不是国土大小来衡量你的统治。

衡量一下吧！不，你无法衡量。谁能衡量那些好吃懒做的人与人间和天堂中最伟大的国王在力量上的差异呢？好吃懒做的人拥有的力量充其量不过是飞蛾与铁锈那样的力量。太奇怪了！想象一下，飞蛾之王如何为飞蛾们积累财富；铁锈之王，其力量对于其臣民就像铁锈至于武器，又是如何为铁锈积蓄财宝的；强盗国王，为强盗积累宝藏。但是又有几个国王积累了财富而不去严加防守呢？或者说，越多的盗贼窥视抢劫其财富，其价值就越大呢！蕾丝花边的长袍，只是用来出租的；船舵和宝剑，只是用来装饰的；珠宝和黄金，只是用来分散的。这里提到三类国王。假设还有第四类国王，人们在很久以前的一些晦涩的作品中读到过，他们有第四种宝藏，宝石和黄金不能等同，也不可用纯金来估价。纱布，只有用雅典娜的纺梭织出来的才更匀称；铠甲，只有圣火所锻造的才更锋利；真金，只有靠太阳中心的光热才能被提炼出来。因此，要通过人将它们置于悬崖之上，才会得到难以穿透的盔甲和无数的黄金！"行动"、"辛劳"、"思想"三大天使仍然在呼唤我们，守护在我们的门前，并用他们有力翅膀的力量指引我们前进的方向！假设国王们都站出来，表示自己曾经听说过这类故事，并且对这类事情深信不疑，那么他们会不会为他们的民众聚集在一起，带来所有的"智慧"宝藏呢？

想想这是多么令人惊奇的事情！在我们的现有智慧中，多么不可思议！我们应该让我们的农民参加阅读练习而不是进行刺刀训练！组织一支训练有术、薪金优厚、具有指挥能力的思想者队伍，而不是荷枪实弹、英勇杀敌的军队！像在步枪训练场那样，在阅读室找寻全民娱乐方式；就如同士兵射中靶心一样，谁能直言不讳、一语中的，就给谁以奖励。文明国家的资本家们的财富应该用来支持文学发展而不是发动战争。

请再耐心一些，我要引用一句话，是我认为最经得起时间考验的一句话。

> "这是欧洲财富运行的一种非常可怕的形式，就是这些资本家把自己的财富全部用来支持非正义的战争。一场正义的战争不需要那么多金钱来支持，因为大多数参战者愿意出资支持军队开支；但是对于一场非正义的战争，人们的肉体和灵魂都会被金钱收买。除此之外，对他们来说最好的战争工具，就是使发动战争的成本最大化。在两个交战国之间，不要去谈全民恐慌和愤怒的怀疑所造成的代价，大部分民众们已经没有诚意用金钱去购买片刻的和平。所有非正义的战争都是可以获得一些人的支持的，比如通过资本家放高利贷，这些贷款也是通过向民众征收税款得来的。资本家是非正义战争的主要根源，但战争的真正根源是整个国家的贪婪。贪婪使民众没有了信仰、坦率或公正，因此，由他自己造成的损失和惩罚都转嫁到每个民众身上。"

实际上我们可以看到，英国和法国互相收买恐慌。他们每国每年都要给对方支付一千万英镑的恐怖费用。现在我们假设，他们不再每年购买这些价值一千万英镑的恐慌，而是下定决心要彼此和睦相处，每年购买价值上千万的知识、园林花园及其他类似的公用建筑，难道不会对法语和英语都有好处吗？

要实现这些任重而道远。尽管如此，我还是希望不久之后，在每一个相当大的城市里都将修建皇家或国家图书馆，并收藏一系列的皇家丛书，还有其他系列丛书。每一本藏书都会经过精挑细选，每一种书都是最好的书，以最完美的方式为国家系列丛书的收藏做准备。这些文字印在同等大小的书页上，页边适中，分卷恰当，手感轻便，装订漂亮结实，可以作为装订书籍的典范。而且这些伟大的图书馆从早到晚向衣着整洁的读者开放，执行严格的规章制度来保证图书馆的整洁和安静。

我可以帮你们制定修建其他场馆的方案，例如，美术馆、自然历史博物馆，以及其他很多诸如此类的公共场馆，在我看来，这些都很实用、必需且珍贵。

这一计划是最简单、最需要的，这将是我们所谓的英国宪法施行的一个重要的补药。你们的《谷物法》应该被废除了，但是如果你们还没制定出新的《谷物法》，那就试着把它当作一种更好的面包——一种由古老的魔法阿拉伯谷物芝麻制成的面包——"芝麻开门"——打开的不是强盗之门，而是国王的金库之门。

《芝麻与百合》第二讲　百合装点王后的花园

"你很高兴，哦，饥渴的沙漠；

愿旷野使人快乐，如百合花开放；

在约旦的荒芜之地，木头野蛮杂生。"

——《以赛亚 35，第 1 段》

（《圣经旧约》）

或许这篇讲稿①可以视为前一篇讲稿的续篇，我会简明扼要地向大家阐述一下这两篇讲稿的主要意图。前篇讲稿着重提出的问题是如何阅读和阅读什么书。进一步提出一个更深层次的问题，那就是为什么要阅读，也就是我在这篇讲稿中努力让你们知晓的。我希望你们能有同样的认识：目前，我们在教育和文学的普及中拥有何种优势，只有当我们明白教育的未来发展方向，以及文学带给我们的启示之时，我们才能够更好地利用它们。我希望你们能够认识到，良好的道德训练和精心选择的阅读，最终会引导人们拥有一种力量，超越一切迷惘与无知。从真正意义上说，"王者的风范"是衡量它们的主要依据；而"王者风范"是指在人类中真正拥有纯粹王者气质的人所具有的姿态。至于说到其他的王者风范（姑且不管他戴有何种勋章或者拥有何种权力），要么是幽灵，要么就是暴君。所谓"幽灵"外表只有一副架子支撑，如影子般的皇家风姿，内心却如同死人一般空洞，不过是一个"戴着王冠的表象"罢了；所谓"暴君"，意指用个人意志代替公正的仁爱法则，而这恰恰是那些真正国王所信奉的治国的黄金法则。

接下来，我想再次重申，因为我想把这个想法留给你们，我以它开始，也将以一种纯粹的王者风范结束，一种无与伦比、始终未变的王者风范，与是否加冕无关。"王者风范"就字面意义而言，也就是比其他国家具有更强大的道德状态和更真实的思想状态，因此，使你有能力引导或提升它们。请注意"状态"一词，我们常用一种随意的方式来使用它。字面意思就是指一件事物所具有的持续性和稳定性，此外，你们会在其衍生词"塑像"——"不可移动的物体"中感受到其全部的力量。于是，国王权威或"地位"，以及他的王国的权利被称为"state"——国家，这取决于以下"不动"的两个意义：一是公正无私、没有偏袒；二是一言九鼎，建立在永恒的法律基础上，任何东西都不能改变，也不能推翻。

请相信，只要他们倾向于保持平静和仁慈，进而达到王者风范的力量，

———————————

① 这个讲座是于 1864 年 12 月 14 日曼彻斯特的市政厅，为圣安德鲁的学校提供帮助时所写。

那么所有的文学和教育都是有一定作用的。首先，这一力量源于我们自身，再以此为媒介，惠及我们周围所有的人。现在，我要请你们同我进一步考虑这一问题：在贵族教育的皇权中，哪一特殊部分或类型可能被女性所占有？而且在多大程度上她们可以拥有一种称之为"王后"的权力？不仅仅是在她们的家庭内部，也包括她们的全部活动范围。从某种意义上说，如果她们被正确地理解并行使了这种高贵或优雅的影响力，那么这种亲切的力量所引起的秩序和美丽，足以证实她们每一个人所拥有和支配的领地——名为"王后的花园"——是实至名归的。

现在，从一开始，我们就遇到了一个更深刻的问题，尽管这个问题在我们许多人看来仍然很奇怪，尽管它具有无限的重要性。

只有对她们拥有的普通力量所指达成一致，我们才能确定女性的权力应该是什么，也只有我们对她们真正的职责是什么达成一致，我们才能考虑教育如何使她们承担更多的职责。这一问题，对所有的社会幸福都至关重要。至于女性本质与男子气概的关系，两者之间智慧与道德的差异，似乎从来没有一个公认的衡量标准。我们听说过女性的使命和权利，就好像这些都可以与男性的使命和权利分开。好像她和她的主人是两种独立的物种，是不可调和的要求。这种说法是错误的，而错误的程度不止这些，甚至有可能是更加愚蠢的错误（因为我希望我能进一步证明这一问题）——认为女性不过是其丈夫的影子和随从，毫无主见，卑微臣服，用她的柔弱之躯支撑着其丈夫卓越的毅力。我要说的是，这是所有的错误中最愚蠢的错误，因为她被认为是男性的帮手，就像他被一个影子或者被一个奴隶有效地帮助着。

首先让我们试一试，就男性所拥有的权力和地位，女性所持有的思想和美德而言，我们是否能得到一个清晰而唯一的共识（如果这是真的，那一定是和谐的），以及男性与女性之间的关系及如何提升二者的热情、荣誉和权威。

现在，我必须重申一件我在上篇讲座里说过的事：即教育的首要作用就是使我们能够与最聪明、最伟大的先贤们在所有急需解决的问题上进行磋商。

正确地使用书籍，就是去寻求它们的帮助。当我们自己的知识匮乏和思维能力枯竭之时，我们就可以唤醒它们。它们把我们带到我们自己更广阔的视野中，受到它们的教诲，获取有史以来考虑全面的判断和评论，使我们得以克服自身那些狭隘而又左右摇摆不定的观点。

现在让我们来做这件事。让我们看看历史上各个时期最伟大、最聪明、心理最为纯洁的学者们是否能够在下面这一观点上形成一致的看法，让我们听听他们留下的有关女性的真正尊严及她对男性帮助方面的言论。

首先，让我们看看莎士比亚的观点。

请大家注意，莎士比亚的作品中几乎没有男主人公——他只关注女主人公。在他的所有戏剧作品中，几乎没有一个完整的男主人公，除了对亨利五世的简单描写，主要是为了舞台效果进行了夸大处理；另一个例外就是《维洛那二绅士》中那个微不足道的瓦伦丁。在他那些努力创作、近乎完美的剧作中，你几乎找不到一个男性英雄。要不是因为性格单纯而成为卑鄙行径的牺牲品，奥赛罗本可以算作一个英雄人物，但他只能算作唯一一个近乎英雄人物的例子；科里奥兰纳斯、凯撒大帝、安东尼三人虽然强大有力但是有些性格缺陷，终因自负而巨星陨落；哈姆雷特好逸恶劳，优柔寡断，生性多疑，行为鲁莽；罗密欧是一个急躁不安、缺乏耐心的大男孩；威尼斯商人终日萎靡不振，最后屈服于厄运；《李尔王》中的肯特，有一颗完全高贵的心灵，却过于粗俗鲁莽，关键时刻难当大任，最后只能沦落为平庸的仆人；奥兰多虽然也很高尚，但最后受到命运的捉弄，终日被罗瑟琳跟随。然而，在莎士比亚的剧作中，几乎每场戏都塑造了一个完美的女性形象，她们坚定而充满希望，克服困难，实现人生目标：科德丽娅、黛丝德蒙娜、伊莎贝拉、赫尔迈厄尼、伊莫金、凯瑟琳女王、佩蒂塔、希尔维娅、维奥拉、罗瑟琳、海伦娜，还有最后、或许是最可爱的一个——维吉利，全都完美无瑕。

接下来，我们可以了解到，每部戏剧中的灾难都是由一个男性人物的愚蠢或错误引起的。如果有的灾难或者罪恶多由一个女性人物的智慧和美德所救赎，结局往往是皆大欢喜。李尔王的悲剧在于他缺乏判断力，过于急躁，虚荣心强以及对子女的不信任。如果他没把他的小女儿从自己身边赶走，她的美德和意志力会使他免于受到其他人的伤害，尽管如此，这个女儿还是救了他。

至于奥赛罗，此处我不赘述故事大意了。因博爱造成他性格上的软弱，过于敏感而缺少敏锐的理解力，以致剧中的二号女主角艾米莉亚在他的错误中死去，死前还不断批判他所犯下的错误：

"哦，这凶残的花花公子！这个傻瓜应该怎么做，
才能配得上他那么好的妻子呢?"

在《罗密欧与朱丽叶》中，聪明勇敢的妻子因自己丈夫的鲁莽急躁而丧失性命。在《冬天的故事》和《辛白林》中，两个幸福的皇室家庭，几乎被丈夫的愚蠢和固执弄得家破人亡，在漫长的岁月中备受煎熬，最终被妻子们王后般特有的耐心和智慧所拯救。在《以牙还牙》中，法官的徇私枉法、兄弟的邪恶懦弱与女性的坚持真理、坚贞不屈形成了鲜明的对比。在《科里奥兰纳斯》中，母亲的及时忠告把她的儿子从所有的邪恶中拯救出来，实际上并非使他免于死亡，而是从死亡的诅咒中拯救了他的国家。

我该怎么说呢？是说朱丽叶，她常常批评恋爱中的男人变化无常，只不过像个放任的孩子？海伦娜，常常批评年轻人鲁莽和无礼？还是说那个"未受过教育的"女孩像一个温柔的天使，出现在无助者、失明者、报复性的激情男人中，只要她一出现就带来勇气和安全，用女人最容易被认为失败的精确和准确的思想来击败最糟糕的犯罪？

进一步观察我们可以发现，在莎士比亚戏剧所有的主要人物中，只有一个软弱的女性奥菲利娅。这是因为她在关键时刻令哈姆雷特很是失望，而且在哈姆雷特最需要她的时候，她在本性上不能也不可能成为他的心灵向导，最终所有的痛苦和灾难都随之而来。最后，虽然在最主要的人物里还有三个邪恶的女性——麦克白夫人、里根和高纳里尔，但她们都被认为是违背普通的生活规律和法则的可怕例外；致命的影响力与她们所放弃的善的力量成正比。

从广义上来说，这就是莎士比亚对女性在人生中的地位和角色的证明和表述。他把她们塑造成绝对忠诚和无比睿智的顾问——刚正不阿与纯洁无瑕

的典范，即使她们不能拯救别人，但也永远是坚强而圣洁的。

在对人性认识过程中没有什么更睿智的方式可比较，对命运的成因和命运的理解都不那么清楚，但是关于现代社会中普遍存在的思维状态和模式，作家为我们打开了最广阔的视野。接下来，我请你们见证一下沃尔特·斯科特的睿智。

我暂且把他那毫无价值的纯粹浪漫的散文作品放在一旁，尽管早期的浪漫主义诗歌很优美，但它的观点没有什么分量，不过是些孩子般的理想。但是研究斯科特的生平，我们可以看出，他的作品还是有真知灼见的。而这一系列真知灼见体现在三个英雄人物身上，① 即邓迪·丹蒙特、罗比·罗伊和克拉弗豪斯。他们中，一个是边境农场主，一个是强盗，第三个是不靠谱的士兵。只有他们的勇气和信念与一种强大的尚未被开发的，或错误应用的智力力量相结合时，这些才会触及英雄主义的理想。同时，他们三个年轻男子还是不可思议的命运手中极具绅士风度的玩物，只有靠命运（或意外），他们才能生存下去，但无法征服身不由己忍受的考验。任何受过训练、始终如一的人物，都认真地对待理智思考下的远大目标，坚决地处理各种形式的敌意邪恶；他们绝对地接受命运的挑战，毅然地屈服于命运的安排，除此之外，我们找不到他关于男性的更多观念。而在他对女性的想象中，弗罗拉·马克伊沃尔、艾伦·道格拉斯、罗斯·布拉德瓦尔丁、凯瑟琳·塞顿、迪娅娜·沃农、莉丽娅·莱德冈特雷、爱丽丝·布雷德诺斯、爱丽丝·李及珍妮·迪恩等这些女性，具有无尽的优雅、温柔和智慧的力量，我们从中找到了一种绝对可靠、不可避免的尊严和正义感，一种无所畏惧的、坚持不懈的自我牺牲，甚至是责任的出现，更重要的是它的实际主张，最终是一种非常克制的情感转化成的智慧，它可以无限地保护它的对象不受一时错误的影响。它逐渐形成和赋予了那些不值得爱的男人们的个性，并使其得到提升，直到在故事的

---

① 为了让人充分理解这一论断，我本应该注意到在瓦韦利小说中削弱男性其他伟大理想性格的各种各样的弱点——雷德高思勒自私和狭隘的思想，爱德华·格伦迪宁在宗教上的热情，等等；我也本应该注意到，在背景知识中几个被勾勒得非常完美的人物：三个让我们愉快地接受士兵礼节的英国军官：加德纳上校、塔尔博特上校和曼纳林上校。

结尾，我们只是能够，而且不再需要耐心倾听他们讲述自己成功的故事了。

正是出于这一原因，在斯科特和莎士比亚的作品中，是女性在照顾、教育、引导着年轻人；在任何时候，这些年轻人都不可能照顾或者教育他们的爱人。

接下来，我们将用更简短、更严肃的例证说明伟大的意大利人和希腊人的观点。你一定熟知但丁的伟大诗篇的写作意图，那是他写给他死去妻子的一首情诗，一首为她守护作者灵魂而献给她的赞歌。虽然她只是出于怜悯而不是爱，她却把他从毁灭中拯救出来，把他从地狱中拯救出来。他在绝望之中走向歧途，她从天而降赶来相助，在飞升天堂的过程中又成为他的老师，向他解释人神最深奥的真理，引导他排除一个又一个非难，飞跃一个又一个星球。

我不是支持但丁的观念，只是一旦开始，便一发不可收拾。除此之外，你们也可能会认为这是一个诗人内心疯狂的想象。因此，我更愿意给你们读一段关于一个比萨骑士特意写给他的妻子的诗歌。该诗向我们完整地显示了十三世纪或者十四世纪初的所有最高贵的男性情感特征，并与许多其他的有关骑士荣誉和爱情的作品一道保存下来，同时也是一首但丁·罗赛蒂从早期的意大利诗人作品中收集来的。

> "瞧！法律已经通过，
> 我的爱你应明了，
> 为你效命，给你荣耀，
> 我说到做到，满心欢喜，
> 甘愿为你效劳。
>
> 我几乎欣喜若狂，
> 从此下定这样的决心，
> 为你的出类拔萃绽放快乐之花。
> 似乎任何事情都不会引起

某种痛苦或遗憾，

我的每一个想法和感觉驻于你心。

思忖着遍布你全身的美德，

犹如泉水喷涌不止，

你的天赋中智慧最为有效，

荣誉也毫一例外。

为此天下仁君独居各处地，

实现你状态的完美。

女士，因为在我心中，

你让我心旷神怡，

我的生命为此分成

明亮的光辉和永恒的真理。

直到那个时候，说老实话，

我在黑暗之地的阴影中摸索着，

在每时每刻，

难有美好回忆。

但是此时我情愿是你的奴隶，

周身充满快乐与安逸，

原本我是一个野蛮兽性的男子，

是你造就了我，并因你的爱得以生存。

    你们或许会想，一个希腊骑士可能会比他的基督教同伴更加低估女性的能力。他对她们精神上的服从实际上并不是绝对的。至于她们自己的个性，只是因为你不可能如此轻易地跟着我的思路，所以我不会因为希腊女性的例证而不再谈论莎士比亚作品中的女性形象。上文所述例子，刻画了最理想的人类美丽和信仰，同时也代表了安德洛玛克城母亲和妻子们的朴实心灵；卡珊德拉神圣却被遗弃的智慧；快乐的瑙西卡顽皮善良和单纯的公主生活；一直守望大海的珀涅罗珀家庭主妇般的平静生活；安提戈涅长久以来的耐心、无所畏惧及因无望而对姐妹和女儿的忠实虔诚；伊菲琴尼亚羔羊般的温顺和沉默的顺从；最后是阿尔克提斯对复活的期望，她为了拯救她的丈夫，经历了死亡的痛苦，最后她安详地离开人世。

现在，如果我有时间的话，我可以举出更多类似的例证。我以乔叟为例，向你们说明为什么他写的是《好女人传奇》，而不是《好男女人传奇》。我还要以斯宾塞为例，向你们展示他的神话故事中，所有的骑士是如何有时被欺骗，有时被征服的；但是，乌娜的灵魂从未被玷污，而布里托马特的长矛也从未被折断。不，我可以追溯到最古老的神话教义中，向你们展示伟人是如何借助某个公主的力量规定地球万物的立法者应该受教育，而不是借助自己的同类的能量；那些伟大的埃及人，最聪明的民族，如何将智慧和启示的神灵赋予了女性形象，而她手中的象征物是织布工的梭子，以及这个神灵的名字和形象是如何被希腊人所接受、相信和服从，又是如何变成了那个头戴橄榄枝、手拿神盾埃癸斯的雅典娜的。直到今天，人们仍然把艺术上、文学上或民族美德中所持有的最珍贵的东西与雅典娜联系在一起。

但是我不想在这个遥远而神秘的元素上面耗费时间，我只要求你们能够给予上述例子中的这些伟大诗人和世界伟人以合理正确的评价，正如你们所看到的，与前面的观点保持一致。我要问你们这些人，能不能得出这样的假设，前面作品中提到过的那些男性形象，通过作家之笔要表达一种自娱自乐的生活态度，对男女之间的关系表达一种虚构和懒散的看法；不，一种比虚构或懒散更糟糕的看法。如果可能的话，一件事物可能是人们虚构的，但却是值得向往的。但是根据我们对婚姻关系的普遍看法，男性总是更聪明些，他是思想者、统治者，和权力一样，在知识和判断力上更甚于女性。

难道我们为此下定决心还不是很重要吗？是这些伟人错了呢，还是我们错了？难道莎士比亚和埃斯库罗斯、但丁和荷马只是让我们看他们给玩偶穿上衣服，或者比玩偶更糟糕——非自然的幻想变成现实，会使所有的家庭陷入混乱状态，并破坏所有的情感吗？不，如果你能这样想，那就把由人类内心深处所赋予的事实证据拿出来看看吧。在以纯洁或进步为主要特征的基督教时代，曾经有过男性爱人对自己的妻子或爱人表现出忠诚的爱恋和绝对的服从这样的例子。我说的"服从"不仅仅是指想象中的热情和崇拜，也指完全服从于心爱的女人，无论女人多么年轻，他不仅乐于听到她的鼓励、赞扬，得到所有辛劳的回报，而且对于开放性的问题，或者难以抉择的问题，都可以从她那里得到"指导"。战争中的残酷，和平的不公正，国内关系的腐败和不光彩事件主要归咎于对那种骑士精神的滥用和亵渎，我们应该用忠诚、法律和爱情来捍卫其最初的纯洁和力量。我要说的是，在它最初的尊贵生活观念中，那种骑士精神是年轻的骑士们要绝对服从的，甚至要服从那些夫人们反复无常的命令。因为它的主人们最清楚，拥有一颗骑士之心的第一和必要的动力是对其夫人们盲目的效忠。没有真正的信仰和束缚，有的是任性和邪恶的激情。这种对他年轻的爱情的狂热服从，是所有男性力量的圣化，也是他们所有目的的延续。不是因为这样的服从是安全而光荣的（因为有人曾经被认为是不值得的），而是因为对每一个高贵的年轻人来说，这一切都是不可能的。同样，对每一个经过良好训练的年轻人来说，去爱一个不信任他的温和的忠告人，或者去爱一个对他的虔诚命令的服从犹豫不决的人，都是不可能。

　　我并不想为此继续讨论下去，因为我认为你们应该凭借你们对此类事情的发展的感觉加以评价。你不能认为妻子亲手为自己的骑士丈夫扣上铠甲的扣带仅仅是一种追求浪漫的反复无常之举。这是一种永恒的真理——如果女人们不亲手扣紧铠甲扣带，丈夫心灵的铠甲就永远不会牢固；如果她没有扣紧铠甲，丈夫就会失去男子气概及其荣耀。你们还不是很熟悉那些爱情诗句——我希望英国所有的年轻女性都能熟知这些诗句。

　　　　"啊，无用的女人——或许是她
　　　　在自我定价，
　　　　明知他除了支付别无选择——
　　　　她怎能贬低天堂！
　　　　她的无价天资怎能一文不值，

面包怎能变质，美酒何以被泼洒，

适度勤俭，以此度日，

造就男人要么是野兽，要么是神圣。"①

因此，我相信你们将会接受这种爱恋的关系。但是我们经常怀疑的是维持这种关系在整个人类生活中的延续是否合理。我们认为这种关系适用于在恋人之间而不是夫妻之间。也就是说，我们所认为的一种虔诚的、脆弱的义务产生于我们怀疑他的感情，而对其性格知之甚少，甚至一无所知。当这种感情完全、无限地属于我们自己的时候，对其性格慢慢体验并逐渐接受，不再害怕将我们一生的幸福托付给他时，这种尊敬和义务就可以慢慢消退。难道你不知道这是多么不光彩，多么不合理吗？难道你们不觉得婚姻——在确立婚姻关系时，只是一种标志，将曾经的海誓山盟过渡到不知疲倦的相守相依，将邂逅相逢的爱情变成生死永恒的爱情？

但是，你会问，这种女性的指导作用的观点如何与一个真正妻子的服从观念协调统一呢？简单地说，它是一种指导性的而不是一种决定性的作用。让我详尽地向你们展示一下这些力量是如何正确地区分的。

当我们提及一种性别优越于另一种性别时，我们是很愚蠢的，每种性别都有另一种性别不具备的优势，相互补充完整。他们彼此都不相同，但彼此的幸福和完美都依赖于对方的请求、接受和奉献。

现在简要说明一下他们各自独立的人格特点：男性的力量是主动的、进取的、防御的。他是杰出的实干家、创造者、发现者，守卫者。他的智慧是为了思考和发明；他的精力是为了来冒险、战争和征服，无论战争是否公正，征服是否必要。相反，女性的力量是为了统治，而不是为了战斗；她的智慧不是为了发明或创造，而是为了甜美的秩序、安排和决定。她关注事物的本质和地位。她会赞美。她没有参加任何竞争，但却能绝对无误地评判比赛的

---

① 考文垂·帕特莫尔。你不能经常读或太仔细地阅读他的诗作。据我所知，他是唯一一个不断提升情操和净化心灵的在世诗人。其他的人有时使想象力模糊，几乎总是压抑和阻碍想象力。

冠军。仅凭她的职责和地位，她就可以免于任何危险和诱惑。而在大千世界辛苦劳作的男性，必须面对所有的危险和考验。因此，对他来说，必须面对失败、进攻，犯不可避免的错误；他必定经常受伤，经常被征服，经常被误导，永远冷酷无情。然而他保护着女性免遭他所遭遇的一切，在他的房子里，男性甘于她的统治，除非她自寻烦恼，否则那些危险、诱惑、错误或冒犯都会远离她。这是家庭的真正本质，它是和睦温馨的地方，是远离所有的伤害、所有的恐惧、怀疑和分离的庇护所。如果不是这样，就不是真正的家。如果你的外在生活的焦虑渗透其中，而不一致的、不为人知的、不受尊敬的，或敌对的外部世界的思想都被丈夫或妻子接受而进入家门，那么家就不再是家了。只要它还是一个神圣的地方，一座纯洁、被家庭守护神所守护的神庙，只有那些具有仁爱之心的人才能进入；只要它不辜负自己的名字，就实现了其家庭的职责。

一个真正的妻子无论生活在哪里，哪里就有家的感觉。也许她风餐露宿，满天的繁星是她的屋顶，寒夜草丛中的萤火虫是她脚边唯一的灯光，但是无论她走到哪里，家就会跟到哪里。对于一个高尚的女人来说，家的范围在她的周围无限延伸，比起那以雪松木做屋顶、用朱砂涂漆的房屋来说，更好的家是能给那些无家可归者以安静光明的地方。

那么，我相信，这就是女人的真实地位和权力。难道你们不明白吗？只要她统治一切，一切都是正确的，否则一切皆空。她必须持久保持不受任何外来影响的善良，必须本能地具有智慧——这种智慧不是为了自我发展，而是为了自我放弃。这种智慧，并不是说她可以把自己凌驾于她的丈夫之上，而是她可能永远不会从他的身边失去地位；这种智慧，不是因为狭隘或无爱的傲慢，而是因为无限的变化和激情的温柔，因为她的智慧适用于不同场合，谦逊得体，这才是女人真正的变化，并被赋予了一种伟大的寓意：不，不是"像树荫那样变幻多端，像月光那样光影婆娑"，而是像光一样在公平和宁静中变幻无穷，多姿多彩，上下飞舞。

到目前为止，我一直在努力向你们展示女性应该拥有的地位和权利。接下来，我就要问第二个问题，女性应该接受怎样的教育达到上述目标呢？如果你真的认为这是她的职责和尊严的真实观念，那么寻找一种最适合女性教育的模式也就不是很困难了。

但凡有思想的人都深信不疑，对女性来说，我们的首要职责就是对她进行形体训练，这样不仅可以确保她的健康，也可以完善她的美丽；反之，如果她不加强锻炼，没有健康的体魄，就很难达到美的最高境界。

我说过，为了完善她的美丽，就要提升她的力量，但是也不能过于强烈，也不能将它的神圣之光照得太远：只要记住，没有相应的心灵自由，只有身体自由很难创造出美感。下面仍然是杰出诗人但丁的两段诗句。在我看来，他的与众不同之处，不在于表现力，而在于精选的"贴切"——寥寥几句就可以为你描绘出女性美丽的完美状态。我要朗诵一下全诗的引子部分，希望你们特别注意最后一段：

"三年来她沐浴着阳光雨露，

大自然说，地球上从未播种过

比这更可爱的花。

我要亲自把这个孩子带走，

她将属于我，我将使她

成为我的夫人。

我对我的心爱之人

既理性又冲动，和我一起的

那个女孩，漫游在山间与原野，

在大地和天空，小憩于林间空地和凉亭，

感觉登高远眺之力，

时而鼓舞，时而压抑。

飘浮的云朵千姿百态

为她用，柳树折腰等其摘，

这次她看得明明白白，
　　　即使狂风暴雨铺天盖地，
　　　善良可以丰盈少女的美丽纤体，
　　　有安静的同情心相伴。

　　　而生机勃勃的快乐情感
　　　令她庄严成长，
　　　她含苞待放，娇艳欲滴。
　　　我给露茜这样思想，
　　　与我相守终身，
　　　在这快乐的梦境。"①

　　请注意"生机勃勃的快乐情感"这句话。自然的生命都是生机勃勃的，
也是每一个生命不可或缺的。

　　而如果要生机勃勃，那么必须是快乐的感觉。如果你不能让一位女孩高
兴起来，怎能指望她可以变得可爱？你们无法压抑一位好女孩的天性，你们
也无法检验她在爱情或努力中的本能，这些本不应在她的脸上留下痛苦的不
可磨灭的烙印。因为它不仅会带走少女纯真眼神中的光芒，也会带走眉宇间
流出的美德魅力。

　　这一切都是为手段和方法服务。现在让我们看看这首诗的结尾，诗人在
两行诗中对女性之美进行了完美地描述——

　　　"一张美丽的脸庞，是我梦见的
　　　如甜美的回忆，同样甜蜜的承诺。"

　　女性面容展现出的完美可爱体现在那庄严静好岁月之中，建立在幸福而

---

① 注意，这是"大自然"在说话，我和"她"生活在一起。

充实岁月的记忆里，充满了甜蜜的回忆，与幼稚相结合。这幼稚中仍然充满了变化与承诺——始终是开放的——又立刻变得谦逊而快乐，对即将赢得或被赠予的更好的事物充满希望。只要还有诺言存在，容颜就不会老去。

因此，你首先要塑造她的体态，然后，她所获得的力量将允许你，用一切知识和思想来填充和调和她的思想，这些知识和思想往往会证实她公正的自然本性，并完善那自然得体的爱。

所有这些知识都应该给予她，使她得以理解，甚至助男性成就事业。然而应当传授给她的，并非只有知识本身，或者对她来说可能是她了解的主要目标，而应该让她去感觉，去判断。不管她会说几种语言，作为一种自我的骄傲或完善，都与时间无关；但是极为重要的是，她应该能够对陌生人表现出善意，并去理解陌生人语言的美妙之意。对她自己的价值或尊严来说，她熟悉这门学科或那门学科也都与时间无关；至关重要的是，她应该接受准确思维的训练，她应该理解自然法则的意义、其必然性和魅力所在，她要走一条最科学的路——只有最聪明最勇敢的人才能到达那里，永远拥有自己的童年时代，在无边的海岸上捡鹅卵石。对她而言，她记住多少个城市的位置，记住多少历史事件的日期，或者记住多少名人的名字似乎无关紧要——教育的目的不是把女人塑造成百科辞典；她应该被教会用她的方法进入她所阅读的历史当中，用她自己与众不同的想象力对所读内容进行描绘，用她敏锐的直觉来理解那些凄婉的故事情节和戏剧性的人物关系。而这些正是历史学家缺少的。对那段历史而言，她应该被教导去扩展她的同情心，在她平静的生活岁月中增添些许快乐。如果她终日沉湎于那些无法看见的真实的痛苦之中，她应该锻炼自己，想象那将会对她的思想和行为产生什么样的影响。她还要理解她生活和爱的那个小世界里有一部分是荒原，对此不要与别人作比较。她还应当抱着严肃的态度学会为了实现自己的目标而努力奋斗。

我想，到目前为止，我已经与你们达成了一致，也许你不会认为，我所相信的就是我最需要讲出来的。对女性来说，有一种危险的科学，这种科学让她们意识到人们如何亵渎了神学。非常奇怪的是，她们过分谦虚而开始怀疑自身能力，在科学殿堂门口进退两难。她们会不顾及自身的无能为力一头扎进那个伟人都为之战栗、智者都会犯错的科学领域，真有一种苦涩之感。无论多么傲慢、狂妄，或不解，她们都沾沾自喜、高傲自大地将这些与神捆绑在一起，这也同样令人感到奇怪。她们生来惹人怜爱，知道自己哪里最无知，先是自我谴责，然后与人分享，这也让人感到很是奇怪。最后，更令人奇怪的是，她们竟然认为这是上天的旨意。结果，她们的丈夫必须马上离开，以免女人们冲他们尖叫而导致情绪失控。

我认为女性的教育在课程和学习资料上应当与男性的教育一样，但在教学方法上要完全不同。任何社会阶层的女性都应该知道她的丈夫的喜好，但要以不同的方式去了解。他是家庭的统帅作用应该是基础性的，而且是持续性的；而她的任务则是妥善处理一般的家庭琐事。男性更明智的做法是用女性的方式来学习目前有用的事物，并在这样的研究中寻求自律，训练他们的心智，以便日后更好地服务社会。从广义上说，男性应该全面掌握他所学习的任何语言或科学，女性也应该如此，只有这样才能使她在与丈夫和好朋友相处中找到共同语言，产生共鸣。

女性能精确地达到她所能及的程度。基本知识和肤浅知识之间有很大的区别，牢固的开始和不确定的尝试也大相径庭。女性总是用她所知道的东西辅助她的丈夫；如果她对知识一知半解或者一无所知，她就只能帮倒忙了。

事实上，如果女性和男性的教育确实有什么不同的话，我应该说，女性应该比男性更早地接受教育，因为在理解比较有深度和严肃的课程上，她的智力成熟得更快。此外，还要让她保持一个高尚而纯洁的思想。我现在不打算为女性推荐任何书籍，只要保证当那些书从图书馆的书架上掉落时不会绊她的脚，不会给她留下任何愚蠢之泉所溅的印记就可以了。

考虑到阅读小说的痛苦诱惑，我们应该害怕的不是小说的坏处，而是由于阅读小说产生的过度兴趣。最肤浅的浪漫文学不比最低级的宗教励志文学愚蠢，最低劣的浪漫文学不比虚假的历史读物、虚假的哲学作品或虚假的政治文章腐蚀更多人的灵魂。但是，最好的浪漫文学却非常危险，如果因为阅读作品容易使人进入兴奋状态，这会使原本平淡的生活变得更加无趣，并且读者对那些我们永远都不会见到的毫无用处的场景产生病态的渴望。

因此，我只谈论优秀的小说，我们的现代文学中这类小说尤其多产。实际上，如果能够精读这些小说，读者会受益匪浅，其作用不亚于关于道德解剖学和化学的专著，其主要构成要素是对人性的研究。但我对这一功能并不重视：人们几乎没有认真阅读过它们以实现这项研究的目标。通常它们最大的作用就是在某种程度上让善良的读者更富有同情心，或者让心怀恶意的读者内心更加痛苦，因为每个人都将从小说中获取自己所需的精神食粮。那些天性骄傲和愿意嫉妒的人会从萨克雷小说中看到对人类的蔑视；那些天生温柔的人看到的是人们之间的怜悯和同情；而那些天生肤浅之人看到的是嘲笑。因此，小说中也可能有一种可以使用的力量，将一个我们很久以来就模糊不清的人生哲理生动形象地展现在我们面前，但是他独特的叙事方式充满诱惑力，以至于通常最好的小说家都无法抗拒这种诱惑。我们的视野被带入一种如此片面和暴力的场景之中，以至于小说的生命力对读者不是一种慰藉，而是一种伤害。

然而，我不想去尝试做任何关于阅读量的决定，我至少可以明确地断言，无论我们阅读小说、诗歌或历史著作，都应该有选择性地阅读，不是因为它们免于邪恶的影响，而是因为它们拥有美好的东西。书中带有的某些邪恶对于一个内心高尚的女孩没有任何伤害；相反，作家的空虚令她感到压抑，而他那和蔼可亲的愚蠢会使她感到堕落。如果她能接触到一个藏有古老经典书籍的图书馆，那就不需要选择了。让你们的女儿不再阅读那些现代杂志和小说，在每一个潮湿多雨的日子里，带她到那间古老的图书馆，让她一个人去阅读。她会发现对她有益处的书籍，而你却不能帮她做到。正因如此，在性格塑造上，男孩和女孩之间存在着这样的差异——就像雕塑一块石头一样，你可以把一个男孩塑造成才或者敲打成才，如果他是一个天性具有良好素质的人，你就会像得到一块青铜制品。但是，你不能这样来塑造女孩的性格。她像花一样茁壮成长，如果让她见不到阳光，她就会慢慢枯萎；如果不给她足够的空气，她就会像水仙花那样慢慢凋谢；如果在她的生命当中某些时刻你不去帮助她，她可能会跌倒，她的头在尘埃里被玷污。但是不管怎么样，你不能去束缚她；她必须按照自己的意志生活、成长，如果她可以找到身心和谐一致的生活方式，那一定就是——

"她在家中的举动轻盈而又自由，
听她那少女般冒失的脚步声。"

我刚说过，让她自己待在图书馆里，就像你把小鹿放养在田野里一样，它辨别有害健康杂草的能力是你的二十倍，当然包括那些有益健康的杂草。为了有助于身体健康，它也会吃一些苦的、多刺的野草，而你从未想过野草还会有什么好处。

然后，在艺术上，把最好的模特摆在她面前，让她看清，使她能明白理解一件作品要比创作一件作品更重要。我所说最好的模特是指最真实、最简单、最有用的事物。注意这三个表述词语，它们将涵盖所有的艺术。它们在音乐领域也是适用的。这里我说的最真实的，指的是音符最紧密、最忠实地表达了每个词语的意思，或者是情感的特性；其次，这里最简单的，是指用最少和最重要的音符来表达含义和旋律；最后，最有用的，是音乐可以让最优秀的歌词变成最华美的乐章，在我们的记忆中，每个词都因自身优美的音律而令人陶醉，并在我们需要它们的那一刻，最贴近我们的心灵。

此外，不仅在教学资料和课程设置上，而且是本着教育的精神，让女性和男性接受平等的教育。你把你的女儿们抚养成人，就好像她们是餐具装饰一样，然后你又抱怨她们的轻浮。应该给她们与兄弟们同样的有利条件去培养她们的美德，还要教导她们，勇气和真理是她们为人处世的立足之本。尽管她们现在勇敢而真诚，当你知道在这个基督教国家几乎没有一所女孩学校时，你还会无视吗？在这个国家里，孩子们的勇气和真诚远比不上他们走进门的举止一半的重要。作为一种她们赖以生存的方式，整个社会体制就是一个怯懦和欺诈的腐烂瘟疫——怯懦，就是不敢让她们去生活，或者去爱，除非他们的邻居来选择；欺诈，则是为了满足自己的骄傲，把世界上最糟糕的虚荣呈现在一个女孩面前。难道她未来的全部幸福都取决于她尚存的一点点清醒吗？

最后，不但要给她们最好的教育方法，还要给她们选择最高尚的老师。在你送你的儿子上学之前，你可能需要考虑一下，他的老师是什么样的人。无论他是什么样的人，你至少要让他对你的儿子行使绝对的权威，并且你自己也要对他表现出一些尊敬。如果邀请他来与你共进晚餐，你不会把他置于客位。

但是，你会给你的女儿聘请什么样的老师呢？你对你所选的老师要表现出怎样的尊敬呢？一个女孩可能会认为她的行为，或者她自己的智慧是非常重要的。但是当你在培养她的性格、道德和智慧时，你把此重任交给一个得到的尊敬连你的管家仆人都比不上的人（好像你孩子的心灵都不如果酱和杂货值钱），合适吗？

因此，文学带给她帮助，艺术也带给她帮助，还有一种帮助是我们无法做到的、来自外界的帮助——有时它所起的作用要比其他所有的影响力都要大——这就是来自狂野而又公平的大自然的帮助。我们听听有关圣女贞德接受教育的故事吧：

"根据现在的标准，这个可怜女孩的教育是卑贱的，对我们这个时代来说是不合适的，也是不可能实现的。

除了她的精神优势，最主要的是她的自身生长环境的优势。多莫雷米泉位于一片无边无际的森林边缘。在某种程度上，用童话故事来烘托一下它的神秘：教区牧师每年都须在那里做一次弥撒，以保证他们体面地完成了这项工作。

多莫雷米森林——那是大地的精华和荣耀之所在，因为在那里有着很多修道院，就像辛多诺的摩尔人的庙宇一样，在都兰和德国议会中有着高贵的权力，在晨祷或晚祷时，清脆悦耳的铃声穿过茂密的森林，传入众多会区人们的耳朵中，而每个会区都有自己的梦幻般的传说。这些修道院分布很广，所以不能扰乱这片土地的宁静和孤独。然而修道院的数量也足够多，足够编织一张基督教圣洁与尊严的大网，将基督教的神圣播撒到另一片荒野上。"①

现在，你不可能在英国找到一片方圆三十千米的树林，但是，如果你想保留住这些神话，你还是能够做到的。但是您"真的"愿意吗？假设你们每个人的房子后面都有一个足够大的花园可以让孩子们在里面玩耍，有一片草坪有足够的空间让他们在里面跑步，你不想改变一下你的住所吗？你可以在自己的草坪中间挖一个煤井，把花坛变成堆积焦炭的仓库，然后你的收入就两倍、四倍地增长。你会选择这样做吗？我希望你不会。我可以告诉你，如果你这样做了，你就错了，尽管它给你带来的收入是六十倍，而不是四倍。

然而，这就是现在你和所有英国人一起做的事情。整个国家不过是一个小花园，如果你让孩子们都跑到草坪上去，那么草坪就显得太狭小了。如果你要把它变成一个熔炉，里面装满煤渣，那你的孩子们会为此而痛苦不堪。因为神话永远不会被人们从思想中驱逐。作为熔炉和森林的神话故事里面的精灵，它们送给人们的第一份礼物似乎是"勇士的利剑"，而他们送来的最后的礼物是"罗腾木的炭火"。

尽管我对这个问题有太多感受，但是我不想将这样的情感强加于你。因为在我们拥有大自然的时候，我们并没有利用好自然的力量，所以我们几乎不会感觉到我们所失去的一切。就在默西的对岸，你们拥有自己的斯诺登山和自己的梅奈海峡，在安格尔西的荒原上，巨大的花岗岩石绵延不绝，在荒野深处赫斯特峰辉煌壮观，其末端一直延伸至深海；曾经被认为是神圣之物的海角，守望着西方；当一缕红光初次穿透暴风雨时，神圣的海岬应然让人不由得产生一种敬畏之感。这些就是希腊人民永远深爱的山峦、海湾和蓝色的海洋，永远在影响着其国民的民族思想。斯诺登山就是你们心目中的帕纳萨斯，可是缪斯女神们又在哪里呢？那神圣海角就是你们的爱吉那岛，但密涅瓦神庙又在哪里呢？

---

① "《圣女贞德》：参见 M. 米什莱的《法国历史》。"见德·昆西的作品，第三卷，第217页。

我能为你们读一下克里斯汀·密涅瓦截至 1848 年在我们的帕纳萨斯阴影下所取得的成就吗？以下是有关威尔士学校的一份小报告，摘自由国家教育委员会公开发表的《威尔士人报告》的第 261 页。这是一所位于拥有 5000 人口的小镇旁边的学校：

"然后，我在一个学生较多的班级里进行了调查。其中三个女孩反复宣称她们从来没有听说过基督，还有两个从来没有听说过上帝。三分之一的学生认为'基督尚在人间'（他们可能会有更糟糕的想法）；另外有三个人对耶稣钉十字架的受难记一无所知。七分之四的学生不知道十二个月的缩写，也不知道一年中有多少天。他们除了'2＋2'或'3＋3'之外，没有任何运算知识的概念，他们的头脑简直就是一片空白。"

哦，英格兰的女士们！从威尔士的公主到最普通的你，难道你们不认为你们的孩子可以被带到他们真正感到快乐的地方吗？现在这些孩子就像一群没有牧羊人看领的羊一样四处闲逛。难道你们不认为你们的女儿们完全可以接受训练去相信自己美丽的真谛吗？为她们创造的教室和游乐场曾是那些令人愉快的地方，现在则完全不同。除非你们能够用那甜蜜的圣水给她们洗礼，而这圣水是那位伟大的立法者从你们当地土地上的岩石中打出来的，这圣水是那样的纯洁无瑕，连异教徒都顶礼膜拜，而你们所膜拜的只是被污染的圣水。

第三，到目前为止，我们谈论了女性的天性、女性的教育、女性的家庭角色，以及王后般的权力。现在我们来看最后一个，也是最为广泛的问题——对于这个国家而言，她那王后般的职责究竟是什么？

一般来说，我们都认为男性的职责是大众的，而女性的职责是私人的，即"男主外，女主内"，但是实际并不完全是这样。相对自己的家庭而言，男性要承担个人的职责或义务；而对于自己的国家而言，男性要承担的则是公众的职责或义务，承担的是另一半职责的延伸。所以，相对她自己的家庭而言，女性有个人的职责或义务，也要承担公众的职责和义务，也是另一半职责的延伸。

现在，男性对自己的家庭所起的职责，正如前文所述，就是为了保证家庭的稳定发展，防御外界的干扰；女性的职责是要确保家庭的井井有条、舒适浪漫。

扩展一下这两个职责。作为英联邦国家的一员，男性的职责是协助维护国家的稳定、进步和国防工作；作为英联邦国家的一员，女性的职责是协助维护国家的良好秩序、创造舒适的环境和建设美丽的国家。

当家庭有需要时，男性会站在自家门口，忠诚地守卫家园，免受外来的侮辱和破坏；当国家有需要时，他会离开自己的家园，奔赴国家的前线，保卫国家的大门，免受外来者的入侵，完成他更多的光荣而神圣的职责。

女性则待在她的家里，维持家庭秩序，抚慰心灵的创伤，营造温馨的环境；她也可以走出家门，只是那里的秩序维持起来更加艰难，那里的创伤抚慰起来更加迫切，那里的美丽有爱的环境更加稀少，维护起来更加困难。

在人们的心中始终有一种本能，那就是要履行所有真正的职责或义务——一种你不能压抑熄灭的本能，如果你阻止它实现自己真正的目标，它就会被扭曲和腐化。例如追求爱情的强烈本能，这是一种正确的自律观，如果得到正确的规范和引导，它将带给你一生所有的圣洁和尊严；如果被误导，它将破坏你一生的幸福，因此二者"必须"选一，非此即彼。同样，在人的心中有一种无法扑灭的本能，那就是对权力的热爱，如果正确地指引，它会维护着所有的法律和生命的尊严；如果误导失控，它会破坏这一切，难以恢复。

这种本能深深根植于男性的内心深处，也深深根植于女性的内心深处。那是一种什么力量呢？破坏的力量吗？是像狮子般四肢发达的力量？还是巨龙般怒吼的力量？都不是。那是种治愈的力量，救赎的力量，引导的力量，守卫的力量；权杖和盾牌的力量，用皇权之手在触摸中治愈的力量——能降伏恶魔、解放囚禁的力量。要建立在正义之石上和仅凭怜悯屈尊的王位，难道你不会觊觎这样的权力，追求这样的王位，还要继续充当家庭主妇，而不愿当女王吗？

在英国，女性们曾在某一时期习惯于普遍使用一个只有贵族才享有的头衔，这已经是离现在很久远的一段时间了。那时，她们坚持享有在名字后加上"夫人"① 这一头衔，与"骑士"这一头衔相对应。

　　我不会为此责怪她们，因为这只是她们在这一问题上的狭隘动机。如果她们声称，这不仅是头衔，而且是职务和责任的象征，我还是愿意称呼她们为"夫人"的。"夫人"的意思是"养家糊口的人"，而"骑士"的意思是"法律的捍卫者"，这两个头衔既不是在家里维护家庭和睦的法律，也不是只给家庭成员享用维持生计的口粮，而是为维护大众利益、约束大众行为的法律，以及惠及广大民众的精神食粮。对于一位骑士来说，只有他真正成为正义的维护者时，他才能配得上"骑士"头衔这一称谓。而对一位夫人而言，只有她在真正帮助了穷人之后，才能得到这一称谓。

　　这是一种仁慈和合法的统治，这种统治力量伟大而庄严。这种伟大与庄严不在于多少人继承其衣钵，而在于有多少人受到它的影响。这种力量为人知晓是因为其受尊敬和推崇的程度。无论王朝建立在什么地方，其王者首先要履行职责和义务。接下来才是野心和与它的利益相关联的仁慈和善良。你们幻想成为贵妇人，可以拥有众多仆人呼来唤去，那就去成为贵妇人吧。但你不能太高贵，你不能拥有太多仆人。你要履行好养活和服务好自己仆人的职责，而不是只把他们当作奴隶只为你一人效命。对于那些听从你的人，你要尽力去安抚他们，而不是去欺压他们。

　　这一家庭领域的统治方法，同样适用于王后的统治领域中。如果你也承担和履行最高的责任或义务，你也会深受人民的爱戴和尊敬。雷克斯与雷吉娜——国王与王后——是"权利的实践者"。他们与夫人和骑士的不同之处在于，他们的权力凌驾于人的思想和肉体之上——他们不仅要满足人民的衣食

---

　　① 我希望会制定出一套准确地用于册封骑士的社会评价体系，可以考虑将某些社会等级的英国青年纳入其中并作为一种制度延续下来，这样一来，男孩和女孩就可以在达到某个年龄段时，会自动拥有真正的属于自己的"骑士"或"夫人"头衔；但是要取得这些头衔，必须经过某种关于人品或成就上的双重考验和测试，这样才会让人心服口服。在一个热爱荣誉的国家里，有这样的高贵体系的机构是完全有可能的。

等最基本需求，还要满足人民的精神需求，教育和引导他们。无论有意还是无意，你一定要做到在人民心中享有崇高的地位。戴上王后的花冠可不是很简单的事情：你必须头戴王冠和手拿权杖，永远保持王后的风范；对你的爱人、你的丈夫和孩子，还有那些遥远国度的联邦国家的人民展示出王后应有的风范；还要永远表现出近乎完美的女性魅力。啊！你要注意！你可能会变成懒散而又粗心的王后，在最无关紧要的事情上贪婪地攫取权力，却对关乎国家命运的大事置之不理；在男人们中播下暴政和暴力的思想，以下犯上，挑战权威。你身边的人渐渐背叛你，你的德行慢慢被人忘记。

男人天性好战，他们将为任何原因而战，或不为任何理由而战。现在就需要你们为他们选择作战的理由，在没有任何理由的时候阻止他们作战。世界上本没有痛苦，没有不公，没有苦难。男人们可以对发生的一切无动于衷，你们却表现得无法容忍。如果你们不去努力实现这些事情，只是逃避，把自己封闭在花园围墙里，你也要知道，围墙之外是一个荒野的世界，一个你不敢穿越探求的秘密世界，里面还有你不敢想象的苦难。

我要告诉你们，这对我来说是人类最令人惊奇的现象。我感到惊讶的是，在没有深度探究的情况下，一旦它的荣誉被扭曲，人性就会堕落。我并不奇怪于守财奴的死，他的手里攥满金子，当他放手时，金子掉落；我并不奇怪于好色之徒的生活，他将自己从头至脚裹着裹布，不露一丝破绽；我并不奇怪于在铁路沿线的黑暗处，或者是沼泽地的阴影里，一名凶手谋杀一名受害者；我甚至都不奇怪于一帮凶手在光天化日之下，对一群人进行谋杀。因为整个国家处在狂热中，混乱不堪，那些不可估量的、不可想象的罪恶，只有他们的国王和牧师们才可以将他们从地狱拯救到天堂。对我来说，这真是太了不起了！看到在你中间有很多温柔高雅的女性怀里抱着孩子，拥有一种比天堂的空气更纯洁、比地球上的海洋更强大的力量，她脸上那种纯真无邪、清新脱俗的感觉，眉宇间没有一丝愁云，这是因为这里是一个与世隔绝的她自己的和平之地。然而，她心里明白，只要她愿意去寻找就会发现，在那小小的玫瑰覆盖的墙壁外面，在地平线上可见的一片荒芜的世界，那里满目疮痍。

你有没有想过，如果按照我们的习俗，给我们认为最幸福的人撒鲜花，会有什么深刻的意义？或者至少能从中了解些什么？你认为这仅仅是为了欺骗她们，让她们希望幸福总会降临到自己的头上吗？一个好女人的人生道路上确实撒满了鲜花，这些鲜花没有阻挡她前行，而是随着她前行的脚步生长起来，"脚步所到之处，花香四溢，芳草萋萋"。

你们可能认为只有恋爱中的人才有幻想，如果这些幻想变成现实会怎么样呢？你有可能认为这也只是一个诗人的幻想——

"就连那轻盈的风信子，

也从她那轻快的脚步中昂起头颅。"

对于一个女人来说，爱幻想并不是什么大问题，当她走路的时候，她的风信子应该是盛开的，而不是弯腰的。你们是不是觉得我说得太夸张了？可我一点儿也没有夸张，我只是用平静的语调、用坚定的真理说出自己的感想罢了。你们应该听说过这样的说法（我相信，即使在那个说法中也有比想象更奇特的因素，权当它是一个幻想吧，不用去考虑）——鲜花只为那些爱花之人盛开。我知道你们都愿意承认这是真的。如果你们能亲切地在一旁看看这些鲜花，它们就会绽放得更加绚烂多姿，鲜亮无比，那么你就会认为这是一种令人愉快的魔力。如果你们的眼神真有这样的魔力的话，不仅是要为魔力欢呼，还要提高警惕保护它——如果你能让黑枯萎病消失，毛毛虫爬走；如果你能在干旱的时候降下甘露，在霜冻的时候对南风耳语："南风啊，请用力地吹吧，让满园花香随你四溢。"难道你不认为这是一件好事吗？你所做的这一切（以及比这更多的事情），花仙子们可以比你做得更多——它们可以像你们保佑它们那样来祝福你们，可以像你们爱它们那样来爱你们——这些花朵像你一样有思想，和你一样有生命；一旦获得拯救，就意味着永远的救赎，难道这不是一件了不起的事情吗？难道这只是一股很小的力量吗？在岩石丛生的遥远荒野里，在城市可怕的黑暗街道上，这些脆弱的花朵躺在那里，所有新鲜的树叶都被撕裂，根茎都被折断——此时此刻，难道你不走到它们身边，把它们一一扶起，有顺序地把它们摆放在小香床里，把它们围捆起来，以免它们在刺骨的寒风中战战兢兢？难道清晨的美好时光只属于你们，而不属于它们吗？难道黎明的到来只是让人们远远地看那疯狂的死亡之舞，而不能呼吸到那些野紫罗兰、五叶地锦、玫瑰花香的黎明气息，也不能将自己从睡梦中唤醒吗？但丁的妻子名叫马蒂尔达，她站在快乐的遗忘河畔，用鲜花编织着花环：

> "快到花园来，茂德，
> 黑蝙蝠会在夜晚，四处飞舞，
> 五叶地锦的香气弥漫着大地，
> 玫瑰花面具也会随风而逝。"

难道你不想和它们亲近吗？亲近那些甜美的生灵，大地赋予了这些生灵新的勇气，天堂给它们涂抹上浓重的色彩，同它们一起去开掘金字塔尖里蕴藏的神秘力量。它们的纯洁洗净身上的尘埃，花蕾绽放，结出许多承诺之花。它们都转向了你们这边，仍然期待着你们的到来，"云雀们侧耳倾听——我们听见了！而百合们喃喃低语——我们等待着"。

不知道你们注意到没有，刚才我给你们读那首诗的第一段时少了两行。你们不会认为是我故意将它遗漏的吧？现在请大家接着听我朗读：

> "快到花园来，茂德，
> 黑蝙蝠会在夜晚，四处飞舞，
> 快到花园来，茂德，
> 只有我一个人，守在入口处。

想想，你认为这个人会是谁，孤独地站在这个美丽花园的入口处，等待着你们的到来？除了茂德，你听说过玛德琳吗？她在黎明时分来到她自己的花园，在门口处发现了"一个人"正在等候，她本以为那个人是园丁。你整夜寻找"他",却徒劳无功;而就在"这个"花园的入口处,"他"却一直在等待着拉着你的手,准备和你一起去看看那果实累累的山谷,看看葡萄树是否已经缀满葡萄,看看石榴树是否已经发芽、绽出蓓蕾。在那里,你可以看到葡萄藤上的那些小卷须随风飞舞;在那里,你还会看到石榴苗破土而出。此外,你还可以看到更多。你会看到一队天使守护者,他们挥动着翅膀,将那些饥饿的鸟从田野里赶跑,并在一排排葡萄藤间相互招呼着:"带我们去捉那些狐狸,别放走它们,看它们把这葡萄园破坏得乱七八糟的,葡萄园里已经结满了葡萄啊。"哦,你们这些女王啊!在你们的土地上是否群山环绕、绿树成荫呢?狐狸们会在这里打洞吗?飞鸟会在这里筑巢吗?在你们居住的城邑中,有人会反对你们的统治吗?